Zu diesem Buch

Nüchtern, illusionslos, aber nicht ohne Liebe porträtiert der Autor in dem vorliegenden Band mit 41 neuen Arbeiten, von denen die meisten geradezu klassisches Format haben, die einfachen Leute von Rom, die der flüchtige Tourist nie richtig kennenlernt. Handwerker und Tagediebe, Krämer und Liebespaare, Witzbolde und Gemütsmenschen. Gestrandete und Erfolgreiche, Draufgänger und Leisetreter, Halbstarke und Familienväter bevölkern diese Geschichten. Menschliche – allzu menschliche Begebenheiten spielen sich vor den Augen des Lesers ab, tragische ebenso wie heitere, alltägliche ebenso wie phantastische. Mit den einfachsten Mitteln erzielt der Erzähler größte Wirkungen. In diesen Beiträgen wird die italienische Volksseele Ereignis. Moravia, den man einen «Vergil der Vorstädte» genannt hat, zeigt ein Rom, das nicht im Baedeker steht.

Gerühmt und befehdet als rücksichtslos entlarvender Gesellschaftskritiker ist Alberto Moravia heute längst weltbekannt. Er wurde am 28. November 1907 in Rom als Sohn eines aus Mähren eingewanderten Architekten geboren. In seiner Jugend fesselte ihn eine schwere Krankheit jahrelang ans Bett, und so wurde er von einem Privatlehrer erzogen. Nach seiner völligen Genesung begann er 1925 zu schreiben. Sein Roman «Die Gleichgültigen» (1929; rororo Nr. 570) wurde von den Faschisten ebenso verboten wie die Novelle «La mascherata» (1941), eine getarnte satirische Darstellung der Diktatur. In seiner Heimat verfemt, ging er als Zeitungskorrespondent nach Griechenland, England, China, Rußland und Amerika. Der Knabenroman «Agostino» (1944; rororo Nr. 5630) erhielt den ersten italienischen Literaturpreis, der nach der Befreiung des Landes verliehen wurde. 1951 wurde der Autor zum erstenmal für den Nobelpreis vorgeschlagen. 1952 erhielt er den Premio Strega.

Von Alberto Moravia erschienen als rororo-Taschenbücher außerdem: «Gefährliches Spiel» (Nr. 331), «Die Römerin» (Nr. 513), «Cesira» (Nr. 637), «Die Mädchen vom Tiber» (Nr. 673), «La Noia» (Nr. 876), «Inzest» (Nr. 1077), «Ich und Er» (Nr. 1666), «Das Paradies» (Nr. 1850), «Ein anderes Leben» (Nr. 4083), «Desideria» (Nr. 4757), «1934 oder Die Melancholie» (Nr. 5485), «Die Verachtung» (Nr. 5672), «Die Lichter von Rom» (Nr. 5628), «Der Konformist» (Nr. 5629), «Der Ungehorsam» (Nr. 5631) und «Judith in Madrid» (Nr. 5834).

Alberto Moravia

Römische Erzählungen

Rowohlt

Titel der Originalausgabe «Nuovi racconti romani»
Aus dem Italienischen übertragen von Katarina Helmling
Umschlagentwurf Dieter Ziegenfeuter

82.–86. Tausend September 1988

Veröffentlicht im Rowohlt Taschenbuch Verlag GmbH,
Reinbek bei Hamburg, Januar 1965

Gesetzt aus der Linotype-Cornelia
Gesamtherstellung Clausen & Bosse, Leck
Printed in Germany
980-ISBN 3 499 10705 8

Eine Frau auf dem Kopf

Ich war zu allem bereit, nur um arbeiten zu können. Deshalb nahm ich eine Stellung als Laufbursche bei einem gewissen Crostarosa an, der in der Gegend der Via Veneto ein Reisebüro besaß. Dieser Crostarosa war ein schöner Mann mit rötlichem Gesicht und silbernen Haaren; seine Augen waren – unter dem Gestrüpp der Brauen – schwarz wie Kohlen. Crostarosa hatte schon alles mögliche durchgemacht, und dies war gewiß nicht das letzte. Er beherrschte eine Menge Sprachen perfekt, Französisch, Englisch, Deutsch und Spanisch, ja – wie ich einmal mit Staunen feststellte, als ein dunkelhäutiger Kerl, mit einem Taschentuch auf dem Kopf und einem Frisiermantel angetan, in die Agentur kam – sogar Arabisch. Er sprach nie über sein Leben, doch er mußte, wie gesagt, schon allerhand durchgemacht haben, denn sparsam kam es dann und wann heraus, daß er in Indien oder in Brasilien, in England oder in Australien gewesen war; aber er sprach so bescheiden darüber, als wenn ich sagen würde: Ich war in Ladispoli – oder: Ich war in Frascati. Er hatte also viel hinter sich und war nicht mehr jung, ja, eigentlich schon älter, obwohl er sich immer in helle Farben kleidete. Oft trug er Stoffe mit schwarzen und weißen Karos, dazu eine auffallende Krawatte und ein ebensolches Taschentuch in der Brusttasche.

Crostarosa war liebenswürdig, ja unsagbar liebenswürdig; er verlor nie die Geduld, nie eckte er an, in keiner Sprache sagte er ein Wort zuviel, und niemals verlor seine Stimme ihren sanften Klang. Sie war väterlich, eindringlich, diensteifrig und leutselig.

Für jeden hatte er ein liebenswürdiges Wort: für den pedantischen Deutschen, der alles aufgeschrieben, alles genau verzeichnet und detailliert haben wollte; für den mißtrauischen Amerikaner, den lästigen Patron, der Angst hatte, er würde um seine Dollars bemogelt; für den Franzosen, den Herrn der Welt, dessen

Selbstgefälligkeit schon fast beleidigend wirkte, und für den Skandinavier, der wortkarg, aber hartnäckig war wie ein Maulesel.

Crostarosa hatte auf seinem Ladentisch zwei oder drei Telefone, die er bediente, während er sich nebenbei Notizen machte. Den Hörer klemmte er dabei mit der Schulter an sein Ohr. Diese Telefongespräche glichen einander alle: Anfragen über Reisen, Auskünfte über Reisen, alles drehte sich um Reisen. Es gab täglich allerdings etwa vier bis fünf Telefongespräche, die sich von den übrigen unterschieden. Bei ihnen war nicht von Reisen die Rede, und Crostarosa legte Bleistift und Notizblock weg, um ernst zuzuhören und ernst zu antworten, wobei er weder dem Büro noch dem Kunden größere Aufmerksamkeit schenkte. Diese Gespräche dauerten lange, und man sah, daß Crostarosa vor Ungeduld kochte, doch er war trotzdem liebenswürdig, wie ich schon sagte, und er tat nichts, um ein Gespräch zu beenden oder auch nur zu verkürzen. Er beschränkte sich aufs Zuhören und sagte nur ab und zu einige Worte, während er die Glastür im Auge behielt. Wenn ein Kunde eintrat, bat er ihn durch ein Lächeln, sich ein wenig zu gedulden. Es war ein schönes Lächeln, voll falscher Zähne, denn er trug seit seinem zwanzigsten Lebensjahr ein blendend-weißes Gebiß. Wenn die Person am anderen Ende der Leitung endlich aufgehört hatte zu sprechen, legte Crostarosa den Hörer auf, nicht ohne ihm noch einen vorwurfsvollen Blick zuzuwerfen. Dann seufzte er traurig, doch ohne Bitterkeit, sondern wie es seine Art war, liebenswürdig und sanft.

Das Büro war in einem langen schmalen Raum untergebracht, der sich mehr zum Verkauf von Speiseeis geeignet hätte. Wir arbeiteten darin zu dritt: an der Schreibmaschine saß ein häßliches Fräulein mittleren Alters mit krausen gefärbten Haaren, einer Brille und einem Anflug von Bosheit um die Spitze ihrer langen Nase; ferner Crostarosa, der alles machte, und schließlich ich. Das Fräulein hieß Peverelli und wußte bestimmt ganz genau, wer die Person war, die Crostarosa anrief, denn manchmal, wenn so ein Gespräch begann, hörte sie auf Maschine zu schreiben und setzte sich an ihr Tischchen, um die Schau zu genießen, die Crostarosas Geduld bot. Dabei schwankte ihr Gesichtsausdruck zwischen Bosheit und Nachsicht und konnte seinerseits ebenfalls als Schau gelten. Vielleicht war Fräulein Peverelli in Crostarosa verliebt. Sicher ist, daß sie ihn gerne mochte, und jedesmal, wenn Crostarosa den Hörer auflegte, seufzte sie, als wolle sie sagen: «Der Ärmste, er tut mir leid... aber diese Geduld ist übertrieben... wenn ich an seiner Stelle zu antworten hätte, dann liefe das aber anders.» O ja, es gibt sprechende Gesichter, die viel sagen, auch wenn sie den Mund dabei nicht aufmachen. Fräulein Peverelli hatte so ein Gesicht.

Zuerst verstand ich überhaupt nichts; doch eines Tages wurde mir alles klar. Crostarosa war fortgegangen, um bei einer nahegelegenen Fluggesellschaft Karten zu besorgen. Das Fräulein war nicht da, weil es noch nicht vier Uhr war. Ich stand an diesem heißen Junitag wie betäubt hinter dem Ladentisch und betrachtete die wenigen Leute, die an den Schaufenstern vorbeigingen. Das Telefon läutete, ich nahm den Hörer ab und eine engelsanfte Stimme fragte: «Ist Herr Crostarosa da?» Sofort antwortete ich, wie das mein Auftrag war: «Er ist nicht da, er ist zur Fluggesellschaft gegangen, wird aber in wenigen Augenblicken zurück sein.» – «Mit wem spreche ich denn?» – «Mit Luigi, dem Laufburschen. Und Sie, Entschuldigung, wer sind Sie? Herr Crostarosa hat mich beauftragt, mir die Namen aller Anrufenden geben zu lassen.» – «Ich bin Frau Crostarosa... Luigi, langweilen Sie sich?» Bei dieser Frage – was soll ich Ihnen sagen – blieb mir der Mund offen. Ich stotterte: «Ach, Signora, es geht so...» Und sie: «Luigi, ich langweile mich, ich ersticke, ich kann nicht mehr... Luigi, sagen Sie Signor Crostarosa, er braucht nicht anzurufen, denn ich werde mich jetzt aus dem Fenster stürzen.» Und klick... war der Hörer aufgelegt. So etwas hatte ich noch nicht erlebt, ich war nach dieser entschiedenen Erklärung ganz durcheinander. Sie wollte sich aus dem Fenster stürzen – und ich konnte nichts unternehmen, denn ich wußte weder Crostarosas private Telefonnummer noch seine Adresse. So verging eine Viertelstunde. Crostarosa kam ins Büro zurück. Hastig sagte ich zu ihm: «Schnell, schnell, Herr Crostarosa, Ihre Frau sagte vorhin am Telefon, sie würde aus dem Fenster springen!» Er sah mich an, geriet nicht in Aufregung, sagte kein Wort, legte die Flugscheine, die er in der Hand hielt, ordentlich in eine Schublade, nahm dann den Hörer und wählte seine Nummer. Sie antwortete ihm sofort, und er sagte nach einer kleinen Weile: «Liebe, warum hast du etwas so Häßliches zu Luigi gesagt? Du hast ihn erschreckt.» Eine Pause – und dann: «Aber nein, Liebes, mein Engel, nein, das darfst du nicht tun, wenn du mich – wie du sagst – wirklich liebst. Und das Kind – denkst du gar nicht an unsere Kleine? Warum gehst du nicht lieber in ein Hotel Tee trinken? Oder warum rufst du nicht Alice an und verabredest mit ihr eine Partie Canasta?» Wiederum eine Pause. «Aber nein, aber nein, ich bitte dich, ich flehe dich an, tu es nicht, ich komm ja um vor Kummer... denk doch an unsere Kleine... Ich hab eine Idee: Warum schaust du dir nicht einen Film an, in einem Kino, wo es schön kühl und luftig ist? Du wirst dich schon unterhalten.» Nochmals eine Pause. Und dann: «Nein, nein, nein, nein, das willst du tun? Das darfst du nicht sagen, das darfst du noch nicht mal denken... ich bin doch da, und ich liebe dich, und das Kind ist da... willst du uns denn allein lassen?» Und so ging das weiter.

Nach vielen ähnlichen Gesprächen wußte ich dann, was sie diesem liebenswürdigen Mann auf sein Flehen und Bitten immer wieder antwortete: «Ich springe aus dem Fenster, ja, ich springe, ich springe!» Das mit dem Fenster war ihre fixe Idee. Und er, geduldig und sanft, versuchte sie ihr auszureden, sie zu trösten; und am Ende erreichte er schließlich auch, daß sie nicht aus dem Fenster sprang.

Genug, es kam der Juli, und Crostarosa, der nicht reich war, brachte ein Opfer, indem er seine Frau mit dem Kindermädchen und dem Kind nach Cortina d'Ampezzo schickte, in eins der ersten Hotels. Und was meinen Sie wohl – die Anrufe gingen weiter, genau wie vorher, nur mit dem Unterschied, daß sie nun nicht mehr aus Rom, aus der Via Caroncini, in der sie wohnten, sondern aus Cortina kamen, und daß sie den Ärmsten alle drei Minuten ein paar hundert Lire kosteten. Er schwitzte und bebte, doch er versuchte trotzdem nie, das Gespräch zu verkürzen – aus Angst, sie würde sich aus dem Fenster stürzen. Er tröstete und bat.

Von Cortina aus fuhr sie zum Lido von Venedig, und auch von dort, wo sie sich langweilte – und wo die Fenster hoch waren –, drohte sie mittels Ferngespräch, zu springen. Und Crostarosa, in seinem Büro in Rom, bestand darauf, daß sie nicht springen, sondern an ihn und das Kind denken solle.

Der Sommer verging, sie kehrte nach Rom zurück, und alles ging in der gleichen Tonart weiter. Ja, es hatte sich eher verschlimmert, denn ich sah, daß Crostarosa nervös wurde und daß er, wenn sie am Telefon war, sogar vergaß, den eintretenden Kunden zuzulächeln. Eines Tages, als er in internationale Fahrpläne vertieft war, um einen Amerikaner zu informieren, der nach Persien reisen wollte, rief sie wieder einmal an. Crostarosa nahm den Hörer ab und sagte kurz: «Hör zu, mein Engel, ich hab jetzt gerade keine Zeit... ich schick dir Luigi mit einem Brief.» Und er entnahm einer Schublade einen bereits fertigen Brief, gab ihn mir und bat mich, ihn seiner Frau in die Via Caroncini zu bringen.

Ich ging dorthin. Es war ein schönes modernes Haus. Ich fuhr mit dem Lift in den zweiten Stock und betrat eine hochelegante Wohnung. Ich dachte mir: «Wenn ich eine Wohnung hätte wie diese... ich würde gewiß nicht daran denken, mich aus dem Fenster zu stürzen.» Das junge hübsche Zimmermädchen mit der Spitzenschürze und dem Häubchen führte mich in einen geräumigen Salon. Ein kleines Mädchen von vielleicht vier Jahren, mit rundem hübschem Gesicht, gesunden rosigen Wangen und Augen so blau wie Blumen, saß auf dem Boden und spielte mit einer Puppe und einem Stoffbären. In einem Sessel am offenen Fenster saß Signora Crostarosa.

Was soll ich Ihnen sagen: ich hatte sie mir ganz anders vorgestellt, trotz der süßen Stimme: zerzaust, überspannt, wie eine Hexe. Statt dessen sah ich eine sehr junge Frau von vielleicht vierundzwanzig Jahren, mit zartem Gesicht, einem Mund, der an eine Rose erinnerte, und großen, schönen, dunklen Augen, die jedoch einen kummervollen Ausdruck hatten. Bei meinem Eintreten erhob sie sich, und ich stellte fest, daß sie groß, elegant und schlank war. Sie hatte schmale weiße Hände und trug einen Brillantring am Finger.

Sie sagte: «Sie sind Luigi, nicht wahr... ich dachte es mir.» Sie nahm den Brief, setzte sich wieder in den Sessel und befahl mir, dazubleiben, bis sie ihn gelesen habe. Während sie las, sah ich, wie ihre Pupillen von einer Seite zur anderen glitten, unter den halbgeschlossenen Lidern in hastiger Bewegung, und dann wurde mir klar, daß sie nicht normal war, denn diese Pupillen hatten einen sonderbaren Glanz. In der Tat war das, was nun folgte, einem Nervenzusammenbruch nicht unähnlich; sie zerriß den Brief, warf ihn auf den Boden, bedeckte ihr Gesicht mit den Händen, tobte und sagte – ich weiß nicht, was alles. Bei allem, was sie tat, machte sie sich offenbar nicht im geringsten Gedanken darüber, daß ich ihr zusah, und auch die Kleine störte sie nicht, doch die war an solche Dinge wohl gewohnt, denn sie spielte – leise – weiter mit Puppe und Bär. Dann sagte die Signora wieder das gleiche wie am Telefon: «Ich langweile mich, ich springe, ich springe!» Da ich nicht wußte, was ich tun sollte, ging ich zu ihr hin, setzte mich auf einen Stuhl neben sie und sagte zu ihr: «Signora, sagen Sie das nicht, Sie dürfen sich nicht hinunterstürzen.» – «Und warum nicht, Luigi?» fragte sie, indem sie schnell die Hände vom Gesicht nahm und mich mit ihren herrlichen Augen ansah. Ich sagte: «Weil das Leben schön ist, Signora... sehen Sie mich an – ich schlafe unter der Treppe, esse übriggebliebene Reste, habe zerrissene Schuhe... aber ich langweile mich nicht und denke gar nicht daran, mich aus dem Fenster zu stürzen.» – «Aber ihr seid anders, ihr aus dem Volk... ihr habt wenigstens die Not, an die ihr denken könnt – ich habe nichts, nichts, nichts!» – «Aber Signora, Sie haben ein allerliebstes Kind, Sie haben einen Mann, der nichts sieht außer Ihren Augen, Sie haben ein schönes Heim, Reisen, Vergnügungen... Warum wollen Sie sich aus dem Fenster stürzen?»

Während ich so sprach, ich weiß nicht warum, hatte ich ihre Hand ergriffen, und sie überließ sie mir, und auf einmal – ich sage die Wahrheit – fühlte ich mich ganz erregt, denn sie war eine große schöne Frau, wie ich sie bisher nur im Kino gesehen hatte. Ich hielt also ihre Hand und fuhr voller Eifer fort: «Signora, Sie sagen, daß die Armen wenigstens an die Not zu denken haben... aber wissen Sie denn, was Not ist? Wissen Sie zum Beispiel etwas von der Arbeitslosigkeit?» Darauf schrie sie ganz plötzlich: «Wer ist denn arbeitsloser als ich? Ich tue den ganzen Tag nichts! Ich weiß nicht, was ich mit mir anfangen soll, ich weiß nicht, wohin ich gehen soll... ach, ich mache nicht mehr mit, ich springe aus dem Fenster, ja, ich springe, ich springe!» – «Signora, versuchen Sie doch auch mal zu arbeiten... Sie werden sehen, daß Sie sich dann nicht mehr langweilen.» Ein weiterer Aufschrei: «Arbeiten... Aber ich habe ja versucht zu arbeiten... ich habe meinem Mann im Büro geholfen... ich schrieb Maschine an Stelle dieses gehässigen Fräulein Peverelli... Aber ich wurde trotzdem vor Langeweile verrückt... ich hätte am liebsten alle diese Dummköpfe, die kamen, um sich Reiseauskünfte zu holen, umgebracht... Und ich sagte zu meinem Mann: ‹Nimm dir eine andere Sekretärin, sonst werde ich verrückt und steige eines Tages einige Stockwerke höher, um mich aus dem Fenster zu stürzen.›» Ich dachte, diese Fenster muß man ihr ausreden, deshalb sagte ich: «Aber die Liebe, Signora, haben Sie es nie mit der Liebe versucht?» Und einen Moment lang hoffte ich, sie würde mir ihre Arme um den Hals legen und sagen: «Luigi, ich liebe dich und ich springe nicht mehr aus dem Fenster.» Doch so etwas hätte sie niemals getan. Sie stieß einen Schrei aus: «Um Gottes willen, die Liebe... Sie macht mir Angst, die Liebe... Alle diese Männer, die den Frauen nachlaufen und ihnen immer wieder dasselbe sagen... es ist zum Verrücktwerden... Da ist es ja noch besser, die Sekretärin meines Mannes zu sein, dann... oh, oh, die Liebe, Luigi!» In diesem Augenblick klingelte glücklicherweise das Telefon. Sie stürzte hin und sagte: «Ach, du bist es, Gaetano.» Es war ihr Mann, und ich dachte, er würde sie nun überzeugen. Ich wich zur Tür zurück und ging dann hinaus.

Während ich die Treppe hinunterging, dachte ich: «Was für ein Typ... so ein Typ ist nicht mit Gold aufzuwiegen... so was findet man kein zweites Mal.» Hierauf ging ich aus dem Eingangstor des Hauses. Das Haustor war genau unter den Fenstern der Crostarosas, deren Wohnung zwei Stockwerke darüber lag. Als ich hinaustrat, hörte ich ganz plötzlich einen Schrei, dann gab es – krachbums – einen furchtbaren Schlag, ein ungeheures Gewicht traf mich, ich stürzte kopfüber zu Boden, wurde ohnmächtig und fühlte nichts mehr.

Als ich wieder zu mir kam, befand ich mich im Krankenhaus, in einem Bett zwischen vielen anderen, die in zwei Reihen an den Wänden eines weißen Zimmers standen. Mein ganzer Körper war verbunden, ich fühlte mich schlecht, und schließlich erzählte mir die gute Schwester, die an meinem Bett saß, was sich ereignet hatte. Die Signora hatte am Telefon – wie immer – gesagt: «Ich springe aus dem Fenster, ja, ich springe, ich springe!» Und Crostarosa, der entweder durch den Schirokko die Nerven verloren hatte oder dem einfach der Geduldsfaden gerissen war, hatte zum ersten Male geantwortet: «Dann spring!» Sie hatte dann – ganz einfach – den Hörer aufgelegt, war zum Fenster gegangen und hatte sich hinuntergestürzt. Im gleichen Augenblick war ich aus dem Haus getreten, und sie war zu ihrem Glück – auf mich gefallen. Ergebnis: ich hatte zwei oder drei Rippen gebrochen, und sie hatte – außer dem Nervenschock – keinen Schaden erlitten, denn ich hatte für sie das Kissen abgegeben. Und jetzt war ich im Krankenhaus, und sie war zu Haus.

Bald darauf kam der Professor, begleitet von seinen Assistenten und einem Gefolge von Krankenwärtern. Als er mich sah, sagte er, vielleicht weil viele andere Kranke zuhörten: «Es geht uns gut, junger Mann ... Sie haben Glück gehabt ... na ja, ihr jungen Leute habt eben nichts als die Frauen im Kopf.» Ein Assistent machte ihn mit leiser Stimme darauf aufmerksam, daß er sich irre: der Selbstmörder aus Liebe lag ein Bett weiter. Und ich: «Herr Professor, sagen Sie nicht: die Frauen im Kopf ... sagen Sie lieber: eine Frau auf dem Kopf.»

Die Empfehlung

Ich war arbeitslos und erschöpft, trug unter meiner einzigen Joppe mein einziges Hemd und meine einzige Krawatte; das Hemd war steif von Schweiß und die Krawatte nur noch ein Strick. Im Kopf fühlte ich mich benebelt, und das Knurren meines Magens erinnerte an die Geräusche einer lang andauernden Kartenrunde. Ich überlegte mir, daß ich mich mit meinem Freund beraten sollte, mit dem mich seit St. Johann der Umstand verband, daß ich einen seiner Söhne aus der Taufe gehoben hatte. Dieser Freund, der darüber hinaus noch mein Gevatter war, hieß Pollastrini und war Chauffeur bei zwei alten Fräulein, die einen Wagen hatten, der noch älter war als sie selbst und den sie – mit kleinen Abweichungen – zweimal wöchentlich benutzten: ein idealer Posten.

Ich fand ihn in der Garage, mit dem Kopf unter der Motorhaube. Als er mich sah, merkte er mir sofort an, daß es mir schlecht ging, und bevor ich noch etwas gesagt hatte, gab er mir eine Zigarette. Mit zitternder Hand zündete ich sie mir an und erklärte ihm die Sache. Er kratzte sich unschlüssig auf dem Kopf und murmelte dann: «Heiliger Johannes, steh mir bei, schließlich heißen wir doch beide Johannes... Na ja, darüber mußt du dir jedenfalls im klaren sein: es ist gerade ein äußerst ungünstiger Zeitpunkt, denn es gibt keine Arbeit, und später wird es noch weniger geben; man sagt hier, wenn das so weitergeht mit dieser komischen Angewohnheit der Leute, ihre Wagen selber zu fahren, dann wird der Stand der Herrschaftschauffeure glatt verschwinden... Aber weißt du, was ich mache? Ich schick dich zum Rechtsanwalt Moglie, der mir seinerzeit sehr geholfen hat.» Er fügte hinzu, daß dieser Moglie einem, wenn er irgend könne, einen Gefallen täte und daß sich im allgemeinen aus einer Sache eine andere ergäbe... Während er so sprach, ging er zum Garagentelefon und rief den Rechtsanwalt an. Moglie schien sich nicht mehr allzu gut an Pollastrini zu erinnern, denn es wurde ein langes und beharrliches Gespräch. Doch als es beendet war, sagte mir Pollastrini, ich solle nur hingehen, Moglie erwarte mich. Er gab mir noch eine Zigarette, ich bedankte mich und ging.

Obwohl es noch früh war, herrschte schon jene besondere Sommerhitze, die von den Römern «Callaccia» genannt wird. Es war die Hitze der Schirokko-Tage, siedend in der Sonne, die an einem dunstigen Himmel stand. Die Ringbahn erschien meinem Arbeitslosenblick wie eine Dreschmaschine auf dem Lande zur Erntezeit – auch sie war umflimmert von Sonne und Staub. Innen war sie vollgestopft und außen – auf den Trittbrettern – hing noch eine Menge Leute. Auch ich hängte mich außen an, berührte dabei, ohne es zu wollen, das Metall des Wagens und verbrannte mich. So angeklammert legte ich die ganze Strecke bis zur Piazza Cavour zurück. Der Rechtsanwalt wohnte in der Via Pierluigi da Palestrina. Schließlich war ich da, sprang ab, ging noch ein Stück, stieg in einem herrschaftlichen Haus acht Treppen hinauf und läutete. Ein Dienstmädchen führte mich in ein großes, schönes Vorzimmer mit zwei goldgerahmten Spiegeln und zwei Konsolen aus gelbem Marmor. Ich wartete stehend; nach einer Weile öffnete sich eine Seitentür, ein kleiner Junge auf einem Dreirad kam herausgefahren, umkreiste mich, als wäre ich ein Polizist an einer Straßenkreuzung, und verschwand dann durch eine andere Tür.

Gleich darauf erschien der Rechtsanwalt und bat mich in sein Zimmer. Er sagte: «Sie haben Glück gehabt, daß Sie mich noch erwischt haben, ich wollte nämlich gerade zum Gericht gehen.» Ich betrat ein großes Zimmer, in dem viele Regale voller Bücher standen; auf einem Tisch befanden sich ein gewaltiges Durcheinander von Papieren. Der Anwalt setzte sich, wobei er fast verschwand. Er war ein kleiner Mann mit breitem gelbem Gesicht und pechschwarzen Augen. Er sagte, während er irgendein Notizbuch durchblätterte: «Also, Sie heißen Rondinelli Luigi.» Ich protestierte lebhaft: «Nein, ich heiße Cesarano Alfredo ... Pollastrini hat wegen mir angerufen ... es handelt sich um eine Empfehlung für mich ...» – «Und wer ist Pollastrini?» Mein Blick vernebelte sich, und ich sagte mit ganz leiser Stimme: «Pollastrini ist der Chauffeur der Fräulein Condorelli.»

Der Anwalt fing zu lachen an, in einer – das muß man schon sagen – sehr netten Art, und sagte: «Ach ja, richtig... nur Geduld... er hat angerufen und ich habe mit ihm gesprochen... stimmt schon... aber Sie wissen ja, wie es ist... Ich war gerade dabei, einige Papiere durchzusehen, und war mit den Gedanken bei etwas anderem, als ich mit ihm sprach, und als ich den Hörer aufgelegt hatte, da fragte ich mich: Wer war das eigentlich? Was hat er gesagt? Was habe ich ihm geantwortet? Jetzt ist das Rätsel also gelöst. Schön, wenn ich mich recht erinnere, Cesarano, wollen Sie eine Empfehlung bei der Gemeinde als Gärtner?» Ich erhob wiederum Einspruch: «Nein, Herr Anwalt, ich bin Chauffeur, und suche eine Stellung als Chauffeur.» Er sagte, als hätte er mich nicht gehört: «Wissen Sie, was ich jedem sage, der mich wegen einer Stellung fragt? Eine Million, einen Scheck über eine Million kann ich euch vielleicht verschaffen, aber eine Stellung, nein... Gärtner bei der Gemeinde – das ist ein Wort!» Ich sagte wieder, mit Nachdruck: «Herr Anwalt, ich bin Chauffeur, ich suche eine Stellung als Fahrer!» Und dieses Mal hörte er und bestätigte etwas ungeduldig: «Chauffeur, ja, verflixt, ich habe verstanden.» Er senkte den Kopf, warf rasch ein paar Zeilen hin, nahm dann einen Notizkalender, suchte – wie mir schien – eine Adresse, schrieb nochmals und gab mir endlich ein Kuvert, wobei er sagte: «Gehen Sie mit diesem Brief zum Rechtsanwalt Scardamazzi, er kann sicher etwas für Sie tun... und nehmen Sie inzwischen das hier.» Er nahm einen Fünfhundert-Lire-Schein aus seiner Brieftasche und reichte ihn mir. Ich lehnte erst ab – der Form halber –, dann nahm ich ihn, machte eine Verbeugung und ging hinaus.

Das Büro des Rechtsanwalts Scardamazzi sollte sich in den Gebäuden der Gemeinde befinden, im Einwohnermeldeamt, in der Via dal Mare. Das kam mir merkwürdig vor, aber schließlich stand die Adresse ja auf dem Kuvert. Ich nahm also die Ringbahn und hängte mich – wie vorher – wieder außen daran. Ein Sonnenstrahl verfolgte mich während der ganzen Fahrt und stach mich – schlimmer als vorher – wie durch ein Brennglas in die Schulter. Bei der Bocca della Verità sprang ich ab und ging ins Einwohnermeldeamt. In den Vorzimmern und auf der Treppe herrschte ein unsagbares Gedränge, alles arme Leute, die hin und her keuchten, jeder mit einem Blatt Papier – oder zweien – in der Hand, wie Seelen im Fegefeuer.

Ich stieg zwei oder drei Treppen hinauf und erkundigte mich dabei ständig nach dem Büro des Rechtsanwaltes Scardamazzi. In den Gängen, vor jeder Tür stand ein kleines Häufchen von Menschen. Sie rochen nach Schweiß, und ihre Gesichter schienen zu schmelzen wie Kerzen. Endlich zeigte mir ein Amtsdiener das Büro, das ich suchte, und zufällig wartete niemand davor, so daß ich schnurstracks hineingehen konnte. Scardamazzi war ein junger Mann mit schwarzer Brille, schwarzem Schnurrbart und Bürstenhaaren. Er trug ein weißes Hemd, dessen Ärmel mit Gummibändern gehalten wurden. Er hörte mir rauchend zu und bemerkte dann: «Wirklich schade, daß ich diesen Rechtsanwalt Moglie überhaupt nicht kenne – und außerdem bin ich nicht Rechtsanwalt, sondern Rechnungsführer, und ich heiße auch nicht Rodolfo, sondern Giovanni... Alles, was ich für Sie tun kann, ist, daß ich Sie zu meinem Kollegen Cabeliau schicke... Vielleicht weiß der etwas.» Er nahm den Telefonhörer und führte ein sehr langes Gespräch. Er begann es mit der Frage, ob der andere reich geworden sei – er sagte tatsächlich «reich geworden» –, und der andere muß wohl geantwortet haben, daß er es nicht geworden sei, was Scardamazzi unangenehm berührte und worauf er sagte, das verstehe er nicht: als er ihn getroffen habe, hätte er doch angekündigt, er würde jetzt ein schönes Leben haben und so fort. Endlich fügte er sehr trocken hinzu, daß er ihm einen gewissen Cesarano Alfredo schicken würde, und warf den Hörer auf die Gabel. Zu mir bemerkte er: «Gehen Sie gleich hin... er heißt wirklich Cabeliau.»

Ich ging hinaus, um diesen Cabeliau zu suchen, doch es war mir sofort klar, daß es nicht leicht sein würde, ihn zu finden. Die Amtsdiener kannten ihn nicht, und da war sogar einer, ein ausgesprochener Ignorant, der mir sagte: «Cabeliau finden Sie auf dem Fischmarkt.» Ich durchwanderte Stockwerke und Gänge und nach einer Weile erinnerte ich mich, daß Rechtsanwalt Moglie die Adresse von Scardamazzi in einem seiner Notizbücher gesucht hatte, und es kam mir der Gedanke, daß er in der Eile versehentlich eine falsche Adresse aufgeschrieben haben könnte. Ich täuschte mich nicht: das Telefonbuch einer öffentlichen Telefonzelle klärte mich darüber auf, daß Rechtsanwalt Scardamazzi in Wirklichkeit in der Via Quintino Sella wohnte – am anderen Ende der Stadt. Ich ging dorthin.

Das Büro des Rechtsanwaltes war im dritten Stock eines alten, häßlichen Hauses. Das Treppenhaus roch nach Kraut, das Vorzimmer war schwül und dunkel, und viele wartende betrübte Leute saßen auf den Sofas. Auch ich wartete, vielleicht eine Stunde, während der die Schatten, die mit mir warteten, hineingingen, herauskamen und verschwanden – fort, fort. Endlich war ich an der Reihe. Im Arbeitszimmer des Rechtsanwalts standen eigenartigerweise schwarze Ebenholzmöbel mit elfenbeinernen Verzierungen, in einer Ecke befand sich ein ausgestopfter Adler mit ausgebreiteten Flügeln.

Der Rechtsanwalt saß schwitzend im Schatten an einem Tisch, auf dem sich Papiere neben Telefonen häuften. Über ihm hing ein Bild, auf dem eine Bäuerin in der Tracht der römischen Campagna dargestellt war, lächelnd und die Hände voller Blumen. Der Rechtsanwalt Scardamazzi unterschied sich erheblich vom Rechnungsführer Scardamazzi. Er war nicht gerade sympathisch und sah ein bißchen wie ein Gepäckträger aus, mit breitem Gesicht, dazu mit schielenden Augen und einer Schnabelnase. Seine Stimme war dröhnend und herzlich, aber kalt: die Herzlichkeit der Römer, die nichts besagen will. Er erklärte, nachdem er den Brief überflogen hatte: «Wir sind arbeitslos, wie? Ich werde alles für dich tun, was ich kann, mein Nesthäkchen, setz dich inzwischen und warte einen Augenblick.»

Ich setzte mich, und er hängte sich sofort ans Telefon, um eine sehr zielbewußte Unterhaltung zu beginnen: jemand am anderen Ende sagte etwas Undeutliches, und er antwortete immer wieder: «Eineinhalb oder nichts.» Der andere war beharrlich, aber Scardamazzi wiederholte hart: «Eineinhalb oder nichts!» Endlich sagte er, jedes Wort betonend: «Und sag diesem Gauner, daß ich ein Strand-Typ bin... hast du verstanden? Sag ihm genau: ‹Scardamazzi ist ein Strand-Typ›.» Das Gespräch war zu Ende, er begann ein anderes, das sich jedoch sehr vom vorangegangenen unterschied. Schon der Dialekt, in dem Scardamazzi es führte, war ein anderer: vorher hatte er mit römischem Tonfall gesprochen, sogar trasteverisch, und jetzt – wer weiß warum – schüttelte er einen fast norditalienischen Akzent sozusagen aus dem Ärmel. Er redete honigsüß und eifrig: «Doktor, wir wollen uns verständigen ... ich halte mich von fünf bis acht bereit ... kommen Sie, wann Sie wollen ... nicht so skeptisch ... Empfehlung, empfehlen Sie mich Ihrer Frau Gemahlin.» Endlich warf er den Hörer auf die Gabel, schaute mich mit seinen schielenden Augen häßlich an und fragte: «Und Sie da, was wollen Sie?» – «Der Brief ...» begann ich. «Ach ja, der Brief ... aber wo, zum Teufel, ist er denn jetzt?» Er suchte lange, indem er die Papiere mit den Händen durchwühlte und das Unterste nach oben kehrte, dann rief er aus: «Da ist er – hier geht nichts verloren! Es findet sich alles wieder.» Stirnrunzelnd las er ihn nochmals, dann nahm er den Federhalter, warf schnell einige Zeilen auf ein Blatt Papier, steckte es in einen Umschlag und reichte ihn mir mit den Worten: «Geh zu dieser Adresse ... um diese Zeit ist er gerade zu Hause ... alles Gute!» Ich stand auf, nahm den Umschlag, steckte ihn in die Tasche und ging hinaus.

Als ich draußen war, zog ich den Umschlag aus der Tasche, um mir die Adresse anzusehen. Mir blieb der Mund offenstehen, als ich las: «Rechtsanwalt Mauro Moglie, Via Pierluigi da Palestrina 20.» Das war ja wie beim «Verwechsle-das-Bäumchen»-Spiel, bei dem man zur Strafe zurück muß ... Nachdem ich durch halb Rom gegondelt war, sollte ich wieder zu Rechtsanwalt Moglie zurück, zur ersten Station meiner Irrfahrt. War also dieses ganze Herumrennen und Schwitzen auf der Ringbahn und im Omnibus, mit leerem Magen, umsonst gewesen? Ich überlegte, daß Rechtsanwalt Scardamazzi beim zweitenmal vielleicht einen anderen Empfehlungsbrief gelesen hatte, einen von den vielen, die bei ihm herumlagen, und da er sich an den Inhalt des ersten Briefes nicht mehr erinnerte, hatte er mich zu Moglie geschickt, der mich – seinerseits – zu ihm geschickt hatte. Es war genau wie im «Verwechsle-das-Bäumchen»-Spiel; doch wofür sollte ich bestraft werden? Ich war kopflos, hoffnungslos und außerdem hungrig, so daß mir nicht Besseres einfiel, als wieder den Omnibus zu nehmen und in die Via Pierluigi da Palestrina zurückzufahren.

Ich mußte ziemlich lange im Vorzimmer warten, in dem jetzt ein guter Küchenduft herrschte; es schien mir auch, als hörte ich Geklapper von Tellern und Besteck: vielleicht war das aber auch nur ein Trugbild meines Hungers. Derselbe kleine Junge auf dem Dreirad kam plötzlich herein, fuhr um mich herum und verschwand wieder durch eine andere Tür.

Endlich winkte mich der Anwalt herein. Das Arbeitszimmer hatte jetzt Halbschatten durch die angelehnten Fensterladen. Auf der Rücklehne eines Diwans, in einer Ecke, lag ein Kopfkissen, der Anwalt war im Morgenrock, er hatte gegessen und bereitete sich jetzt auf ein kleines Mittagsschläfchen vor. Er ging zum Tisch, las stehend den Brief und sagte dann: «Ich kenne Scardamazzi ... er ist ein lieber Freund von mir ... Sie heißen also Francesetti und möchten eine Stellung als Gerichtsdiener, wie?»

Dieses Mal hatte ich wirklich das Gefühl, ich würde schwindlig, aber das machte vielleicht der Hunger und die Müdigkeit. Ich sagte mit dünner Stimme: «Herr Rechtsanwalt, ich heiße weder Francesetti, noch will ich eine Stelle als Gerichtsdiener ... Mein Name ist Cesarano Alfredo und ich bin Chauffeur.»

«Aber hier steht Francesetti – und daß Sie eine Stelle als Gerichtsdiener wollen ... Was sind das für verwickelte Geschichten?»

Jetzt sagte ich – mit höchster Anstrengung – und in einem Atemzuge, klagend: «Herr Rechtsanwalt, mein Name ist Cesarano Alfredo, und ich bin Chauffeur, und heute morgen rief Pollastrini, der Sie kennt, bei Ihnen an, und dann kam ich zu Ihnen, und Sie gaben mir einen Empfehlungsbrief für Rechtsanwalt Scardamazzi, aber Sie gaben mir eine falsche Adresse und schickten mich auf die Gemeinde zum Rechnungsführer Scardamazzi, und der schickte mich zu einem gewissen Cabeliau, doch den fand ich nicht, und dann kam mir der Gedanke, zum richtigen Rechtsanwalt Scardamazzi zu gehen, doch der verwechselte meinen Brief mit einem anderen Brief, der auf seinem Tisch lag, und dachte, daß ich Francesetti hieße und Gerichtsdiener werden wolle, und so gab er mir einen Brief für Sie, und ich bin wieder zu Ihnen gekommen, nachdem ich durch halb Rom gesaust bin, und ich kann mich kaum mehr auf den Beinen halten vor Müdigkeit, Hitze und Hunger.»

Während ich so sprach, runzelte er die Brauen und schob die Unterlippe vor: er hatte mich wiedererkannt, es wurde ihm klar, daß er mich in die Irre geführt hatte, wenn auch nicht mit Absicht – und jetzt war er verlegen und schämte sich. Dann, als ich zum Ende meiner Klage kam, sah ich, daß sich von seinem Gesicht sozusagen ein zweites loslöste, und jetzt waren es an Stelle eines Gesichtes auf einmal zwei, und diese beiden überschnitten sich und verschmolzen wieder, und dann setzte ich mich gebrochen in einen Lehnstuhl an den Tisch und nahm mein Gesicht in meine Hände. Der Rechtsanwalt benutzte diese Schwäche, um sich von der Verlegenheit zu erholen, in die ihn meine Erzählung versetzt hatte. Dann sagte ich: «Entschuldigen Sie ... es ist die Schwäche.» Und er sagte schnell: «Ach, das tut mir aber leid ... Wir sind alle so mit Arbeit überlastet, und es gibt so viele Arbeitslose ... Wir wollen es doch so machen: bis jetzt habe ich meinen Wagen selbst gefahren ... damit will ich sagen, daß von jetzt ab Sie ihn fahren sollen ... provisorisch, versteht sich, bis ich eine Stelle für Sie gefunden habe ... ich brauche ja eigentlich keinen Fahrer, nicht wahr ... aber ... na ja, Geduld.»

Nachdem er diese Worte gesagt hatte, wollte er nichts mehr hören, rief das Dienstmädchen und übergab mich ihr mit der Erklärung, ich sei der neue Chauffeur, und sie solle mich in die Küche führen und mir etwas zu essen geben. In der Küche waren diese schwatzhaften Frauen, die mich verhörten und wissen wollten, wer ich sei, woher ich komme, und wieso denn der Anwalt mich als Chauffeur genommen hätte. Zuletzt wurde ich ungeduldig, hob den Kopf vom Teller hoch und antwortete: «Diese Stelle als Chauffeur verdanke ich einem Augenblick, in dem sich das Gewissen rührte!»

«Gewissen?»

«Ja, und jetzt fragt mich nichts mehr. Das einzige, was ich noch sagen kann, ist, daß ich Cesarano Alfredo heiße ... doch ihr könnt mich einfach Alfredo nennen.»

Der Schimpanse

Römischer Sommer. Ich ging die Allee zur Villa Borghese hinunter, die zum Museum führt, während es in Strömen regnete. Man sah die fallenden Tropfen als helle Striche vor dem dunklen Himmel, denn die Sonne strahlte inmitten beleuchteter Wolken, die nach allen Seiten davoneilten. Regen und Sonne zugleich: Wenn ich nicht gewußt hätte, daß es Januar war, hätte ich geglaubt, es sei März; so mild war die Luft und so dicht und grün das Gras unter den Büschen. Es regnete Bindfäden, die Sonne glänzte wie Gold, und das Gras unter den Bäumen trank Regen wie Sonne. Auf einmal fühlte ich mich glücklich und es war mir, als hätte ich gewaltige Kraft in den Beinen, wie eine Riesenheuschrecke, die mit einem Sprung den Gipfel des Museumsdaches zu erreichen vermochte. Am Ende der Straße lag das Museum mit seiner schönen gelben Fassade. Und ich tat wirklich einen Sprung und hielt meinen geöffneten Mund dem Himmel hin, und ein Regentropfen fiel mir genau in den Mund, und mir schien, als mache mich das betrunken wie Likör, und ich dachte: Ich bin zwanzig Jahre alt, und dieses schöne Leben liegt für mindestens noch vierzig bis fünfzig Jahre vor mir – es lebe das Leben! Rechts von der Straße, auf dem Gipfel eines Hügels, sah ich zwei oder drei starke, wohlgenährte Pferde, in deren Sätteln gutangezogene junge Leute saßen, die im Schutze der Steineichen das Ende des Regens abwarteten, und ich weiß nicht, warum mir diese Pferde so schön erschienen und ich bei ihrem Anblick noch einmal dachte: Ich bin wirklich glücklich. Inzwischen hatte ich, ohne es recht zu merken, eine Canzonetta zu singen begonnen, und mir fiel plötzlich der Titel eines Films ein, den ich vor einiger Zeit gesehen hatte: *Gesang im Regen.*

Vielleicht war ich deshalb so glücklich, weil ich zu meiner ersten Verabredung mit Gloria ging, Kassiererin einer Bar in der

Nähe der Piazza della Regina, wo ich als Mechaniker in einer Garage arbeitete. Ich hatte mich Gloria während des Fernsehens in jener Bar im Dunkeln genähert. Zuerst hatte ich ihren Arm mit dem meinen gestreift und dann, allen Mut zusammennehmend, meine Hand auf ihre Hand gelegt. Und so hatten wir, als das Fernsehen beendet war, eine Verabredung für Freitag getroffen, den Tag, an dem die Besitzerin sie an der Kasse ablöste. Und heute war Freitag, und ich ging zur Verabredung, und ich war glücklich.

Meine einzige Sorge war, daß ich nur wenig Geld hatte. Aber so etwas kann passieren, wenn man zwanzig ist und Mechaniker in einer Garage. Ich hatte gerade genug, um Gloria zu einem Besuch des Zoos einladen zu können und danach höchstens noch zu einem Espresso. Nicht ins Kino, denn die Kinos in der Gegend der Via Veneto sind teuer, und auch nicht zum Tanzen in ein Lokal, und sei es der Saal des Quadraro. Aber da ich Tiere liebe, bildete ich mir ein, auch Gloria müsse die Tiere lieben, und ich sagte mir: Wenn das so ist, was bedeutet dann das Geld! In solche Gedanken versunken, kam ich beim Museum an, wo wir verabredet waren. Um mich vor dem Regen zu schützen, stellte ich mich unter ein Gesims und wartete.

Endlich sah ich Gloria aus einer dieser menschenleeren Alleen kommen, im Regen, unter einem Schirm. Ich weiß nicht, woran es lag, vielleicht an der Art, wie sie zurechtgemacht war – jedenfalls wurde mir sofort klar: das war nicht das Mädchen, das zu mir paßte. Sie wirkte ziemlich aufgedonnert, mit einem neuen roten Hut und einem flaschengrünen Seidenkleid. Ihre Frisur war so herausgeputzt, daß ich sie fast nicht wiedererkannt hätte. Sonst trug sie ihre Haare immer glatt und lose zu beiden Seiten herabfallend. Jetzt aber hatte sie alle oben auf dem Kopf in Locken zusammengefaßt, so daß ihre breiten und etwas plumpen Gesichtszüge sich unverhüllt zeigten, wie nackt. Es gab mir einen Schlag. Eigentlich war sie weder häßlich noch hübsch. Sie hatte fast die Form eines Kloßes. Ihr Mund war wie der einer Negerin, dick mit leuchtendem Rot bemalt, dabei mit zimperlichem Ausdruck. Sofort nach unserer Begrüßung sagte sie: «Daß es ausgerechnet regnen muß! So ein Mist. Also, wohin gehn wir? Warum gehn wir nicht ins Kino, da drüben in der Via Veneto?»

Ich antwortete: «Viel Vergnügen. Stundenlang im dunklen Kino sitzen, und dann ist der Film zu Ende, und dann verabschiedet man sich, und gute Nacht!»

«Dann gehn wir eben tanzen.»

«Ich kann nicht tanzen.»

«Du kannst nicht tanzen? Warum lernst du es nicht? Na, da bin ich ja schön reingefallen. Wo wollen wir denn dann hingehn? Uns auf eine Bank setzen?»

Ich begann: «Da wäre der Zoo ...» Aber sie sagte sofort, mit aufgeworfenem Mund: «Das ist was für Soldaten, die Ausgang haben. Nein, danke vielmals, da gehe ich lieber wieder nach Hause.» Sie tat so, als wollte sie umkehren.

Ich sagte, überzeugt, daß sie schon nicht gehen würde: «Na gut, auf Wiedersehen!»

Da bekam sie Angst, daß ich sie allein lassen würde, und erklärte: «Also schön, gehn wir eben in den Zoo. Sei doch nicht so ungeduldig.»

So gingen wir durch eine menschenleere Allee zum Zoologischen Garten. Daß Gloria nicht gerne mitging, merkte man schon an ihrem Gang, der etwas Trotziges und Schleppendes an sich hatte. Am Eingang nahm ich zwei Eintrittskarten, kaufte zwei Tüten mit Nüssen und gab Gloria eine davon. Sie sagte: «Was ist das für Zeug?»

«Für die Affen.»

«Och, gib du es ihnen, ich kann Affen nicht leiden.»

Wir traten ein, und sie ging zum Elefantengehege. Dort war ein riesiges Tier, dessen graue Haut Falten schlug, als wäre sie ihm zu groß. Der Elefant lehnte die Stirn an einen Pfosten.

Ganz begeistert sagte ich: «Siehst du den Elefanten?»

Und sie, unhöflich: «Natürlich seh ich ihn. Was ist da schon Besonderes zu sehen?»

Der sympathische Elefant blickte uns mit seinen intelligenten kleinen Augen aufmerksam an. Ich bückte mich, riß ein Büschel Gras aus, gab es ihm und sagte zu Gloria: «Gib du ihm auch was.» Sie wollte erst nicht, dann tat sie es doch und machte es ziemlich ungeschickt. Der Elefant streckte seinen Rüssel aus, nahm das Gras aus Glorias Hand, rollte den Rüssel zusammen und steckte das Büschel in sein Maul. Gloria fiel nichts anderes ein, als auszurufen: «Schau, er frißt, er frißt!» Ich hoffte einen Augenblick lang, sie hätte nun Geschmack an der Sache gefunden. Aber sie schien es schon wieder zu bereuen und fügte hinzu: «Da haben wir's, meine Hände sind ganz schmutzig von der Erde – schau!» Und sie putzte sich angewidert an meinem Regenmantel ab.

Vom Elefanten gingen wir zum Rhinozeros. Es stand still da wie ein Denkmal, glänzend vor Nässe. Ich sagte zu Gloria: «Es ist häßlich, aber das ist nicht seine Schuld. Unter diesem Panzer verbirgt sich ein friedfertiger Charakter: es frißt nur Pflanzen.» Doch Gloria bemerkte: «Was findest du daran interessant? Es sieht aus wie ein zusammengeflickter Fußball.» Und sie zog weiter, ins Haus der Nilpferde.

Es war dunkel im Haus, in einer Ecke lagen Heubündel, und man ahnte hinter den Gitterstäben ein großes, stilles Bassin mit schwarzem Wasser. Die Nilpferde sah man nicht. «Sie sind nicht da, gehn wir», sagte Gloria, nach wie vor ärgerlich, und lief rasch hinaus. Ich blieb noch einen Augenblick drinnen, und genau in diesem Moment tauchten aus dem Wasser die Augen des Nilpferdes auf, dann allmählich die Kruppe, die einer schwarzen Schwarte ähnelte, und endlich der ganze Kopf. Das Ärmste – weil es so mächtig war, war es so langsam; es brauchte einige Zeit, um aus dem Wasser zu kommen. Aber jetzt wollte es sich zeigen, gut, gut, und überdies sperrte es das riesige Maul auf, das ganz mit Fleisch ausgefüttert war und in dem man gelbe, kurze, schiefstehende Zähne sah und eine Zunge wie ein rosa Kissen. Ich rief hocherfreut: «Gloria, Gloria, es ist herausgekommen!» Doch das war vergebliche Mühe, sie war schon weit weg, bei den braunen Bären.

Die Bären lagen hingekuschelt auf der Erde, die haarigen bekrallten Pfoten unter den Wangen, und schliefen den Schlaf des Gerechten, aber Gloria wollte sie sich nicht näher ansehen, denn sie erinnerten sie an einen Bettvorleger aus Bärenfell, den eine alte Tante von ihr besaß. Sie war tatsächlich unhöflich, und zwar ganz mit Absicht, das merkte man. Sie bemerkte die Gazellen, die reizenden, mit den anmutigen Beinen, den schönen schwarzen Augen und den gekrümmten Hörnern: «Gazellen! Bin ich hergekommen, um mir Gazellen anzusehen?»

Ich erzählte ihr von den Raubkatzen, den Tigern, Löwen und Panthern. In einem Käfig waren zwei herrliche Tiger, die hin- und herliefen, ruhelos immer aneinander vorbei; ab und zu schauten sie uns an mit ihren wütenden gelben Augen zwischen den vielen gelben und schwarzen Streifen. Gloria gab widerstrebend zu, daß sie schön seien, und wir waren voller Bewunderung, als ein allgemeines wildes Rennen der wenigen Besucher in Richtung eines anderen Käfigs einsetzte: Fütterung der Löwen. Ich sagte zu Gloria: «Schnell, laufen wir auch hin»; und dieses Mal ließ sie sich mitreißen, doch zum Unglück stolperte sie und schrie plötzlich klagend auf: «Ach du lieber Himmel, jetzt ist mir ein Absatz abgebrochen!» Es stimmte: Während des Laufens hatte sie einen falschen Tritt gemacht, und dabei war ein Absatz gebrochen. «Diese Schuhe haben mich allerhand gekostet – und wer zahlt sie mir jetzt?» Sie war nahe daran zu heulen, während sie den Absatz abtastete. Ich stand inzwischen nervös neben ihr; aus dem Löwenkäfig erscholl Weltuntergangsgebrüll, verstummte nun aber wieder – der interessanteste Teil der Fütterung war schon vorbei. In der Tat, als wir ankamen – sie hinkend und auf meinen Arm gestützt –, gab es fast nichts mehr zu sehen: Die Löwen lagen in den dunkleren Ecken, hatten die blonden Köpfe gesenkt und nagten an Pferderippen. Gloria erklärte: «Die stinken aber!» Das war alles, was sie über die drei Löwen zu sagen hatte, die so schön waren, daß man sie stundenlang mit stockendem Atem hätte betrachten können.

Jetzt verlor auch ich den Humor. Wirklich, ich hätte sie erschlagen können, mein Wort. Wir kamen zu den kleinen Hügeln, wo die Eisbären und die arktischen Robben hausen. Die Eisbären in ihrem weißen Fell schienen zu gemächlichen Scherzen aufgelegt. Einer hatte sich aufrecht hingesetzt und rieb sich den Rükken, als hätte er das große Jucken; ein anderer wackelte mit dem Kopf hin und her, mit so einfältigem Ausdruck, daß ich lachen mußte. Aber Gloria sagte kurz: «Schon wieder Bettvorleger.»

Mir gefielen auch die Robben: Sie schwammen – immer zwei und zwei – mit tänzerischer Grazie, schnellten sich auf die künstlichen Eisschollen, wanden ihre schwarzen glänzenden Leiber und tauchten dann wieder ins Wasser. Doch Gloria zog mich fort mit den Worten: «Das einzige, was mich an Robben interessiert, sind die Schuhe und Taschen, die man aus ihnen macht.»

Kurz, es paßte ihr gar nichts. Jetzt wollte ich ihr klarmachen, daß ich es satt hatte, und schlug nach den Robben den direkten Weg zum Ausgang ein. Sie merkte es, hing sich bei mir ein und fragte: «Wohin gehn wir?»

«Wir gehn hinaus.»

«Und die Affen? Wollen wir uns denn nicht die Affen ansehen?»

«Nein, das tun wir ein anderes Mal.»

«Aber wieso denn? Hast du was gegen mich?»

«Ja, du hast mich verärgert.»

Und sie jetzt, in süßem Ton: «Geh, sei doch nicht gleich bös. Weißt du, daß ich gestern an dich gedacht habe?»

«Und was hast du gedacht?»

«Nichts – ich habe an dich gedacht, das ist alles. Also komm, gehn wir zu den Affen.»

So gingen wir zu den Affenkäfigen. Viele kleine Affen waren darin, mit langen Schwänzen, die sie in die Hand nahmen, um sie behend nach Flöhen abzusuchen, während sie uns mit traurigen kleinen Gesichtern anblickten. Andere waren größer. Ihr Hintern sah aus wie ein Haufen violetter Eierpflaumen und ihr Kopf wie der eines Hundes. Gloria wollte mir jetzt offensichtlich zeigen, daß die Affen auch ihr gefielen, aber sie mußte sich dazu derartig zwingen, daß ich es fast vorgezogen hätte, wenn sie so unhöflich geblieben wäre wie vorher. Ich sagte zu ihr: «Ach, hör jetzt auf! Man sieht doch aus zehn Kilometern Entfernung, daß die Tiere dir ganz egal sind.»

Und sie: «Siehst du, so bist du – immer unzufrieden! Sie gefallen mir, doch, sie gefallen mir außerordentlich gut, aber deshalb kann ich doch nicht gleich vor Freude hüpfen! Gib mir ein paar Nüsse.» Es hatte inzwischen wieder angefangen zu regnen, ganz fein, im Gegenlicht der Sonne, die hell hinter den Zoo-Palmen leuchtete.

Jetzt waren wir vor dem Käfig der Schimpansen. Einer dieser Schimpansen, so groß wie ein Knabe, mit zerzaustem braunem Fell, war gerade dabei, in einem Winkel eine Banane zu verzehren, ganz wie ein Mensch, mit den Händen und in kleinen Bissen, nachdem er anmutig und wohlerzogen die Schale entfernt hatte. Ein anderer saß oben auf der Schaukel und schwang sich, aufrechtstehend, hin und her. Man wußte nicht, warum er es tat – aber er tat alles mit großem Ernst. Neben uns standen zwei Jungen, der eine mager und groß, der andere klein und dick. Sie lachten und kommentierten die Gesten und Grimassen der Schimpansen.

Der Schaukel-Schimpanse kam herunter und näherte sich – aufrecht – den Käfigstäben. Er zog sein Maul, das außen schwarz und innen rosa war, in die Breite, als wollte er sprechen, und ließ ein merkwürdiges Zirpen hören; dabei kratzte er sich am Bauch, dort, wo das Fell weniger dicht war. Gloria hielt ihm eine Nuß hin, aber er übersah es.

Gloria sagte: «Was ist denn los mit dem? Mag er keine Nüsse?»

Der Schimpanse stieß so etwas wie einen Pfiff aus, entfernte sich in den Hintergrund des Käfigs, wandte sich plötzlich um, hob eine Handvoll Schmutz vom Boden auf – wer weiß, was das für ein Dreck war –, nahm einen Anlauf und warf ihn Gloria ins Gesicht.

Ja, Gloria war tatsächlich die einzige, die getroffen wurde. Ich stand hinter ihr, und die beiden Jungen waren rasch zur Seite geflüchtet. Was dann geschah, ging sehr schnell: Gloria besah sich ihren neuen roten Hut, der nun völlig verschmutzt war, die beiden Jungen brachen in Gelächter aus, und Gloria schimpfte: «Blöder Zoo! Blöde Bestien!» Dann ging sie aufschluchzend davon. Ich wollte ihr folgen, doch sie erklärte drohend: «Komm mir ja nicht näher! Laß mich! Laß mich in Ruhe!» Und ich verlangsamte meine Schritte und blieb dann stehen. Gloria nahm den Weg zum Ausgang und verschwand.

Inzwischen hatte sich am Himmel ein großer Regenbogen gebildet, der in allen Farben funkelte, obwohl es noch immer goß. Auch ich verließ den Zoo, ging wieder die Allee hinauf und kam zu der Stelle, an der ich mich ein paar Stunden vorher so zufrieden gefühlt hatte. Jetzt war ich unzufrieden und traurig, und die Villa Borghese schien mir nicht mehr die gleiche Villa Borghese zu sein wie sonst, und der Regen, der mir vorher soviel Vergnügen gemacht und den ich getrunken hatte, störte mich. Ach, warum haben die Frauen die Fähigkeit, glücklich zu machen, und wissen es nicht und zerstören alles mit ihrer Bosheit?

Die Bank der Liebe

Als ich eines Abends am Telefon die Stimme Giustinos hörte: «Alessandro, was würdest du dazu sagen, wenn wir morgen, am Sonntag, eine Landpartie machten?» – da war ich sprachlos; denn trotz seines gutgehenden Eisenwarengeschäftes in der Via Panisperna war Giustino Alessandro derartig geizig, wie man das nicht alle Tage findet. Es sah so aus, als ob er sogar seine Atemzüge zählte – wenn es möglich gewesen wäre, hätte er nur die Hälfte geatmet und die andere Hälfte gespart. Verlegen fragte ich: «Womit wollen wir denn fahren?» Er sagte: «Mit meinem Wagen.» Neue Überraschung. «Du hast einen Wagen?» – «Ich hab ihn vor einem Monat gekauft.» – «Und du fährst den Wagen?» – «Sicher, wozu hätte ich ihn sonst gekauft?» Als die erste Verlegenheit vorüber war, verabredeten wir uns für den nächsten Vormittag in meiner Bar.

Zu wie vielen waren wir? Wir waren zu fünft – Giustino, ich, meine Frau Flora, dann Iole, eine ihrer Freundinnen, ein blondes Pferd, für das Flora einen Mann finden wollte, und schließlich Osvaldo, ein ziemlicher Hungerleider, der in dem gleichen Vorhanggeschäft angestellt war wie Iole und hartnäckig darauf bestand, sich als ihr Verlobter zu betrachten. Die Tatsache, daß Giustino, wohlhabend und ledig, sich zum Kauf des Wagens entschlossen hatte, brachte Flora sofort auf eine Idee. So sind die Frauen – sie müssen immer gleich etwas anzetteln: Giustino ist der Mann für Iole – Morgen, während der Fahrt, arrangieren wir die Verlobung. Aber das Telefongespräch mit Iole hatte keinen Erfolg, da sie, die Dumme, erklärte, ohne Osvaldo rühre sie sich nicht von der Stelle. So quetschten wir uns also am nächsten Vormittag alle fünf in Giustinos Kleinwagen, der mir – obwohl ein Serienwagen – noch winziger als alle anderen und geradezu mikroskopisch erschien, einfach, weil er Giustino gehörte.

Es war ein Tag im November, der ein Oktobertag hätte sein können, denn es war mild und windstill und die Sonne stand klar und ein wenig müde am Himmel. Da es nachts in Strömen geregnet hatte, war das Land von einer appetitanregenden Frische, wie Kopfsalat kurz nach dem Schneiden. Das weitete die Brust nach all dem Benzingestank der Stadt. Der Himmel war wolkenlos blau und leuchtend. Die regensatten Felder standen in üppigem Grün, die Bäume hatte der Herbst gelb und rot gescheckt und auf dem schwarzen Asphalt der Straße hafteten goldene Blätter – sie waren so schön, daß man fast Gewissensbisse hatte, darüberzufahren.

Giustino lenkte den Wagen: ernsthaft, knochentrocken und olivenfarben. In die Falten zu beiden Seiten seines Mundes war tief der Geiz eingegraben. Osvaldo war ein sympathischer junger Mann mit einem großen Haarschopf rechts auf dem Kopf, einem etwas liederlichen Gesicht und einer Schmetterlingskrawatte mit Pünktchen. Während er einen Witz von sich gab, dachte er schon über den nächsten nach, um uns bei guter Laune zu halten. Man konnte verstehen, daß Iole ihn gern hatte, nach alledem; und man brauchte nur Osvaldo und Giustino miteinander zu vergleichen: der eine reich, der andere arm; der eine fröhlich in der Misere und der andere trübselig im Überfluß.

Osvaldos Spezialität war es, Tierstimmen zu imitieren: ein Huhn, eine Gans, ein Schwein, eine Katze und einen Hund. Er machte das so gut, daß Flora, Iole und ich beinahe Tränen lachten. Nur Giustino lachte nicht: Man hatte den Eindruck, daß ihm Gelächter als Verschwendung erschien. Und er war beleidigt, als Osvaldo sich unversehens vorbeugte und ihm – in höchster Vollendung – den Liebesschrei des Esels ins Ohr trompetete, wodurch Giustino einen Augenblick die Gewalt über den Wagen verlor und fast gegen eine Mauer gefahren wäre. «Billige Späße», sagte er zwischen den Zähnen. Und Iole, spitz: «Herr Giustino, wäre ein teurer Spaß Ihnen lieber? Gerade Ihnen?» Kurz, sie begann sich wegen seines Geizes über ihn lustig zu machen.

Wir fuhren so etwa zehn Kilometer, dann sahen wir an einer Wegkreuzung eine Tankstelle. Der Wagen wurde langsamer, fuhr aus und stand. «Wir haben kein Benzin mehr», sagte Giustino, «wir müssen zehn Liter tanken.» Uns allen blieb der Mund offen, denn wenn wir auch wußten, wie geizig er war, hatten wir doch nicht erwartet, daß er es so schnell zeigen würde. Iole unterdrückte ein Lachen und murmelte: «Wie merkwürdig.» Giustino sagte mit gespielter Verlegenheit zu mir: «Zahl du, Alessandro – wir rechnen dann später ab.»

Am meisten traf es Flora, die Iole gegenüber behauptet hatte, mit Giustinos Geiz sei es jetzt, nachdem er den Wagen gekauft hatte, vorbei. Ich zahlte also, während Giustino unter der Motorhaube herumstöberte und Osvaldo, der Spaßvogel, ausrief: «Benzin? Wer sagt eigentlich, daß man unbedingt Benzin braucht, um ein Auto in Gang zu bringen? Würde es frisches Wasser nicht vielleicht auch tun?»

Wir fuhren weiter, und Flora, immer noch von der Idee besessen, Iole und Giustino zu verloben, brachte die Rede auf die Ehe. «Sie, Herr Giustino, zum Beispiel – warum nehmen Sie sich keine Frau? Worauf warten Sie eigentlich?» Giustino antwortete: «Nun, ich brauche eine ganz besondere Frau, und die Richtige habe ich noch nicht gefunden.» Da griff Iole angriffslustig ein: «Soll ich Ihnen die Frau beschreiben, Herr Giustino, die für Sie richtig wäre?» Dieses Mal lächelte Giustino und sagte: «Das können Sie aber doch nicht wissen.» Der Ärmste glaubte, Iole wolle von der Liebe sprechen. Aber diese Viper begann mit singender Stimme: «Zunächst einmal müßte es eine sehr kleine Frau sein, winzig klein, am besten so klein wie ein Gartenzwerg.»

«Wieso das?»

«Um Stoff für die Kleider zu sparen, natürlich –»

Giustino quittierte diesen Schlag mit Stillschweigen, und Iole fuhr fort: «Ferner könnte sie ein nettes, kleines Magenleiden haben, dann würde sie weniger essen. Und schließlich, nachdem ich gesehen habe, was Sie für ein Verschwender sind, finde ich, daß sie geizig sein sollte – um die Bilanz im Gleichgewicht zu halten. Denn sonst würden Sie sich womöglich noch ruinieren. Na, ist das richtig, Herr Giustino?» Dieses Mal war die Attacke so direkt, daß Giustino grün lächelte und sagte: «Kurz, Sie glauben, ich sei geizig.» Und Iole: «Ausgesprochen geizig vielleicht nicht – sagen wir, Sie geben ungern Geld aus.»

Doch jetzt schaltete sich Flora ein, in respektgebietendem Ton: «Aber wer hat denn gesagt, daß Giustino geizig ist? Er wird uns heute beweisen, daß er es nicht ist, indem er uns alle zum Mittagessen einlädt!» Flora, die Gute, wollte Giustino auf diese Weise Gelegenheit geben, sich großzügig zu zeigen. Aber das war vergebliche Mühe. «Warum?» sagte Giustino sofort. «Es ist doch viel einfacher, es auf römische Art zu machen, nach dem Motto: Jeder für sich und Gott für alle.» Die enttäuschte Flora sagte nur: «Lieber Giustino, mit Ihnen ist aber auch nichts zu machen.»

Genug, wir kamen in Castelgandolfo an, fuhren auf der Straße, die um den See herumführt, auf einen herrlichen gelben Wald zu und hielten vor einem Gasthaus. Während Giustino parkte, sah ich, daß Iole und Osvaldo sich absonderten und miteinander sprachen und lachten; aber ich nahm das nicht weiter wichtig. Wir betraten das Gasthaus, gingen auf die Terrasse und ließen ein paar Minuten lang den Anblick auf uns wirken, der sich hier bot: Der See im Sonnendunst glich einem Brunnen, dessen Bläue das Grün ringsum noch vertiefte. Dann erschien der Kellner mit der üblichen Litanei: «Und was wünschen die Herrschaften? Wir haben Schinkenrollen, Spezialität des Hauses, Hähnchen nach Teufelin-Art, Forellen aus dem See, Schweinsleber und Lerchen.» Giustino, der seit seinem Eintreten befangen und so starr wirkte, als hätte er einen Stock verschluckt, hob eine Hand und sagte: «Langsam – ich fühle mich nicht wohl, habe Magenweh, ich werde eine Suppe nehmen und fertig.» Verstehen Sie? Giustino hatte sich nicht nur geweigert, für uns zu bezahlen, sondern er wollte auch für sich selbst nur ganz wenig ausgeben – Daraufhin sagte Osvaldo mit großer Geste: «Schade, daß es Ihnen nicht gut geht: Ich wollte Sie nämlich einladen – Also, daß ihr es wißt – ich zahle für alle.» Zur Bekräftigung zog er seinen Geldbeutel heraus und schwenkte einen Zehntausend-Lire-Schein durch die Luft. Na, da hätten Sie Giustino einmal sehen sollen! Er sah Osvaldo an, dann uns, dann den Kellner und sagte: «Ach, ich habe es mir überlegt – nach allem, was gewesen ist, kann mir ein bißchen Essen nur guttun – Also, ich esse das, was ihr eßt.» Ich erwartete, daß Iole die Gelegenheit ergreifen würde, ihn nochmals wegen seines Geizes aufzuziehen, doch zu unserer Überraschung sagte sie: «So ist es recht, Herr Giustino, hören Sie auf mich und essen Sie und denken Sie nicht nach – Sie werden sehen, daß Sie sich dann gleich besser fühlen.» Ihr fast zärtlicher Ton gefiel Giustino, der mit schwacher Stimme erwiderte: «Also gut, ich werde von allem essen, aber immer nur ganz wenig.» Und Iole: «Nein, Sie sollten viel essen! Ich bestell jetzt mal: Schinkenrollen, aber bitte reichlich, dann drei Hähnchen nach Teufelin-Art, geröstete Kartoffeln und Salat, und als Nachtisch Crêpes suzettes – und dazu Wein, aber guten, nicht offenen; bringen Sie uns ein paar Flaschen.»

Das Essen war ein voller Erfolg. Wir waren allein auf der Terrasse am See, aber wir machten Krach für zwanzig. Jeder hatte seinen eigenen Grund, fröhlich zu sein: Flora, weil Iole zu Giustino freundlich war; ich, weil man nicht mehr über den Geiz Giustinos sprach, der doch letzten Endes mein Freund war; Giustino, weil er nicht zahlen mußte; Iole und Osvaldo aus Gründen, die ich noch nicht kannte. Die Schinkenrollen wurden gebracht und waren exquisit; dann kamen die Hähnchen, schön braun, wie sich's gehört, wir wurden kaum fertig damit, weil sie so groß waren; es kam der Kopfsalat, frisch, wohlriechend und mit Kräutern angemacht, mit Sellerie, Fenchel, Cruspino und Minze; und es kamen die Crêpes suzettes – ein Gedicht. Von dem alten Wein in versiegelten Flaschen tranken wir erst zwei und dann nochmals zwei Flaschen, mehr als einen halben Liter pro Kopf. Osvaldo, fröhlich wie immer, führte eine neue Nummer vor: Er nähte an seine Jacke einen imaginären Knopf, mit unsichtbarem Faden, unsichtbarer Nadel und so präzisen Bewegungen, daß man Nadel, Faden und Knopf förmlich vor sich zu sehen meinte. Jetzt lachte auch Giustino. Zweifellos bewunderte er insgeheim Osvaldo, weil der seine Fröhlichkeit auch angesichts der Tatsache nicht verlor, daß ihm nun bald die Rechnung vorgelegt werden würde. Inzwischen war die Sonne untergegangen, und der See wirkte traurig, denn er lag nun ganz im Schatten. Und wie das im November so ist – von einem Augenblick auf den anderen wurde es kühl. So auch die allgemeine Stimmung. Osvaldo sagte: «Wir könnten uns erkälten, es ist Zeit, zu gehen. – Herr Ober, die Rechnung.»

Kurze Zeit darauf erschien der Kellner mit einer langen Rechnung, voller Zahlen mit vielen Nullen. Osvaldo schaute sie kaum an, nahm den Zehntausend-Lire-Schein und gab ihn dem Kellner. Der betrachtete den Schein einen Augenblick und sagte dann mit einem Lächeln: «Aber das ist wohl ein Scherz.» Osvaldo fragte beleidigt: «Was sagen Sie da? Wieso ein Scherz?» Und der Kellner: «Das ist ein Reklameschein – Sehen Sie nicht, was hier steht? Bank der Liebe, 10 000 Küsse.» Besorgt nahm Osvaldo nun den Schein, sah ihn an und sagte endlich: «Stimmt – den muß ich versehentlich eingesteckt haben – Ich habe allerdings leider nur diesen einen bei mir – seht: mein Geldbeutel ist leer!»

Was nun folgte, müßte ein Komödienschreiber wiedergeben: Ich bin dazu nicht geeignet. Iole bekam einen so heftigen Lachanfall, daß sie fast vom Stuhl fiel; zwischendurch sagte sie immer wieder: «Jetzt wird Herr Giustino sicherlich wieder seine Magenschmerzen bekommen!» Flora war zwar unangenehm berührt, konnte das Lachen aber ebenfalls nicht zurückhalten, und auch ich amüsierte mich mächtig. Nur Osvaldo gab sich weiterhin beschämt. Giustino, der erst blaß geworden war, dann rot, dann wieder blaß, fing an zu stottern: «Aber was sind denn das für Fallen? Wo sind wir denn? Ich zahle nicht – und wenn ich tot umfalle. Ich zahle nicht eine Lira.» Osvaldo, der den Spaß immer noch weiter trieb, riet ihm: «Zahlen Sie, Herr Giustino, zahlen Sie für alle – wir rechnen dann später ab.»

Jetzt wurde Giustino wütend auf ihn: «Halt bloß den Mund, du Unglücksrabe, du Hungerleider, daß man nicht...» Und Osvaldo, ernstlich verärgert: «Daß man nicht...? Nur Mut! Wir wollen doch mal sehen – Und sagen Sie nicht ‹du› zu mir, ich wüßte nicht, daß wir Brüder wären.» Eingeschüchtert hob Giustino die Schultern und sagte: «Nun gut. Aber ich zahle nichts.»

Als ich ihn so leiden sah, erwachte in mir Mitgefühl und ich sagte, ohne zu überlegen: «Ach, hört doch endlich auf. Ich zahle.» Aber Flora widersprach gänzlich unvorhergesehen: «Nein, du zahlst nichts – oder vielmehr, da du die Bar hast und Giustino das Geschäft: jeder von euch zahlt die Hälfte. Und Sie, Giustino, sollten sich schämen – Sie haben gegessen, warum wollen Sie nun nicht zahlen?» Ernste Worte, in ernstem Ton gesprochen und keinen Widerspruch duldend. Giustino fand sich tatsächlich damit ab, senkte den Kopf, zog seine Brieftasche heraus und entnahm ihr – mit der Langsamkeit des Geizhalses, der jeder Münze, die er ausgibt, Lebewohl sagt – einen Schein nach dem anderen und legte seinen Anteil auf den Tisch. Die harte Iole fragte ihn: «Das fällt Ihnen schwer, wie?» Und Giustino: «Nein, ich bedauere lediglich, daß ich die Fahrt mit Leuten wie euch gemacht habe.»

Die Beleidigung galt allen. Die erste, die sich gekränkt zeigte, war Iole. Sie erhob sich und sagte: «Wirklich? Gut, wir fahren mit dem Omnibus nach Rom zurück – Gehen wir, Osvaldo.» Dann Flora: «Ich gehe ebenfalls. Du, Alessandro, kannst ja mit Giustino zurückfahren.» Ich sagte nur: «Nein, wartet auf mich. – Hier ist mein Teil, Giustino – Auf Wiedersehen und gute Heimfahrt.» Kurz, wir verließen alle vier das Gasthaus; Giustino blieb allein zurück, am jetzt schattigen Tisch, vor sich den Haufen Geld.

Der Rest des Tages verlief heiter. Es war uns zumute, als hätten wir uns beim Verlassen Giustinos alle einen Dorn aus dem Fuß gezogen. Wir machten einen schönen Waldspaziergang, und Iole und Flora pflückten einen großen Strauß Alpenveilchen. Dann tranken wir in einem Dorf Kaffee mit Cognac, gingen danach kreuz und quer durch Castelgandolfo, ein wirklich reizendes Städtchen – obwohl es so alt ist –, und tranken noch einmal Kaffee. Endlich kam der Omnibus, vollgepfropft mit sonntäglichen Ausflüglern, und wenn wir auch während der ganzen Fahrt bis Rom stehen mußten, verloren wir doch nicht unsere Fröhlichkeit. Und Giustino? Ich habe ihn nicht mehr gesehen. Er wird wohl in seinem Laden stehen und Nägel verkaufen und ziemlich viel für hundert Gramm verlangen.

Die Beschwörung

Die Zigeuner, die in den Mandrione-Baracken bei der Porta Furba wohnen, sind anders als wir anderen Römer. Nur notgedrungen wohnen Römer in Baracken, wenn sie gar nicht anders können; aber die Zigeuner würden wohl auch in den Baracken bleiben, wenn sie die Parioli-Häuser zur Verfügung hätten. Und während man den Menschen, die in Baracken hausen, sonst ansieht, daß sie arm sind, sieht man den Zigeunern an, daß sie nicht arm, sondern Zigeuner sind, das heißt Leute, die anders sind als wir. Oft genügt ihnen ein Teppich auf der Erde als einzige Einrichtung. Und dann die Frauen: Die Römerinnen kleiden sich so gut sie können, je nach ihrem Stand, aber doch immer wie normale Frauen; die Zigeunerinnen tragen lange schleppende Röcke in leuchtenden Farben, ebensolche Schals, über die Schulter geworfene Flechten und eine Unmenge Gold, Korallen und Silber um den Hals, an den Handgelenken und an den Ohren. Die Männer ziehen sich an wie Gecken, denn, wie gesagt, die Zigeuner sind nicht arm; sie lieben diese lebhaften, schreienden Farben, die ins Auge springen: feuerrot die Krawatte, papageiengrün die Strümpfe, das Taschentuch gelb und türkisch gemustert. Auch tragen sie oft – wie die Frauen – Ohrringe. Und außerdem haben die Zigeuner eine ziemlich dunkle Haut und sprechen eine merkwürdige Sprache, die nur wenige verstehen. Sie nennen ihre Sprache «Rumi» und ich glaubte, das sollte «Roma» heißen; doch Geremia erklärte mir, daß Rom nichts damit zu tun habe.

Geremia, der eine Zeitlang mein Freund gewesen ist, war ein Zigeuner von ungefähr siebzehn Jahren, wie ich. Er war ein blonder Zigeuner mit einem Lockenkopf, einer harten, vorgewölbten Stirn und einer gebogenen Nase mit breiten Nasenlöchern. Wir hatten eines Tages im Kino Freundschaft geschlossen, als er neben mir saß und seine Hand, an der er einen merkwürdigen Ring trug, auf die Lehne des Vordersitzes legte. Der Ring sah aus wie Blech und hatte einen rosa Stein, der an die Augen weißer Kaninchen erinnerte. Ich fragte ihn, was für ein Stein das sei, und er sagte mir, es sei sein Monatsstein – der Stein des Monats Mai. Nun bin ich auch im Mai geboren – am zwanzigsten – und deshalb fragte ich, ob er den Ring nicht gegen etwas anderes tauschen wolle. Zuerst wollte er nicht, doch schließlich willigte er ein, ihn für eine Stange amerikanischer Zigaretten herzugeben, die ich mir von meinem Bruder beschaffte, der sie in der Via del Gambero verkauft. Mit diesem Ring am Finger fühlte ich mich ein wenig als Zigeuner. Und dieses Gefühl wurde in der kommenden Zeit immer stärker, zumal ich Geremia sehr oft sah, bei seinen täglichen Rundgängen in unserem Viertel oder seinen Spaziergängen aufs Land, rechts oder links der Appia Nuova.

Geremia war ein sonderbarer Mensch. Er fühlte sich ganz als Zigeuner rühmte sich dessen und wollte es dauernd beweisen, indem er mich in Verwunderung oder auch in Schrecken versetzte. Meiner Ansicht nach log er wie gedruckt, aber er tat es auf so eigenartige Weise, daß ich irgendwie nicht umhin konnte, ihm zu glauben, obwohl ich im Grunde wußte, daß es Schwindel war. Einmal versicherte er mir, man müsse an einem Mittwoch, dem sechzehnten, bei Vollmond um Mitternacht mit einem bestimmten Stab in der Hand einen Bannkreis auf die Erde ziehen und dabei ein gewisses Zigeunerwort sprechen: Die Atmosphäre, die für andere Menschen gewöhnlich Luft bliebe, würde sich daraufhin für uns, die Zauberer, mit Geistern füllen, dicht gedrängt und wie in Gelatine. Ich fragte ihn, was dann weiter geschehen würde, wenn wir tatsächlich die Luft derartig überfüllt mit Geistern sähen, zusammengepfercht wie in einem Omnibus zur Stoßzeit. Er antwortete, er könne durch ein anderes Zigeunerwort erreichen, daß sich einer der Geister von den anderen loslösen, in einen schönen gelben Hund verwandeln und mir überallhin brav folgen würde. Er fügte hinzu, er selbst habe eine Zeitlang einen dieser gelben Hunde gehabt; er sei dann leider gestorben, denn um ihn am Leben zu erhalten, sei es notwendig, jeden Tag jenes

Zigeunerwort zu sprechen, und einmal habe er es vergessen, und da sei der Geist entwichen und der Hund auf der Stelle tot umgefallen.

Ich war beeindruckt und sagte ihm, daß ich gern mal versuchen wolle, die Beschwörung vorzunehmen, um einen dieser gelben Hunde zu bekommen. Zuerst wollte er nichts davon hören, doch am Ende willigte er ein und meinte, die Kosten betrügen 5000 Lire. Das waren alle – oder fast alle – meine Ersparnisse; aber ich erklärte mich einverstanden, denn ich hatte mir in den Kopf gesetzt, um jeden Preis einmal zu zaubern.

Wir verabredeten uns für abends hinter der Porta Furba. Geremia kam pünktlich mit dem Motorrad, das er sich von seinem Bruder geliehen hatte. Als ich mich auf den Sattel hinter ihn setzte, zeigte er mir einen dünnen, langen Gegenstand: Es war ein in Pech getauchter Zweig. Bei Anbruch der Dunkelheit sollte ich diesen Zweig anzünden und warten, bis er in Flammen stand; dann sollte ich im Dunkeln den Kreis auf den Boden ziehen und das Wort «mulo» sprechen, das in der Zigeunersprache soviel heißt wie «tot». Der Kreis rundum würde sich entzünden, mit vielen blauen Flämmchen, ähnlich wie ein Gasherd, an den man ein Streichholz hält, und ich würde in diesem Licht sehen, daß die Luft keine Luft mehr sei, sondern jene Art Gelatine voller Geister. Ich müsse nun ein anderes Zigeunerwort sprechen und fände dann sofort zu meinen Füßen einen schönen gelben, schweifwedelnden Hund, der mir gehorsam folgen würde.

Geremia erklärte mir dies alles mit dem eindringlichen Ernst der Zigeuner, während das Motorrad an den modernen Häusern vorbei über die Tuscolana brauste. Als wir aus der Stadt hinaus waren, nahmen wir eine Nebenstraße und fuhren nun zwischen runden schwarzen Hügeln dahin. Am klaren Himmel hing der Vollmond; er glich dem Deckel eines kupfernen Kochtopfes. Es war kalt, und ich schaute zum Mond hinauf und dachte, daß sich zwischen ihm und mir Millionen von Geistern befänden, dicht gedrängt, und daß ein einziges Wort genüge, um sie alle sehen zu können, wie Eingemachtes im Glas. Ich fragte Geremia: «Besteht nicht die Gefahr, daß diese Geister sich einen dummen Scherz erlauben?» Und er: «Du kannst ganz beruhigt sein – der Zauber ist stark – sie möchten vielleicht ganz gerne, aber sie können nicht.»

Er fuhr und fuhr zwischen diesen Hügeln, auf einer schlangenartig gewundenen Straße, dann kamen wir auf eine gerade Strekke, die zwischen Tuffsteinfelsen hindurchführte. Diese Straße war dunkel wie ein Ofenrohr, und von Zeit zu Zeit trafen wir haltende Wagen mit Verliebten, die sich, während wir vorbeifuhren, brav hinsetzten, uns schief anschauten und ungeduldig warteten, bis wir vorüber waren. Endlich wurden die Felsen niedriger, und wir befanden uns zwischen Feldern. Bei einer Wendung hob sich eine gerundete dunkle Masse gegen den Himmel ab. Geremia bremste und sagte: «Hier ist es.»

Es war eine römische Ruine, aus Ziegelsteinen und in der Form eines großen Kuchens. Sie war von Brombeerhecken umgeben; schwarz zwischen den Sträuchern öffnete sich ein schmaler Durchgang. Der Mond beleuchtete die Ruine von der Seite, und man erkannte jeden Ziegelstein. Hinter der Ruine lagen abgemähte dunkle Felder, auf denen in gleichen Abständen helle Garben standen. Geremia sagte mir, daß ich die Beschwörung innerhalb der Ruine auszuführen habe. Aber es war noch früh, und so warteten wir. Ich hatte ein wenig Angst bekommen, um so mehr, als weit und breit keine lebende Seele zu sehen war. Ich betrachtete Geremia schon voll Mißtrauen, weil ich fürchtete, er könnte sich plötzlich verwandeln – vielleicht, was weiß ich, in einen Ziegenbock; das Gesicht dazu hatte er ja schon.

So war ich fast erleichtert, als ich das Geräusch klappernder Absätze hörte und auf der Straße eine Frau erschien. Es war eine von denen, die immer auf den Landstraßen rund um Rom zu finden sind, unweit der Vorstädte, in denen sie wohnen. Sie sah uns angelehnt an das Motorrad auf der Seite stehen und kam heran. Ich erinnere mich noch gut an sie, sie trug einen dunklen Rock und eine weiße Bluse. Als sie näher kam, sah ich, daß sie jung war, aber nicht schön: Sie hatte eine Pyramide von schwarzen, dauergewellten Haaren, ein zu stark bemaltes Puppengesicht, kleine Augen, großen Mund und so kurze Beine, daß es den Anschein hatte, als ginge sie mit angezogenen Knien. Sie sagte: «Guten Abend!» Und Geremia antwortete: «Guten Abend!» Sie sagte: «Gibst du mir eine Zigarette?» Geremia gab ihr eine, ohne ein Wort zu erwidern. Sie zündete sie an, blies den Rauch aus der Nase und äußerte dann das Übliche: «Na, junger Mann, willst du nicht mitkommen?»

Geremia tat einfältig; er fragte: «Und was wollen wir machen?»

«Wenn du mit mir kommst», antwortete sie, «erzähl ich dir eine hübsche Geschichte.»

Diese Worte gaben mir einen Stich, und ich will Ihnen auch sagen, warum. Als ich noch klein war, wollte ich immer nicht zu Bett gehen, und dann nahm mich meine Mutter in den Arm und sagte genau den gleichen Satz. Allerdings erzählte sie mir die Geschichte dann doch nicht; aber ich hoffte es jedesmal einen Augenblick lang und war fast glücklich. Geremia antwortete: «Nanu, für wen hältst du uns? Wir sind nicht hier, um uns Geschichten erzählen zu lassen.»

Sie sagte enttäuscht: «Ach, du willst meine schöne Geschichte nicht hören?» Und ohne etwas hinzuzufügen, ging sie davon, Schritt für Schritt, um sich etwas weiter weg auf die andere Seite der Straße zu stellen. In diesem Moment kam ein Wagen und hielt vor ihr. Geremia sagte, da es noch früh sei, wollten wir doch lieber noch ein bißchen herumfahren. Gesagt, getan, wir schwangen uns auf die Maschine, und weg waren wir.

Wir fuhren eine Viertelstunde, und dann hielten wir bei einem kleinen Hof an, und Geremia gab mir noch eine Weisung. Er sagte, daß ich ganz allein in die Ruine gehen müsse, weil die Geister sich sonst nicht zeigen würden. Sie kannten Geremia schon und hätten etwas gegen ihn, und er müßte dann einen stärkeren Zauber anwenden, und dabei würde ich nichts sehen. Er würde sich also entfernen und nach einer halben Stunde wiederkommen. «Und der Hund», fragte ich, «wie bringen wir den Hund weg mit dem Motorrad?» Geremia sagte, er würde ganz langsam fahren, so daß der Hund nebenher laufen könne. «Gib mir inzwischen die fünftausend Lire», schloß er.

Ich zahlte, und dann fuhren wir mit dem Motorrad wieder zur Ruine, und dieses Mal war kein Mensch in der Nähe.

Von der Straße zur Ruine führte ein ausgetretener Pfad durch das Gras: ein Zeichen, daß ihn schon viele andere vor mir benutzt hatten. Ich spürte ein leichtes Zittern, der Wind wisperte mir in den Ohren und machte mir Angst. Mit Mühe schob ich die Brombeersträucher vor dem Durchlaß beiseite, wobei ich mir die Hände zerkratzte; dann trat ich ein. Es herrschten völliges Dunkel und ein übler Geruch, und ich hatte jetzt eine unsägliche Angst. Mit bebender Hand entzündete ich ein Streichholz und hielt es an den Zweig, der sofort zu brennen begann.

Es war eine rote, flackernde Flamme, und viele zitternde Schatten sprangen auf den Ziegelsteinwänden um mich herum. Bei diesem Licht senkte ich den Blick und sah in einer Ecke – auf den Boden hingestreckt – die Frau, die kurz vorher die Absicht gehabt hatte, uns ihre schöne Geschichte zu erzählen. Ich erkannte sie an den Kleidern wieder und dann auch am Gesicht, das mir zugewendet war, obwohl sie auf der Seite lag, mit entblößten Schultern. Ich war so auf die Zauberei konzentriert, daß ich als erstes dachte, ein Geist hätte das Aussehen dieser Frau angenommen: ein kleiner Scherz. Aber dann, als ich genauer hinsah, bemerkte ich einen großen dunklen Fleck auf ihrer Bluse, unterhalb der Schulter. Und als ich nochmals ihr Gesicht anschaute, sah ich, daß die Augen offen waren und glänzten, doch ohne Blick, wie Glas. Nun begriff ich, daß es ein Blutfleck war – und im gleichen Moment warf ich den Zweig auf den Boden und rannte weg.

Ich weiß nicht mehr, wie ich die Straße, die nicht enden wollte, eigentlich hinter mich gebracht habe, doch auf einmal kam ich auf der Appia Antica heraus. Ich fühlte eine schreckliche Furcht, nicht mehr so sehr vor den Geistern, sondern hauptsächlich, weil ich in einen Mord verwickelt war. Doch meine Gedanken an die Geister und an das Verbrechen mischten sich seltsam, und wieder überkam mich die Vorstellung, die beleidigten Geister hätten mit mir ihren Spaß getrieben, indem sie mir statt des erhofften gelben Hundes eine tote Frau vor die Füße legten. Ich war ganz sicher, daß man die Frau ermordet hatte, aber ich war nicht so sicher, ob dieser Mord nicht von den Geistern gewollt war.

In dieser Nacht schlief ich nicht; früh am Morgen sagte ich meinen Eltern, ich führe nach Genazzano, wo ich einen Onkel habe, der Bauer ist. Im Zug öffnete ich die Zeitung und fand darin einen Bericht über die Bluttat; bei Kilometerstein soundso einer gewissen Straße, in der soundso Ruine, sei die Leiche einer Halbweltdame gefunden worden. Wahrscheinlich hat die Ärmste ihre Geschichte einem anderen erzählen wollen, und der hatte ihr dann die seine erzählt, mit wütenden Messerstichen.

Ich blieb einige angstvolle Wochen in Genazzano; endlich kehrte ich nach Rom zurück. Aber ich ging nicht zur Porta Furba, zu meiner Familie. Statt dessen siedelte ich zur Prima Porta über, auf der anderen Seite der Stadt, wo ich in einer Trattoria eine Stellung als Kellner fand. Ich wollte Geremia nicht wiedersehen – teils wegen der 5000 Lire, teils wegen der Erinnerung an jene Nacht. So habe ich ihn aus den Augen verloren. Aber den Ring aus Blech mit dem rosa Stein trage ich noch immer am Finger.

Der Onkel

Meßt dem Lebensalter Bedeutung bei: Bis zu meinem fünfunddreißigsten Jahr lebte ich zusammen mit meiner drei Jahre älteren Schwester Elvira, mit deren Mann und mit ihrer Tochter Agatina. Das war damals meine Familie, zumal auch unsere Mutter bei uns gewohnt hatte. Aber dann war sie gestorben. Solange sie lebte, war die Familie wichtiger als unsere persönlichen Gefühle. Das ging so weit, daß ich im Ernst daran dachte – als ich mich kurz vor Mutters Tod verlobte –, auch noch die junge Frau ins Haus zu bringen, um dort mit ihr und allen anderen zusammen zu leben. Wir waren wirklich eine einträchtige Familie, und ich schätzte meine Schwester, war der Freund meines Schwagers und liebte Agatina wie meine eigene Tochter. Diese Agatina war ein braunhaariges Mädchen mit blassem Gesicht und ernsten dunklen Augen. Mit sechzehn war sie noch ein Kind gewesen, doch nun war sie achtzehn und hatte sich zur jungen Frau entwickelt. Ich hing sehr an ihr, teils weil ich ihr Aufwachsen miterlebt hatte, teils wegen ihrer bescheidenen, ruhigen und sanften Art. Sie war sehr anmutig. Zu mir hatte sie fast mehr Vertrauen als zu ihren Eltern, und ich meinerseits fand nichts dabei, mich mit ihr von Zeit zu Zeit des längeren zu unterhalten, von Onkel zu Nichte; sie war recht intelligent und überraschte mich oft mit Beobachtungen und Bemerkungen, die weit über ihr Alter hinausgingen.

Aber unsere Mutter starb, wie gesagt, und ich war verlobt; und als ich ein Jahr nach Mutters Tod heiratete, kam mir zum Bewußtsein, daß unser Familienleben zu Ende ging, oder besser, daß es Zeit war, eine eigene Familie zu gründen. So zog ich aus. Sie blieben in der Tuscolana, und ich wohnte auf der anderen Seite der Stadt, in der Tomba di Nerone. Ich verließ sie ungern, doch ich war mir im klaren, daß es nötig war; außerdem befand sich die Garage, die ich gemeinsam mit meinem Schwager gemietet hatte, ganz in der Nähe, in der Via Cassia. Agatina und meine Schwester halfen meiner Frau, die Wohnung einzurichten, und in der nächsten Zeit sahen wir uns oft, vor allem an den Sonntagen.

Es war auch gerade ein Sonntag – drei Monate nach meinem Umzug in die neue Wohnung –, als meine Schwester mich anrief und mir sagte, ich solle sofort zu ihnen kommen, sie müsse mich sprechen. Ich fragte, was geschehen sei, und sie begann: «Agatina . . .», und dann schwieg sie. Ich sagte beunruhigt: «Agatina? Was ist mit Agatina?» Sie antwortete schnell: «Nichts, nichts. Es geht nicht am Telefon, komm her, dann sag ich dir's.»

Ich verständigte also meine Frau davon, daß ich zu Elvira müsse, schwang mich aufs Motorrad und erreichte über die Cassia, die Flaminia, das Colosseum und San Giovanni die Tuscolana. Mein Schwager wohnte in einem jener gelben Häuser, deren Höfe so groß wie Plätze sind und die eine Menge Treppen haben. Ich ließ das Motorrad beim Portier, der mich kannte, und ging in den vierten Stock hinauf. Elvira öffnete mir so schnell, als hätte sie hinter der Tür auf mich gewartet. Meine Schwester ist eine große, kräftige Frau mit einem adlerartigen Gesicht, gesund und braun. Doch nun sah ich sofort, daß ihr Gesicht eingefallen und blaß und um die Augen herum müde wirkte: Sie schien um zehn Jahre gealtert. Sie ging voraus ins Eßzimmer, das auch als Salon dient. Ohne sich hinzusetzen, sagte sie brüsk: «Agatina hat versucht, sich das Leben zu nehmen.»

«Was sagst du da?»

«Mit Schlaftabletten. Es waren allerdings zu wenige. Das Krankenhaus hat sie gleich wieder nach Hause geschickt.»

«Aber warum denn?»

«Ich weiß es nicht. Uns will sie es nicht sagen. Sie redet nichts. Der Vater hat sie angefleht, dann ist er wütend geworden; aber es hat alles nichts genützt. Ich habe dich gerufen, weil sie zu dir ja großes Vertrauen hat – vielleicht erzählt sie es dir.»

Ich war so erstaunt, daß ich nur ratlos vor mich hin sagen konnte: «Agatina – gerade sie! Ich kann es nicht glauben.»

«Aber es ist wahr», sagte Elvira und seufzte, «ich mach mir

jetzt so viele Gedanken über sie, daß ich nicht mehr schlafen kann. Also sprich ein bißchen mit ihr und sieh zu, ob du herausbekommst, was sie hat.» Sie verließ das Eßzimmer und ging auf dem Korridor vor mir her.

Ich sah sie die Tür zu Agatinas Zimmer öffnen; sie steckte den Kopf hinein und kündigte an: «Onkel Alessandro ist da, er will dich sehen.»

Ich hörte nicht, was Agatina antwortete, aber meine Schwester zog den Kopf zurück und machte mir Zeichen, die besagen sollten: Es ist gut, du kannst hineingehen, ich komme nicht mit.

Ich faßte Mut, denn auf einmal hatte ich mich so unsicher gefühlt, als handelte es sich nicht um Agatina, sondern um eine ganz fremde Person. Ich trat ein.

Das Zimmer war klein, eine Fortsetzung des Korridors, das Bett war in Längsrichtung aufgestellt, und im Hintergrund vor dem Fenster stand ein Schreibtisch mit einem Stuhl davor. Agatina saß im Bett, mit zwei oder drei Kissen im Rücken. Ihre Arme lagen verlassen zu ihren Seiten, und offenes Haar umgab ihr Gesicht. Es war warm, sie trug ein ärmelloses Nachthemd, und ihr Leib war nur mit einem Leintuch bedeckt. Die Blässe ihres Gesichtes bestürzte mich. Sie wirkte aufgelöst und gleichsam entrückt, doch nicht wie jemand, dem es körperlich nicht gut geht. Sie hatte etwas Schwärmerisches und Verlangendes, das mir von neuem das Gefühl gab, es mit einer Fremden zu tun zu haben. Dann sagte ich mir, daß ich ja doch immer noch ihr Onkel Alessandro war und sie meine Nichte Agatina. Während ich mir so, nicht ohne Mühe, meine Rolle klarmachte, nahm ich neben ihr auf dem Bettrand Platz und rief aus: «Aber Agatina, was stellst du denn alles an! Ach, Agatina, diesmal bin ich dir aber wirklich böse! So kenne ich dich ja gar nicht!»

Ich bemerkte sofort, daß mein scherzhaft-väterlicher Ton nicht das richtige war, aber ich hätte nicht sagen können, warum. Um mir neuen Mut zu machen, streckte ich die Hand aus und streichelte ihre bleiche Wange, aber sofort zog ich sie wieder zurück, als hätte ich sie mir verbrannt: Auch diese Geste empfand ich nun – wer weiß, warum – als unangebracht. Sie sah mich ernst und bewegungslos an. Dann fragte sie fast streng: «Wer hat es dir gesagt, Onkel?»

«Deine Mutter sagte es mir. Aber darf man wissen, warum du es getan hast?»

Aufgebracht sagte sie sogleich: «Ich hatte sie doch so gebeten, dir nichts davon zu sagen.» Ich ging nicht auf ihre Worte ein, sondern fuhr fort: «Schließlich bist du achtzehn Jahre alt, nicht wahr? Und weißt du auch, was es heißt, achtzehn Jahre alt zu sein? Das heißt, daß man noch das ganze Leben vor sich hat. Was du getan hast, das ist genauso, als wenn einer bei Tisch, nachdem er die Vorspeise gegessen hat, aufsteht und weggeht – in der Meinung, das sei schon das ganze Menü gewesen. Was weißt du vom Leben? Ein paar kleine Artischocken in Öl, eine Scheibe Schinken ... Es gibt für dich noch mehr und noch Besseres! Und du wolltest schon fort.»

Ich hätte den Vergleich mit dem Essen und dem vorzeitigen Verlassen der Tafel gern noch weitergeführt, denn das war das einzige, was mir in meiner Befangenheit einfiel; doch plötzlich, unter ihrem ernsten und intelligenten Blick, der mich mit merkwürdiger Intensität musterte und zu prüfen schien, wurde ich verwirrt und schämte mich fast. Ich schloß unvermittelt: «Kurz, darf man wissen, warum du es getan hast?»

Bei diesen Worten nahm ich ihre Hand vom Bett auf, und sie ließ es sich gefallen, ja, ich bemerkte sogar – aber vielleicht täuschte ich mich auch – einen ganz leichten Druck ihrer Finger. Dabei blickte sie mich an, und ich sah, daß ihre Augen von Tränen glänzten. Ich dachte, daß sie jetzt nahe daran sei, mir zu sagen, was ich gerne gewußt hätte, und ich erklärte mit Nachdruck: «Ich bin doch dein Onkel, du weißt, daß ich dich gern habe, mit mir kannst du reden – los, sag schon, warum du es getan hast. Deine Mutter ist beunruhigt und leidet, dein Vater macht sich Sorgen, du kannst sie nicht so im Ungewissen lassen. Wenn es sich um etwas handelt, wobei sie dir helfen können, dann werden sie dir helfen. Aber wie sollen sie etwas für dich tun, wenn du nicht sprichst? Also, warum hast du das gemacht?»

Endlich sagte sie mit leiser Stimme: «Sie können gar nichts für mich tun.»

«Dann werde ich versuchen, dir zu helfen, wenn du es mir sagst.»

«Auch du kannst nichts tun.»

Das bestärkte mich in dem Gefühl, das ich gleich gehabt hatte: Es mußte eine Liebesgeschichte dahinterstecken. Ich sagte mir, daß die Eltern ja immer die letzten sind, die davon erfahren, wenn die Kinder verliebt sind – und daß ein Mädchen sich auch dann verlieben kann, wenn es den ganzen Tag zu Haus ist, und sei es vom Fenster aus. Ich dachte weiter, daß Leute, die sich aus Liebeskummer das Leben nehmen, immer glauben, die anderen könnten nichts für sie tun. Und in gewisser Hinsicht hatten sie ja auch recht damit. Ich fragte sie: «Hattest du nicht vielleicht einen – nun, sagen wir, sentimentalen Grund? Bist du nicht zufällig verliebt?»

Ich weiß nicht warum, aber ich erwartete eine kurze, kühle Zurückweisung. Statt dessen antwortete sie wortreich und in fast schmachtendem Ton: «Ach nein, wirklich, ich kann nicht sagen, daß ich verliebt bin. Und dann: in wen könnte ich wohl verliebt sein –? Du kennst mich.» Sie beendete ihren Satz nicht und lächelte mich an. Ganz plötzlich wußte ich, weshalb ich so befangen war: Ich bemühte mich hier, hinter etwas zu kommen, das ich im Grunde gar nicht wissen wollte. Trotzdem fragte ich, allerdings etwas gezwungen: «Bist du sicher, daß du mir die Wahrheit sagst?»

«Warum sollte ich sie dir nicht sagen?»

«Ich weiß nicht – deinen Eltern hast du sie jedenfalls nicht sagen wollen.»

«Mit dir ist das etwas anderes. Dir könnte ich sie sagen.»

Es folgte Stille. Ich hätte sie gern gefragt, warum es mit mir «etwas anderes» sei und was dieses «andere» bedeute, doch jetzt war mir nicht mehr danach zumute, viel zu reden. Verstört und verlegen erhob ich mich, ging zum Fenster und schaute in den Hof hinunter; dann drehte ich mich um, und ohne mir recht bewußt zu werden, was ich tat, zündete ich mir eine Zigarette an. Ich erinnerte mich jedoch gleich wieder, daß es Agatina nicht gut ging, und fragte: «Aber vielleicht stört dich der Rauch?» Sie sah mich lange an. Sie hatte keine Tränen mehr in den Augen, die jetzt sanft und zärtlich blickten. Dann sagte sie mit merkwürdig schwebender und atemloser Stimme, fast seufzend: «Nein, es stört mich nicht, rauch nur.» Und jetzt begriff ich endgültig.

Ich dachte jedoch nicht mehr darüber nach. Wenn ich bis dahin versucht hatte, sie dazu zu bringen, mir die Wahrheit zu sagen, so beschloß ich jetzt instinktiv, alles zu tun, um sie davon abzuhalten. So sagte ich, am Fenster stehend und den Blick auf die Tür gerichtet, damit ich ihr nicht ins Gesicht sehen mußte, langsam und betont: «Agatina, ich weiß nicht, warum du es getan hast, aber da du es nicht sagen willst, möchte ich nicht weiter in dich dringen. Über eins mußt du dir jedenfalls im klaren sein: daß es in deinem Alter keinen Grund geben darf, sich das Leben zu nehmen. Verstanden?»

«Ja, Onkel.»

Nach kurzem Schweigen nahm ich das Gespräch wieder auf und sagte: «Als du das tatest, dachtest du nicht an deine Eltern, die dich lieben und die es wirklich nicht verdient haben, daß du ihnen diesen Schmerz zufügtest. Du hast auch nicht daran gedacht, daß du ihr ganzes Leben zerstört hättest, wenn dir das gelungen wäre, was Gott verhütet hat. Denn du weißt doch, Agatina: sie leben für dich, und sie haben nur dich.»

«Ja, Onkel.»

Ich dachte: Hör doch auf mit diesem «Ja, Onkel»! Mit einer Grimasse warf ich die Zigarette zu Boden und drückte sie mit dem Schuh aus. Ich sagte noch: «Predigen kann ich dir nicht. So bitte ich dich nur um dies: Versprich mir, das niemals wieder zu tun!»

«Ich verspreche es dir, Onkel.»

«Und was auch der Grund gewesen sein mag, versprich mir, an diese Sache nicht mehr zu denken. Nie mehr! Hörst du?»

Diesmal sagte sie nichts. Aber nicht deshalb sah ich sie nicht an. Ich fühlte, daß ihr Blick auf mir ruhte, und ich wollte diese Augen nicht sehen. «Na, ich glaube, ich gehe jetzt. Ich muß wieder nach Hause. Ich bin gerne zu dir gekommen. Aber, um die Wahrheit zu sagen: Es wäre mir lieber gewesen, das alles wäre nicht passiert. Also, auf Wiedersehen, Agatina.»

Ich ging vom Fenster fort, wieder an ihr Bett. Wir sahen uns an. Es schien mir, als hätte ihr Gesicht wieder Farbe bekommen, als sei sie nicht mehr so schmachtend und geschwächt. – Kurz, sie war wieder Agatina, meine Nichte, die ich immer sehr gern gehabt hatte. Dann fügte ich – etwas zärtlicher – hinzu: «Steh jetzt auf, denn es geht dir wieder gut. Solange du im Bett liegst, sorgt sich deine Mutter. Beschäftige dich, versuch, dich zu zerstreuen, und vielleicht –» ich setzte das mit einem Lächeln hinzu – «findest du auch einen Bräutigam, falls du ihn nicht schon kennst.»

Wir lächelten uns zum letztenmal zu; ich deutete stumm einen Abschiedsgruß an und ging dann hinaus. Meine Schwester stand wartend im Korridor und stürzte mir sofort entgegen. Begierig fragte sie: «Na, hat sie es dir gesagt?»

Ich antwortete: «Sie wollte mir nichts sagen. Aber sei unbesorgt. Ich glaube nicht, daß es etwas Wichtiges ist. Was willst du, es ist das Alter –»

«Allerdings, es ist das Alter», sagte sie, «aber sie hat uns doch sehr in Schrecken versetzt, und wer hätte gedacht, daß ein so ruhiges, so sanftes Mädchen...»

Ich blieb noch etwas bei meiner Schwester; am Ende schien ich sie überzeugt zu haben, daß das Ganze nicht viel mehr war als eine Kindertorheit. Dann ging ich hinunter in den Hof und schwang mich wieder auf den Sattel des Motorrades. Von jenem Tage an sahen meine Schwester und ich uns nur noch selten. Sie hat gewiß nicht begriffen; aber ich zweifle nicht daran, daß sie Angst davor hatte, zu begreifen. Und deshalb war es ihr lieber, mich nicht mehr so oft zu sehen wie früher.

Schwüre

Sehnsucht nach der See erwachte in mir mit der schönen Jahreszeit, und ich wünschte mir sehr eine Fahrt ans Meer. Den ganzen Winter über, bis in den Frühling hinein, war ich krank gewesen. Zuerst hatte ich die Asiatische Grippe und dann eine doppelseitige Lungenentzündung bekommen, so daß nicht mehr viel fehlte, und ich hätte die Reise in die andere Welt angetreten. Ich litt noch ein ganze Weile an den Folgen, und am Ende, ich weiß nicht wie, befiel mich noch einmal die Asiatische Grippe, wenn auch diesmal in leichterer Form. So verrannen die Monate, und, eingeschlossen in mein Geschäft für Autozubehör, dachte ich also an das schöne Meer mit seinem reinen und feinen Sand, an das blaue Wasser, das immer bewegt ist und lebt, und an die glühende Sonne, die brennt und bräunt und in der man nicht schwitzt. Ich hatte so große Sehnsucht danach, daß ich sogar nachts davon träumte. Und als die Badesaison sich näherte, ging ich jeden Morgen auf die kleine Terrasse, um zu sehen, wie der Himmel hinter San Pietro aussah. Wir hatten nun Ende Mai, und an einem Samstag sagte ich zu Ginetta, meiner Braut, daß wir am nächsten Tag nach Castelfusano fahren wollten, zum ersten Bad des Jahres.

Wir waren mit den beiden Familien, der meinen und der ihren, in einer Osteria. Die Kinder waren im Arm der Mütter eingeschlafen. Auch ein Freund von mir war dabei. In Ginettas Gesicht stand sofort Widerspruch: «Ich kann nicht. Nimm eine andere mit.»

«Aber warum denn?»

«Fahr mit Tilde, die gefällt dir doch so gut. Ich komme nicht mit.»

Ich fing an, mich zu ärgern: «Was hat denn Tilde damit zu tun? Warum willst du nicht mitkommen?»

Sie senkte wortlos den Kopf. Jetzt griff ihre Mutter ein. Sie sagte mit Autorität: «Als du krank warst, hat Ginetta ein Gelübde getan. Sie hat geschworen, dieses Jahr nicht im Meer zu baden, wenn du wieder gesund wirst. Jetzt weißt du, warum sie nicht mitkommen will.»

Ich war sprachlos. Einerseits war ein so liebevoller Schwur sehr rührend, andererseits verdarb er mir die Fahrt. Ich sagte: «Ich danke dir. Doch warum mußtest du unbedingt schwören? Hätte das Penicillin allein nicht genügt?»

Sofort erhob sich ein Chor des Protestes von seiten aller anwesenden Frauen: «Sag das nicht. Vielleicht bist du nur wegen Ginettas Schwur gesund geworden – was weiß man...» Ich wartete, bis sie sich beruhigt hatten, und sagte dann: «Schon gut. Aber ich möchte nun mal ans Meer fahren, und ich fahre auch ans Meer, und du kommst mit. Dann brichst du eben den Schwur.»

«Ich komme nicht mit, und ich breche auch nicht den Schwur: Vielleicht wirst du dann wieder krank.»

«Ich nehm's auf meine Verantwortung, ihn zu brechen!»

«Nicht dran zu denken», sagte sie halsstarrig, «ich hab dir doch gesagt: Nimm Tilde mit.»

Was mich am meisten störte, war ihre Unfreundlichkeit. Es schien mir fast, als nähme sie mir übel, daß ich sie durch mein Kranksein sozusagen gezwungen hatte, ihren Schwur zu tun. Und so fuhr ich, nach einigen weiteren Wortgefechten, auf und schrie, dann würde ich eben mit Tilde fahren, wenn sie das unbedingt wolle, und gute Nacht!

Ich ging schnurstracks in die Bar, in der Tilde Kassiererin war. Tilde und Ginetta waren grundverschiedene Mädchen. Während Ginetta mißtrauisch, nervös, kompliziert war und über ein langes Register von Launen verfügte, war Tilde einfach, unerschütterlich und fröhlich. Und so verschieden wie ihr Charakter war auch ihr Aussehen: Ginetta schlank, braun, feurig, Tilde blond, üppig, ruhig. Ich sagte zu ihr: «Hallo, Tilde, willst du morgen mitfahren nach Castelfusano?»

Ich wußte, daß sie sich nicht viel aus Männern machte, aber doch ziemlich vergnügungssüchtig war. Sie antwortete tatsächlich mit einem Lächeln: «Um wieviel Uhr wollen wir fahren?»

Am nächsten Morgen band ich das Bündel mit meiner Badehose auf den Sattel des Motorrades und fuhr los, um Tilde abzuholen. Ich hatte freilich Gewissensbisse: Ginetta hatte doch diesen Schwur nur aus Liebe zu mir getan; und außerdem, wenn man Ginetta und Tilde verglich, verhielten sie sich zueinander wie eine Puppe mit beweglichen Augen, die «Papa» und «Mama» sagen kann, zu einem lebenden Menschen. Beim verabredeten Pfiff zeigte sich Tilde am Fenster in der Vicolo del Cinque ärmellos, zurechtgemacht, mit gelben Trägern auf den Schultern und mit einem weitherzigen Ausschnitt. Vergnügt rief sie mir zu: «Wir müssen noch auf Ginetta warten.»

Ich fiel aus allen Wolken: «Ginetta?»

«Klar, gestern abend kam sie in die Bar und sagte mir, wir sollten auf sie warten, wir führen alle drei zusammen ans Meer.»

Es blieb mir keine Zeit, um mich von dieser Überraschung zu erholen, denn da war schon Ginetta, mit einem giftigen Lächeln auf den Lippen und bei dieser Hitze bis zum Hals in graue Wolle gekleidet. «Also, fahren wir», sagte sie.

«Hast du deinen Badeanzug nicht mitgebracht? Du ziehst dich doch wenigstens aus?»

«Ich habe nicht nur geschworen, nicht zu baden, sondern auch, mich nicht auszuziehen.»

«Wenn du es so ernst nimmst, hättest du auch gleich den Pelzmantel anziehen können.»

«Mein Kleid ist wie jedes andere.»

Genug, wir stiegen alle drei auf das Motorrad, Ginetta hinter mich und Tilde hinter Ginetta. Wir fuhren über die Passeggiata Archeologica und bogen in die Via Cristoforo Colombo ein. Ginetta hatte mir das Kinn auf die Schulter gelegt und träufelte mir das Gift ihrer Mißstimmung ins Ohr.

«Ich hätte nicht kommen sollen, ich sterbe vor Hitze.»

«Warum bist du denn überhaupt gekommen?»

«Du wolltest es ja durchaus! Dir zuliebe bin ich gekommen.»

«Und mir lag daran, daß du mir nicht die Fahrt verdirbst. – Aber sag mal, warum hast du eigentlich diesen Schwur getan?»

«Dann sag du mir mal, warum du eigentlich krank geworden bist!»

So ging es weiter. Auf einmal konnte ich diese flüsternde Stimme nicht mehr ertragen; beim Lunapark hielt ich schlagartig an und sagte: «Jetzt wechseln wir die Plätze! Tilde setzt sich hinter mich und du hinter Tilde.»

«Aber warum denn?»

«Weil du dauernd sprichst und mich ablenkst. Auf diese Weise können wir im Graben landen.»

Wir wechselten die Plätze, und ich hatte Frieden: Tilde sprach nicht, weil sie – wie immer – nichts zu sagen hatte. Bei der Kreuzung nach Neapel kniff mich plötzlich jemand kräftig in den Arm, so daß ich beinahe wirklich in den Graben gefahren wäre. Ich hielt an und fragte Tilde ärgerlich: «Was ist in dich gefahren?» Und sie, lachend: «Ginetta hat gesagt, ich soll dich kneifen, und da hab ich's gemacht.»

Ich fragte Ginetta: «Was soll das, bist du wahnsinnig oder tust du nur so?»

Und sie: «Mir war so zumute. Du bist mir unsympathisch. Und weißt du, warum? Ich habe deinetwegen ein Gelübde abgelegt – und du hast, als Gegenleistung, nicht mal das Opfer bringen wollen, aufs Meer zu verzichten.»

«Wenn ich doch schon seit Monaten ans Meer denke! Da hast du eben Pech gehabt. Du hättest so was nicht schwören sollen.»

Da war das Meer. Die Via Cristoforo Colombo fiel weit hinab, ein Streifen weißen Lichtes zerteilte das Land und die Pinienwälder und verlor sich im leuchtenden Glanz des Meeres, den die Sonne entfachte. Während wir hinunterfuhren, begann ich vor Freude zu singen; Tilde fiel ein. Ginetta schwieg. Hier war die Landstraße von Castelfusano, und dann, nach den Gebäuden und dem Buschwald, kamen der Strand und die See. Ich hielt an, und dann ging es im Laufschritt hinunter in das Gebüsch, an meiner einen Hand die lachende Tilde, an der anderen Ginetta, die sich mit mürrischem Gesicht ziehen ließ.

Der Strand war fast menschenleer – abgesehen von ein paar vereinzelten Gruppen in einiger Ferne. Ein alter Steg erstreckte sich ein ganzes Stück ins Meer hinein. Ich war trunken vor Freude, ging hinter einen dieser Sträucher und im Nu war ich nackt.

Ich rief: «Hallo, Tilde, ziehst du dich aus?» Und sie, hinter einem anderen Strauch: «Ich bin schon im Badeanzug.»

Ich hatte mich rasch ausgezogen und dabei nicht bemerkt, daß ich die Badehose nicht hatte. Als wir vom Motorrad abgestiegen waren, hatte Ginetta sie an sich genommen. Ich rief: «Ginetta, bring mir die Badehose!»

Sie antwortete eilfertig: «Ich bin hier links, fang sie auf.»

Ich schaute vorsichtig hinter meinem Busch hervor, doch ich sah nichts. Gleichzeitig hörte ich von rechts ihre Stimme, die boshaft rief: «Kuckuck, ich hab mich versteckt!» Als ich mich umdrehte, sah ich, daß meine Kleider, die ich auf die Erde geworfen hatte, verschwunden waren.

Ziemlich außer Fassung rief ich: «Ginetta, gib mir die Kleider und die Badehose wieder!» Und sie, mit böser Stimme, von der ich nicht wußte, woher sie kam: «Ich gebe dir nichts zurück! Es ist nicht richtig, daß ich in der Sonne röste, während du herumplanschst und dich amüsierst.»

«Aber was kann ich denn dafür, daß du diesen Schwur geleistet hast?»

«Natürlich kannst du dafür: Du hättest nicht krank werden sollen.»

Inzwischen schrie Tilde, dumm wie immer: «Los, Attilio, gehen wir ins Wasser!» Und ich: «Ich kann nicht, ich bin nackt.»

Es folgte eine lange Diskussion. Ich rief Ginetta zu, sie solle mir endlich die Badehose wiedergeben; sie lehnte ab; und Tilde wiederholte, daß sie baden gehen wolle. Endlich verlor ich die Geduld und sagte zu Tilde: «Hör mal, du könntest das doch machen – nimm Ginetta die Badehose weg!»

Und sie, mit freudig erregter Stimme: «Ermächtigst du mich?»

«Sicher!»

Da hätten Sie Tilde sehen sollen! Sie machte einen mächtigen Sprung, um Ginetta zu erreichen. Aber Ginetta war schon gestartet, um wegzurennen – mit meinen Kleidern unter dem Arm. Von dem Strauch aus, der mich bis zur Brust verdeckte, sah ich Tilde im Badeanzug und Ginetta in ihrem grauen Wollkleid ein großes Verfolgungsrennen veranstalten.

Zuerst liefen sie quer über den Strand und dann am Meer entlang. Tilde, die gutmütige, lachte laut, doch Ginetta schien es ernst zu sein. Sie liefen ein hübsches Stück, und dann hatte Tilde sie erreicht und hing sich an die Kleider, die zu Boden fielen. Ginetta drehte sich um, und Tilde, die immer noch lachte, bückte sich, um die Kleider aufzuheben. Da hörte ich einen schrillen Schrei und sah, daß Ginetta sie an ihren langen Haaren erwischt hatte und über den Strand schleifte; dann schleuderte sie sie gegen eine Düne, sprang sie an wie ein wildes Tier und ohrfeigte sie viele Male – rechts und links –; ich sah die Bewegung ihres Armes und der Hand, die sich hob und auf die schönen Wangen Tildes herabsauste.

Also wirklich: diese Wildheit erstaunte mich; das war eine böse, schon beinahe blutdürstige Gewalttätigkeit. Schließlich konnte Tilde wieder aufstehen und lief weg – am Meer entlang; sie hielt sich den Arm vors Gesicht, und ihre Schultern bebten vor Schluchzen.

Ich rief: «Tilde!» Sicher hörte sie mich, doch sie hob nur die Schultern und ging weiter. Ginetta war mit meinen Kleidern und meiner Badehose hinter den Dünen verschwunden.

Jetzt war ich allein. Die Büsche verdeckten mich bis zur Brust, das stimmt, aber ich konnte ja nicht für immer hier bleiben; andererseits war nicht im Traum daran zu denken, daß ich mein Versteck verlassen konnte, zumindest so lange nicht, bis nicht die wenigen Badegäste, die man hier und dort sah, gegangen waren. Wütend verharrte ich in der brennenden Sonne, standhaft und aufrecht – wie lange, weiß ich nicht –, und der Buschwald, der mich umgab, schien menschenleer, soweit der Blick reichte.

Plötzlich fuhr ich in die Höhe: Ginettas Stimme ertönte aus nächster Nähe.

«Wie geht es dir?»

«Es geht mir miserabel», antwortete ich voller Wut, «los, gib mir die Badehose!»

Tiefes Schweigen. Dann wieder die Stimme: «Was bekomme ich, wenn ich sie dir wiedergebe?»

Ich wußte nicht, wo sie versteckt war zwischen allen diesen dichten Büschen, von denen einer wie der andere aussah. Aber der Stimme nach, die jetzt leise und scherzend klang, konnte ich sie mir lebhaft vorstellen: befriedigt von den Ohrfeigen, die sie Tilde verabreicht und mit denen sie ihrer üblen Laune Luft gemacht hatte, beruhigt, lächelnd und liebevoll. Ich sagte jedoch hart: «Ich gebe dir gar nichts! Im Gegenteil, wenn du mir nicht endlich die Badehose gibst, tue ich diesmal einen Schwur.»

«Und was willst du schwören?»

«Daß zwischen uns beiden alles aus ist. Das wäre mein Schwur.»

Ich hörte sie lachen: «Und warum schwörst du nicht?»

Ich war verwirrt, weil mir bewußt wurde, daß ich nicht imstande war, diesen Eid zu leisten: Ich liebte sie zu sehr. Nach einer kleinen Weile fragte ihre Stimme wieder: «Also, was bekomme ich für die Badehose?»

Ich drehte mich um, weil ich sehen wollte, wo sie war und die Büsche zerkratzten mir vorne und hinten die nackte Haut.

Ich sagte seufzend: «Einen Kuß.»

«Hier hast du die Badehose!» Und schon landete sie zu meinen Füßen. Ich zog sie an und fragte dann: «Wo bist du?»

«Geh erst ins Wasser. Den Kuß gibst du mir später.»

Und so ging ich auf dem sandigen Strand in das köstliche Wasser im Mai, bis es mir langsam, langsam bis zur Kehle stieg. Nach einiger Zeit verließ ich das Wasser, stieg wieder zum Strand hinauf und ging zwischen den Sträuchern hindurch in den Buschwald. Plötzlich wurde ich stürmisch überfallen. Es war Ginetta, in Unterkleidung, die mir lachend ihre Arme um den Hals schlang. Ich gab ihr den Kuß, und dann sagte sie: «Es hat doch alles auch seine guten Seiten. Jetzt sind wir wenigstens eine Weile allein, ohne Tilde.»

«Aber wenn Tilde nicht wiederkommt?»

«Ah, die kommt wieder. Ihre Kleider sind ja hier, und außerdem wird sie bald essen wollen.»

So war es dann auch. Nach ungefähr einer Stunde rief Tilde mit ängstlicher, unsicherer Stimme nach uns. Ginetta ging ihr entgegen und hängte sich bei ihr ein. Dann rief sie mir zu: «Los, geh noch mal mit Tilde ins Wasser. Ich warte auf euch und richte das Essen her.»

Tilde schien etwas verwirrt zu sein, und während ich neben ihr herging, sagte ich: «Na, Ginetta hat dir ja ganz schöne Ohrfeigen gegeben.»

«Weißt du, daß ich geschworen habe, sie nie wiederzusehen?»

«Na und?»

«Ja, dann bin ich doch zurückgekommen. Ginetta hält ihre Schwüre. Ich nicht.»

Angst

Als der Sommer gekommen war, beschloß die Mama, ich solle einen Monat auf dem Lande verbringen, da es mir während des Frühlings schlecht gegangen war. Sie hatte einen Bruder in Sant Oreste, dem schrieb sie und fragte ihn, ob er in der Umgebung einen Bauern wüßte, der bereit sei, einen jungen Mann ohne viel Ansprüche in seinem Hause aufzunehmen. Mein Onkel antwortete, es gäbe da einen Bauern, einen kleinen Grundbesitzer, dessen Haus fast in den Bergen liege, mitten zwischen Kastanienwäldern. Die Mama sagte sofort: «Das ist das Richtige für dich; du bist in einer Familie, atmest in den schönen Kastanienwäldern gute Luft, wirst essen, schlafen, zunehmen, und paß auf, wenn du zurückkommst, bist du wie neu.» Um die Wahrheit zu sagen, ich war nicht sehr begeistert: fort aus unserem Viertel, weit weg von der Bar, dem Kino und der Osteria bin ich nur noch ein halber Mensch, sozusagen. Aber da es mir wirklich schlecht gegangen war und da ich fühlte, daß ich noch immer nicht ganz gesund war, entschloß ich mich dann mehr oder weniger, doch zu fahren.

Ich entschloß mich allerdings nur halbwegs. Eigentlich gefiel mir der Gedanke gar nicht, mich zwischen Kastanienwäldern zu begraben; aber ich wollte sehen, ob ich mich mit der Zeit nicht an ihn gewöhnte. Doch je mehr ich darüber nachdachte, um so weniger war ich davon angetan. Inzwischen hatte der Bauer, der mich aufnehmen sollte und der Tullio Tocci hieß, einen Brief an mich geschrieben. Mit Buchstaben, flatternd wie Musiknoten, und Worten, von denen jedes einzelne einen Schnörkel bildete, sagte mir dieser Tocci, daß er mich Ende Juli erwarte. Er duzte mich einfach und schloß wie ein typischer Ignorant: «Was machst Du überhaupt in Rom? Komm nur her. Wirst schon sehen, wie Du Dich dann fühlst.» Das war ungefähr das gleiche, was auch die Mama gesagt hatte, doch aus ihren Worten sprach Mutterliebe, die wahre Liebe, während ich aus seinen Zeilen einen gewissen Sarkasmus herauszuhören glaubte, als wollte mich dieser Tocci verhöhnen. Ich legte den Brief in eine Schublade und vergaß, ihn zu beantworten.

Die Tage vergingen, es war heiß im sommerlichen Rom, und ich führte das gewohnte Leben: Ich stand spät auf, ging in die Bar, um mit den Freunden das Neueste im Sport zu diskutieren, ging ins Kino und machte Ausflüge nach Ostia und zu den Schlössern. Ende Juli kam ein weiterer Brief von Tocci. Diesmal teilte er mir mit, daß seine Frau und seine Tochter meine Ankunft kaum erwarten könnten, daß alles für mich hergerichtet sei und daß ich mich bestimmt sehr wohl fühlen würde. Dann schloß er mit dem dunklen Satz: «Du hast es versprochen und wirst Dein Wort halten. Wenn Du nicht kommst, wirst Du es bereuen.» Diese Worte gaben der Antipathie, die ich bereits gegen diesen Tocci empfand, weitere Nahrung. Ich sagte zu der Mama, daß das ja geradezu eine Drohung sei und daß ich mir von niemandem drohen ließe. Sie antwortete, er sei eben ein unwissender Bauer und könne sich nicht ausdrücken. Er habe doch nur sagen wollen, ich würde es sicher bedauern, wenn ich keine Erholung fände, wie er sie mir biete. Ich antwortete, vielleicht sei es so gemeint, aber das ist ja auch gleich, was solle ich denn bloß bei einer solchen Familie. Nach den Briefen zu urteilen, sei Tocci vermutlich einer dieser Bauern, die so hart sind wie die Steine in ihren Gemüsegärten, seine Frau eine von diesen Bäuerinnen, die den ganzen Tag mit dem Wedel in der Hand an ihrem Kohlenherd stehen, und die Tochter eins dieser derben Mädchen, die ungefähr die Grazie eines Esels besitzen. In einer solchen Familie würde mich die Langeweile – trotz der guten Luft der Kastanienwälder – ganz krank machen. Doch die Mama antwortete, daß ich gerade diese Langeweile brauche, um wieder ganz gesund zu werden.

Allmählich wurde ich zermürbt, fand mich damit ab und sagte der Mama, ich würde dann also am Sonntag fahren. Es war Freitag, und sie ging sofort in mein Zimmer, um meine Sachen aus den Schubladen hervorzuholen und meinen Koffer zu packen. Diese Eile verdarb mir vollkommen die Laune, denn das sah ja aus, als wollte sie mich so schnell wie möglich aus dem Hause jagen. Ich sagte ihr das, wurde immer wütender, und nachdem ich sie beschuldigt hatte, sie wolle meinen Tod, denn bei Tocci würde ich vor Langeweile sterben, ging ich hinaus und schlug die Tür hinter mir zu. Es war Abend, ich ging zur Bar an der Piazza Mastai und traf dort meine Freunde. Als sie mich in so finsterer Stimmung sahen, fragten sie mich, was ich habe, und ich erzählte ihnen die Sache und zeigte ihnen auch die Briefe von Tocci. Einer von ihnen, Luigi, mit dem Spitznamen Limone, weil er so gelb wie eine Zitrone ist, sagte: «Ich meine, du solltest nicht dorthin fahren, Remo.» – «Und warum nicht?» – «Weil ich glaube, daß dieser Tocci ein gefährlicher Bursche ist.» – «Was soll das heißen?» – «Das soll heißen, daß das Ganze eine Falle sein könnte.» – «Eine Falle?» – «Ja, er lockt dich in sein Haus, dann ermordet er dich, um dich zu berauben, und vergräbt deine Leiche im Gemüsegarten unter dem Blumenkohl.» An so etwas hatte ich wahrhaftig nicht gedacht, doch auf einmal erschien mir diese Vorstellung sehr einleuchtend. Ohne es zu wissen, hatte Limone mir das Gefühl erklärt, das ich Tocci gegenüber empfand und das ich bisher nicht hatte deuten können: Es war ein Gefühl der Angst. Inzwischen fuhr Limone fort – halb im Spaß und halb im Ernst, wie mir schien –, mit großem Aufwand an Einzelheiten zu beschreiben, auf welche Art mich Tocci ermorden könnte; die Freunde, die sich über diese neue und hübsche Idee amüsierten, lachten sich schief. Aber ich lachte nicht mit; ich dachte, daß alles irgendwie zusammenpasse: die beiden Briefe, deren Ton vielleicht nicht nur sarkastisch wirkte, sondern es am Ende wirklich war, meine Krankheit, die mich dazu gebracht hatte, mich zu diesem Landaufenthalt zu entschließen, die Mama, die aus lauter Liebe blind für die Gefahren war, die mir womöglich drohten, und schließlich der Warner in Gestalt Limones, mochte seine Warnung auch nur seiner Bosheit entspringen und nicht ernst gemeint sein.

Jetzt, da die Freunde merkten, daß ich beeindruckt war, fingen auch die anderen an, mich aufzuziehen: «Gute Luft, Hausmannskost, Familienanschluß – und dann, wenn du schön zugenommen hast, wirst du geschlachtet.» Mit solcherlei Späßen, zuerst in der Bar und dann in der Osteria, verging der Abend. Aber ich war nun erschreckt; der Schweinebraten und der Schloßwein, den wir tranken, waren mir vergällt.

Ich ging spät nach Hause – es war gegen drei – und hatte sofort fürchterliche Träume. An den letzten, der mich aufweckte, erinnere ich mich noch. Ich befand mich auf dem Hof dieses Tocci, in der Gegend von Sant Oreste. Es stand dort ein schöner Baum, eine Kastanie, die ihre Äste dem Haus zuneigte. Zwischen den Blättern hingen viele noch geschlossene Kastanien in hellgrünen Schalen mit fast weißen Stacheln. Auf einmal fiel eine dieser Kugeln zu Boden, und während sie fiel, öffnete sie sich, und die neue braune, polierte Kastanie rollte auf eine Treppe zu, die, wie ich wußte, in den Keller führte. Ich folgte der Kastanie und sah sie die Treppe hinunterrollen, Stufe für Stufe, und um sie zu erwischen, lief ich hinter ihr her, in den Keller hinab. Doch die Kastanie rollte mir davon, schnell und glänzend, und verschwand zwischen zwei Reihen von Fässern. Plötzlich schloß sich über mir die Tür, und ich war im Dunkeln. Ich sah nichts mehr und tastete herum, um die Kellertür zu finden. Eine entsetzliche Angst überfiel mich, da ich unter der Erde eingesperrt und allein war, und ich fing an zu schreien. Doch je mehr ich schrie, desto weniger hörte ich meine eigene Stimme, und schließlich drang kein Laut über meine Lippen. Plötzlich wurde ich durch mein wirkliches Schreien wach und suchte am Kopfende des Bettes den Lichtschalter.

Es saß jemand am Fußende des Bettes und sah mich an – ein Mann, den ich nicht kannte. Es war spät, denn durch die Spalten der geschlossenen Rolladen schimmerte die Sonne. Ich musterte den Mann und sah, daß er das Gesicht eines Bauern hatte, breit und einfach, von der Sonne verbrannt. Sein Mund war etwas schief, wie durch Anstrengung verzogen, seine Hakennase war scharf und hart, und die tiefliegenden Augen waren klein und glänzend. Er war schwarz gekleidet, das Hemd hatte keinen Kragen und war an der Kehle mit einem Knopf geschlossen. Er sagte: «Na, bist du endlich aufgewacht?»

Ich stotterte: «Wer sind Sie denn eigentlich?»

Und er: «Ich bin Tocci. Ich habe geläutet, aber niemand ist gekommen, und da die Tür offen war, kam ich herein. Weißt du überhaupt, daß es Mittag ist? Und du schläfst noch?»

Ich dachte mir, daß die Mama zum Einkaufen gegangen sein mußte und wohl die Tür offengelassen hatte. Ich sagte: «Und was wollen Sie hier? Wer hat Sie gerufen?»

«Niemand hat mich gerufen. Ich bin gekommen. Kommst du also zu mir hinauf oder nicht?»

Jetzt wurde mir der Grund dieses Besuches klar. Doch nach den Unterhaltungen des vorangegangenen Abends schien mir diese Hartnäckigkeit irritierend. Ich sagte, er solle einen Moment warten, stand auf, wusch mir das Gesicht, kämmte mich und zog Hosen und Hemd an. Er sah mir schweigend und mit starren, funkelnden Augen zu. Dann sagte ich: «So, jetzt bin ich fertig. Wir wollen hinuntergehen und einen Kaffee trinken; dabei können wir dann reden.»

Wir gingen hinunter zur Piazza Mastai, um uns vor das Café ins Freie zu setzen. Während er neben mir herging, sah ich, daß er kleiner war als ich und daß er breite Schultern, lange Arme und kurze, krumme Beine hatte. Als wir saßen, sagte er, er wolle Wein. Ich erklärte ihm, daß sie im Café keinen Wein servierten, und er gab sich mit einem Wermut zufrieden, den er in einem Zug hinuntergoß. Er wischte sich mit dem Handrücken den Mund ab und sagte: «Glaubst du vielleicht, daß wir ewig auf dich warten? Du mußt dich entschließen. Kommst du oder kommst du nicht?»

Um Zeit zu gewinnen, sagte ich: «Die Briefe, die Sie mir geschrieben haben, waren nicht ganz klar.»

«Was war dir nicht klar?»

«Zum Beispiel: wie werde ich behandelt?»

Er grinste – oder es schien mir zumindest so – und sagte dann langsam: «Behandelt? Familienanschluß, versteht sich! Was kann es Besseres geben als Familienanschluß? Du würdest dich wie zu Hause fühlen – nein, sogar besser, weil ihr hier alles in den Geschäften kauft und sie euch wer weiß was für ein Zeug andrehen, während bei uns alles im Hause gemacht wird.»

«Ist es denn auch ein bißchen kühl dort oben?»

«Kühl? Und wie. Wirst sehen, was da für ein Windchen weht.»

Ich sah ihn an. Es schien mir, als ob er mich zum besten hielte. Doch nein, er war ganz ernst; nur die Augen hatten etwas zuviel Glanz.

«Und das Zimmer?»

«Ich gebe dir ein Zimmer, wie du es dir nicht mal im Traum vorstellen kannst – mit einem Doppelbett, in dem du so gut schläfst, daß du überhaupt nicht mehr aufwachst.»

«Überhaupt nicht mehr...?»

«Na ja, wie man halt so sagt.»

«Und das Essen?»

«Sieh mich an, wie findest du mich?»

Ich sagte, ich fände, er sähe gut aus. Er sagte: «Es geht mir auch gut. Weil ich gut esse. Teller voll Teigwaren und dicken Bohnen. Und Kaninchen. Magst du Kaninchen?»

«Ja, mag ich gern.»

«Du würdest viel essen, und es würde dir gut gehen. Und im übrigen bist du nicht der erste. Letztes Jahr haben wir auch einen gehabt, einen echten Römer!»

«Und wer war das?»

«Was interessiert dich das, wer das war?»

«Na ja, um mich zu erkundigen.»

«Nein, ich sage dir nicht, wer es war», sagte er auf einmal mit finsterer Entschlossenheit.

«Und warum nicht? Das kann doch nur bedeuten, daß er sich bei euch nicht wohlgefühlt hat und daß ich darüber nichts erfahren soll –»

«Es bedeutet gar nichts! Aber den Namen sage ich dir nicht.»

«Dann komme ich auch nicht.»

Bei dieser Antwort wurde sein Ausdruck drohend. Er stand auf und sagte: «Du hast es versprochen, und jetzt mußt du auch kommen. Schau, dort hinten steht mein Motorrad.» Er deutete in Richtung des Hauses, in dem ich wohnte, wo tatsächlich ein Motorrad an die Wand gelehnt stand. «Jetzt steigst du mit mir auf das Motorrad, und ich bring dich gleich hinauf.»

«Sie sind ja verrückt!»

«Der Verrückte bist du! Und außerdem bist du ein Schwindler.» Während er dies sagte, streckte er seine Hand aus, als wollte er mich am Hals packen. Ich hielt ihn am Handgelenk fest und sagte wütend: «Was glaubst du wohl, wo du bist, du Idiot? In deinem Schweinestall? Du bist hier in Rom, und ich bin Römer!

Versuch bloß nicht noch einmal, mich anzufassen, wenn du nicht ein paar aufs Maul kriegen willst!»

Da wurde ihm klar, daß er zu weit gegangen war. Er murmelte etwas Unverständliches und ging dann mit schnellen Schritten über den Platz davon. Ich sah ihn auf das Motorrad steigen und wegfahren. Immer noch sehr aufgeregt, ging ich nach Hause. Die Mama war in der Küche gerade dabei, die Einkaufstasche auf den Tisch zu leeren. In einem Zuge erzählte ich ihr die Geschichte meiner Angst und meiner Begegnung mit Tocci. Als ich fertig war, fing sie an zu lachen: «Du hast dich ja schön ins Bockshorn jagen lassen! Ich bin überzeugt, daß dieser Tocci ein ganz ordentlicher Mann ist, nur ein bißchen ungehobelt.»

«Aber warum lag ihm soviel daran, daß er sogar herkam?»

«Weil er natürlich an den Sommergästen verdient.»

«Und warum hat er mir den Namen des Gastes vom letzten Jahr nicht sagen wollen?»

«Weil er von dir einen höheren Preis verlangen wollte als von ihm.»

So ging ich also nicht mehr aufs Land und blieb den ganzen Sommer in Rom, von wo aus ich abwechselnd nach Ostia und zu den Schlössern fuhr. Sooft ich in diesem Sommer eine Zeitung aufschlug, erwartete ich die Nachricht zu finden, daß Tocci einen seiner Gäste ermordet habe. Aber es passierte gar nichts. Nur, daß ich seit jener Zeit Angst vor dem Lande und vor einsamen Orten habe. Und zu der Mama, die sich wegen dieser Angst über mich lustig macht, sage ich, daß Tocci eines Tages, wenn nicht in diesem Jahr, dann irgendwann später, irgendwen bestimmt noch umbringen wird.

Ich und der andere

Kurze Zeit nachdem mich meine Frau verlassen hatte, weil sie, wie sie sagte, mein Schweigen nicht mehr ertragen konnte, begann ich, Selbstgespräche zu führen. Es stimmt, ich war ihr gegenüber schweigsam, wie ich es übrigens allen anderen gegenüber auch bin. Doch mit ihr war ich schweigsam, weil ich sie liebte. Wenn man liebt, ist es dann notwendig, viel zu sprechen? Während ich also fast zu schweigsam mit ihr war, wurde ich mit mir selbst geschwätzig, kaum daß sie mich verlassen hatte. Ich bin Schuster, und wie man weiß, verlangt der Beruf des Schusters Konzentration. Es kann nicht anders sein, denn Leder bearbeiten ist Feinarbeit, und wehe, wenn man Fehler macht: Der Fuß erlaubt keine Fehler. So hatte ich, wenn ich abends nach Hause kam, flimmernde Augen, mein Kopf dröhnte von den Hammerschlägen, und die Lippen schmerzten von den vielen Nägeln, die ich im Munde gehalten hatte, um sie anzufeuchten, bevor ich sie in die Sohlen einschlug. Ich hätte wohl sehr ein Lächeln gebraucht, ein nettes Wort, einen Kuß auf die Stirn, eine warme Suppe. Statt dessen – nichts. Nur in der Küche, im Dunkeln, das Tropfen des Wasserhahns. Nun ist Schweigen eine gute Sache, wenn man mit einem Menschen zusammen ist, den man liebt und mit dem man, wenn man will, auch sprechen kann; aber es ist eine Qual, zum Schweigen gezwungen zu sein. So begann ich allmählich – nachdem meine Frau zu ihrer Mutter zurückgekehrt war –, während ich mir in der Küche das Essen zubereitete und es dann, immer allein, an einer Tischecke verzehrte, laut zu denken – fast ohne es zu merken.

Zunächst sprach ich immer ganz unpersönlich, ohne mich damit an mich selbst oder an jemand anderen zu wenden: «Kalt ist es in diesem Haus, wirklich kalt»; oder: «Wenn zwischen der Decke und dem Dach nicht die Ratten und Mäuse hausten, würde man hier drinnen nichts anderes hören als den Wasserhahn»; oder: «Das Bett ist seit heute morgen nicht gemacht. Na, jetzt ist es zu spät, ich mache es morgen.» Ich sprach mit erhobener Stimme, manchmal sogar mit stark erhobener, obwohl es sich um unbedeutende Sachen handelte; aber es gefiel mir, in diesen drei menschenleeren Zimmern meine Stimme widerhallen zu hören. Dann, als ich eines Tages, wie sonst auch, in der Küche saß, sagte ich: «Der Wein ist gut, der Wein tröstet, ein Liter Wein genügt, um alles Unglück zu vergessen.» Und plötzlich ertappte ich mich dabei, daß ich antwortete – immer mit erhobener Stimme: «Guglielmo, du bist unglücklich und du weißt es. Ja, der Wein ist gut, aber er tröstet nicht. Du könntest ein ganzes Faß davon trinken, und du würdest doch weder deine Frau vergessen noch die Tatsache, daß sie dich verlassen hat. Ja, der Wein ist gut, aber die Gesellschaft einer Frau, die man liebt, ist besser.» Die Wahrheit dieser Worte traf mich schwer, und ich antwortete, das heißt, meine erste Stimme antwortete: «Du hast recht. Aber was bleibt mir schließlich? Ich bin fünfzig Jahre alt, meine Frau ist fünfundzwanzig; sie hat mich verlassen. Wo fände ich eine geeignete Frau, die gewillt wäre, bei mir zu leben? Jetzt bleibt mir nichts als der Wein, oder?» Und die andere Stimme: «Hör zu, spintisier nicht. Du weißt sehr gut, daß du nicht auf deine Frau verzichtet hast.» Und ich: «Wer sagt das? Ich habe auf sie verzichtet, und wie!» Und er: «Das stimmt nicht. Wenn du verzichtet hättest, würdest du nicht bei dem bloßen Gedanken an sie in Schluchzen ausbrechen, ganz egal, wo du bist, vielleicht auf der Toilette oder auf der Treppe.» Kurz, ich hatte jetzt zwei Stimmen, eine, die sozusagen für mich sprach, und eine andere, die für einen anderen sprach, der dann ebenfalls ich war, doch gleichzeitig war er nicht ich. Es war so, daß ich immer – ohne es zu bemerken – vom Monolog zum Dialog überging, das heißt, vom Selbstgespräch zur Selbstdiskussion.

Diese Diskussionen waren übrigens nicht immer Auseinandersetzungen. Manchmal waren wir uns auch einig, er und ich. Beispielsweise an dem Abend, als ich diese eineinhalb Liter, oder auch zwei, getrunken hatte; ich ging danach ins Zimmer und schnitt vor dem Spiegel Gesichter, es war sehr lustig. Er sagte dann: «Immer die alte Geschichte, du hast getrunken. Ein Glück, daß du zu Hause und nicht auf der Straße bist. Du hast getrunken und kannst nicht mehr aufrecht stehen. Schämst du dich nicht, in deinem Alter?» Er sagte dies freilich nicht ohne ein gewisses Wohlgefallen in der Stimme. So ging es weiter, zwei Monate vielleicht – teils einträchtig und teils auch nicht –, bis zu jener Nacht, in der ich mehr als gewöhnlich getrunken hatte; da stellte ich mich mit herausgestreckter Zunge vor den Spiegel und erstarrte zur Salzsäule, als ich ihn im Spiegel sah: ernst und beherrscht und weder mit herausgestreckter Zunge noch mit offenem Mund. Nachdem er mich lange und mit Nachsicht betrachtet hatte, sagte er: «Guglielmo, du hast mich verärgert.» Ich fragte: «Und warum?» Und er: «Weil du dich gehenläßt, statt dich zu stellen und zu kämpfen. Du hast dich damit abgefunden, daß deine Frau dir davongelaufen ist, bist ein Säufer geworden und hast sogar die Liebe zu deinem Beruf verloren.» – «Aber wer sagt denn das?» – «Ich sage es. Und alle hier im Viertel wissen, daß du säufst. Und die Schuhe zum Besohlen bringen sie woandershin. Weißt du, was du geworden bist? Ein Waschlappen.»

Das ging mir zu Herzen, und ich kratzte mir den Kopf; dann fragte ich: «Aber was soll ich denn, deiner Meinung nach, tun?» – «Kämpfen, dich auflehnen, dich schlagen.» – «Warum denn?» – «Um deine Frau wieder ins Haus zu bekommen. Du hast gesehen, daß du ohne sie nicht mehr lebst; versuche, sie zurückzugewinnen. Bist du ihr Mann? Hast du nicht das Recht, sie bei dir zu haben? Nun rühr dich, handle, tu etwas.» – «Aber was soll ich denn tun?» – «Na, was wohl? Du weißt sehr gut, was du tun sollst.» – «Nein, Ehrenwort, ich weiß es nicht.» Und er, indem er mich fest ansah: «Du mußt erreichen – im Guten oder im Bösen –, daß sie zu dir zurückkommt.» Ich antwortete: «Im Guten habe ich es versucht, es hat nichts genützt. Und im Bösen will ich es gar nicht erst probieren.» Es schien mir, als hätte ich das Richtige gesagt, um ihn zu überzeugen, doch er schüttelte den Kopf und sagte drohend: «Es ist gut. Sprechen wir nicht mehr darüber.» Im gleichen Moment verschwand er aus dem Spiegel, und ich blieb allein.

Gedankenvoll legte ich mich zu Bett. Kaum hatte ich das Licht gelöscht, hörte ich im Dunkeln wieder seine Stimme: «Jetzt, da du ruhiger bist und dein Rausch vorbei ist, sage ich dir, was du tun mußt, um deine Frau wiederzubekommen. Aber unterbrich mich nicht, hör mich bis zum Ende an.» Ich antwortete, ich würde ihn anhören, er solle nur sprechen, und er sagte mir dann in scherzhaftem Ton, ich solle am nächsten Morgen im Laden ein Schustermesser nehmen, dann zu meiner Frau gehen, ihr das Messer unter die Nase halten und ihr befehlen: «Du kommst jetzt sofort mit nach Hause! Wenn nicht – siehst du das?» Schnell antwortete ich im Dunkeln: «Du bist ja verrückt, von so etwas spricht man nicht mal. Ich möchte meine Frau zurückhaben, das versteht sich. Aber ihr mit dem Messer drohen, das fehlte noch. Ich will schließlich nicht im Zuchthaus enden.» Und er: «Schon gut, du willst nicht ins Zuchthaus. Dabei wärst du – vielleicht, wer weiß – im Zuchthaus besser aufgehoben als hier.» – «Was willst du damit sagen?» – «Ich will sagen, daß du im Zuchthaus wenigstens nicht allein wärst. Du hast schließlich nichts zu verlieren. Das heißt: wenn sie nicht mitkommt, und du ihr mit dem Messer eine Lektion erteilst und im Zuchthaus endest, dann hättest du wenigstens die Gesellschaft anderer Zuchthäusler.» – «Du bist wirklich verrückt.» – «Ich bin nicht verrückt, und das weißt du. Du, Guglielmo, bist so allein, daß du sogar Lust aufs Zuchthaus bekommst.» Jetzt konnte ich nicht mehr. Ich setzte mich im Bett auf und sagte energisch: «Man spricht nicht einmal davon! Und jetzt sei still, halt dein schändliches Maul und laß mich schlafen.» – «Ich mache dich darauf aufmerksam, daß ich es tun werde, wenn du es nicht tust.» – «Ich hab dir gesagt, du sollst mich schlafen lassen.» – «Spätestens morgen früh werde ich es tun.» – «Sei still.» – «Also, wir sind uns einig.» Ich beugte mich aus dem Bett nahm einen Schuh und warf nach ihm, im Dunkeln. Man mußte sich gegen diesen Schurken wehren. Ich hörte den Lärm klirrender Scherben und wußte, daß ich den Wasserkrug auf der Kommode getroffen hatte. Dann sank ich in Schlaf.

Am nächsten Morgen jedoch, als ich aufwachte, wurde mir sofort klar, daß nicht viel Zeit zu verlieren war. Er war nicht mehr da – ich fand ihn in keinem der drei Räume. Während ich in der Wohnung zu tun hatte, um mir den Kaffee aufzuwärmen, war er imstande, zum Laden zu laufen, sich ein Messer zu nehmen und dann loszugehen wie ein Amokläufer. Ich bekam eine Gänsehaut, wirklich, beim bloßen Gedanken daran, was da alles passieren konnte. Ich stürzte deshalb – ohne Kaffee zu trinken, ohne mich zu waschen und zu rasieren, ungekämmt und mit zerwühlten Haaren – aus der Wohnung und warf mir auf der Treppe den Mantel über. Es war früh am Morgen, noch lag Tau und durch die Straßen zog der Nebel. Wenig Leute gingen zur Arbeit, und ein Atemwölkchen schwebte vor jedem Mund. Mein Laden war in der Vicolo del Fiume; ich rannte fast die Via Ripetta hinunter, und als ich um die Ecke bog, sah ich ihn von weitem, wie er sachte, sachte aus dem Laden trat und dann in Richtung des Tiber ausriß. So weit sind wir also, dachte ich. Er hält sein Wort, da gibt es nichts; er hat gesagt, er würde es tun, und er tut es auch. Man muß ihn unbedingt davon abhalten. Auch ich lief zum Laden, ergriff meinerseits ein Messer – für den Fall, daß er seine Wut an mir auslassen würde – und ging dann in die Bar nebenan, die eine Telefonzelle hat. «Es gibt noch keinen Kaffee, die Maschine funktioniert nicht», rief mir der Barmann entgegen, der mich kannte. Ich hob die Schultern: «Nein, ich will was anderes.» Wirklich, ich war so verwirrt, daß meine Hände flatterten, als ich im Telefonbuch blätterte, um die Nummer des Überfallkommandos zu finden. Endlich fand ich sie, wählte, eine Stimme fragte mich, was ich wolle, und ich erklärte den Fall: «Sie müssen sofort hin. Er ist mit meinem Schustermesser bewaffnet. Es geht um ein Menschenleben.» Die Stimme am anderen Ende der Leitung fragte: «Und wie heißt der Mann?» – «Palombini Guglielmo – der gleiche Name wie meiner: einer dieser Zufälle, wie sie manchmal vorkommen.» Am Telefon wurde mir versichert, daß man sich so bald wie möglich um die Sache kümmern würde, und ich raste zur Piazza del Popolo, zum Taxistand; denn die Polizei konnte sich verspäten, und deshalb schien es mir besser, wenn auch ich hinging. Ich nannte die Adresse, stieg in das Taxi und fügte hinzu: «Schnell, um Himmels willen, es geht um ein Menschenleben!» Der Fahrer, ein alter Mann mit weißen Haaren, fragte, was denn los sei, und ich antwortete: «Ein gewisser Palombini, ein Schuster, hat sich mit einem Messer bewaffnet und ist jetzt im Taxi unterwegs zu seiner Frau, die ihn verlassen hat. Er will sie ermorden – man muß ihn davon abhalten.» – «Haben Sie die Polizei benachrichtigt?» –

«Ja, natürlich» – «Aber woher wissen Sie es denn?» – «Na ja, Palombini und ich sind sozusagen Freunde. Er hat es mir gesagt.» Der Chauffeur überlegte einen Moment und sagte dann: «Viele spielen den wilden Mann, und dann, wenn es soweit ist, beruhigen sie sich wieder.» – «Da irren Sie sich, der macht Ernst, ich kenne ihn.» Unterdessen fuhren wir durch menschenleere Straßen in Richtung der Via Giulia, wo meine Frau wohnte.

Das Taxi hielt, ich sprang hinaus, zahlte, das Taxi fuhr davon, und ich wandte mich der Via Giulia zu: sie war leer, so weit der Blick reichte. Und da seh ich ihn, den Schurken, der gerade in diesem Augenblick das Haus meiner Frau betrat. Es fiel mir ein, daß meine Schwiegermutter, eine alte Betschwester, immer um diese Zeit in die Kirche ging. So war also meine Frau allein zu Hause und obendrein im Bett, weil sie faul war und gern lange schlief. Er hat einen guten Moment gewählt, dachte ich, das stimmt, er denkt an alles – los, schnell, sonst gibt es ein Gemetzel. Auch ich stürzte zur Tür hinein, nahm immer vier Treppenstufen auf einmal, und dann sah ich ihn auf dem Treppenabsatz stehen. Er klopfte laut an die geschlossene Tür und rief: «Der Gasableser!» – ein Vorwand, damit ihm geöffnet wurde. Ich zog mich zurück, und in der Tat, kurz darauf hörte ich das Schlurfen von Hausschuhen in der Wohnung, dann öffnete sich die Tür, und ich hörte die schlaftrunkene Stimme meiner Frau: «Der Zähler ist in der Küche.»

Er wartete – der Form halber – ein wenig, ehe er eintrat, und ich ging hinterher.

Der Gang war dunkel. Ich erkannte den Geruch ihres Schlafes wieder, warm und jung, und ich fühlte, wie sehr er mir gefehlt hatte. Auf den Zehenspitzen ging ich zum Ende des Korridors, wo sich, wie ich wußte, ihr Zimmer befand, drückte die Tür auf, die sie nur angelehnt hatte, und trat ein. Auch das Zimmer war dunkel, doch ich konnte das Doppelbett erkennen, und weiß und voll, unter dem schwarzen, auf dem Kopfkissen ausgebreiteten Haar, die nackten Schultern meiner Frau. Sie lag auf der Seite. Ich muß sagen, als ich diese Schultern sah, ergriff mich eine so starke Sehnsucht nach der Zeit mit ihr – genauso hatte sie zu Hause immer ausgesehen, wenn ich sie behutsam verließ und zur Arbeit ging –, daß ich plötzlich ihn und sein Messer vergaß, auf die Knie niedersank, ihre Hand nahm, die auf der Decke lag, und sagte: «Meine Liebe, mein Herz, komm zu mir zurück. Ohne dich kann ich nicht leben.» Ich bin sicher, daß meine Frau sich unter diesen Umständen hätte erweichen lassen. Doch dieser erbärmliche Schurke stand plötzlich auf der anderen Seite des Bettes, erhob den bewaffneten Arm, packte mit der anderen Hand ihre Schulter und rief mit schrecklicher Stimme: «Du kommst jetzt sofort mit nach Hause! Wenn nicht – siehst du das?»

Ich kann schwer beschreiben, was dann folgte: Ich kämpfte mit ihm, um ihn zu entwaffnen: meine Frau lief schreiend und halbnackt aus dem Zimmer, wobei sie alles umwarf; fremde Männer, die Beamten der Funkstreife, stürzten plötzlich herein und warfen sich auf mich. Ich schrie: «Verhaften Sie ihn, er ist gefährlich, Vorsicht, das Messer!» Doch die Beamten – vielleicht, weil auch ich ein Messer hatte – beförderten, ohne viel Unterschied zu machen, auch mich aus der Wohnung hinaus und dann die Treppen hinunter, obwohl ich mich sträubte und mit der ganzen Kraft meiner Stimme immer wieder rief: «Ihn müßt ihr verhaften, nicht mich – das ist ein Irrtum!» Auf der Straße war ein großes Gedränge; sie zwangen mich, in diesen Wagen zu steigen, und als ich die Augen hob, sah ich ihn, mit Handschellen an zwei Beamte gekettet. Er saß mir gegenüber und sein Grinsen schien zu sagen: Na, siehst du nun, daß ich's getan habe? Nun schrie ich, auf ihn zeigend: «Er hat mich zugrunde gerichtet, dieser Verbrecher – er hat mich fertiggemacht!» Und dann wurde ich ohnmächtig.

Jetzt bin ich in einer gepolsterten Zelle. Sie sagen, daß sie mich weiterhin unter Beobachtung halten müssen, weil sie fürchten, daß durch den Schmerz mein Gehirn gestört sei. Ich beklage mich nicht, doch ich fühle mich sehr allein. Ihn haben sie tatsächlich nach Regina Coeli gebracht, und wir sind gewissermaßen getrennt, er im Gefängnis und ich im Irrenhaus. Und damit haben sie mir die einzige Gesellschaft genommen, die ich hatte: nun habe ich niemanden mehr und muß für immer schweigen.

Alles für die Familie

Nach dem Vorfall in jener Nacht ließ ich mich bei Federicos Familie nicht mehr sehen. Ich muß schon sagen, ich war ganz fassungslos. Worüber? Daß ein tüchtiger Spezialarbeiter, Vater von zwei Töchtern, ein Mann wie er, groß, stark, ruhig, heiter, bei dessen bloßem Anblick man schon Vertrauen faßte, ein Doppelleben geführt haben soll. Und was für ein Doppelleben: Tagsüber arbeitete er als Mechaniker, und nachts soll er ein Dieb gewesen sein. Tagsüber war er mit mir und den anderen zusammen oder in der Familie mit Frau und Töchtern; nachts soll er mit einer Verbrecherbande in einem gestohlenen Wagen herumgefahren sein und innerhalb von zwei Jahren sieben bis acht Geschäfte ausgeraubt haben, wie es heißt. Ehrlich, fleißig und tüchtig am Tage; Gauner bei Nacht, mit einem schwarzen Tuch vor dem Gesicht, dem Brecheisen in der Tasche und der Pistole im Gürtel. Wahrhaftig, hätte ich nicht sein Bild in den Zeitungen gesehen, eins dieser Bilder, wie sie im Gefängnis gemacht werden, ohne Kragen und Krawatte, mit vorgestrecktem Kinn und aufgerissenen Augen – ich hätte es nie und nimmer geglaubt. Kurz, ich war nicht völlig überzeugt. Und deshalb – teils, weil ich mich so sehr wunderte, daß ich die Hoffnung nicht ganz aufgab, es sei vielleicht doch nicht wahr, teils, weil es mich nicht nur fassungslos machte, sondern geradezu beleidigte – ging ich nicht zu seiner Familie, was ich bei jedem andern Unglücksfall selbstverständlich getan hätte.

Meine Frau war es, die mich dann herumbekam. Ich wollte also nicht hin und sagte: «Federico hätte mir das nicht antun dürfen. Wie konnte er mir zwei Jahre lang verheimlichen, daß er ein Doppelleben führte!» Darauf meine Frau: «Und wenn er es dir gesagt hätte, was hättest du getan?» – «Wie meinst du das?» – «Was hättest du getan? Hättest du ihn angezeigt?» – «Na hör mal, bin ich ein Spitzel?» – «Also, da siehst du es», sagte meine

Frau triumphierend, «wenn er es dir gesagt hätte, hättest du ihn nicht ins Gefängnis gebracht. Jetzt aber, wo er im Gefängnis sitzt, verurteilst du ihn. Merkst du nicht, wie du dir widersprichst?» Ich begann, mich unsicher zu fühlen, und sie fügte hinzu: «Geh nur hin. Außerdem tust du ein gutes Werk.» Der letzte Grund schien mir der beste zu sein, und deshalb entschloß ich mich, hinzugehen.

Zufällig war am nächsten Tag das Fest des heiligen Giuseppe, und Federicos Frau hieß Giuseppina. In der Bar unten in unserem Haus kaufte ich zwanzig Stückchen Cremegebäck, und dann ging ich zur Stadtbahn. Ich wohne in der Via Giulia und Federico in einem neuen Mietshaus in der Gegend von San Paolo. Ich saß in der Bahn, das Päckchen mit dem Gebäck auf den Knien, und dachte noch einmal über Federico nach. Ich verstand es wirklich nicht. Vor allem gelang es mir nicht, die Tatsache, daß Federico ein so guter Vater und zärtlicher Ehemann war, mit der Tatsache zu vereinbaren, daß er nachts unterwegs gewesen sein sollte, um die Schaufenster der Geschäfte auszuplündern. Verdammt noch mal, dachte ich, man ist es oder man ist es nicht; und wer ein guter Familienvater ist, müßte logischerweise auch ein anständiger Mensch sein. Falls er das nicht ist, so bedeutet das, daß er an nichts glaubt; aber wie bringt er es dann fertig, ein guter Familienvater zu sein? Inzwischen fuhr die Bahn den Lungotevere entlang. Am Bahnhof von Ostia stieg ich aus und nahm den Omnibus nach San Paolo.

Das Haus, in dem Federico wohnte, war nicht weit vom Tiber entfernt und stand inmitten einer Gruppe gleicher, ganz neuer Häuser, die mit ihren vorspringenden Balkonen wie Kommoden mit lauter offenen Schubladen aussahen. Für San Giuseppe war es ein schöner Tag: ein leuchtendblauer Himmel voller Sonne; Kinder liefen in den grünen Gärten umher und spielten Ball; die Wäschestücke, die auf allen Balkonen zum Trocknen aufgehängt waren, flatterten im Frühlingswind wie Fahnen. Als ich die Treppe hinaufstieg, mußte ich an den armen Federico danken, der an einem Tag wie heute, statt im Schoße der Familie zu sein, in Regina Coeli saß, hinter Eisengittern. Ich kam zum Treppenabsatz und läutete. Das größere der Mädchen, Lucetta, öffnete mir. Es war wie immer sehr sauber, in frischgebügeltem Kleidchen, weißen Strümpfen und geputzten schwarzen Schuhen. Ich fragte: «Ist die Mama da?» Sofort antwortete mir eine aggressive, schleppende Stimme: «Ja, ja, die Mama ist da. Hier ist die Mama.»

Ich schaute auf und war überrascht, denn fast hätte ich Giuseppina nicht mehr wiedererkannt, so hatte sie sich verändert. Das Gesicht, das früher rund und voll gewesen war, schien jetzt in die Länge gezogen, als wäre es ausgewalkt worden, die Augen, tief in den eingefallenen Höhlen, hatten einen seltsamen Glanz, wie zwei Dochte verlöschender Kerzen, die einen letzten Lichtschein werfen, bevor sie im Wachs ertrinken. Ihre losen Haare fielen zu beiden Seiten herab, und Kleid wie Haare schienen leblos an ihr zu hängen. Obendrein ließ die Art, wie sie sich an den Türpfosten der Küche lehnte, die Schultern zurück und den Leib vorgestreckt, darauf schließen, daß sie auch noch schwanger war. Ich sagte verlegen: «Giuseppina, heute ist San Giuseppe, herzliche Glückwünsche! Ich hab dir auch ein paar Süßigkeiten mitgebracht.»

«Danke, danke. Für mich gibt es keine Feste und keine Heiligen mehr. Komm hier herein. Und du geh in die Küche und putz den Salat.» Mißmutig schob sie das Kind in die Küche; mich führte sie in das Eßzimmer, das sie auch als Salon verwendeten. Das Licht im Zimmer war sehr stark, da das Fenster keine Gardinen hatte und über den Tiber hinweg direkt in den Himmel blickte. Geblendet setzte ich mich neben sie und legte das Päckchen mit den Süßigkeiten auf den Tisch. Zuerst sagten wir beide nichts; ich schaute sie an, und sie sah zum Fenster hinaus. Endlich sagte ich: «Hast du ihn besucht?» Schnell wie eine Viper drehte sie sich um: «Ja, ich bin dort gewesen, ja.» – «Und wie ging es ihm?» – «Es ging ihm gut, vom Standpunkt derjenigen aus gesehen, die ihn lieber tot sehen möchten, ja, es ging ihm gut.»

Wieder sah ich sie an; sie schien mir etwas exaltiert. Jetzt trommelte sie mit den Fingern auf den Tisch. Ich fragte weiter: «Und wann machen sie ihm den Prozeß?» Mit hoher und entrüsteter Stimme antwortete sie: «Ach, wer weiß! Aber die ihm übelwollen, die schrecken vor nichts zurück, die werden ihn verurteilen, bestimmt werden sie ihn zu vielen Jahren Zuchthaus verurteilen, sie werden sich nicht davor scheuen.»

Ich fragte: «Und was sagt er?»

Sie hob die Schultern: «Was soll er schon sagen. Er sitzt und wartet auf den Prozeß, das ist alles.»

Ich nahm an, sie habe mich nicht verstanden: «Nein, ich meine, wie er das Vorgefallene erklärt?»

Ihr Blick streifte mich: «Was soll er da erklären. Er sagt, es sei ein Verhängnis gewesen: Wenn ihr Wagen nicht wegen einer Pfütze ins Rutschen gekommen und gegen ein Baum gefahren wäre, hätte man sie nicht erwischt.»

Zum ersten Male kam mir in den Sinn, daß Giuseppina vielleicht die Komplicin ihres Mannes war und die ganze Zeit gewußt hatte, daß Federico sich nachts in einen Gangster verwandelte. Beunruhigt fragte ich: «Aber du – wußtest du, daß er ... ich meine, daß er nachts unterwegs war, um diese Sachen zu machen?»

Sie schaute mich mit aufgerissenen Augen an: «Nein, ich wußte es nicht! Aber ich will dir mal was sagen: Hätte ich es gewußt, dann hätte ich zu ihm gesagt: ‹Das machst du gut, nur weiter so und immer noch mehr.› Das hätte ich ihm gesagt!»

Ich war sehr unangenehm berührt. Ich sagte: «Das sind aber doch Dinge, zu denen man wirklich niemanden ermutigen sollte.»

Sie fiel mir ins Wort, mit weinerlicher Stimme: «Ach, Alfredo, du kannst dir nicht vorstellen, was ich durchgemacht habe – auf der ganzen Welt gibt es keine unglücklichere Frau als mich.»

Verlegen sagte ich: «Nun, das versteht man ja –»

Doch sie geriet plötzlich in Wut: «Nicht das geringste versteht man. Man versteht gar nichts! Ich war so glücklich; und jetzt bin ich hinuntergestürzt in das schwärzeste Unglück. Warum, frage ich, aus welchem Grunde?»

Diesmal blieb ich still: Ich wußte den Grund, doch ich dachte, es sei besser, das nicht auszusprechen. Sie fuhr fort: «Ich habe Federico geliebt, und Federico hat mich geliebt. Und wir beide haben die Kinder geliebt. Und er hat dafür gesorgt, daß es uns an nichts fehlte, er dachte nur an uns, wirklich, er tat alles für die Familie.»

Ich sagte verlegen: «Nun ja, natürlich, die Familie – das ist eine wichtige und schöne Sache.»

Sie schrie: «Ja, aber unsere Familie war nicht wie andere Familien, Alfredo. Sie war eine besondere Familie. So eine Familie hat es nie gegeben und wird es auch nie wieder geben. Ach ja, das kann man schon sagen, Alfredo: Eine Familie wie unsere, in der sich alle so lieben, gibt es auf der ganzen Welt nicht mehr.»

Ich schwieg eine Weile und sah aus dem Fenster, das voller Himmel war; als sie merkte, daß ich kein Sterbenswörtchen sagte, fuhr sie fort: «Man kann sich nicht vorstellen, wie gut dieser Mann ist. An manchen Abenden, hier an diesem Tisch, nachdem ich die Kinder zu Bett gebracht hatte, machte er Pläne für die Zukunft. Nicht ein einziges Mal sprach er von sich selber, immer dachte er nur an die Familie. Er sagte beispielsweise –» und unwillkürlich bekam sie eine weiche Stimme, während ihr Mund fast die Form eines Herzens annahm, um seine Worte wiederzugeben – «er sagte: ‹Jetzt haben wir das Motorrad; aber wenn weiter alles gut geht, werden wir uns bald einen kleinen Wagen kaufen. Denn du weißt doch, wie gut es für dich und die Kinder ist, wenn ihr nach Ostia oder nach Fregene fahren könnt, um gesunde Luft zu atmen, meinetwegen den ganzen Tag.› Ach, wo findet man noch einen Mann wie Federico, Alfredo? Ich frage dich!»

Ich weiß nicht, wie es kam, daß ich plötzlich in Zorn geriet; vielleicht, weil ich mir überlegte, woher er das Geld genommen hätte, um einen Kleinwagen zu kaufen. Ich sagte: «Gut, Giuseppina, es ist verständlich, du liebtest deinen Mann – du mußt aber schließlich zugeben ...»

«Was?»

«Daß er ein Dieb ist.»

Hätte ich das doch nicht gesagt! Mit hervorquellenden Augen und gesträubten Haaren schleuderte sie mir entgegen: «Nicht einmal sprechen darfst du über Federico! Wehe dir, wenn du noch einmal von ihm sprichst!»

«Aber ich ...»

«Du darfst nicht mal von ihm sprechen, du bist es nicht wert, du bist nicht wert, den Boden unter seinen Füßen zu küssen!»

Ich war sprachlos. Ohne mich anzusehen, redete sie in die Luft: «Federico ist ein Mann, wie es keinen zweiten auf der Welt gibt, ja, das ist er! Nein, nein, nein, niemand darf über Federico auch nur sprechen – nur ich kann sagen, was er ist: ein Heiliger.»

Verblüfft rief ich aus: «Aber Giuseppina! Du weißt doch wohl, was ein Heiliger ist!»

Und sie, immer exaltierter: «Sicher weiß ich das, ich habe ja zwölf Jahre mit einem gelebt – Federico ist ein Heiliger.»

Ich dachte: ein Heiliger mit der Maschinenpistole im Arm und dem Brecheisen in der Tasche. Aber ich sagte nichts, um sie nicht noch weiter zu reizen. Jetzt weinte sie, und sie trank ihre Tränen, da sie den Kopf gesenkt hielt und auf den Tisch blickte. Plötzlich schrie sie mit so schriller Stimme, daß ich zusammenfuhr: «Und jetzt haben sie ihn mir genommen – sie haben ihn ins Gefängnis gesperrt – sie haben ihn mir entrissen – haben ihn seinen Kindern entrissen – sie haben eine Familie zerstört – und warum das alles? Ich frage: warum?»

Ich sagte: «Aber du weißt doch, warum, Giuseppina –»

Und sie: «Natürlich weiß ich es: um Böses zu tun – um alles das, was gut und schön ist, zu zerstören – um zu verhindern, daß wir glücklich sind.»

«Vielleicht gibt es auch noch andere Gründe –?»

«Nein, es gibt keine anderen Gründe! Der Neid ist der Grund, der Neid. Oh, ich fühle, daß ich nie mehr so glücklich sein werde, wie ich es während der letzten Jahre mit Federico war.»

Nach diesen Worten fing sie wieder an zu weinen, und da ich nicht wußte, was ich sagen sollte, schlug ich vor: «Giuseppina, iß doch ein bißchen von dem Gebäck, das versüßt dir den Mund.»

Sie schüttelte den Kopf: «Das wird nichts nützen, mein Mund wird von jetzt an bitter bleiben – Danke. Es ist ja egal, Alfredo – du bist gut – du hast etwas von Federico – du bist vielleicht der einzige, der Federico verstehen kann, weil du ihm ähnlich bist.»

Ich konnte nichts tun, als undeutlich zu widersprechen: «Ich bin allerdings kein Heiliger.» Doch sie hörte mich nicht; sie war dabei, das Päckchen mit dem Gebäck zu öffnen. Sie nahm ein Stück und fing an zu essen. Dabei hielt sie den Kopf gesenkt und schaute mit einem Ausdruck von Trauer und Erstaunen zu Boden. Ein Rest gelber Creme blieb in ihrem Mundwinkel zurück, doch sie bemerkte es nicht. Dann putzte sie sich die Nase, und als sie das Taschentuch vom Gesicht nahm, war der Rest verschwunden.

Ich stand auf und sagte: «Gut, Giuseppina, ich gehe – Wir sehen uns wieder –»

Sie erhob sich und folgte mir wortlos in den Korridor, und beim Abschied fragte sie mich mit angstvoller Unruhe: «Was meinst du, werden sie ihn mir verurteilen?»

«Nun ja, sie müssen wohl, ich glaube, ja.»

«Da haben wir die Gerechtigkeit», schrie sie, während ich mich anschickte, die Treppe hinunterzugehen, «eine schöne Gerechtigkeit ist das, die die Familie Hungers sterben läßt! Das macht ihnen Spaß. Er, der für die Familie sorgte, muß hinein. Und dann? Nichts mehr, nichts! Muß er dann nicht mehr für die Familie sorgen?»

Diesmal antwortete ich ihr nicht. Rasch ging ich die Treppe hinunter.

Ein Schlaukopf

Maler streichen die Wohnungen der anderen, weil das ihr Beruf ist; doch ihre eigenen streichen sie nicht, denn die Farbe ist teuer, und wer vom Anstreichen lebt, mag fürs Anstreichen kein Geld ausgeben. Aber sie gehen in die Wohnungen der anderen, die fast immer schöner sind als die eigenen, und sie können Vergleiche ziehen, ja, sie sind sogar dazu gezwungen. Wenn Maler nach Hause kommen, sind sie oft schlechter Laune. Und das ist verständlich: Sie kommen aus schönen, vielleicht aus Luxuswohnungen, die frisch nach Kalk und Firnis riechen; sobald sie ihre Wohnung betreten, fallen ihnen die verblichenen, schmutzigen Tapeten auf, die dunklen Böden, die verrauchten Decken. Diese Dinge kann jeder sehen, doch ein Maler sieht sie mit Maleraugen, das heißt mit beruflichem Blick, und er denkt sofort: Das müßte alles abgekratzt werden, und dann müßte man zweimal mit Firnis darübergehen. Ich bin Anstreicher; und im gleichen Stockwerk, im gleichen Mietshaus wie ich wohnte ein anderer Anstreicher, ein Freund von mir, der Lionello heißt. Wir arbeiteten zusammen, und wir mochten uns wie Brüder. Lionello war ein junger Mann mit lockigen braunen Haaren, immer zornig, immer aufgebracht, und aus purem Zufall hatte er – mit diesem zornigen Charakter – ein Mädchen aus Genazzano geheiratet, Agnese, die unvorstellbar pausbäckig war.

Lionellos üble Laune, tief und angeboren, kam immer zum Ausbruch, wenn er von der Arbeit nach Hause kam; nachdem ich die schäbigen Tapeten bei ihm gesehen hatte, konnte ich verstehen, weshalb er die Tür zuschlug. Da er sich nicht still über seine Frau ärgern konnte, tat er es mit Hilfe von Gegenständen, wie Tellern, Bestecken, Stühlen und – Sie können es mir glauben – sogar Tisch und Schrank. Gleichzeitig hörte man Aussprüche wie diese: «Die Wohnung ist dreckig und widerlich – sieh die Decke an, ist sie nicht ekelerregend – auf den Fensterbrettern liegt der Staub fingerdick – die Tür schließt auch nicht –»

Meistens antwortete die Frau ihm nicht; doch wenn sie etwas äußerte, führte das lediglich dazu, daß er noch mehr in Wut geriet. Das hörte sich dann beispielsweise so an: «Du kennst aber doch deine Wohnung – Wenn du von der Arbeit kommst, tust du jedesmal, als wärst du zum erstenmal hier.» – «Je besser ich sie kenne, desto schlechter gefällt sie mir: Es sieht hier wie in einer Spelunke aus.» – «Denk jetzt nicht daran, komm zum Essen.» – «Iß du, ich habe keinen Hunger, auf Wiedersehen.» Und die Tür schlug so heftig zu, daß der Mörtel sogar in meiner Wohnung herunterrieselte. Dann ging auch ich aus dem Haus und traf ihn unten in der Bar. Er lehnte an der Theke und kaute wütend an seinen Nägeln, die schon rundum abgebissen, rot und fast blutig waren. Ich sagte zu ihm. «Sind wir wieder mal soweit? Jetzt sag mir doch mal, was du eigentlich hast.» Und er: «Laß das.» Ich ließ mich nicht abschrecken: «Was kann denn Agnese dafür, daß das Haus so heruntergekommen ist –? Du weißt doch, wie alte Häuser sind.» Er antwortete: «Sie stört mich mehr als das Haus. Sie merkt nicht, daß wir im Schmutz leben, sie ist ein Bauerntrampel, in ihrem Dorf schlafen sie mit den Tieren zusammen.» – «Du bist ungerecht.» Er erwiderte: «Die Wohnung ist verdreckt, Agneses Kleider sind verdreckt, das Kind hat drekkige Lumpen auf dem Leib. Glaubst du, ich sehe das nicht?» – «Aber schließlich ...» – «Ach was. Auf Wiedersehen.» Und er ging in die Nacht hinaus.

Eines Tages schickte uns die Firma, bei der wir arbeiteten, in eine Wohnung in der Via Sistina zum Tünchen. Die Wohnung, in attischem Stil, lag hoch oben in einem alten Haus, hatte eine Zimmerflucht mit Blick auf die Stadt und eine schöne Terrasse, voll Blumen und Pflanzen. Sie gehörte einer nicht mehr ganz jungen Signora, die uns Malern vom ersten Tag an unsympathisch war. Sie war mürrisch und mager und in seidene Kleider eingezwängt, die sie nötigten, einen völlig unnatürlichen Gang anzunehmen. Ihre Handgelenke waren mit Armbändern beladen und ihre Hände voller Ringe. Sie hatte einen fleischlosen Vogelkopf, eine Adlernase und besessene Augen, die jeden, mit dem sie sprach, dazu zwangen, sich zurückzuziehen, da sie ihm das Gefühl einflößten, er stände einem Gänsegeier oder einem wütenden Habicht gegenüber. Die Stimme der Signora war scharf und häßlich, wie das Krächzen einer Krähe, und sie sagte «ihr» zu uns, fortwährend: «Kommt hierher, ihr – gebt acht, ihr – ihr, überstreicht mir den Fensterrahmen ein anderes Mal – ihr, ihr, ihr.» Dieses «ihr» und die Stimme, die in die Ohren schrillte, gingen Lionello und mir auf die Nerven; so sehr, daß ich eines Tages zu ihm sagte: «Ein Glück, daß wir ehrliche Leute sind – diese Signora Lurini hätte es wahrhaftig verdient, daß man ihr nicht mal ihr Hemd ließe.»

Ich hatte diese Worte so zwischen zwei Pinselstrichen hingeworfen, im Salon, nach einer kleinen Szene der Signora, die sich aufgeregt hatte, weil wir im Rückstand waren: «Am Zwölften muß ich eine Party geben, und wir haben schon den Fünften, ihr seid aber langsam – Ihr seid wirklich langsam – macht ihr das absichtlich?» Darauf hatte Lionello spöttisch geantwortet: «Die Signora hat's erraten – wir machen es absichtlich.» Wie gesagt, ich hatte jenen Satz ganz nebenbei fallen lassen; doch sobald Lionello sicher war, daß sich die Signora nicht mehr in der Nähe befand, sagte er leise: «Weißt du, daß ich herausbekommen habe, wo sie ihr Geld aufbewahrt?» Dann erzählte er mir, während er die Decke des Salons weiterstrich, die Signora sei an einem Vormittag, als er gerade das Schlafzimmer tünchte, ins Bad gegangen, dessen Tür ausgehoben war, damit man sie besser streichen konnte. Sie war im Badezimmer verschwunden, doch im Spiegel einer Kommode, die man quer über die Türschwelle gestellt hatte, hatte Lionello sehen können, was sie tat. So hatte er beobachtet, wie sie in den Hintergrund des Badezimmers ging und an einem Haken drehte, der als Handtuchhalter diente. Daraufhin hatte sich – wie eine kleine Schiebetür – eine Kachel geöffnet. Lionello hatte einen Hohlraum gesehen, in dem er Geld und zusammengerollte Papiere – vermutlich Wertpapiere – zu erkennen glaubte. Sie hatte etwas herausgenommen, die Kachel geschlossen, den Haken gedreht und war dann wieder erschienen, wobei sie wütend sagte: «Wann seid ihr endlich fertig –? Ich möchte wirklich wissen, wann ihr fertig seid!»

Ich sagte nichts. Wir arbeiteten an diesem Nachmittag wie gewöhnlich und sprachen nichts mehr, bis wir nach Hause gingen. Schließlich wurde der Anstrich fertig, und nach zwei Tagen übergaben wir die Wohnung und verabschiedeten uns von Signora Lurini. Am gleichen Abend war in Lionellos Wohnung geradezu die Hölle los: Geschrei, Türenschlagen, zerspringende Teller, auf den Boden geschmetterte Gegenstände, Fußtritte in Möbelstücke, Faustschläge auf den Tisch. Ich dachte, Lionello habe – wie gewöhnlich – bei seiner Heimkehr die Laune verloren, weil er seine drei licht- und luftlosen Zimmer mit dem Appartement der Signora Lurini verglichen habe; doch um nicht wieder eine ärgerliche Antwort zu bekommen, kümmerte ich mich nicht weiter darum.

In der darauffolgenden Woche sah ich Lionello nicht. Ich arbeitete in einer Kolonne, der er nicht zugeteilt war. Dann erreichten mich einige merkwürdige Nachrichten: Kurz nachdem wir bei der Signora Lurini aufgehört hatten, war Lionello derart nachlässig in der Arbeit geworden, daß er von der Firma entlassen worden war. Ferner hatte er sich ein Motorrad für 150 000 Lire gekauft, und obendrein machte er keine Szenen mehr. Besonders diese letzte Tatsache machte mir Sorgen, denn diese Szenen waren ja, trotz allem, ein Zeichen, daß er sein Kind und seine Frau liebte: Er geriet außer sich, weil sie wie die Bettler aussahen, während er sie doch am liebsten wie Prinzessinnen gekleidet hätte, die in einem Palast wohnten. So faßte ich eines Morgens Mut und klopfte an Lionellos Tür. Seine Frau öffnete mir; und wenn es einem Laib Brot von einem Kilo möglich wäre, den Ausdruck tiefer Traurigkeit anzunehmen, dann würde ich sagen, daß Agneses derbes und stumpfsinniges Gesicht genauso aussah. Ich sagte: «Lionello?» Sie sagte: «Er ist nicht da.» Ich sagte: «Ist er zur Arbeit?» Sie sagte: «Welche Arbeit? Seit vier Tagen habe ich ihn nicht gesehen.» Ich sagte: «Und wo ist er?» Sie sagte: «Ich weiß es nicht. Er wohnt nicht mehr hier. Ich packe grade die Koffer. Dann nehm ich die Kleine und fahr mit ihr nach Genazzano zu meiner Mutter.» Nach kurzem Schweigen fügte sie ruhig hinzu: «Frag Agatina, wo er ist. Sie haben ihn mit ihr hier im Viertel auf dem Motorrad gesehen. Woher er das viele Geld hat, weiß ich nicht.»

Ich hatte ein unangenehmes Gefühl, jedoch weniger wegen Agatina als wegen des Geldes.

Am gleichen Abend kam ich zufällig in den Luna-Park. Als ich zwischen den Buden umherschlenderte, fiel mir von weitem ein junges Mädchen auf, das ganz allein vor einer Schießbude stand. Auch ich war allein; die kräftigen, leicht gekrümmten Beine, der schwarze enge Rock und die kurze Pelzjacke des Mädchens zogen mich an; ich beschleunigte meine Schritte, um sie mir näher anzusehen. Sie wendete etwas den Kopf, um das Gewehr zu nehmen, das die Budenfrau ihr hinhielt, und ich erkannte die Mandelaugen, die kleine Nase, das runde blasse Gesicht und die schwarzen Locken Agatinas, der Chinesin, wie sie im Viertel genannt wurde. Jetzt durchfuhr es mich, und ich ging zu ihr hin: «Grüß dich, Agatina.» – «Oh, Remo, grüß dich.» – «Bist du allein?» – «Nein, Lionello parkt nur das Motorrad.» Und in der Tat, da war er schon. Fast hätte ich ihn nicht wiedererkannt. Als ich ihn das letzte Mal gesehen hatte, war er noch ein richtiger Familienvater gewesen, zwar noch jung, aber ein Mann, der sich offensichtlich anstrengte und Opfer brachte: immer unrasiert, in abgerissenem Mantel, ohne Krawatte und mit schmutzigen Schuhen. Jetzt stand ein aufgetakelter Halbstarker vor mir: hochgeschlossene schwarze Strickederjacke, Bluejeans, glänzende spitze Schuhe mit Schnallen nach Art der Straßenräuber. Er fragte: «Remo, was machst du hier?» Ich stellte fest, daß auch seine Stimme sich verändert hatte: Vorher war sie dumpf und klagend gewesen, jetzt wirkte sie hell und aggressiv. Ich sagte: «Du siehst es ja.» Ohne sich weiter um mich zu kümmern, sagte er zu Agatina: «Gib mir das Gewehr, ich möcht's mal probieren.»

Er schoß ein dutzendmal und immer ins Schwarze. Dann gab er Agatina das Gewehr, und während das Mädchen schoß, benutzte ich die Gelegenheit, nahe an ihn heranzutreten und leise zu ihm zu sagen: «Warum hast du das getan?» Er blickte sich vorsichtig um und sagte dann: «Ich konnte einfach nicht mehr in dieser heruntergekommenen Wohnung bleiben! Ich wollte Geld, um sie zu renovieren und für Agnese und die Kleine neue Kleider zu kaufen.» Ich sagte betrübt: «Aber Lionello, ich habe Agnese gesehen, sie trug noch die gleichen Fetzen. Das Kind auch. Und die Wohnung hast du auch nicht renoviert. Lionello, was hast du gemacht!» Er nahm ein Zigarettenpäckchen aus der Tasche, zündete sich eine Zigarette an und antwortete dann höhnisch: «Also schön, das mühsam verdiente Geld ist für die Familie, das andere für andere Sachen.» Während er dies sagte, nahm er Agatina am Arm, um mir zu verstehen zu geben, welcher Art die anderen Sachen waren. Ich sagte: «Weißt du, daß Agnese mit der Kleinen nach Genazzano zurückgegangen ist?» Und er, immer noch höhnisch: «Ich weiß. Das war richtig von ihr: die gute Landluft!» Kurz darauf sagte er in so schneidendem Ton, daß ich geradezu fror: «Na ja. Leb wohl, Remo. Wir sehen uns wieder.»

Ich hätte gerne gewußt, warum wohl Signora Lurini, diese Furie, noch keine Anzeige gegen uns erstattet hatte. Ich mußte nicht lange warten, um es zu erfahren. Eines Morgens wurde ich von einem Kriminalbeamten aufgefordert, zum Kommissariat des Campo Marzo zu kommen, im Viertel, in dem sich das Haus der Signora Lurini befindet.

Ich ging hin, und im Amtszimmer des Kommissars, eines schwarzen, bebrillten Männchen, das wie ein Professor aussah, traf ich sie alle: die beiden anderen Maler, Checco und Giuseppe, Lionello in schwarzer Strickjacke und die Lurini im schwarzen Persianerpelz. Die Lurini, mit hervorquellenden Augen, den mit Ringen beladenen Zeigefinger auf Lionello gerichtet, schrie: «Er ist es, er ist es! Ich brauche ihm nur ins Gesicht zu sehen. Und hier die Beweise: Zuerst nahm er die Hälfte des Geldes, in der Annahme, ich würde nicht merken, daß das Paket kleiner geworden ist. Schlau, was? Dann, am anderen Tag, kam er und sagte, die Firma habe ihn geschickt, um den Sockel im Schlafzimmer zu streichen. Aber das stimmte nicht, die Firma wußte von nichts. Er wollte das restliche Geld. Und da habe ich es gemerkt und entdeckt, daß er mich bestohlen hatte. Und sehen Sie nicht, Herr Kommissar, daß er das Gesicht eines Verbrechers hat? Verhaften Sie ihn, Herr Kommissar, er ist es!» Der Kommissar sagte kühl: «Sie können niemanden einen Verbrecher nennen, bevor es ihm nicht bewiesen ist.» Dann wandte er sich an Lionello und fragte: «Also, Sie haben gehört, was Signora Lurini gesagt hat. Es liegt eine Anzeige gegen Sie vor. Was haben Sie zu sagen?»

Sie hätten Lionellos Gesicht sehen sollen: ein Mensch ohne Schamgefühl. «Ich bin unschuldig», sagte er. «Gut. Und woher hatten Sie das Geld für das Motorrad?» Lionello durchsuchte seine Brusttaschen und zog einen Schein heraus: «Ich habe es auf Raten gekauft. Hier ist die Quittung.» – «Sehr gut. Und wie erklären Sie die Tatsache, daß Sie im Namen der Firma hingegangen sind, um angeblich den Sockel zu streichen, obwohl Sie niemand hingeschickt hat?» – «Aber ich bin doch gar nicht hingegangen! Was für ein Sockel denn? Die Signora muß geträumt haben!» Der Beamte, der Lionello zum Kommissariat gebracht hatte, ein Blonder mit rotem Gesicht, sprang auf und schrie: «Werde ja nicht laut! Verstanden? Hier wird nicht geschrien.» Und Lionello, ruhig und mit unsagbar frechem Gesicht, murmelte höhnisch, mit gedämpfter Stimme: «Wer schreit denn hier? Jedenfalls, die Signora Lurini muß mich mit einem anderen verwechselt haben.» Signora Lurini schrie: «Nein, hier ist der Beweis: Das Zimmermädchen hat ihn auch gesehen und erkennt ihn wieder. Nicht wahr, Giuditta?» Sie schob Giuditta, die wie ein Bauernmädchen aussah und Lionellos Frau ähnelte, nach vorne: «Und ob ich Sie gesehen habe! Ja, das waren Sie und kein anderer.» – «Nun», sagte der Kommissar, «was sagen Sie dazu?» – «Ich sage, daß sich beide irren, die Signora wie das Mädchen.» Genug, die Lurini forderte stürmisch die Inhaftierung Lionellos, und wir anderen Anstreicher wurden verhört – ohne Ergebnis, da keiner der Lurini zuliebe Lionello ins Gefängnis bringen wollte. Lionello seinerseits focht die Beweise mit so verwegener Miene an, daß man sich nur wundern konnte.

Am Ende erhob sich der Kommissar und sagte: «Jetzt unterschreiben Sie hier Ihre Erklärung. Und hören Sie, was ich Ihnen sage: Sie, ich und alle, die hier sind, wissen genau, wie die Dinge liegen, nicht wahr? Seien Sie still, ich bin noch nicht fertig. Wir wissen also, wie die Sache gelaufen ist. Vergessen Sie das nicht. Und ich gebe Ihnen einen Rat: Bleiben Sie weit weg von der Via Sistina. Haben Sie verstanden?» – «Schöne Gerechtigkeit!» rief hier die Signora Lurini. Doch Lionello ging schon mit dem Beamten hinaus, ein halbes Lächeln auf den Lippen, ruhig, gleichmütig, beherrscht: ein Schlaukopf.

Später, als wir aus dem Kommissariat heraus waren, sagte ich zu Giuseppe und Checco: «Habt ihr Lionello gesehen? Man kennt ihn gar nicht wieder.» Und Giuseppe, ein alter Anstreicher, sagte: «Lionello wird nie mehr der alte sein. Er hat jetzt von den angenehmen Dingen des Lebens gekostet: Agatina, das Motorrad, die Jacke. Das hausgebackene Brot schmeckt ihm nicht mehr.» Ich dachte an das Gesicht Agneses, der Armen, das so ganz und gar einem Brotlaib glich, und sagte: «Na ja, ein Freund weniger, ein Schlaukopf mehr.»

Das Leben ist ein Tanz

Im März wurde ich achtzehn Jahre alt und mein Vater erlaubte mir, die Schule aufzugeben. Er tat das aus Verzweiflung, denn ich war vier Jahre zurück und der einzige in der Klasse, der lange Hosen trug. Nach einer unbeschreiblichen Szene erlaubte mir also mein Vater, ein altmodischer Mann, mit der Schule Schluß zu machen, und er schrie, ich sei sein ganzer Kummer, und er wisse nicht, was er mit mir anfangen solle. Am Ende machte er den Vorschlag, ich solle im Geschäft arbeiten, einer großen, alten und seriösen Schreibwarenhandlung in der Gegend der Minerva.

Ich antwortete einfach: «Das ist ja wohl das Letzte!» – worauf er mich am Arm packte und vor die Tür setzte. So wurde mir – mit achtzehn Jahren – aus Verzweiflung die Freiheit gelassen, zu tun, was ich wollte.

Als erstes kaufte ich mir eine dufte rote Strickléderjacke, amerikanische Bluejeans mit weißen Nähten, sechs Taschen, Aufschlägen bis zur Wade und einem Etikett auf dem Hintern, dann ein gelbes Tuch um den Hals und ein paar Mokassins mit gelber Messingspange. Meine Mutter, die mich sehr gern hat und mir immer recht gibt, schenkte mir zum Geburtstag ein kleines transportables Radio und brachte meinen Vater dazu, mir ein Motorrad zu kaufen. Am gleichen Tag ging ich zum Friseur und ließ mir die Haare à la Marlon Brando schneiden. Während mir die Haare geschnitten wurden, kam Giacomina, die Maniküre, ein blasses Mädchen, zu mir und fragte mich, ob sie mir die Nägel machen solle. Ich sah sie von oben bis unten an, und obwohl sie nicht eben schön war, sogar eher häßlich, beschloß ich auf der Stelle, sie zu meiner Freundin zu machen. Und ich täuschte mich nicht. Während sie mir die Nägel machte, sprachen wir ein bißchen miteinander, und ich erfuhr, daß sie – genau wie ich –

ein Rock'n'Roll-Fan war. Ich schlug ihr vor, uns zu treffen, und sie nahm sofort an. So war ich, als ich aus dem Laden kam, also komplett: achtzehn Jahre, rote Jacke, blaue Hosen, Haare wie Marlon Brando, Radio, Motorrad und Giacomina. Endlich begann das Leben.

Das Leben war für mich Rock'n'Roll: ein Tanz – nicht mehr, aber auch nicht weniger. Ich hatte den Teufel im Leib, und mager, wie ich war, schien es mir, als ob mich in diesem April der Frühlingswind durch die Straßen trieb, dieser Wind, der nach Staub und Blumen roch und im Rock'n'Roll-Rhythmus zu blasen schien. Die Taschen voll Fünfhundert-Lire-Stücke, Giacomina am Arm, die mittlerweile ihren Beruf als Maniküre aufgegeben hatte, zog ich den ganzen Tag durch die Bars, die eine Musicbox hatten. Ich trat ein, warf ein Geldstück für einen Rock'n'Roll in den Apparat und legte dann – zwischen der Theke mit der Kaffeemaschine und der Kasse – mit Giacomina eine kesse Nummer aufs Parkett. Ich begann in einer Ecke, indem ich Schultern und Hüften rollte, die offenen Hände vorstreckte und den Mund aufriß, während Giacomina in der entgegengesetzten Ecke das gleiche tat. So tanzend, näherten wir uns einander. Um uns bildete sich ein Kreis von jungen Leuten, Kunden der Bar und Freunde von uns, die uns wie ein Gefolge überallhin begleiteten. Diese Burschen, im Vergleich mit mir eigentlich mehr Jungen, zogen mich damit auf, daß ich unter allen verfügbaren Mädchen, die alle hübscher als Giacomina waren, gerade sie gewählt hatte. Tatsächlich war Giacomina, wie ich schon sagte, nicht gerade eine Wolke an Schönheit. Pferdeschwanz, spitzes, bleiches, ja fast bläuliches Gesicht mit kleinen roten Pickeln hier und dort, dazu die Augen eines streunenden Hundes. Doch in ihrem Rock steckten Beine, die wirklich eine Wucht waren: sie wurden beim Tanzen niemals müde und waren sich immer einig mit meinen. Das ist doch wohl klar: von der Sache, die sich Liebe nennt, gab es zwischen uns keine Spur, sondern bloß den Rock'n'Roll. Und was ist auch schon die Liebe im Vergleich zum Tanz? Dauerndes Herumschmusen, blödes Geschwätz, zärtliches Gebibber – also gar nichts, weniger als nichts. Klar: die Liebe ist langweilig und verdummt den Menschen; beim Tanz dagegen fliegen Sie durchs

Leben wie ein Vogel durch die Luft. Und ganz im Gegensatz zur Liebe: tanzen muß man.

Die Übereinstimmung mit Giacomina war vollkommen. Früh am Morgen holte ich sie mit dem Motorrad ab, auf dessen Gepäckträger ich das kleine Radio hatte, und dann zischten wir ab, aufs Land, ans Meer oder in die Umgebung der Stadt. Kaum angekommen, stellte ich das Radio auf Tanzmusik, und wir tanzten los. Wo hab ich nicht überall getanzt: auf dem Sand am Meer, auf dem Asphalt der Straßen, auf dem Rasen der Sportplätze, in Höfen, Hallen und Gassen. Wenn wir nicht hinausfuhren, kam sie in unsere Wohnung, und wir rollten den Teppich im Wohnzimmer zusammen und tanzten. Oder wir gingen zu ihr, aber da das arme Leute waren, die kein großes Zimmer hatten, tanzten wir auf dem Flur. Am Tage zogen wir, wie gesagt, von einer Bar zur anderen, von den Freunden begleitet und immer tanzend; abends gingen wir in einen Tanzsaal, und bald bildeten die Leute im Saal einen Kreis um uns und klatschten mit den Händen den Rhythmus. Also, ich war glücklich; noch nie in meinem ganzen Leben war ich so glücklich gewesen.

Leider konnte das alles nicht so bleiben. Bei unseren Spazierfahrten merkte ich allmählich, daß Giacomina sich etwas zu sehr an mich schmiegte, während ich das Motorrad lenkte. Und wenn wir anhielten, tanzte sie, ja, doch anscheinend mehr um mir eine Freude zu machen als weil sie selber Spaß dran hatte. Manchmal seufzte sie, nahm meine Hand und sah mich mit schmachtenden Blicken an. Bis wir uns eines Tages, als wir im Pinienwäldchen von Castelfusano spazierengingen – ich weiß wirklich nicht, wie es eigentlich dazu kam –, hinter einem Strauch doch tatsächlich umarmt fanden, samt langem Kuß. Sobald wir uns voneinander gelöst hatten, sagte ich zornig: «Also, das wäre nicht nötig gewesen!»

Sie fragte: «Aber warum denn nicht, hast du nicht gefühlt, daß wir uns lieben?»

Und ich, immer noch zornig: «Was hat das mit Liebe zu tun? Ohne Liebe ging es uns viel besser.» Zu meiner Überraschung umfaßte sie jetzt meine Taille und legte meinen Arm um ihre Schultern; dann rief sie mit spitzer Stimme: «Ich liebe dich, ich liebe dich, ich liebe dich! Und ich will, daß alle wissen, daß wir uns lieben, alle müssen es wissen, ja, ja, ja, alle!» Ich stieß sie mit den Worten zurück: «Na ja, ist schon gut, aber klammere dich nicht so an mich!» – «Warum nicht, wenn wir uns doch lieben?» – «Trotzdem kannst du ja wohl mehr Abstand halten.» – «Uh, bist du aber pervers. Wenn wir uns lieben, ist es doch richtig, daß wir uns umarmen, oder?» – «Nein, das ist nicht richtig. Ich wollte dich nicht umarmen, sondern mit dir tanzen.» Und sie, geziert: «Alfreduccio, tun wir doch beides.»

Genug, von diesem Tage an wurde sie immer anlehnungsbedürftiger und hatte immer weniger Lust, im mitreißenden Rhythmus des Rock'n'Roll mit mir dahinzufliegen. Sie tanzte, das versteht sich, doch ohne die Begeisterung, die man braucht, wenn man wirklich gut tanzen will. Und sooft sie konnte, drückte sie sich an mich. Ich gab ihr ein paar Schubse, die es in sich hatten, aber nein, es war, als verhandelte man mit einer Tauben. Je kräftiger ich sie wegschubste, desto heftiger klammerte sie sich an mich. Manchmal sagte ich zu ihr: «Heut wird getanzt und sonst nichts. Kapiert?» Und sie: «Alfreduccio, das halte ich ja nicht aus, wenn ich dir nicht mal einen Kuß geben darf!» Und ich: «Spar dir den Kuß für morgen. Heut wird getanzt.» Sie schien nachzugeben. Plötzlich aber sprang sie mich hinterrücks an und überschüttete mich mit Küssen. Also, ich wäre fast erstickt; das war so ähnlich, wie es einem mit spielenden Hunden passieren kann, die sich auf einen stürzen und einem das Gesicht ablecken. Mit Mühe konnte ich mich endlich befreien. Ich holte die zwei oder drei Haare aus meinem Mund, die ich im Eifer des Gefechts beinahe hinuntergeschluckt hätte, und sagte: «Das stand nicht im Vertrag. Wiedersehen! Wir sprechen uns morgen.»

Ich ging nach Hause und legte eine Platte auf, dann eine andere und dann eine dritte; danach fühlte ich mich schon besser und rief sie an. Sie kam sofort, und an diesem Abend kehrten wir zu den schönen vergangenen Zeiten zurück; wir tanzten wie die Kreisel bis in die späte Nacht. Aber diese Rückkehr in die Vergangenheit gab es immer seltener. Es war etwas zu Ende zwischen uns, das spürte ich, während ich mit ihr tanzte. So sehr, daß ich eines Tages zu ihr sagte: «Meine Liebe, du bist nicht mehr wie früher.» Und sie, starrköpfig: «Das kommt daher, weil ich dich liebe.»

Am zornigsten machte mich ihre Gier, alles in der Öffentlichkeit zu tun. Es stimmt, daß wir den Rock'n'Roll immer vor Zuschauern getanzt hatten. Aber Tanzen und Küssen ist zweierlei. Ich sagte zu Giacomina: «Die gleichen Leute, die in die Hände klatschen, wenn du mit mir tanzt, machen dich zur Schnecke, wenn du mich küßt. Alles zu seiner Zeit und an seinem Platz.» Und sie: «Mag sein, aber ich will, daß alle von unserer Liebe wissen, ja, ja, ja, alle.» Kurz, wir verstanden uns nicht.

Eines Tages nahmen wir den Autobus, um zu einem Freund zu fahren, bei dem wir uns ab und zu versammelten, um Rock'n'Roll-Wettkämpfe auszutragen. Ich war schlechter Laune, weil mein Vater mir bei Tisch eine der üblichen Szenen gemacht hatte. Um ihn zu beruhigen, hatte ich ihm zum Schluß versprochen, am gleichen Nachmittag ins Geschäft zu gehen, um zu helfen. Natürlich hatte ich gar nicht die Absicht gehabt, wirklich hinzugehen. Aber ich hatte jetzt doch Gewissensbisse und auch ein bißchen Angst vor der nächsten Szene, wenn mein Vater erfahren würde, daß ich nicht dort gewesen war. Finster blickend bestieg ich mit Giacomina den Autobus, in dem wir auf der hinteren Plattform stehen blieben. Wie gewöhnlich drückte sie sich an mich und sah mich mit ihren Schuhcreme-Augen an, was mich sehr störte. Ich sagte: «Hör schon auf, mich so anzustarren.» Und sie: «Ich seh dich an, weil du schön bist. Gib mir einen Kuß.» – «Bist wohl verrückt.» – «Nein, gib mir sofort einen Kuß, alle sollen wissen, daß wir uns lieben.» – «Hör bloß auf! Ich bin heute nicht in Stimmung.» Als Antwort umschlang sie mit beiden Armen meinen Hals und küßte mich.

Jetzt hätten Sie mal die Leute sehen sollen! Ein alter Signore bemerkte: «Schämt ihr euch nicht? Eine Taktlosigkeit! So was macht man zu Hause.» Giacomina, immer noch an mich gepreßt, antwortete: «Warum denn? Wir lieben uns und tun, was uns Spaß macht und wo es uns paßt.» Darauf der Signore: «Signorina, mir tun Ihre Eltern leid.» Die anderen Fahrgäste waren nicht so liebenswürdig. Einer schrie: «Geht in die Büsche der Villa Borghese: dort ist der richtige Ort!» Ein anderer bemerkte:

«Seht euch dieses Flittchen an. Was glaubt sie wohl, wer sie ist? Vielleicht die schöne Müllerin, die schreitet gar so stolz dahin?» Und jemand anders: «Je mieser, desto frecher!» Natürlich war ich – wenn auch widerwillig – gezwungen, Giacomina zu verteidigen; aber wenn ich etwas ungern tue, finde ich nie die richtigen Worte. Ich fuhr sie an: «Seid doch still. Ihr seid ja bloß neidisch.» Das hätte ich nicht sagen sollen. Meine Worte beschworen einen Chor der Entrüstung herauf, und auch der Schaffner glaubte uns zurechtweisen zu müssen; und nachdem ich ihm gesagt hatte, er solle sich lieber um seine Fahrscheine kümmern, ließ er den Omnibus anhalten und forderte uns auf, auszusteigen. Zufällig hielten wir genau im Minerva-Viertel, wo die Papierwarenhandlung meines Vaters ist. Ich war so ruhig, als hätte sich der Zwischenfall im Autobus vor einem Monat ereignet. Ich sagte: «Grüß dich, Giacomina.»

«Aber ich ...»

«Jetzt gehe ich ins Geschäft, ich habe es meinem Vater versprochen. Im übrigen fürchte ich, daß es zwischen uns ein Mißverständnis gibt.»

«Was für ein Mißverständnis?»

«Für dich ist die Liebe das Wichtigste im Leben. Für mich dagegen – na, du weißt ja. Geh also jetzt nach Hause, ich ruf dich an.»

«Du rufst mich an?»

«Klar.»

Wir befanden uns auf dem Platz der Minerva, gegenüber dem Elefanten aus Marmor. Ich wußte, daß ich sie nie mehr anrufen würde, und dieser Gedanke verschaffte mir plötzlich, während ich wegging, eine ungeheure Erleichterung. Ich drehte mich um und sah ihr ein letztes Mal nach; ich freute mich mächtig, als ich sah, daß sie allein war – also stimmte es: Ich hatte sie verlassen, ich hatte mich von ihr getrennt, ich ließ sie sausen. Fast im Tanzschritt betrat ich das Geschäft, das zu dieser heißen frühen Nachmittagsstunde menschenleer war. Fröhlich begrüßte ich Bice, die alte Verkäuferin: «Grüß dich, Bice.» Ich hatte das Radio unter dem Arm und ging damit schnurstracks ins Hinterzimmer, wo ich es auf den Tisch stellte. Dann sagte ich: «Ich bin gekommen, um zu helfen. Falls es nicht stört, mache ich inzwischen ein bißchen Musik.»

Die weißen Vorhänge der Auslagefenster waren wegen der Sonne heruntergelassen; im Papierladen mit all diesen Regalen, voll von Bürobedarfsartikeln, war angenehmer Halbschatten, guter Papiergeruch und erholsame Stille. Ich stellte das Radio auf halbe Stärke und streckte mich auf der alten Couch des Hinterzimmers aus. Sie war hart und kühl, mein Kopf lag tief und die Füße legte ich auf die hölzerne, verzierte Armlehne. Als ich bei den gedämpften Tanzrhythmen schon beinahe eingeschlummert war, hörte ich ein Stimmchen sagen: «Vier große Zeichenblätter...»

Es gab mir einen Ruck, denn ich erkannte die Stimme Ginevras, eines Mädchens, das die Kunstschule besuchte, auch gerne tanzte und auch einen Pferdeschwanz trug, wie Giacomina; doch sie war blond, ihre Augen waren wie grünes Porzellan, und ihr Albino-Gesicht hatte einen heuchlerischen Ausdruck. Ich ging hinaus und nahm Bice die vier Blätter aus der Hand: «Diese Kundin bediene ich. Wie geht's, Ginevra?»

«Oh, Alfredo.»

«Die Blätter kannst du nachher nehmen. Komm jetzt erst mal hier rein und hör dir etwas an.»

Sie folgte mir ins Hinterzimmer. Vor der Nase der erstaunten Bice schloß ich die Glastür und stellte das Radio auf volle Lautstärke. Ich sagte kein Wort, denn sie hatte schon begriffen, nahm sie um die Taille und startete einen besessenen Tanz, in dem sich, wie ich annehme, doppelte Freude ausdrückte: darüber, daß ich Giacomina los war, und darüber, daß ich schon einen Ersatz gefunden hatte. Schließlich fielen wir atemlos zusammen auf die Couch, und ich sagte zu ihr: «Wir sehen uns also heute abend. Ich hol dich zu Hause ab.»

«Aber Giacomina?»

«Mach dir wegen Giacomina keine Gedanken. Ich hol dich um neun ab. Und, daß wir uns richtig verstehen: wenn du zu mir kommst, dann kommst du zum Tanzen!»

«Aber weshalb sollte ich denn sonst kommen?»

Überholen

Man kann nicht gleichzeitig zwei Leidenschaften haben. Die Leidenschaft für den Wagen, den ich mir endlich kaufen konnte, lenkte mich damals von meiner Leidenschaft für Ines ab, das Mädchen, mit dem ich mich verloben wollte. Das genügte Tullio, meinem Freund, um sich zwischen uns zu drängen und zu versuchen, sie mir auszuspannen. Ach, Freunde – es ist besser, man redet gar nicht darüber. Wenn man aber unbedingt darüber sprechen muß, dann kann man nur sagen, daß Freundschaft eine gute und schöne Sache ist – solange keine Frau im Spiel ist. Werfen Sie mal einen Blick in einen Hühnerstall: Zwei Hähne picken miteinander, krähen miteinander, schlafen miteinander; aber es braucht nur eine neue, junge Henne dazuzukommen, eine von diesen schneeweißen mit rotem Kamm, und schon ist es aus mit dem Frieden; die Hähne geraten aneinander und hacken sich mit ihren Schnäbeln den Schädel ein.

Was ist ein Gedanke: Ob man spazierengeht oder arbeitet, ob man allein ist oder in Gesellschaft – plötzlich steht ein Gedanke unerklärlich vor uns. Und da man es, machtlos dagegen, nicht begreift, dreht und wendet man den Gedanken nach allen Seiten und findet kein Ende damit. Man begreift nicht, warum man liebt. So erging es mir mit Ines – bis ich mir den Wagen kaufte; als er gekauft war, ging es mir so mit dem Wagen. Wie soll man gewisse Dinge verstehen: Ines war aus Fleisch und Blut, der Wagen aus Metall; Ines hatte ein schönes rundes Gesicht mit schwarzen sanften Augen und einem lächelnden Mund, das Gesicht des Wagens bestand aus Stoßstangen, die aussahen wie ein Wolfsrachen; Ines war klein, zierlich und wirkte wie gedrechselt, der Wagen war – wie alle Wagen – eigentlich ein unförmiger Kasten; und trotzdem, ganz allmählich verdrängte der Gedanke an den Wagen den Gedanken an Ines. Ja, wenn ich mich wenigstens damit begnügt hätte, nur an ihn zu denken! Doch das Schlimme war, daß ich dauernd von ihm sprach; und die anderen achteten mehr darauf, als ich ahnte. Tullio sagte eines Tages in Gegenwart von Ines zu mir: «Gigi, du hast jetzt nur noch den Wagen im Kopf, oder? An Ines' Stelle wäre ich eifersüchtig.» Ines sagte lächelnd: «Gigi, mach die Augen zu und sag mir, was du siehst: zwei Beine oder vier Räder?» Ich antwortete natürlich: «Zwei Beine!» Aber das war glatt gelogen, denn ich hatte vier Räder vor mir gesehen, vier schöne Räder mit neuen Reifen, die mich, wie ich wußte, an der Straßenecke erwarteten, um mich hinzubringen, wohin ich wollte.

Genug, an einem Sonntagvormittag rief ich Ines an und sagte ihr, ich käme sie abholen, um mit ihr ans Meer zu fahren; ich bemerkte, daß ich mit ihr allein sein wolle, denn ich hatte vor, mit ihr über unsere Verlobung zu sprechen. Zufrieden und beschwingt ging ich hinunter zur Garage, holte meinen herrlich zweifarbigen Wagen – grau und blau – hervor und fuhr zur Tankstelle an der Ecke der Via Candida, zu komplettem Service: Benzin, Wasser, Öl, Luft, Batterie auffüllen und Scheiben putzen. Ich stieg ein, fuhr im ersten Gang, ging in den zweiten, dann in den dritten und fuhr endlich die ganze Viale Giulio Cesare im vierten Gang hinunter – ein Wunder. Der Wagen lief nicht, er fraß geradezu die Straße – mit einem Motorengeräusch wie das Summen verliebter Bienen in einem blühenden Frühlingsgarten. Aber als ich um die Ecke der Piazza della Libertà bog, sah ich, daß Ines nicht allein war.

Ich war enttäuscht – schließlich hatte ich ihr doch gesagt, daß ich mit ihr allein sein wollte. Und meine Enttäuschung wuchs, als ich sah, daß es Tullio war, der neben ihr stand. Ich wußte schon, daß Tullio, mein Freund und Kompagnon im Zubehörhandel, ein Auge auf Ines geworfen hatte; seine Anwesenheit an diesem Morgen war für mich nur eine weitere Bestätigung dafür. Ich muß hinzufügen, daß von uns beiden Tullio der schönere und kräftigere war: Er war groß, hatte breite Schultern, und sein kleiner Kopf war auf einen Stiernacken gepflanzt. Ich dagegen bin klein und ein bißchen kümmerlich, das Beste an mir sind meine intensiven, intelligenten Augen, die daran erinnern, daß es in dieser Welt auch noch etwas anderes gibt als bloß Kraft. Ich stellte mit Unbehagen fest, daß Tullio ein Hemd mit roten und blauen Streifen und dunkelblaue Strandhosen trug: Er glich heute noch mehr als sonst einem Halbstarken. Als sei ich über die Sache mit den beiden erhaben, öffnete ich die Tür, nachdem ich angehalten hatte, und sagte gelassen: «Leb wohl, Tullio!» Doch Ines erklärte mir vergnügt: «Tullio hat mich angerufen, und da hab ich ihm gesagt, er solle doch auch mitkommen.» Tullio sagte unverschämt: «Es macht dir doch nichts aus? Für dich ist doch das Wichtigste, den Wagen zu fahren, oder?» Unvorsichtige Worte – das reine Gift für mich. Ich antwortete mit geheuchelter Einfalt: «Aber warum denn nicht. Ja, für mich ist natürlich nur der Wagen wichtig – alles andere zählt nicht. – Los, steigt ein.» Sie stiegen ein, Ines setzte sich nach hinten. Tullio neben mich. Im ersten Augenblick freute mich diese Verteilung; aber ich merkte schnell genug, daß ich wenig Grund zur Freude hatte. Tullio drehte sich nämlich sofort zu Ines um, sie beugte sich zu ihm vor, und während ich auf den Weg achten mußte, begannen sie ein langes Palaver, ganz wie Verliebte oder solche, die es werden wollen. Was sie sagten? Na ja, alles mögliche, kleine Scherze, Anspielungen, Komplimente, halbe Sätze, die in der Luft hängenblieben. Am meisten störte mich ihr Ton: aufgeplustert, anschmeißerisch, verständnisinnig – genau wie zwei Leute, die aufeinander fliegen und denen es weniger auf die Worte ankommt, als auf das, was dahintersteht: das Einverständnis.

Wir waren inzwischen aus Rom hinaus und fuhren die Via Aurelia entlang. Unser Ziel war Santa Marinella. Da es schon spät war, fuhr ich schneller – soweit hier von schnellem Fahren die Rede sein konnte. Denn auf dieser Straße fuhr ein Wagen hinter dem anderen, große und kleine, italienische und ausländische, Luxuswagen und die üblichen. Dazwischen ein Milchwagen und ein Lastwagen der Marine, von einem Verrückten gesteuert, der überholte, als hätte er ein Motorrad unter den Händen. Ich fuhr in kleinem Gang und wäre auch dabeigeblieben, wenn mir die beiden mit ihrem Geplapper nicht auf die Nerven gegangen wären. Ich weiß nicht, wie es kam, aber diese eifersüchtige Nervosität übertrug sich wohl auf meine Fahrweise; jedenfalls gab ich Gas, vielleicht aus dem Wunsch heraus, so bald wie irgend möglich Santa Marinella zu erreichen und damit endlich diese Intimitäten zwischen den beiden zu stoppen. Deshalb fing ich an, die Wagen zu überholen, einen nach dem anderen, ungefähr, wie man Perlen aufreiht. Auf mein hartnäckiges Trompeten mit der Hupe fuhren manche Wagen sofort zur Seite; das waren die anständigen, die sich an die Verkehrsregeln hielten. Es gab aber auch Wagen, die sich unter gar keinen Umständen überholen lassen wollten. Ich machte die Beobachtung, daß sich am wohlerzogensten die großen, starken Luxuswagen benahmen, vermutlich weil sie von Leuten gesteuert wurden, denen es ganz egal war, ob sie überholt wurden oder nicht, denn sie wußten ja: wenn sie wollten, fuhren sie schneller als alle anderen. Starrköpfig hingegen zeigten sich die kleineren Wagen, mit den Frauen und Kindern hinten und dem Familienvater am Steuer. Diese Unglückseligen, die die ganze Woche über den Hintern nicht vom Bürostuhl gelüpft hatten, wollten jetzt den Söhnen und der Frau zeigen, wie sportlich sie waren, wie schlau und verwegen; und infolgedessen gaben sie Gas, wenn man sie überholen wollte, statt ihr Tempo zu verlangsamen und auf die Seite zu fahren. Ich hätte sie umbringen können, denn nun holten diese sturen, eigensinnigen, kleinkarierten Angeber das Letzte aus ihren Ratenzahlungs-Rennern heraus, während die Familie drinnen mich durch die hintere Scheibe mit triumphierendem Grinsen anstarrte, als wollten sie sagen: «Dir haben wir's gegeben! Gegen Papa kannst du nicht anstinken.» Ich sah sie mir an und fragte mich, warum ich eigentlich diese Gesichter, die mir im Geschäft oder auf der Straße ziemlich gleichgültig oder sogar ganz sympathisch gewesen wären, hinter den Scheiben eines Autos plötzlich so unausstehlich fand. Wir waren jetzt an der Kreuzung von Fregene vorüber und nahmen Richtung auf Ladispoli.

Außer dem Geplapper von Ines und Tullio und den dämlichen Gesichtern der Sonntagsausflügler war da noch eine andere Sache, die mir auf die Nerven ging: nämlich die Tatsache, daß Tullio von Zeit zu Zeit sein kokettes Gequatsche mit Ines unterbrach, um mich liebenswürdigerweise zum Überholen anzuspornen. Er sagte: «Ran, Gigi, diese Nuckelpinne wirst du ja wohl noch schaffen»; oder: «Gib's ihm, zisch vorbei, Mann, worauf wartest du?» Oder auch: «Los, was ist, hast du vielleicht Angst vor dem? Rein in den dritten Gang, und nichts wie vorbei!» Wären wir allein gewesen, na schön, bitte – obwohl es manchmal ja auch ganz nett sein kann, langsam zu fahren. Aber da war Ines; und niemand wird mir ausreden, daß mich Tullio nur zum Überholen antrieb, um mich abzulenken: damit er sich besser und bequemer mit ihr befassen konnte. Vielleicht tat er es auch, um sich über mich lustig zu machen. Die beiden kamen mir vor wie Verliebte auf der Bank im Park, die zum lästigen Kind sagen: «Geh, sei brav, und spiel schön mit deinem Ball.» Ich sah alles verzerrt, doch statt mit dem Tempo herunterzugehen und ruhiger zu fahren, wie es das einzig Vernünftige gewesen wäre, trieb mich die Wut dazu, Tullios Anregungen zu befolgen und immer weiter zu überholen. Freilich, je öfter ich es tat, desto mehr ärgerte mich die Vorstellung, daß ich auf diese Weise Tullio recht gab, der offensichtlich glaubte, man brauchte mir nur mein Spielzeug in die Hand zu drücken, das Lenkrad, und schon könnte er sich mein Mädchen unter den Nagel reißen.

Nun, ich behielt die beiden im Auge. Tullio saß umgedreht auf seinem Sitz, ein Bein hatte er hochgezogen, die beiden Hände umklammerten die Rücklehne; Ines beugte sich zu ihm vor, und auch ihre Hand lag auf der Rücklehne, was ja nun nicht nötig gewesen wäre.

In einem günstigen Moment verstellte ich – ganz beiläufig – den Rückspiegel so, daß ich nicht nur die Straße hinter mir sehen konnte, sondern auch die Stelle, wo ihre Hände lagen. Nach kurzer Zeit sah ich denn auch, daß Tullios Hand sich der von Ines näherte, sie leicht berührte und sich dann wieder zurückzog. Im gleichen Augenblick sagte Tullio: «Mensch, Gigi, warum überholst du diese lachhafte Kiste nicht, worauf wartest du noch?» Ich sah, daß der Wagen vor mir, von dem Tullio sprach, sehr schnell fuhr. Es war eine alte Giardinetta, auf deren Dach ein Kinderwagen festgebunden war. Innen sah man das gewohnte Gedränge von Frauen und Kindern, am Steuer saß wie üblich der Familienvater, dessen Quadratschädel im Specknacken versank. Seine schwarzhaarigen Hände umklammerten das Steuer: ein

Nußknacker. Doch das erste, was mir auffiel, als ich meinen Blick von den Händen Tullios und Ines' wegwendete, um mir die Giardinetta anzusehen, war das aus dem Rückfenster blickende Gesicht eines etwa sechsjährigen Jungen, häßlich und bleich, mit flackernden Augen. Er schnitt mir Grimassen und streckte die Zunge heraus. Natürlich zog er die Fratzen, weil er es mißbilligte, daß ich mich anschickte, seinen Papa zu überholen; ich aber bildete mir ein – warum, weiß ich nicht –, er verhöhne mich Trottel wegen Tullio und Ines. Mit zusammengezogenen Augenbrauen sah ich ihn an, und er, um dessen Brust der Arm seiner Mutter geschlungen war, drückte die Nase an das Fenster, sah mich auch an und zeigte dann wieder die Zunge. Ich blickte in den Spiegel und bemerkte, daß Tullios Hand jetzt über Ines' Hand strich, dann über ihren Puls und dann über ihren Arm. Tullio sagte heuchlerisch: «Nanu, warum gehst du denn runter mit dem Tempo? Gib Gas, Mensch!» Ines, mit der verwirrten Stimme der Verliebtheit, sagte bestätigend: «Ja, wir fahren zu langsam – auf diese Weise kommen wir ja nie nach Santa Marinella!»

Ich antwortete: «Soso, ich fahre euch nicht schnell genug? Na, dann paßt mal auf.» Wir befanden uns auf einer geraden Straße, die im Hintergrund in eine Steigung überging. Rechts stand auf einer Böschung ein Zaun, links beugte sich eine Reihe von Platanen mit weißumwickelten Stämmen der Straße zu. Ich ging in den dritten Gang, trat das Gaspedal durch, drückte auf die Hupe und raste los, mit Trompetengeschmetter und Motorengeheul. Aber was soll ich Ihnen sagen: Statt sich auf mein Hupen hin auf die rechte Seite zu begeben, knatterte dieser Familienvater in die Mitte der Straße und beschleunigte ebenfalls seine Fahrt. So war ich gezwungen, hinter ihm zu bleiben. Tullio sagte: «Na so was! Mensch! Blamage!» Dann hob ich den Blick und sah, daß der Junge im anderen Wagen mir immer noch die Zunge herausstreckte. Ich brauste wieder auf die linke Seite und fuhr, wild trompetend, im gleichen Tempo neben der Giardinetta her. Wir waren jetzt fast am Ende der Geraden, wo sie in die Steigung überging; der Nußknacker gab Gas, ich kam nicht vorbei und platzte beinahe vor Wut; dann gewann ich plötzlich Boden. Aber genau in diesem Moment wurde ein Wagen sichtbar, der mir entgegenkam, in gemäßigtem Tempo, aber immerhin: jetzt hätte ich das Überholen aufgeben und statt dessen lieber achtgeben müssen – aber weiß der Teufel, was in mich gefahren war: ich probierte es trotzdem. Der Wagen des Familienvaters beschleunigte auch, drückte mich ganz nach links, ich wollte einen Zusammenstoß vermeiden und sah den Stamm einer Platane auf mich zukommen. Es schien mir, als hörte ich Tullios Stimme, die schrie: «Bremsen! Bremsen!» Und dann hörte ich nichts mehr.

Unnötig, zu erzählen, was dann folgte: Kaufen Sie sich die Zeitungen vom Montag, da stehen alle Einzelheiten drin. Ich will nur noch sagen, daß ich der einzige war, der so gut wie unbeschädigt aus der Sache hervorging; zehn Tage schonte ich mich, damit keine Komplikationen eintraten und glücklicherweise traten sie tatsächlich nicht ein. Tullio hatte ein gebrochenes Bein und lag zwei Monate im Krankenhaus, wo ich ihn fast täglich besuchte. Ines brach sich genau den Arm, den sie so bereitwillig Tullios Schmusereien überlassen hatte, und mehr als einen Monat trug sie ihn hochgebunden. Der Wagen – na ja, es ist besser, gar nicht erst von ihm zu sprechen: Ich werde ihn dieser Tage als Schrott verkaufen. Aber wissen Sie, was mir Doktor Frontini sagte, ein gescheiter, junger Mann, der Tullio behandelte und dem ich ausführlich erzählt hatte, wie alles gekommen war? «Sie wollten – beziehungsweise Ihr Unterbewußtsein wollte – den Wagen zerstören, der Ihnen bei Ihrer Liebe zu Ines im Wege war; Sie wollten aus Eifersucht Ihren Freund umbringen; Sie wollten sich selber das Leben nehmen, aus Verzweiflung, weil Sie sich nicht mehr geliebt fühlten; und Sie wollten schließlich Ihr Mädchen für seinen Verrat bestrafen. Zum Teil ist es Ihnen gelungen.» Ich fragte: «Ich hätte gern gewußt, was das eigentlich ist, das Unterbewußtsein?» Und er: «Das, was wir von uns selber nicht wissen.» Ich sagte dann: «Das kann schon sein. Aber eigentlich wollte ich nur überholen – und das ist mir nicht gelungen. Das ist alles.» Nach dem Unfall habe ich jedenfalls mit dem Fahren aufgehört und mich mit Ines verlobt. Und Tullio? Tullio und ich sind wieder Freunde wie früher.

Das Hausmädchen

In diesem Frühjahr hatte ich mir angewöhnt, mich jeden Tag gegen fünf Uhr vor einem Haus an der Piazza della Libertà auf die Lauer zu legen, denn das Mädchen, das mich gerade interessierte, war dort bei einer Familie als Hausmädchen angestellt. Ich bin Chauffeur und arbeitete damals für einen alleinstehenden Herrn, einen merkwürdigen Menschen, der für seine Reisen zwischen Rom und Mailand den Zug und das Flugzeug benutzte, um die Geschäfte zu erledigen, die man – seiner Meinung nach – nicht brieflich abmachen konnte; so war ich meistens allein und frei und konnte tun, was ich wollte. Das Mädchen hieß Adalgisa und war im ganzen Viertel wegen seiner Schönheit bekannt: Ihre dunkelbraunen Haare waren tief in die Stirn gewachsen, und man bekam Lust, daran zu ziehen; sie waren glänzend, stark und dicht, ihr Gesicht war breit, mit auffallenden Augen, und der Mund rot. Ihr Körper war kräftig und kompakt wie bei einer Statue, und ihre Art zu gehen, mit hocherhobenem Kopf und vorgewölbter Brust, wirkte geradezu majestätisch und ließ sie groß erscheinen, obwohl sie eher klein war.

Von manchen Frauen, die entsprechend gebaut sind, sagt man: Die Figur sagt alles. Und da mir Adalgisa genau das zu sein schien, was ihre Figur alles sagte, bildete ich mir eine Weile ein, es könne nicht besonders schwer sein, sie zu erobern. Ich dachte dabei auch an den Wagen; so ein Wagen hat ja bekanntlich eine unwiderstehliche Wirkung auf die Frauen – eine kleine Fahrt im Auto lehnt doch keine so leicht ab.

Doch als ich mich ihr zum ersten Male näherte, indem ich den Wagen zum Stehen brachte und das Fenster öffnete, war ihre Antwort, in Anbetracht dessen, was ihre Figur sagte, ja sogar plapperte, ausgesprochen nichtssagend: «Ich gehe lieber zu Fuß – das ist ja besser für die Beine.» Nach dieser ersten Annäherung sprach ich sie noch verschiedene Male an und bekam immer eine Ablehnung, so daß ich allmählich aufhörte, mir Illusionen zu machen und zu der Ansicht kam, daß das meiste, was Adalgisas Figur sagte, gelogen war. Ich begann, sie zu überwachen, und kam zu dem Ergebnis, daß sie in keinen einzigen Wagen stieg, daß sie – ein seltener Fall, nicht wahr? – keinen Freund oder Verlobten hatte und daß sie an ihren beiden freien Tagen in der Woche – dem Sonntag und dem Donnerstag – entweder zu Hause blieb oder mit einer Freundin ausging; kurz, daß sie das war, was man ein anständiges Mädchen nennt.

Als ich diese Entdeckung machte, hätte ich ja nun leicht das Interesse an ihr verlieren können, aber es war schon zu spät: Ich war bereits heftig verliebt. Ich gewöhnte mir also an, um nicht aufzufallen, den Wagen neben der Taxihaltestelle zu parken und mich dann auf Wachdienst vor ihr Haus zu begeben, von fünf bis sieben, wie ich schon sagte. Zuerst stand ich ein bißchen bei den Taxifahrern herum, alles erfahrene Leute, die längst begriffen hatten, weshalb ich mich da herumtrieb, aber so taten, als merkten sie nichts, und dann setzte ich mich auf eine Bank, gegenüber der Haustür, im Schatten eines Baumes. Bald wußte ich fast alles über sie und die Familie, bei der sie arbeitete, oder vielmehr über ihre Gewohnheiten zwischen fünf und sieben. Es war keine große Familie: der Vater, ein Witwer, eine Tochter von etwa zwanzig Jahren und ein Sohn von vielleicht fünfzehn. Um Punkt fünf Uhr ging der Vater aus dem Haus, ein älterer Mann, ganz in Grau gekleidet, mit schwarzem breitkrempigem Hut. Er war Rechtsanwalt, Spezialist für Strafprozesse, wie man mir sagte, und so tüchtig, daß er für die schlimmsten Diebe und Mörder Freisprüche erreichte, und mochten sie selbst auf frischer Tat ertappt worden sein. Er hatte müde Züge und hängende Backen wie ein Jagdhund, einen kleinen Bauch und schlotternde Anzüge mit zu weiten Hosen. Immer klebte eine Zigarette an seinen Lippen, und auf seiner Jacke lag eine Menge abgefallener Asche. Er mußte ein untröstlicher Witwer sein, denn er trug noch immer, obwohl seine Frau schon fünf Jahre tot war, den Trauerflor am Arm, und mindestens einmal in der Woche ging er zum Friedhof, auf dem seine Frau beerdigt war.

Ich wußte dies von seinem Fahrer, der seinen Wagen neben meinem parkte. Er sagte mir, er müsse den Anwalt oft nach Verano fahren. Dort ginge er zum Grab, kniete hin und weinte, und dann pflegte er mit dem Taschentuch den Grabstein zu putzen und von allem zu reinigen, was da so herumlag, wie Blätter, Staub und Blumenreste. Die Kanzlei des Anwalts war nicht weit entfernt, in der Nähe des Justizpalastes; deshalb ging er meistens zu Fuß. Das alte, schwarze und oft reparierte Auto benutzte hauptsächlich die Tochter, die eine halbe Stunde nach dem Vater ausging. Sie war ein häßliches Mädchen, braunhaarig, schmächtig, immer in Schwarz, mit weißem, welkem Gesicht. Sie fuhr mit dem Wagen weit weg, in die kleinen Vororte von Rom: Dort teilte sie Sachen aus und war äußerst wohltätig; mehr als einmal sah ich sie mit einem Priester in den Wagen steigen oder mit zwei oder drei Nonnen. Gegen sechs Uhr ging der Sohn aus, ein hübscher Junge, gesund, sauber, einfach. Er schob seinen Motorroller aus dem Tor, band ein Paket Bücher auf den Gepäckträger und fuhr dann schnell weg, zu einem Freund, der in einem anderen Teil der Stadt wohnte und mit dem er zusammen Schularbeiten machte.

Endlich, gegen sieben, kam Adalgisa – und nach all der Tüchtigkeit und Traurigkeit dieser Familie, das können Sie mir glauben, war es ein Vergnügen, sie zu sehen: Immer trug sie ein Kleid von lebhafter Farbe, flammendrot oder leuchtendgrün, und immer war es, als ginge sie mit ihrem ganzen prächtigen Körper gegen den Wind, wie ein Schiff mit geschwellten Segeln in der wogenden See.

Jetzt erhob ich mich von der Bank oder verließ die Gruppe der Taxifahrer, ging zu ihr hin und sagte liebenswürdig: «Guten Tag, Signorina – wollen wir jetzt die kleine Fahrt machen?» Sie sah mich an mit ihren auffälligen Augen und sagte lächelnd: «Danke, ich habe keine Zeit, vielleicht ein anderes Mal» – oder etwas Ähnliches. Kurz, sie wollte nicht. Dann folgte ich ihr, Schritt für Schritt, und sprach mit ihr, und sie antwortete mir, immer im Gehen, allerdings zerstreut und ohne jede Vertraulichkeit. Sie ging in die Straßen rund um die Piazza Cavour, wo die vielen Lebensmittelgeschäfte sind, um dort ihre Einkäufe zu machen. Ich folgte ihr, wie ich schon sagte, bis in die Geschäfte hinein und sah, daß alle Geschäftsleute sie mit den Augen verschlangen und allerlei Scherze mit ihr machen wollten, doch sie ging nie darauf ein. Am Ende, wenn sie das letzte Geschäft verließ, schlug ich ihr vor, ihre Pakete zu tragen; das nahm sie an, und so gingen wir plaudernd zusammen zur Piazza della Libertà zurück. Ich suchte die Gelegenheit zu nutzen, um ein paar Schritte weiterzukommen, doch daraus wurde nichts. Ich fragte sie beispielsweise: «Na, wie steht es denn mit der Liebe?» Und sie antwortete lachend: «Die Liebe? Was ist das? Kenne ich nicht.» – «Wenn Sie wollen, mache ich Sie mit ihr bekannt.» – «Vielen Dank – ich bleibe lieber unwissend.» Sie hatte immer eine entmutigende Antwort. Und beachten Sie: ihre Antworten wirkten nicht wie die eines unwissenden Mädchens, sondern ganz wie die Antworten einer durchaus wissenden Frau, die ihre eigenen Ideen und Pläne im Kopfe hat: kurzum, ein Geheimnis.

Manchmal versuchte ich, eine etwas ernstere Unterhaltung herbeizuführen. Eines Tages, zum Beispiel, fragte ich sie, ob sie mit der Familie, bei der sie war, denn zufrieden sei. Sie antwortete: «Es sind gute Leute, ehrbar und fromm – und außerdem ist nicht viel zu tun; die Signorina hilft mir beim Putzen und sogar beim Kochen.» Ich ließ mich nicht abschrecken: «Aber würden Sie nicht lieber heiraten, einen Mann haben und eine eigene Wohnung?» Sie senkte die Augen und sagte: «Ach was, einen Mann – ich bleibe hier lieber Mädchen.» Während sie dies sagte, kam es mir so vor, als ob sie lächelte, allerdings nur in den Mundwinkeln.

Also gut, nachdem ich sie als derartig solide kennengelernt hatte, obwohl ihre Figur etwas anderes sagte, gab ich allmählich den Plan der Autofahrt auf und faßte einen ganz anderen Entschluß: sie zu heiraten. Vielleicht, so sagte ich mir, hängt sie an der Tradition und will, daß ich ihr einen regelrechten Antrag mache; vielleicht habe ich eine ganz falsche Methode angewandt – wenn ich ihr aber sage, daß ich sie heiraten will, dann sagt sie vielleicht ja. So erklärte ich eines Abends, als wir nach Hause gingen und ich mit den üblichen Einkaufspaketen beladen war: «Hören Sie, Signorina, ich habe nachgedacht und bin überzeugt, daß wir beide füreinander geschaffen sind.» Sie sagte trocken: «Wirklich? Ich habe noch gar nichts gemerkt.» – «Und wenn Sie nichts dagegen haben, könnten wir doch heiraten.» Diesmal begann sie zu lachen und sagte: «Heiraten, wir beide? Es tut mir leid, aber da sind Sie an der falschen Adresse: Ich kann weder Sie noch irgendeinen anderen heiraten.» – «Und warum nicht?» – «Weil zwei nicht drei sind – Und jetzt geben Sie mir meine Pakete, auf Wiedersehen, und lassen Sie sich's gut gehen.» Eilig nahm sie mir die Pakete ab und verschwand in der Dunkelheit des Tores. Ich blieb mit offenem Mund wie betäubt zurück.

Mehr als sechs Monate hatte ich mich um sie bemüht, hatte fast jeden Tag auf der Lauer gelegen, von fünf bis sieben auf der Piazza della Libertà, vor ihrem Haus, außer, wenn mein Chef in Rom war. Ich hatte gewartet und gewartet, hatte ihre Antworten falsch gedeutet, hatte gehofft, in ihren Augen wenigstens eine Spur von Sympathie zu entdecken, hatte mir vorgemacht, sie ließe am Abend, beim Abschied, ihre Hand für den Bruchteil einer Sekunde in der meinen – und langsam, ohne es zunächst recht zu merken, war ich müde geworden. Ganz plötzlich dann, bei diesem «da sind Sie an der falschen Adresse», wurde mir klar, wie müde ich war – jetzt war es aus, unwiderruflich. Am Tage darauf ging ich nicht zur Piazza della Libertà. Allerdings war ich doch sehr traurig, und einige Monate lang machte mir das Leben keinen Spaß mehr. Ich lud die Mädchen nicht mehr zu Autofahrten ein, und wenn mein Chef nicht da war, hockte ich in meinem Zimmer, rauchte Zigaretten und starrte die Wand an. Ich dachte wahrhaftig noch an Adalgisa – doch nun mit Bitterkeit: Warum hatte sie mich abgewiesen? Und wieso auf diese Art?

Der Sommer verging, und dann, bei Beginn des Winters, kündigte mir mein merkwürdiger und launischer Chef, der sich jetzt endgültig in Mailand niederließ, keine Fahrten zwischen Rom und Mailand mehr zu machen brauchte und dort unten seinen Wagen selber fuhr. Wie üblich kam ein Unglück nicht allein: Adalgisa hatte nichts von mir wissen wollen, und jetzt war ich auch noch arbeitslos.

Ich begann, Arbeit zu suchen. Ich las die Anzeigen in den Zeitungen, stellte mich vor, doch aus dem einen oder anderen Grunde nahmen sie mich nicht. Es gibt in Rom viele Chauffeure, und ich hatte nur diese eine Stellung gehabt, und mein Chef hatte mir – warum, weiß ich nicht – kein Zeugnis gegeben; und seine neue Adresse kannte ich nicht. Wenn also die Rede auf Zeugnisse oder Empfehlungen kam und ich sagte, daß ich nichts dergleichen vorweisen könne, wurden die Leute sauer und schickten mich weg.

Eines Tages fand ich in der Zeitung eine Anzeige, die mich sehr beschäftigte: Es brauchte jemand, der an der Piazza della Libertà wohnte, einen Chauffeur, im gleichen Hause wie Adalgisa. Da sehen Sie mal wieder, wie die Männer sind: Ich dachte sofort, es könnte womöglich die gleiche Familie sein, und alle Illusionen kehrten zurück, und ich sagte mir: «Wenn ich in der gleichen Wohnung mit ihr wohne, wer weiß, ob ich sie dann nicht doch noch herumkriege.»

Es war die gleiche Familie. Als ich durch die Portiersfrau erfuhr, wer in dem Appartement wohnte, überkam mich ein Gefühl des freudigen Triumphes, wie man es empfindet, wenn man feststellt, daß man im Fußball-Toto tatsächlich alles richtig getippt hat. Erwartungsvoll eilte ich die Treppen hinauf und dachte: «Diesmal klappt es. Ich will nicht mehr Giovacchino heißen, wenn es mir heute nicht zum ersten Male gelingt, in diese Wohnung zu kommen.» Um die Wahrheit zu sagen, ich war jetzt nicht mehr auf Heirat oder Liebe aus, sondern ich wollte mich nur noch rächen, für alles, was sie mir angetan hatte.

Ich nahm immer vier Stufen auf einmal, läutete an der Tür, zitterte vor Ungeduld. Währenddessen dachte ich: Jetzt wird sie kommen und verblüfft sein, wenn sie mich sieht. Ich tue dann so, als ob ich sie gar nicht wiedererkenne, und sage, ich käme wegen der Anzeige. Dann wird sie vor mir hergehen, um mich beim Anwalt zu melden. Und im Gang werde ich, nur um ihr zu zeigen, wer ich bin und was ich will, ihr ausladendes Hinterteil tätscheln.

Phantasien. Die Tür wurde geöffnet, und statt Adalgisa stand ein älteres Hausmädchen vor mir, mit einem Häubchen auf den grauen Haaren und einem Schürzchen um. Jetzt war ich es, der verblüfft war. Ich beherrschte mich jedoch und sprach von der

Zeitungsanzeige. Sie ging vor mir her, einen ausgesprochenen Anwaltskorridor entlang, der voller Aktenregale stand, und führte mich in einen schattigen Salon. Dann verließ sie mich mit den Worten: «Die Signora kommt gleich.» Schon wieder eine Überraschung: Der untröstliche Anwalt, der dauernd das Grab seiner Frau besuchte, hatte wieder geheiratet. Ich glaubte jetzt alles begriffen zu haben: Die neue Frau hatte Adalgisa nicht gemocht und sie entlassen. Während ich mir all dies überlegte, blickte ich zum Fenster hinaus, auf die Bäume und Bänke der Piazza della Libertà, die ich so gut kannte. Dann hörte ich eine Stimme sagen: «Sie sind Chauffeur?» Ich drehte mich um und sah mich Adalgisa gegenüber.

Sie war nicht mehr in Rot oder Grün, sondern sehr vornehm, in einem schwarzen seidenen Kleid, den Rock voller Volants. Als ich den vielen Schmuck sah, begriff ich, daß sie nicht mehr Hausmädchen war, sondern die Dame des Hauses. Sie trug Armbänder aus massivem Gold, an den Fingern eine Menge Ringe, Ohrgehänge und eine Perlenkette. Aber sie war immer noch ganz Adalgisa. Einen Moment lang vergaß auch sie, daß sie die Dame des Hauses war, und meine beiden Hände haltend, sagte sie mit einem Lachen, das ihre ganze Genugtuung enthüllte: «Giovacchino, kennst du mich nicht mehr? Ich bin Adalgisa – Vor vier Wochen haben wir geheiratet.»

Ich bemerkte dieses unkontrollierte und freudige «du»; als sie noch Hausmädchen gewesen war, hatte sie niemals «du» zu mir gesagt. Doch intelligent, wie sie war, hatte sie sich gleich wieder in der Gewalt und sagte ohne Umschweife: «Du bist wegen der Anzeige gekommen – und ich würde dich auch anstellen, denn du bist vertrauenswürdig –, aber du mußt verstehen: sie haben uns oft zusammen gesehen hier im Viertel. Vielleicht kennt dich mein Mann – Ich möchte nicht... Es wird sowieso schon genug über mich geklatscht.»

Ich wandte mich zum Gehen und sagte kühl: «Es freut mich, daß Sie geheiratet haben – meinen Glückwunsch. – Und das Fräulein und ihr Bruder?»

«Sie sind ausgezogen und wohnen nun allein.»

Während sie mich zur Tür begleitete, sah ich sie an und bemerkte, daß all diese Volants ihres Rockes den Zweck hatten, etwas zu verbergen: Adalgisa war schwanger. Wieder einmal sagte ihre Figur alles – und diesmal war es keine Lüge. Ich erklärte: «Und herzliche Glückwünsche auch für das Baby.»

Mit einem Lächeln antwortete sie: «Danke ... Er ist so froh – wir hoffen, es wird ein Junge.»

Dann verabschiedete sie sich lächelnd, doch ohne mir die Hand zu geben. Ich ging hinaus, stieg die Treppen hinab und betrachtete von der Piazza della Libertà aus zum letzten Male das Tor, das mich sechs Monate meines Lebens hindurch so viele Seufzer gekostet hatte.

Gioias Gelächter

Es ist immer schlimm, einen Tag ohne Geld zu sein, ganz gleich, um welchen Tag des Jahres es sich handelt; doch in der Silvesternacht ohne Geld zu sein, das ist schon besonders schlimm; denn in dieser Nacht ziehen in den Straßen der Stadt eine Menge Leute herum, die ihr Geld mit vollen Händen hinauswerfen. Mit solchen Gedanken im Kopf stand ich unentschlossen auf der Schwelle des Hauses, in dem ich wohne, als jemand am Arm eines Mädchens eilig vorbeikam, dann plötzlich stehenblieb und sagte: «Prost Neujahr! Gutes Ende und guten Anfang – Mario, was machst du?»

Es war Ruggero, Schwarzhändler aus der Via del Gambero; Branche: amerikanische Zigaretten und ähnliches. Kennen Sie Ruggero? Nein? Dann werde ich ihn beschreiben. Ruggero sieht anders aus, als er ist; und wer ihn zum ersten Male sieht, der ahnt nicht, was mit ihm los ist. Ruggero ist so klein, daß ich einmal, als ich seinen kurzen Mantel anhatte, ganz lahme Arme bekam, weil die Ärmel mir nur bis zum Ellbogen reichten. Befühlt man aber seine Arme, dann könnte man meinen, man hätte Stahlrohr angefaßt – allerhand, bei so einem Fliegengewicht. Weil er so blond und gelockt ist, neigt man dazu, ihn für sanftmütig zu halten; dabei ist er, ganz im Gegenteil, rabiat und rauflustig. Er sagt immer, um seinen Ärger loszuwerden, gäbe es nichts Besseres als einen hübschen, kleinen Krawall, und tatsächlich sucht dieser Mensch dauernd Streit. Ich war nicht sehr begeistert, ihn zu treffen, und antwortete verdrossen: «Du siehst doch, ich warte.»

«Auf wen wartest du denn?»

«Auf eine mitfühlende Seele, mit der ich heute feiern kann.»

«Na, was denn», sagte er aufdringlich, «dann komm mit uns. Kennst du Gioia? – Zuerst werden wir bei einem Bekannten gut essen – dann gehen wir in das Atelier eines Malers; das ist ein Freund von Gioia.» Die üppige braunhaarige Gioia, Berufsmodell und schier doppelt so groß wie Ruggero, lächelte mich an, und da ich nun mal einen schwachen Charakter habe, brachte ich es nicht fertig, nein zu sagen: «Gut, gehen wir.»

So gingen wir drei in Richtung der Piazza di Spagna, um dort ein Taxi zu nehmen. «Dieser Bekannte von mir ist Chauffeur», erklärte mir Ruggero im Taxi, «und er hat mir versprochen, uns später mit seinem Taxi zu dem Maler zu fahren.» Ich merkte, daß Ruggero nervös war, denn von Zeit zu Zeit zuckte es unter der weißen dünnen Haut seiner Kinnlade. «Heut liegt was in der Luft», sagte er, «es wird noch einen hübschen, kleinen Krawall geben – Ich hab das im Gefühl – ich spür dann immer so eine Art Nervenkitzel, wißt ihr . . .» Gioia, die über jeden Dreck lachte, unterdrückte ihr Gegacker und bat ihn: «Nein, bitte, sei brav, Ruggero – Es ist Silvester – und wenn du heute Stunk machst, dann hast du das ganze Jahr über Stunk.» Während wir über Ruggeros Raufereien redeten, die er so gern vom Zaun brach, kamen wir zu dem Haus in der Gegend der Porta Portese, in dem der Chauffeur wohnte.

Wir stiegen die endlosen dunklen Treppen des Hauses hinauf. Ruggero nahm immer vier Stufen auf einmal und sagte dabei: «Los, macht schon – ich brauch jetzt ein gutes Essen. Wenn wir uns nicht beeilen, gibt es nichts mehr.» Na, das wurde vielleicht ein Essen! Anscheinend hatte uns überhaupt niemand erwartet. Wahrscheinlich hatte Ruggero irgendeine Höflichkeitsfloskel – «Schau doch mal vorbei!» oder so – für eine ernstgemeinte Einladung gehalten. In der offenen Tür erschien zuerst der Chauffeur, im Mantel, mit einem Schal um den Hals, dann ein Haufen Kinder jeden Alters, dann eine dürre alte Frau, die Mutter des Chauffeurs, und endlich eine jüngere Frau, aber auch dürr, seine Schwester. «Ich bin Ruggero», begann er, als er sah, daß die Leute ihn nicht erkannten, «ihr habt mir gesagt, ich soll kommen, und ich bin gekommen.» – «Ach so, du bist Ruggero? Na, das macht nichts, komm halt herein, wenn du schon mal da bist.» – «Was soll denn das heißen: das macht nichts?» sagte Ruggero, der schon anfing sich aufzuregen und auf Gioia wütend war, weil sie – wie gewöhnlich – hinter der Hand ein Gegacker erstickte. Genug, wir gingen in die Wohnung. Sie war eisig wie eine Gletscherhöhle.

Das ziemlich hohe Zimmer hatte eine Balkendecke, in der Mitte stand ein Tisch und darüber schwebte, am Ende eines Drahtes, eine schirmlose Lampe, deren Licht den Augen weh tat. Rundum auf dem Tisch sah man Zettel liegen, die mit weißen Bohnen bedeckt waren: eine Tombola. Von gutem Essen keine Spur. Kein Zweifel: Ruggero hatte irgend etwas falsch verstanden. Nur ein paar Flaschen Wein standen da und ein Teller mit Süßigkeiten von Weihnachten, das war alles. Der Chauffeur, offenbar ein freundlicher Mensch, der nett zu uns sein wollte, sagte, er werde noch einmal mit der Tombola anfange, und währenddessen sollten wir nur zugreifen und ein Glas Wein trinken. Wir setzten uns, behielten aber in dieser Kälte die Mäntel an; und auf einmal ertönte aus der offenen Tür des Nebenzimmers die jammernde Stimme einer Frau: «Wer ist denn gekommen?» – «Es ist Ruggero», antwortete der Chauffeur, «ein Freund.» – «Welcher Ruggero? Ich möchte doch wetten, daß das einer dieser Schmarotzer ist, die sich durch die Silvesternacht schnorren. Wie oft hab ich dir schon gesagt, du sollst nicht irgendwelche wildfremden Leute einladen!» Bei diesen Worten fuhr Ruggero auf, während Gioia erst puterrot wurde und dann vor Lachen fast vom Stuhl fiel. «Das ist meine Frau, die mit Grippe im Bett liegt», sagte fassungslos der Chauffeur und griff nach dem Beutel mit den Tombolanummern. «Ach was, spielen wir. Ich fange an – seid ihr alle bereit? Hier ist die Nummer siebenundsiebzig, die hübschen Beine.»

Der Abend ließ sich schlecht an, das war ganz klar. Ruggero war gereizt, weil der Chauffeur ihn nicht erkannt hatte und weil es nichts Richtiges zu essen gab; Gioia fiel nichts anderes ein, als hinter der Hand zu gackern; der Chauffeur, ein dicker, vierschrötiger Mann mit rotem Gesicht und kleinen, entzündeten Augen, sah uns verwundert und nicht ohne Mißtrauen an und trank während des Tombolaspiels ziemlich viel: Neben seinem Glas stand eine Flasche für ihn allein. Von Zeit zu Zeit quäkte eins der vielen Kinder; oder die kranke Frau sagte aus dem Nebenzimmer etwas Böses zu ihrem Mann. Gioia war ganz rot im Gesicht vor Anstrengung, ihr Gelächter zu unterdrücken. Schließlich erregte dieses Lachen die Aufmerksamkeit des mittlerweile ziemlich betrunkenen Chauffeurs, der sie mit schwerer Zunge fragte: «Lachen Sie vielleicht über mich, Signorina?» Und Gioia, in sozusagen offenes Gackern ausbrechend: «Aber nein! Ich lachte eben, weil ich mir überlegt hatte, was ich meinen Freunden erzählen werde, wenn sie mich fragen, wie ich die Silvesternacht verbracht habe.»

Der Chauffeur, der wirklich ein recht freundlicher Mensch sein mußte, war zur allgemeinen Überraschung nicht beleidigt, sondern nur betrübt. «Sie sind so ein schönes Mädchen, aber ich weiß nicht, ob Sie wohl ein gutes Herz haben. Nein, das haben Sie kaum, bestimmt nicht. Ein Mädchen ohne Herz, wie?» – «Was hat denn das damit zu tun?» – «Ja, Sie sind ein Mädchen ohne Herz. Wie Sie die Silvesternacht verbracht haben –? In der Wohnung ehrlicher Leute haben Sie die Silvesternacht verbracht!» – «Aber wer hat denn etwas anderes gesagt!» – «Bestimmt, schöne Signorina, ich bin ein ehrlicher Mann! Fragen Sie hier im Viertel, wen Sie wollen! Jeder weiß, daß ich ein ehrlicher Mann bin. Ich schwöre Ihnen, beim Leben dieser meiner Kinder, daß ich ein ehrlicher Mann bin! Es gibt ja viele, die nach der Fahrt, wenn das Schild heruntergeklappt ist, glatt hundert Lire mehr verlangen. Aber ich bin ein ehrlicher Mann, bestimmt, diese meine Kinder bezeugen es. Sie, Signorina, brauchen gar nicht so zu lachen! Sie verbringen Silvester in einem ehrlichen Haus, bei ehrlichen Leuten!» Schließlich fing er an zu weinen, und Gioia lachte noch mehr als vorher, sie drohte tatsächlich vom Stuhl zu fallen, und die Kinder rund um den Tisch begannen einen Höllenlärm, weinten, schrien, protestierten und fragten, wann es mit der Tombola weiterginge.

Aus dem Nebenzimmer schimpfte böse die Frau: «Warum gibst du dich auch mit solchem Gesindel ab!» Und diese Worte waren der Funke, der Ruggeros angestaute Rauflust explodieren ließ. Er sprang auf, ging auf den Chauffeur zu und knallte ihm einen Faustschlag ans Kinn. Der Chauffeur sah äußerst verblüfft aus, wollte aufstehen, taumelte, klammerte sich an das Tischtuch, fiel dann der Länge nach hin und riß mit dem Tischtuch Flaschen, Gläser, Kärtchen und Bohnen herab. Mit Mühe hoben wir ihn wieder auf; er weinte immer noch und wiederholte, er sei ein ehrlicher Mann. Endlich sagte Ruggero zu ihm: «Ach was, mach keine Geschichten, gehen wir, du fährst uns ja, wie du's versprochen hast.» – «Wohin denn?» – «Wo wir hinmüssen – mit deinem Taxi.» – «Welches Taxi denn? – Das Taxi ist in der Garage.» Jetzt ertönte der Schrei der Schwester: «Es ist zwölf! Wir müssen anstoßen!» Nun, was blieb uns anderes übrig, wir hoben die Gläser vom Boden auf, füllten sie mit dem bißchen Wein, der noch in den Flaschen war, und wünschten uns gegenseitig viel Glück im neuen Jahr. Dann fing der Chauffeur sofort wieder an zu weinen und zu beteuern, daß er ein ehrlicher Mann sei, und da gingen wir hinaus.

Wir gingen im Dunkeln durch die alten Straßen, und von Zeit zu Zeit wurde ein Fenster geöffnet, und Flaschen oder ausgebrannte Birnen flogen durch die Luft, und einige landeten genau zwischen unseren Füßen. Überall im Viertel explodierten Feuerwerkskörper; aus den Fenstern der Erdgeschosse drangen Stimmen von Leuten, die Trinksprüche ausbrachten – sie alle aßen und tranken und ließen sich's gut gehen. Gioia ging jetzt ganz krumm vor Lachen, und am meisten lachte sie, als eine Flasche aus einem Fenster Ruggero genau auf den Kopf fiel: es war ein Glück, daß er einen Hut hatte und daß die Flasche leer war. Wir paßten jetzt besser auf, wichen den Sachen aus, die aus den Fenstern flogen, und gingen so im eisigen Wind den ganzen Lungotevere entlang, bis wir am Ende an der Piazza Cavour herauskamen. Dort sagte Gioia: «Wir wollen ein Taxi nehmen – der Maler wohnt ziemlich weit.» Also ging es im Taxi weiter, zum Atelier von Gioias Freund.

Wir fuhren und fuhren; wir fuhren durch halb Rom. Überall sah man Wagen, die Straßen waren voller Scherben, und Damen im Abendkleid stiegen vor aufgerissenen Toren ein oder aus. Von unserem Taxichauffeur sah man nur den Rücken: breite Schultern und sorgfältig gekämmte Haare, die – nach Art der römischen Halbstarken – wie zwei zusammengelegte Rabenflügel glänzend und pomadisiert am Kopf anlagen. Als Ruggero die Bemerkung machte, er fahre nicht schnell genug, drehte er sich um und zeigte uns ein brutales Gesicht mit zerquetschter Nase. Er sagte: «Ich denke gar nicht daran, wie ein Verrückter zu fahren!» Ruggero biß die Zähne zusammen und brummte: «Dieser Abend nimmt kein gutes Ende, ich hab das im Gefühl.» Gioia begann wieder zu gackern.

Endlich kamen wir zu dem Atelier, das in der Via Nomentana lag. Wir stiegen aus, Ruggero und Gioia gingen auf die Haustür zu und ließen mich neben dem Taxi stehen. Nun hatte ich aber von Anfang an nur 200 Lire dabei gehabt, und die hatten sich im Laufe des Abends schließlich nicht vermehrt. Ich rief: «Ruggero, ich hab nicht mehr als zweihundert Lire – das Taxi zeigt aber siebenhundert an!»

«Und dazu hundertfünfzig Nachtgebühr, macht achthundertfünfzig», fügte die Stimme des Chauffeurs drohend hinzu.

Ruggero kam heran und sagte ganz selbstverständlich: «Also, dann zahlen wir eben nicht. Alles, was ich hatte, habe ich für das vorige Taxi ausgegeben. Und Gioia hat vielleicht noch fünfzig Lire.»

In diesem Moment sprang der Chauffeur aus dem Wagen, baute sich in seiner ganzen Größe vor dem kleinen Ruggero auf und sagte: «He, und ob ihr zahlen werdet! Ich hab euch durch halb Rom gefahren, oder? Und jetzt wird bezahlt!»

«Und womit sollen wir zahlen? Spinnst du? Ich habe nichts.»

Kurz, die Sache lief schlecht. Ein Glück, daß Gioia eine Idee hatte: «Gehen wir doch alle hinein – drinnen finden wir sofort jemanden, der uns das Geld pumpt. Kommen Sie auch mit!» Der Chauffeur schimpfte und wollte nicht mitkommen, doch am Ende fand er sich ab, und wir gingen alle vier hinauf ins Atelier.

Aber wir kamen nicht dazu, mit jemandem zu sprechen. Als wir den Raum betraten, der voller Rauch, Lärm und Leuten war, wurden wir alle vier bei den Händen gepackt und in einen Reigen erhitzter Betrunkener hineingerissen, die alle schrien, sangen und tanzten, während jemand auf dem Klavier einen fürchterlichen Spektakel machte. Gioia lachte schallend, auch ich lachte, doch der wütende Chauffeur versuchte sich zu befreien, und auch Ruggero wollte nicht mitmachen. «Dreht euch, dreht euch, dreht euch im Reigen», sang uns ein rothaariges, halbnacktes Mädchen an und nahm den Chauffeur bei der Hand.

Nun gut, wir drehten uns also. Und während ich mich drehte, konnte ich feststellen, daß das Atelier überfüllt war mit komischen Leuten – einige im Straßenanzug, manche in Samtjacken, andere hemdärmelig. Auf dem Boden stand eine Unmenge Flaschen, die sie geleert hatten, und jetzt waren sie natürlich alle besoffen. Der Besitzer des Ateliers, schwarzhaarig und dickleibig, trug eine Brille und hatte einen Schnurrbart à la Mauseschwanz. Plötzlich nahm er Gioia um die Taille und begann in einem Kreis von Leuten, die mit den Händen den Rhythmus klatschten, einen großen Boogie-Woogie. Er hüpfte wie besessen, Gioias Rock flog, und alle klatschten in die Hände und brüllten wie die nackten Wilden. Als der Boogie-Woogie zu Ende war, drängte sich der Chauffeur, immer noch mit ernstem oder vielmehr finsterem Gesicht, zu Gioia durch: «Signorina, bezahlen Sie jetzt bitte, ich möchte gehen.»

Gioia, die nun aufgedreht war, antwortete: «Zahlen? Ach so. Ja – gleich.» Und sie begann, von dem finsteren Chauffeur begleitet, im Atelier die Runde zu machen, um den Zaster aufzutreiben. Sie bekamen aber immer wieder die gleichen Antworten: «Tausend Lire? Wenn ich die hätte, wäre ich aber froh.» Oder: «Tausend Lire? Die hatte ich mal vor ein paar Wochen.» Oder auch: «Tausend Lire – das ist ein schönes Wort!» Endlich ging Gioia zu einem nett aussehenden, blonden, jungen Mann in einer Windbluse und fragte ihn, in einem amerikanisch angehauchten Italienisch: «Percy, willst du mir tausend Lire borgen, damit ich das Taxi bezahlen kann?»

«Tausend Lire? Auch dreitausend, wenn du mir einen Kuß gibst.» Percy, der natürlich auch betrunken war, stürzte sich wie ein Wilder auf Gioia und versuchte sie zu küssen. Na, das war es wohl, worauf Ruggero den ganzen Abend gewartet hatte. Er ging auf den Amerikaner los und landete einen Magenhaken. Der Amerikaner taumelte, nahm aber dann ganz ruhig seine Brille ab, gab sie einem Freund, machte einen Schritt zurück, um sich in die richtige Ausgangsstellung zu bringen, und setzte dann einen knallharten Schwinger in Ruggeros Gesicht, der daraufhin zu Boden ging. Jetzt ging alles drunter und drüber: Ruggero und Percy prügelten sich, der Chauffeur, der sein Geld haben wollte, fluchte und schimpfte, Gioia lachte sich halbtot, und die anderen umringten uns und schrien alle gleichzeitig. Es endete damit, daß wir aus dem Atelier hinausgeschmissen und die Treppe hinuntergestoßen wurden, während alle brüllten: «Raus, raus! Wer sind die eigentlich? Was wollen die hier? Raus mit ihnen!»

Auf der Straße schwenkte Gioia einen Tausendlireschein, den sie irgendwie ergattert hatte, vor der Nase des Taxifahrers und sagte: «Wenn Sie Ihr Geld wollen, bringen Sie uns jetzt ins Zentrum zurück, andernfalls bekommen Sie nichts und können sehen, wo Sie bleiben.» Der Fahrer sagte etwas darüber, daß sie Glück habe, eine Frau zu sein; doch schließlich willigte er ein, wir stiegen wieder in das Taxi, und ab ging's durch die Via Nomentana. Bei der Piazza Fiume bremste der Fahrer so scharf, daß wir alle durcheinanderfielen. Er stieg aus und schrie dann verzweifelt: «Ihr macht mich noch fertig. Verdammte Bande! Verdammte Scherben –! Jetzt sind mir doch zwei Reifen geplatzt!» Genug, wir bezahlten ihn und überließen ihn der Beschäftigung mit seinen Reifen. Als wir uns verabschiedeten, sagte Ruggero: «Na ja, jetzt geht es mir schon besser. So ein hübscher, kleiner Krawall, das hab ich ja gleich gespürt, war eben wieder mal dringend nötig.»

Blondes Haar

In Rom sagt man: «Bist du aus Sgurgola? Dann geh nur wieder nach Sgurgola. Warum bist du nicht in Sgurgola geblieben?» Damit will man ausdrücken, daß jemand ungehobelt und unwissend ist, ein Bauer eben. Ja, das ist der Hochmut der Römer. Man könnte darauf antworten, daß alles, was groß ist, auch einmal klein war, und daß Rom, bevor es Rom wurde, sicher etwas wie Sgurgola gewesen ist, ja vielleicht noch ein bißchen ungehobelter. Ich jedenfalls bin aus Sgurgola – und diese Tatsache ist der Grund dafür, daß ich Kammerdiener wurde; nämlich aus Liebe zu Consolina, die ebenfalls aus Sgurgola ist. Wir hatten uns auf dem Lande verlobt; sie nahm dann in Rom eine Stellung an und tat alles, um zu erreichen, daß ich als Kammerdiener in das Haus kam, in dem sie Köchin war. Sie sagte, ich sei ihr Landsmann; sie sagte nicht, daß wir verlobt waren. Und so kam ich also – wie meine Verlobte – in das Haus des reichen Kaufmanns Palombini, der ein Geschäft in Prato hat.

Consolina war ein Mädchen, wie es bei uns zu Hause viele gibt: recht ansehnlich, wenn man so will, wenigstens für meine Begriffe, doch ziemlich bäuerlich. Ihre Backen waren rot wie Äpfel, und dort, wo sie nicht rot waren, waren sie dunkel und ein wenig behaart. Sie hatte schwarze, scharfe, lebhafte Augen; ihre Stirn war hart und schien schon «nein» zu sagen, bevor man überhaupt gesprochen hatte; und über der Stirn war eine Menge schwarzer, krauser Haare. Ihre Gestalt war robust, aber schlank: Frauen wie Consolina gehen erst nach der Heirat auseinander. Ich meinerseits bin untersetzt, ebenfalls schwarzhaarig, ja sogar tiefschwarz, habe funkelnde schwarze Augen, eine Hakennase und ein dunkles Gesicht. Halten Sie bitte die Tatsache fest, daß wir beide schwarzhaarig waren, denn sie ist von Bedeutung.

Mancher würde glauben, daß Consolina und ich – da wir zusammen in der gleichen Wohung lebten, in nahe beieinanderliegenden Zimmern schliefen und in der gleichen Küche aßen – intim miteinander oder vielleicht sogar ein Liebespaar geworden wären. Aber dem war nicht so. Als wir einen Monat bei Palombini waren, begann sie merklich abzukühlen. Und als wir dann eines Abends zusammen ausgingen, sie, um ein paar Einkäufe zu machen, und ich, um den schwarzen Schäferhund auszuführen, wie immer, erklärte sie mir klipp und klar: «Du gefällst mir nicht mehr, nimm deinen Ring zurück, ich geb dir den Rat, nicht mehr an mich zu denken.» Sie können sich vorstellen, daß mir das einen ziemlichen Schlag versetzte, denn schließlich hatte ich sie bereits als meine Frau betrachtet und meine Pläne gemacht. Ich wollte wenigstens den Grund wissen. Sie antwortete mir: «Du gefällst mir nicht mehr – das ist der Grund.» Dann ging sie eilig davon, ohne noch etwas hinzuzufügen, und ließ mich, mit dem Hund an der Leine, einfach stehen. Das arme Tier zog, um Consolina zu folgen, denn es war an sie gewöhnt.

So sind die Frauen. Nicht genug damit, daß Consolina sich seit jenem Abend nicht mehr als meine Verlobte betrachtete, sie wollte auch noch, daß ich so bald wie möglich das Haus verließe, zu dem sie mir – man kann sagen, mit List und Tücke – Zutritt verschafft hatte. Sie versuchte es mit hundert Unleidlichkeiten: Ich bekam keine Antwort, wenn ich zu ihr sprach, und sie gebärdete sich wie eine Giftschlange, wenn ich sie nur mal ein ganz klein wenig am Arm berührte. Und wie einen Refrain wiederholte sie immer wieder: «Wann gehst du endlich?» Schließlich sagte ich: «Ich gehe erst, wenn ich weiß, warum du mich nicht mehr willst.» Sie hob die Schultern, und damit war die Sache für jenen Tag beendet.

An einem Sonntag, an dem Consolina Ausgang hatte, ging ich, sobald sie weg war, in ihr Zimmer, entschlossen, den Grund ihrer Wandlung herauszufinden. Consolina war arm wie ich, Consolina war aus dem gleichen Dorf wie ich, Consolina war bedienstet wie ich: Ich wußte, wo ich zu suchen hatte. Das hohe dunkle Zimmer, das zum Hof hinaus lag, war erfüllt von Consolinas Geruch. Es roch wie in der Höhle eines wilden Tieres, so stark, daß ich mich einen Moment wie betäubt aufs Bett setzte.

Dabei dachte ich darüber nach, was dieser Geruch für mich bedeutet hätte, wenn Consolina noch meine Verlobte gewesen wäre. Dann stand ich auf und begann herumzustöbern. Den riesigen Schrank, in dem verloren Consolinas wenige Kleider hingen, überging ich, ebenso die Kommode, in der sie die Aussteuerstükke für die Hochzeit aufbewahrte, die sie sich im Laufe einiger Jahre von ihren Ersparnissen angeschafft hatte. Hingegen stürzte ich mich auf den alten Koffer, in dem Consolina, wie ich wußte, alle Dinge aufhob, die ihr Gefühlsleben betrafen und ihre Phantasie beschäftigt hatten. Zum Glück war der Koffer nicht verschlossen, denn das Schloß funktionierte nicht mehr. Ich öffnete ihn und fand in der Tat eine Menge Krimskrams. Ach, die Frauen sind wie Elstern: Was glänzt, heben sie auf. Was gab es nicht alles in dem alten Koffer: Blechdosen, die Tee oder Kekse enthalten hatten, Anstecknadeln aus Metall, gelb und billig, ein Lämmchen aus Zucker vom letzten Ostern, ein Stecknadelkissen aus hellblauem Samt, Halsketten aus buntem Glas, leere Parfumflaschen, ein paar Konfektschachteln, ein wirres Bündel Bänder in allen Farben, meist kurze Stückchen, Scheren, ein defekter Füllfederhalter, eine Glaskugel mit der Ansicht der Peterskirche, ein Rosenkranz aus Perlmutt, eine Menge Heiligenbilder, und ich weiß nicht, was noch alles. Nur das, was ich suchte, nämlich Briefe oder Fotografien, war nicht dabei. Ich stöberte weiter, und auf einmal, als ich in eine Tasche griff, fühlte ich einen Briefumschlag, der dick aufgeschwollen und mit einer Nadel zugesteckt war. Ich öffnete ihn und wußte, daß ich das Gesuchte gefunden hatte: Es war ein Büschel blonder Haare, doch nicht etwa eine Locke oder Strähne, wie man sie vielleicht einer geliebten Person abschneidet, um sie dann in ein Medaillon zu tun, sondern das waren Haare, wie sie in der Bürste hängen bleiben, nachdem sich jemand kräftig gebürstet hat.

Dies öffnete mir die Augen. Man muß wissen, daß wir in der römischen Campagna nicht die Schönheit schlechthin zu schätzen pflegen, nein, es muß die Schönheit der Blonden sein, samt heller Haut und blauen Augen. Das ist eine Frage der Seltenheit; ich bin ziemlich sicher, daß in Ländern, in denen die Blonden in der Überzahl sind, die Dunklen Triumphe feiern, weil sie so rar sind. Wer nun der Blonde war, der Consolina gefiel, das sagte mir sogleich die Beschaffenheit dieser Haare. Es konnte kein anderer sein als Alfredo, der junge Herr Palombini, denn von genau solchen Haaren – und Schuppen – hatte ich gerade am Tage vorher seine Bürste gereinigt. Dieser Alfredo war Student und das ganze Gegenteil seines braven und tüchtigen Vaters. Er studierte wenig, war ein großer Liebhaber von Schallplatten, englischen Zigaretten und amerikanischen Cocktails und gehörte zu jenen Blonden, die mit zwanzig Jahren die Haare büschelweise verlieren und mit dreißig kahl sind. Er war gelockt, hatte eine große nackte Stirn mit Geheimratsecken, hervortretende blaue Augen und eine Nase, die bis zum Mund herunterhing, während sein Kinn unter dem aufgeworfenen Mund zurückwich: ein Schaf. Übrigens waren die Haare nicht die einzige Spur. Ich erinnerte mich jetzt auch anderer Tatsachen, die mir Consolinas Leidenschaft bestätigten; wenn er zum Beispiel läutete, sprang sie auf und sagte: «Es ist der junge Herr, ich gehe schon.» Dabei war doch ich der Diener in diesem Haus und hätte also zu dem jungen Palombini gehen sollen, wenn er klingelte. Bis jetzt hatte ich dem keine Bedeutung beigemessen; doch nun war mir alles klar.

Am gleichen Abend sagte ich in der Küche zu Consolina: «Du hast dich in Alfredo verliebt – Du bist ja blöd – siehst du denn nicht, daß er aussieht wie ein Schaf?» An der verletzlichsten Stelle getroffen, fuhr sie auf: «Besser ein Schaf wie er als ein Bock wie du.» Diese Antwort genügte mir, und an diesem Abend sagte ich gar nichts mehr. Doch an den folgenden Tagen hatte ich Gelegenheit, festzustellen, daß Consolina wenig Grund zur Freude an diesem blonden Jüngling hatte. Alfredo war viel zu Hause, und wenn sein Vater im Geschäft und Mutter und Schwester ausgegangen waren, blieb er in seinem Zimmer, am Ende der dunklen großen Wohnung. Aber wie lange er auch zu Hause war, um Consolina kümmerte er sich nicht; er sah sie nicht einmal an. Meiner Meinung nach mußte er etwas gemerkt haben, denn er bestand nun darauf, von mir bedient zu werden, und äußerte sich ein paarmal ziemlich abfällig über Consolina. Mal verlangte er Kaffee, mal Whisky, mal Orangensaft, und dann ging ich in sein Zimmer, das er modern eingerichtet hatte, mit Möbeln aus Stahl und Glas: dort lag er meistens halb in einem Sessel, die Füße auf dem Tisch; in einem anderen Sessel fläzte sich seine Freundin, eine zerbrechliche Amerikanerin, lang und braunhaarig, mit weißem Gesicht und einem breiten roten Mund, der wie eine Wunde wirkte. Diese Amerikanerin hieß zufällig Consuelo, was ja aufs gleiche hinauskommt wie Consolina. Sie trug immer enganliegende Hosen, hatte die Haare ganz kurz geschnitten und sah aus wie ein Junge. Und ob Sie's nun glauben oder nicht: Die beiden waren Stunden und Stunden zusammen, doch niemals – das möchte ich schwören – gaben sie sich auch nur einen Kuß. Ich trat ein, die Luft war voll Zigarettenrauch, ich stellte das Tablett auf den Tisch, sie schauten mich nicht einmal an: Sie hörten immer nur dem Grammophon zu. Ich sagte zu Consolina: «Du verschwendest deine Zeit – Das ist doch sinnlos – Er sieht dich nicht und hört dich nicht – Du bist aus Sgurgola und sie ist aus New York – das ist ein Unterschied –, und man sieht ihn.»

Consolina ärgerte sich. Und da sie den Blonden nur ganz selten zu sehen bekam, eigentlich fast niemals, denn schließlich war sie die Köchin, und auf sein Klingeln sollte ja nicht mehr sie kommen, sondern ich, mühte sie sich redlich ab, um ihm auf diese oder jene Weise zu verstehen zu geben, daß sie ihn liebte. Eines Tages, beispielsweise, kaufte sie einen Blumenstrauß und manövrierte sich leise, leise in sein Zimmer, während er, wie gewöhnlich, mit seiner Freundin Musik hörte. Sie sagte: «Diese Blumen habe ich geschenkt bekommen, und ich dachte mir, sie würden sich hier besser machen als in meinem Zimmer.» Die Amerikanerin rief sofort: «Oh, was für schöne Blumen!» Doch er, ohne sich zu rühren, sagte gleichgültig: «Gefallen sie dir? Nimm sie. – Consolina, wickle sie ein, damit die Signorina sie mitnehmen kann.» Consolina ging in die Küche zurück; sie platzte fast vor Wut und wollte die Blumen in den Abfalleimer werfen. Ich mußte sie ihr entreißen, wickelte sie ein und brachte sie wieder ins Zimmer.

An einem der Tage, früh am Nachmittag, an denen die Wohnung leer und niemand außer dem jungen Palombini zu Hause war, läutete schrill und mehrmals hintereinander seine Zimmerglocke. Ich ging hin, doch bevor ich noch an die Tür klopfen konnte, kam er heraus und hielt sich die Hand auf den Magen. Er sagte, ihm sei furchtbar schlecht, und jammerte sehr, und Consolina, die sich wie immer in Hörweite befand, stürzte aus der Küche und nahm ihn am Arm; er ließ sich's gefallen und ging mit ihr ins Bad, wo er sich gute fünf Minuten lang erbrach. Consolina hielt ihm die Stirn und sagte immer wieder: «Sie müssen sich zu Bett legen», und er jammerte und ließ sie machen. Im Nu hatte sie sein Bett hergerichtet, half ihm beim Ausziehen, deckte ihn zu und rannte dann in die Küche, um Wasser für die Bettflasche zu wärmen. Ich sah sie an und bemerkte, daß sie ein geradezu vergnügtes Gesicht hatte, entspannt und zufrieden: Für sie war diese Krankheit ein Glück, denn nun konnte sie endlich bei ihm sein. Ich dachte: Da sieht man's wieder, wie die Frauen sind, sogar aus Krankheiten ziehen sie Nutzen. Consolina schien jedenfalls tiefbefriedigt und wartete nur, bis das Wasser heiß war. Während man aus der offenen Tür seine Klagen hörte: «O Gott – o Gott», begann sie halblaut zu trällern. In diesem Moment läutete die Türglocke.

Sie ging öffnen und sagte zu mir, ich solle auf das Wasser aufpassen. Was dann folgte, habe ich nie ganz genau erfahren. Doch es scheint sich ungefähr folgendermaßen abgespielt zu haben: Sie machte die Tür auf und stand Auge in Auge der Amerikanerin gegenüber. Triumphierend sagte ihr Consolina, der junge Herr Palombini sei krank und könne sie nicht empfangen. Die andere antwortete, sie wolle ihn trotzdem sehen. Consolina, die sich von seinem Krankenlager nicht vertreiben lassen wollte, forderte sie auf zu gehen, und die andere bestand darauf einzutreten. Schließlich schob Consolina sie hinaus, aber die andere leistete Widerstand und schob Consolina hinein. So ging das hin und her – kurz, sie gerieten sich mehr und mehr in die Haare. Tatsache ist, daß ich nach kurzer Zeit schrille, wutentbrannte Stimmen hörte, dann das Geräusch eines Sturzes oder vielmehr zweier, und danach das Poltern fallender Stühle und umkippender Möbel. Ich stürzte in die Diele und sah Consolina und Consuelo eng umschlungen, die Hände der einen in den Haaren der anderen; sie wälzten sich kreischend auf dem Boden und prügelten sich.

Consolina schrie: «Mieses Miststück, verkommenes!» Und die

Amerikanerin schrie: «Loslassen – verrückter Bauerntrampel!» Stehend wäre die eine aus Sgurgola und die andere aus New York gewesen, kein Zweifel, doch auf dem Boden waren sie nichts weiter als zwei Weiber, ja, ich würde sagen: zwei Fischweiber, vom Markt, die um die Liebe eines Mannes kämpften. Und nun erschien auch der Kranke im Schlafanzug auf der Schwelle und sagte immer wieder mit schwacher Stimme: «Was ist denn hier los? – O Gott, o Gott – Was ist denn los? – Bringt sie auseinander, um Himmels willen!» Dabei hielt er sich mit beiden Händen den Leib.

Genug, es endete damit, daß das junge Mädchen nun eine Handvoll Haare weniger hatte, denn die waren in Consolinas Faust geblieben, während Consolina das ganze Gesicht voll Kratzer hatte, von den schönen roten Nägeln der Amerikanerin. Am gleichen Nachmittag packte Consolina ihre Sachen und ging. Auch ich verließ diese Stellung. Ich war Consolinas Landsmann, und ihr Benehmen hatte auch auf mich ein ungünstiges Licht geworfen. Doch ich ging einige Tage später, und eine Weile sah ich Consolina nicht mehr. Zum letzten Male sah ich sie dann in den Bahnhofsanlagen. Sie hatte sich die Haare wie Consuelo schneiden lassen, einen ganz kurzen Herrenschnitt, der zur Folge hatte, daß ihre dicken, roten Backen nun ganz besonders auffielen; im übrigen sah sie aus wie immer. Sie war mit einem kümmerlichen Jüngling zusammen, der ihr an einer Erfrischungsbude Eis spendierte. Ich stellte fest, daß er helle Haut und blaue Augen hatte. Auf dem Kopf trug er eine Radfahrermütze, so daß man seine Haare nicht sehen konnte. Aber ich wäre jede Wette eingegangen, daß unter dieser Mütze blondes Haar war.

Rigoletta

Kennen Sie Rigoletta? Wenn Sie sie nicht kennen, stelle ich sie Ihnen vor. Rigoletta war ein Mädchen, das einen allein schon durch sein Aussehen zum Lachen reizte: Ihr rundes Gesicht war rot wie der Mond im August, sie hatte große, aufgerissene Augen und eine platte Sattelnase, und ihr Mund glich dem Spalt, den die Melonenhändler in die Melonen schneiden, um zu zeigen, daß sie reif sind. Eine Mähne krauser Haare sträubte sich nach hinten, als ginge sie immer gegen den Wind; ihre Figur hatte die Form eines in der Mitte zusammengebundenen Kissens, mit starken und etwas krummen Beinen. Ihre Eltern waren Obsthändler und hatten auf dem Blumenmarkt ein außerordentlich gut gehendes Geschäft. Sie hatten Rigoletta erzogen wie eine sogenannte höhere Tochter. Nie stand sie im Laden. Kurz, sie tat das, was junge Damen tun: nichts. Sie sehen, daß ich sie gut kannte, und Sie denken jetzt vielleicht, es hätte zwischen ihr und mir womöglich so etwas gegeben wie zarte Bande, wie man so schön sagt. Aber das stimmt nicht. Wir wohnten nahe beieinander, waren im gleichen Alter und hatten in der Via Pettinari miteinander gespielt. Rigoletta hatte mich dann ein wenig unterstützt, als wir beide etwa sechzehn Jahre waren: Sie schenkte mir Orangen und Äpfel, die sie aus den Körben ihres Vaters geklaut hatte, oder sie gab mir auch hier und da einmal hundert Lire, mit denen ich dann ins Kino ging oder mir die ersten Zigaretten kaufte. Na, das waren Kindereien – jedenfalls für mich; was Rigoletta betrifft, so kann ich nicht garantieren, daß sie es auch so ansah, denn sie stellte sich alles immer so vor, wie sie sich's wünschte, und nicht, wie es wirklich war. Sie hatte eine hemmungslose Phantasie. Und manchmal hätte ich was drum gegeben, mich in sie hineinversetzen zu können und wenigstens für einen einzigen Tag mal die Welt so zu sehen, wie Rigoletta sie sah. Wer weiß, vielleicht hätte ich dann alles vergrößert oder verkleinert oder verbreitert oder schief und krumm erblickt, wie in diesen Zerrspiegeln im Luna-Park. Mit einem Wort, Rigoletta wirkte, als sei sie ständig leicht betrunken, nur daß sie sich nicht an Wein berauschte, sondern an ihrer Phantasie.

In den Jahren danach arbeitete ich zunächst als Elektriker, dann fand ich Arbeit in den Filmstudios, lebte mich in dieses Milieu allmählich ein und wurde schließlich Kamera-Assistent. Rigoletta sah ich nur noch selten mal in der Via Pettinari; wir waren jetzt, obwohl ich eine gewisse Zuneigung für sie empfand, nur noch Bekannte. Eines Morgens, als ich im Studio der Vittoriacine arbeitete, kam ein Freund zu mir und sagte mit einem listigen Grinsen: «Hallo, Gigi, da fragt ein schönes Mädchen nach dir.» Sie werden sicher verstehen, daß ich mir gleich alles mögliche ausmalte, denn wenn man jung ist, ist man schließlich immer an schönen Mädchen interessiert. Ja, und dann wurden meine Erwartungen im Keim erstickt, denn ich erkannte Rigoletta. Wir hatten September, es war heiß, und sie trug ein weißes Plisseekleid mit engem Gürtel, das einen scharfen Kontrast zu ihrer braunen, rauhen Haut bildete. Die dunklen, nackten, muskulösen Arme, haarig wie Samt, konnten einen geradezu auf den Gedanken bringen, sie sei ein Mann, der sich als Frau verkleidet hatte. Ernüchtert fragte ich: «Nanu, was machst du denn hier?» Und sie: «Komm, wir gehen dort hinüber, ich muß dir etwas sagen.»

Wir befanden uns im Filmgelände zwischen den Ateliers. Rundum waren aus Sperrholz, Gips und Pappe die Kulissen für einen ägyptischen Film aufgebaut: ein Tempel mit breiter Treppe und Säulen, deren Kapitelle Stierköpfe bildeten. Wir gingen hinter eine dieser Säulen, und sie sagte sogleich: «Gigi, ich hab dich noch nie um etwas gebeten – doch jetzt mußt du mir einen Gefallen tun.» – «Was für einen Gefallen?» – «Stell mich Parodi, dem Produzenten, vor.» – «Warum denn das?» – «Man hat mir gesagt, sie suchen eine Schauspielerin für diesen Film, den sie machen wollen – ich bin sicher, daß er mich sofort nimmt, wenn er mich kennt.» Um die Wahrheit zu sagen, ich war so überrascht, daß ich im Augenblick überhaupt nicht wußte, was ich sagen sollte. Sie erklärte: «Na, was ist denn, fehlt dir etwas? Hast du gehört, was ich gesagt habe?» Ich stotterte: «Ja, ja, ich hab's gehört – du willst Filmschauspielerin werden.» – «Sehr richtig. Viele, die sich doch wirklich nicht mit mir messen können, schaffen es, warum soll ich's nicht auch schaffen? Noch dazu, wo ich dieses Rezitationstalent habe?» – «Ach, hast du das?» – «Ja, sicher. Und schau her, ich hab auch Fotos mitgebracht. Ein Fotograf, der hauptsächlich für Stars arbeitet, hat sie gemacht.» Sie zog etwa zwölf Fotos aus der Tasche und zeigte sie mir. Stellen Sie sich vor: sie hatte sich im Badeanzug aufnehmen lassen, mal nur das Gesicht und mal die ganze Figur, und einige waren dabei, auf denen sie sich gebärdete, als ob sie sich auf einem Teppich wälze, in fataler Haltung, mit aufgelösten Haaren, das Kinn in die Hand gestützt, den Busen am Boden, und mit betrübtem Blick. Ich war wirklich erschrocken. Und da ich nicht wußte, was ich tun sollte, nahm ich sie beim Arm und sagte: «Steck die Bilder weg! Du sollst sie ja nicht mir zeigen, sondern dem Produzenten.» Sie warf mir einen verschmitzten Blick zu und sagte: «Nimm deine Hand da weg!» Erstaunt gehorchte ich, und sie erklärte: «Es versteht sich, daß du mir diesen Gefallen gratis tust. Ohne Gegenleistung, wie es beim Film üblich ist.» Ich sagte verwirrt: «Natürlich, klar, ohne Gegenleistung, gratis.»

Dann versuchte ich sie zu überzeugen, daß der Produzent völlig überlastet sei, daß er sie nicht empfangen könne, daß im Augenblick überhaupt keine Filme in Arbeit seien, daß wir eine Filmkrise hätten, und so weiter. Worte in den Wind. Sie hörte mir geduldig zu und sagte dann: «Du stellst mich dem Produzenten vor. Das übrige ist meine Sache.» Ich fragte: «Gesetzt den Fall, er ist nicht auf der Stelle zu sprechen, was machst du dann?» – «Ich warte.» – «Auch bis heute abend?» – «Auch bis heute abend.» – «Und wo willst du essen?» Sie antwortete mit größter Selbstverständlichkeit: «Hier, in der Filmkantine. Ich lade dich ein.» So kam es, daß ich aus reiner Verzweiflung hinaufging zu den Produktionsbüros. Parodi hatte an diesem Vormittag wenige Besucher und empfing mich fast sofort. Er ist ein Mann mittleren Alters, gutmütig und klug. Er kannte mich und hatte – meiner

Meinung nach – Sympathie für mich. Deshalb fragte er mich auch gleich, ohne den Blick vom Schreibtisch zu erheben, an dem er gerade arbeitete: «Na, Rinaldi, was gibt es?» Ich antwortete: «Da wäre ein junges Mädchen, das zum Film will, eine Freundin von mir. Sie möchte Ihnen vorgestellt werden.» Er griff nach einem der vielen Telefone, hob den Hörer ans Ohr, sprach einen Moment und sagte dann, während er sich eine Notiz machte: «Ist gut, schick sie heute abend um acht.» Ich fügte hinzu: «Signor Parodi . . .» Und er, ohne den Blick zu heben: «Was ist?» Ich wollte sagen: «Aber ich möchte keine Verantwortung übernehmen, denn das Mädchen ist häßlich, stinkhäßlich – Sie machen sich keine Vorstellung!» Doch dazu fehlte mir der Mut, und ich sagte nur: «Ach nichts, ich wollte nur sagen, daß sie Rigoletta heißt.» Diesmal hob er den Blick und sah mich lächelnd an: «Sie wird doch nicht etwa einen Buckel haben?» – «Einen Buckel nicht gerade», murmelte ich und verduftete.

Unlustig arbeitete ich bis ein Uhr, dann machte ich Schluß und ging zu Rigoletta, die mich in der Bar der Kantine erwartete. Ich war recht besorgt, auch deshalb, weil ich, wie jeden Tag, mit Santina essen wollte, einer jungen Komparsin, die in dem ägyptischen Film mitwirkte und mit der ich befreundet war. Nicht, daß ich befürchtete, Santina könnte auf Rigoletta eifersüchtig werden, obwohl man in dieser Hinsicht bei Frauen ja nie ganz sicher sein kann; es war mehr, weil Santina so eine spitze Zunge hatte – ich wollte nicht, daß sie die arme Rigoletta beleidigte, für die ich trotz allem Zuneigung empfand. Ich hatte gehofft, Santina vorher treffen und ihr Bescheid sagen zu können, doch dazu fand sich keine Möglichkeit. Als Rigoletta mich sah, lief sie mir angriffslustig entgegen und fragte: «Hast du mit dem Produzenten gesprochen?» – «Ja, ich habe mit ihm gesprochen. Er empfängt dich heute abend um acht.» Im gleichen Moment war auch schon Santina da, im Morgenrock, das Gesicht mit den blauen Augen von roter Schminke bedeckt. «Gehen wir zum Essen, Gigi?» So blieb mir nichts anderes übrig, als vorzustellen: «Santina, ich möchte dich mit einer Freundin bekannt machen.» – «Freut mich – und wie heißt die Dame?» Ich wollte den Namen nicht sagen; aber sie selber sagte ihn: «Ich heiße Rigoletta.» – «Ah, ah, Rigoletta!» – «Wieso, gefällt Ihnen mein Name nicht?» fragte Rigoletta, während wir ins Restaruant traten. «Ich hab nichts gesagt», antwortete Santina, «aber Sie kennen doch das Sprichwort: Die Henne, die als erste gackerte, hat das Ei gelegt.»

Wir setzten uns hinten in die Kantine, und kurz darauf kam eine Gruppe von Darstellern herein, die bei dem ägyptischen Film mitmachten: unser Star, die ebenso schöne wie berühmte Luciana Lucentini, zwei andere, weniger berühmte Schauspielerinnen, aber auch sehr schön, und dann einige Komparsen, alle sehr schön, und mit ihnen zusammen ein paar Schauspieler. Sie hatten alle Schminke auf den Gesichtern, die dunkel sein mußten, weil sie alte Ägypter darzustellen hatten. Die meisten trugen sehr kurze ägyptische Kostüme mit einem Schurz über den nackten Schenkeln und einer Art Leibchen, das ziemlich viel frei ließ. Um Santina und Rigoletta abzulenken, zeigte ich auf unseren Star und sagte: «Schau, Rigoletta, das ist die Lucentini, ich wette, du siehst sie zum ersten Male in Wirklichkeit.» Rigoletta sah hin und sagte dann, die Nase rümpfend: «Na, weißt du, ich muß schon sagen, die sieht aber mies aus. Auf der Leinwand ist sie schon keine Schönheit, aber so aus der Nähe betrachtet – also wirklich: die ist ja ausgesprochen häßlich.» – «Wirklich?» fragte Santina. «Die finden Sie häßlich? Wen finden Sie dann wohl schön? Sich selbst vielleicht? Wie? Oder?» Rigoletta ist ein bißchen begriffsstutzig. Sie schüttelte den Kopf und sagte: «Na, wenigstens hab ich keine so kleinen Augen – die hat ja Augen, die man kaum sieht.» Um das Thema zu wechseln, sagte ich: «Und die andere, neben der Lucentini, ist die Vivaldi. Du kennst sie sicher aus dem Film *Stehen bleiben oder ich schieße*.» Rigoletta betrachtete auch die Vivaldi, einen faszinierenden dunklen Typ von einer mädchenhaften Frische und Lebendigkeit, daß man meinte, sie könnte Tote wiedererwecken; nach einer Weile sagte sie: «Du liebe Zeit, wenn das die Stars sind!» Und Santina: «Sprechen Sie nur weiter: ... wenn das die Stars sind ... Soll ich raten, was Sie sagen wollten? Wenn das die Stars sind, dann bin ich schon lange einer! Wie? Oder?» Offenbar bemerkte Rigoletta jetzt erst den sarkastischen Ton und sagte: «Sagen Sie, Signorina, Sie wollen sich doch nicht über mich lustig machen?» – «Ich? Ich werde mich hüten!» – «Gigi kann Ihnen sagen, wer ich bin. Gigi ist gerade beim Produzenten gewesen, der mich für heute abend bestellt hat, um mich für einen seiner nächsten Filme zu engagieren.» Zu meiner Überraschung fragte Santina vollkommen ernst: «Ach so? Gigi ist für Sie bei Parodi gewesen?» – «Gewiß. Sobald es möglich ist, möchte ich bei einem Film mitwirken. Sehen Sie, hier sind meine Bilder, schauen Sie.» – «Schön, schön, schön!» – «Ja, schön, nicht wahr?» Santina sagte ruhig: «Für mich, Gigi, bist du nicht zum Produzenten gegangen, als ich dich darum gebeten habe. Doch für diese Schimpansin gehst du hin.» Ich verzichte auf die Beschreibung dessen, was nun folgte. Rigoletta stürzte sich auf Santina und schrie: «Sagen Sie das noch mal, Sie unverschämte Person!» Santina war zurückgewichen und sagte: «Warum sind Sie denn beleidigt? Wenn ich jemanden beleidigt habe, dann doch höchstens die Schimpansen!» Rigoletta versuchte, Santina am Morgenrock zu erwischen; er öffnete sich und enthüllte Santinas Busen. Sie schrie: «Was denn, wollen Sie auch noch meine Figur sehen? Bloß keinen Neid!» Alle im Restaurant waren aufgesprungen, um zuzuschauen. Santina lief weg und rief mir zu: «Wir sprechen uns noch!» Da ging auch ich, Rigoletta am Arm und Gift im Herzen.

Zufällig stand gerade Parodi im Gelände und sprach mit einem Regisseur. Ich konnte einfach nicht mehr und wollte Rigoletta so schnell wie möglich loswerden. «Schau, da ist Parodi. Du brauchst nicht bis acht zu warten. Wenn er mit dem Herrn da fertig ist, gehst du einfach hin und sagst: ‹Ich bin Rigoletta, das Mädchen, von dem Rinaldi gesprochen hat.› Und paß gut auf, was er dir sagt!» Sie sah Parodi an und sagte dann: «Also gut. Aber weißt du, ich möchte nicht, daß die anderen noch eifersüchtiger werden, wenn sie sehen, daß ich mit ihm spreche. Im Grunde verstehe ich ja die Armen. Du hast für mich etwas getan, was du für sie nicht tun würdest.» Ich sagte: «Geh nur, geh nur ruhig.»

Jetzt hatte Parodi seine Besprechung beendet. Rigoletta setzte sich in Bewegung und ging quer über das Gelände; sie wiegte sich auf ihren krummen Beinen, ihre Tasche baumelte an ihrem zu langen Arm – tatsächlich: eine Schimpansin. Ich sah sie an Parodi herantreten, mit ihm sprechen, dann ihre Tasche öffnen und die Fotos zeigen. Er nahm die Bilder, sah sie flüchtig durch, gab sie ihr zurück, legte dann eine Hand auf ihre Schulter und sprach mit ihr. Als er damit zu Ende war, gab er ihr lächelnd einen Klaps auf die Backe und ging zu seinem Wagen. Rigoletta stand einen Moment still, die Hände auf den Leib gelegt, sah dem Wagen nach, der sich entfernte, und kam dann wieder zu mir zurück.

Ich sagte, ich wolle sie ein Stück begleiten, und so verließen wir das Filmgelände und gingen auf einem Feldweg in Richtung des Tiberdammes. Als wir außerhalb des Filmgeländes waren, sagte sie: «Er war nett, wirklich sehr nett. Er hat mich gefragt: Warum wollen Sie denn ausgerechnet zum Film?» – «Und was hast du geantwortet?» – «Ich habe ihm geantwortet: An den Film dachte ich, weil ich sehr fotogen bin, wie diese Fotos beweisen, und dann auch, weil ich sicher bin, daß ich ausgezeichnet spreche.» – «Und er?» – «Er hat gesagt: Für einen Typ wie Sie müßte man einen Film nach Maß machen!» – «Und du?» – «Ich habe gesagt: Machen Sie ihn.» – «Und er?» – «Er hat geantwortet: Ich werde darüber nachdenken und Sie dann durch Rinaldi benachrichtigen.»

Wir hatten jetzt die Wiesen erreicht, die sich am Tiber entlangziehen, und waren nicht mehr weit vom Porto di Roma entfernt. Rigoletta ging auf dem Rasen, im Überschwang ihrer Gefühle vor sich hinsingend, mit vorgereckter Brust; ihre Mähne wehte im Wind. Plötzlich erkundigte sie sich: «Sag mal, Parodi macht wohl nicht viel Umstände, wie?» – «Was willst du damit sagen?» – «Ich meine, ist er nicht ziemlich zudringlich? Zuerst hat er mir die Hand auf die Schulter gelegt, dann hat er auch noch meine Wange gestreichelt. Ich möchte nicht, daß er sich Hoffnungen macht. Wären wir nicht dort draußen gewesen, wo so viele Leute uns zuschauen konnten, also wirklich, dann hätte ich ihm eins auf die Hand gegeben!»

Diesmal war ich stumm. Ich ging neben ihr her und hätte sie gerne gefragt: «Siehst du eigentlich wirklich den Tiber? Oder siehst du vielleicht statt des Tibers eine asphaltierte Straße, auf der Wagen fahren? Und was siehst du an Stelle des Gasometers? Einen Gugelhupf?» Jetzt bückte sie sich, um eine gelbe Blume zu pflücken, die sie mir ins Knopfloch steckte. Dann sagte sie, wobei sie in ihrer Tasche herumkramte: «Also, ich geh jetzt, du mußt ja arbeiten. Nimm inzwischen diese Zigaretten und denk an mich, wenn du sie rauchst.» Verwirrt und vom weißen Licht des Schirokkohimmels geblendet, blieb ich stehen, die beiden Päckchen Zigaretten in der Hand. Ich sah Rigoletta nach, die sich auf den Wiesen am Tiberdamm mit tänzelnden Schritten entfernte.

Das doppelte Spiel

Umberto tut dies; Umberto tut das; Umberto ist der Erste in der Schule; seine Mutter sagt, Umberto bekäme eine Auszeichnung; Umberto arbeitet; Umberto gibt sein Geld zu Hause ab; Umberto hat sich von seinem Geld einen Motorroller gekauft; Umberto wird sich ein Auto kaufen... In jedem Alter, von der Zeit des Kinderstühlchens und Lätzchens an, stolperte ich sozusagen über Umberto. Wir wohnten in der gleichen Mietskaserne in der Via Candia, und die beiden Wohnungen, die von Umbertos Vater, der im Erdgeschoß eine Geflügelhandlung hatte, und unsere, lagen im gleichen Stockwerk. Unsere Mütter waren Freundinnen, und wir wuchsen zusammen auf. Angesichts dieses Umberto war es ganz unvermeidlich, daß meine Mutter mich einen Faulpelz, Nichtstuer und Herumtreiber nannte und mir Umberto als leuchtendes Vorbild vor Augen stellte. Ich hatte manchmal die größte Lust, zu versichern, daß ich meinen kleinen Finger für wesentlich wertvoller hielte als den ganzen Umberto mit seinem duckmäuserischen, spießigen und dürftigen Charakter, doch was hätte es genützt? Alle Mütter sind ja gleich, und ginge es in der Welt allein nach den Wünschen der Mütter zu, wer weiß, ob es dann nicht überhaupt nur Menschen gäbe, die so unerfreulich sind, so duckmäuserisch, spießig und dürftig wie Umberto.

Ich konnte Umberto also nicht ausstehen, doch wir unterhielten höfliche Beziehungen; wir grüßten uns und tauschten Neuigkeiten aus, wenn wir uns begegneten. Es waren Kontakte des Kalten Krieges: zwischen Leuten, die nur auf eine Gelegenheit warteten, sich in die Haare zu geraten. Nun, diese Gelegenheit ergab sich an dem Tage, an dem mir von der Vulkanisierwerkstatt in der Via Dandola wegen zu geringer Rentabilität des Betriebes gekündigt worden war. Als ich die Treppen hinunterging, noch die Worte meiner Mutter in den Ohren: «Der Kummer, den du mir machst, bringt mich noch ins Grab – Schau dir Umberto an, das ist ein braver Sohn – nimm dir Umberto zum Vorbild, mein Junge.» – Ausgerechnet in diesem Augenblick begegnete ich Umberto, der auch gerade aus dem Haus ging. Ich hielt ihn an und sagte zu ihm: «Sag mal, machst du tatsächlich immer alles richtig?» – «Was willst du damit sagen?» – «Ich meine: ob du auch wirklich niemals was falsch machst? Sagen wir mal: daß du beispielsweise heimlich die Lohngelder verspielst?» Was meinen Sie wohl: Jeder andere wäre jetzt beleidigt gewesen; Umberto aber legte mir die Hand auf die Schulter und sagte mit schlauem und nachsichtigem Gesichtsausdruck: «Peppe, mach es wie ich – und du wirst sehen, du fährst gut dabei –» Ich antwortete aufgebracht: «Nimm erst mal deine Hand von meiner Schulter – und dann habe ich dich nicht angehalten, um dich um Rat zu fragen, sondern ich möchte dir meinerseits einen Rat geben: Laß Clara in Ruhe – sie ist mit mir so gut wie verlobt.» – «So gut wie?» – «Ja, sie ist mein Mädchen, und du sollst sie gefälligst in Ruhe lassen, verstanden?» – «Was kann denn ich dafür, wenn ...» – «Schluß! – Wer Bescheid weiß, ist weniger in Gefahr. Kapiert?»

Um diese Worte zu verstehen, muß man wissen, daß ich zu jener Zeit hinter Clara her war, einem Mädchen, das ebenfalls in der Via Candia wohnte, in genauso einem häßlichen alten Gebäude wie ich, mit demselben großen Hof und denselben Treppen. Eine dieser Treppen führte zu der kleinen Wohnung von Claras Mutter, die Dolores hieß – oder sich so nannte – und einen merkwürdigen Beruf ausübte: Sie war Handleserin. Sie war etwa 45 Jahre alt, eine zerbrechliche, hinfällig wirkende Person, bleich wie ein Gespenst. Ihr Gesicht sah aus wie mit Mehl bestäubt und vermittelte mit den schwarzen Augen den Eindruck einer Gipsmaske. Die Arme: sie war reich gewesen – wenigstens behauptete sie das – und mußte jetzt von dem Geld leben, das sie mit Handlesen und Kartenlegen verdiente. Es hieß übrigens, sie könne was, und außer den Leuten aus der Via Candia kamen auch Damen aus anderen Vierteln zu ihr. Clara war ganz das Gegenteil ihrer Mutter: frisch, sauber, schön und ruhig. Die Augen in ihrem freundlichen Gesicht strahlten wie stille

Sterne, heiter und rein. Sie hatte einen hübschen blaßrosa Mund, der beim Lächeln die weißen Zähne sehen ließ, die die Form geschälter Mandeln hatten; er erinnerte an den Mund eines Kindes, das noch nicht gelernt hat, boshaft zu grinsen. Clara arbeitete als Stenotypistin in einem Büro und schien sehr tüchtig zu sein. Wenn sie zu Hause war und ihre Mutter Besuche von Kunden bekam, setzte sie sich in die Küche, um am Küchentisch Schreibmaschine zu schreiben oder englische Grammatik zu lernen. Ich sagte, daß Clara ruhig war. Ja, sie war so ruhevoll, daß ich sie – verliebt wie ich war – am liebsten mit klarem Wasser verglich. Nicht etwa mit reißenden Gewässern, versteht sich, sondern zum Beispiel mit dem mondbeglänzten Meer in einer sanften Augustnacht, das den Wunsch erweckt, sich nach alter Art zu lieben, Hand in Hand, den Arm um die Taille gelegt und den Kopf an die Schulter gelehnt. Ach ja, sie war wirklich ein stilles Wasser, freilich in doppelter Bedeutung.

An jenem Tage erzählte ich Clara von meinem Zusammenstoß mit Umberto. Sie lächelte mild: «Aber das gibt's doch gar nicht, daß du auf einen Burschen wie Umberto eifersüchtig wirst!» – «Auch er ist ein Mann», sagte ich, bereits getröstet, und bat sie dann um eine nähere Erklärung. Und sie sagte mit ihrem Kinderlächeln: «Ach, ich weiß nicht – schon allein sein Aussehen – mit seinem langen, hölzernen Gesicht und den Igelhaaren kommt er mir vor wie der Kaspar Larifari im Marionettentheater – aber du ahnst nicht, wie langweilig er ist – du kannst dir das nicht vorstellen – ein Mann, der immer korrekt ist, immer brav und bieder – immer weiß er alles ganz genau – und immer spricht er von sich selbst – außer er erläutert gerade seine Lieblingsansichten: zum Beispiel, daß eine Frau ins Haus gehört, zu den Kochtöpfen und Kinderwindeln – und wehe ihr, wenn sie mit einem anderen Mann auch nur spricht, und sei es der eigene Bruder – ich möchte wahrhaftig lieber tot sein, als mit so einem Mann verheiratet.» Kurz, sie sprach derartig abfällig über Umberto, daß ich am Ende ganz beruhigt war; und ich erlaubte ihr, ihn zu sehen, wann sie wollte.

Von jetzt ab hatte ich täglich das Gefühl, mich dafür zu rächen, daß man mir Umberto so oft als Musterexemplar vor Augen gehalten hatte. Umberto war von meiner Mutter auf einen Denkmalsockel gestellt worden; Clara dagegen holte ihn wieder herunter. Sie sagte zu mir: «Nein, dieser Mann gefällt mir nicht. Ich bin mit ihm zu der Werft gefahren, bei der er angestellt ist: Er sprach mit den Arbeitern, als ob sie der letzte Dreck wären. Dann kam sein Vorgesetzter – und sofort war er völlig verändert: beflissen, diensteifrig, kriecherisch.» Oder auch: «Und weißt du, was er noch gemacht hat? Er gab einem Bettler hundert Lire! Und weißt du auch, warum? Weil sie falsch waren.» Oder folgendes: «Er hat gewisse Angewohnheiten, die ich nicht ertragen kann: wenn er glaubt, ich sehe es nicht, bohrt er mit dem Finger in der Nase.» Ja, Clara sprach so schlecht von Umberto, daß ich ihn manchmal verteidigte, wenn auch nur, um mit Vergnügen zu sehen, daß sie daraufhin noch schärfer wurde. Ich sagte: «Aber er ist ein guter Sohn.» Und sie: «Denkst du! Dabei behandelt er seine Mutter wie ein Dienstmädchen.» Ich sagte: «Aber er liefert doch sein Geld zu Hause ab.» Und sie: «Wieviel? Sein Geld bringt er auf die Bank.» Ich sagte: «Immerhin, er ist ein arbeitsamer Mensch.» – «Aber was, arbeitsam – Er versteht es, andere für sich arbeiten zu lassen und sie auszunutzen.»

Jetzt war ich Claras so sicher, daß ich ihr bald darauf sagte, es sei nun wohl an der Zeit, unsere Beziehungen zu regeln, indem wir uns offiziell verlobten. Sie antwortete sogleich: «Daran hab ich auch schon gedacht, aber ich wagte es nicht, davon anzufangen. Nun, wir wollen das dann auch in aller Form tun – geh also zu meiner Mutter und sprich mit ihr; sie kennt dich ja schon.» Wir verabredeten, daß ich noch am selben Abend zur Mutter gehen sollte. Unterdessen würde sie Umberto treffen – zum letzten Male: «Ich kann wirklich nicht mehr mit ihm zusammen sein. Das macht mich ganz krank.» Ich billigte das Treffen; und ich spürte, wenn ich daran dachte, ein leises Mitgefühl mit dem armen, ahnungslosen Umberto. Gegen sieben Uhr ging ich von zu Hause weg, überquerte die Via Candia und betrat das Haus, in dem Clara wohnte.

Die Tür der Signora Dolores, im dritten Stock, war nur angelehnt; ich drückte sie also auf, trat ein und befand mich in einem kleinen Wartezimmer voller Leute. Da waren zwei oder drei

Frauen ohne Hut, Hausbewohnerinnen, da war ein sehr hübsches braunhaariges Mädchen aus unserem Viertel, das ich vom Sehen kannte, da war eine Dame mittleren Alters, mit viel Make-up und in einen weiten braunen Pelzmantel gehüllt. Während ich mich setzte und eine Illustrierte vom Tisch nahm, dachte ich, daß das Geschäft offenbar blühte und die Signora ordentlich verdienen, ja geradezu Geld scheffeln mußte. Ich hatte schon eine ganze Weile gewartet, als die Tür sich öffnete und eine junge elegante Dame herauskam, die überschwenglich Dolores' Wangen küßte und ausrief: «Danke, danke, Liebste!»

Claras Mutter, in einem japanischen Kimono aus schwarzer Seide mit einem bunten gestickten Drachen und mit einer langen Zigarettenspitze zwischen den Zähnen, warf mir einen Blick zu und sagte: «Nur noch einen Augenblick, Rinaldi, dann kommen Sie dran.» Sie bat die mittelalterliche Dame im Pelz hinein und verschwand. Ich hatte den Eindruck – ich weiß nicht, wieso, vielleicht lag es am Ton ihrer Stimme –, daß sie nichts von meinem Vorhaben wußte. Da hatte ich einen amüsanten Einfall: Ich würde mir die Zukunft vorhersagen lassen, um festzustellen, ob in meiner Hand die Heirat mit Clara zu lesen stand; und gleich darauf würde ich dann mit der Sprache herausrücken. Ich lächelte bei diesem Gedanken und wartete ungeduldig, bis ich an der Reihe war. Nach einer Viertelstunde glitt die Dame im Pelz geheimnisvoll, diskret und eilig heraus und entschwand. Signora Dolores winkte mich herein.

Ich wußte, daß sie aus Raummangel im Schlafzimmer arbeitete; trotzdem überraschte es mich. Das Zimmer war ziemlich düster, über dem Doppelbett lag eine Decke aus gelbem Stoff, und ich mußte daran denken, daß Clara mit ihrer Mutter zusammen in diesem Bett schlief. Am Fenster hing ein durchbrochener Vorhang, der mit Vögeln und Körben übersät war; neben dem Fenster stand ein kleiner Tisch, auf dem ein Päckchen Karten und ein Vergrößerungsglas lagen. Der Raum war überfüllt mit Möbeln, Nippsachen, Fotografien mit Unterschriften prominenter Kunden, Dankschreiben und Souvenirs. Signora Dolores setzte sich wortlos an das Tischchen und ließ mich ihr gegenüber Platz nehmen. Als erstes nahm sie ein Streichholz, entzündete es und brannte ein Stückchen schwarzes Papier an, das sofort weißen, parfümierten Rauch entwickelte. «Das ist Armenisches Papier», sagte sie mit ihrer zarten, verlöschenden Stimme, «merken Sie, wie es duftet? Also, worum handelt es sich, Rinaldi?» Ich bat sie darum, aus meiner Hand zu lesen. Sie legte die Zigarettenspitze auf den Aschbecher, ergriff meine Hand, hielt das Vergrößerungsglas darüber und musterte sie lange.

Es verging eine Minute, dann sagte sie fast entsetzt: «Ich spreche doch mit einem Ehrenmann?» Ich fragte fassungslos: «Wieso?» Und sie: «Nun ja, weil das die Hand eines Mannes ist, der die Frauen sehr – zu sehr liebt.» – «Ach so», sagte ich, «na ja, ich bin eben jung.» – «Gewiß», antwortete sie, «doch es gibt bei diesen Dingen schließlich eine Grenze – Bei Ihnen scheint diese Grenze nicht zu existieren – Ihr Herz ist eine Artischocke.» – «Wenn Sie es sagen ...» – «Ihre Hand sagt es: Sie sind ein Don Juan.» – «Na, na, wir wollen es aber nicht übertreiben.» – «Ich übertreibe nicht: sehen Sie diese Herzlinie? Sie ist wie eine Kette: jeder Knoten eine Frau.» – «Und das übrige?» – «Das übrige, nun ja: wenig Glück in Geschäften, wenig Lust zum Arbeiten, wenig Ernst, wenig Verantwortungsgefühl.» Ich fing an, mich zu ärgern, und sagte: «Sie sehen also nichts als Fehler?» Und sie: «Fehler? Was ich sehe, sind Charaktereigenschaften. Allerdings: als Mutter würde ich Ihnen nicht gerade meine Tochter zur Frau geben.» Zornig sagte ich: «Jetzt sehen Sie mal nach, ob so was wie eine Ehelinie da ist.» Peinlich genau, mit der Linse in der Hand, drehte sie meine Hand nach allen Seiten und sagte dann: «Abenteuer, soviel Sie wollen – aber keine Ehe.» Da sagte ich: «Signora Dolores, damit wir uns richtig verstehen: Ich bin eigentlich gar nicht zu ihnen gekommen, um mir aus der Hand lesen zu lassen, sondern um Ihnen zu sagen, daß Ihre Tochter und ich uns lieben und daß wir übereingekommen sind, uns zu verloben.»

Bei diesen Worten legte sie mit großer Ruhe die Linse hin, und antwortete: «Mein armer Junge ...» – «Wie?» – «Aber mein armer Junge – die Hand hat, wie immer, die Wahrheit gesagt: Sie werden nicht heiraten, zumindest nicht jetzt.» – «Und warum nicht, wenn Clara und ich uns doch einig sind?» –

«Einig? Sie glauben mit Clara einig zu sein – doch Clara ist nicht einig mit Ihnen.» – «Wer sagt das?» – «Ich sage es, denn Clara ist bereits verlobt.» – «Aber seit wann denn?» – «Sie ist seit einer Woche mit Umberto Pompei verlobt. Clara hatte nicht den Mut, es Ihnen zu sagen, weil sie nun einmal ein schüchternes Mädchen ist, und außerdem ist sie herzensgut, und es tut ihr weh, wenn sie jemandem Kummer machen muß. Aber sie hat sich damit herumgequält – Sie können es sich gar nicht vorstellen! Und ich muß sagen, daß Umberto sich bei dieser Gelegenheit als wirklich hochherzig erwiesen hat. Clara hat ihn um Erlaubnis gebeten, Sie noch einige Tage treffen zu dürfen, bis zwischen euch alles geklärt wäre, und er hat es ihr ohne weiteres zugestanden. Ich weiß nicht, wie viele Verlobte in der gleichen Lage ähnlich gehandelt hätten.»

Mir blieb der Atem weg. Sie fuhr fort: «Nun, sehen wir uns jetzt noch ein wenig die Karten an; ich wette, daß da noch andere Frauen zum Vorschein kommen.» Während sie das sagte, zog ich mechanisch die tausend Lire für den Besuch aus der Tasche, legte sie auf den Tisch und ging wortlos hinaus. Ich fühlte mich wie betäubt: als hätte Signora Dolores nicht behutsam meine Hand befühlt, sondern mir mit einem Hammer auf den Kopf gehauen; und in diese Betäubung hinein schlängelte sich – wie eine Natter, die in ihrem Versteck durch die Sonnenwärme geweckt und allmählich immer lebhafter wird – ein Verdacht: Während ich also geglaubt hatte, Umberto gegenüber großzügig zu sein, weil ich Clara erlaubte, ihn zu sehen, war er mir gegenüber genauso großzügig gewesen, weil er Clara erlaubte, mich zu sehen; während ich es genoß, Clara abfällig über ihn sprechen zu hören – also hatte Clara die ganze Zeit über ein doppeltes Spiel gespielt, und ich war letzten Endes das Spielzeug gewesen. Während ich an all das dachte, mußten meine Gesichtszüge einigermaßen entgleist sein, denn plötzlich machte dieses hübsche braune Mädchen, das im Vorzimmer wartete, «Pss, pss» zu mir, wie man Katzen ruft, und rief mich gleichzeitig mit den Augen. Ich beugte mich zu ihr hinunter, und sie fragte mich leise: «Was ist denn, sagt sie einem so unangenehme Dinge?» Ich antwortete: «Mir wenigstens – äußerst unangenehme.» Und sie, während sie sich hastig erhob: «Dann geh ich nicht hinein – ich hab zuviel Angst, etwas Schlechtes zu erfahren.» Mechanisch ging ich zur Tür hinaus, und sie folgte mir.

Auf dem Treppenabsatz schaute ich sie von der Seite an: Sie hatte ein reizvolles, rundes Gesicht, das die dunklen Haare, kurzgeschnitten wie bei einem Jungen, unaufhörlich zu liebkosen schienen, und der leichte Flaum um ihre Lippen war wie ein zärtlicher Schatten. Ich fand, daß sie sehr anmutig war, und als ob sie meine Gedanken erraten hätte, wandte sie sich mir zu und sagte lächelnd: «Sie kennen mich nicht, aber ich kenne Sie! Wir wohnen im gleichen Haus.»

Plötzlich, auf der Treppe, klang ein glöckchenartiges Lachen an mein Ohr, kindlich rein und silberhell, wie man so sagt: das Lachen von Clara. Und gleichzeitig vernahm ich Umbertos ziemlich schrille Stimme. Unverzüglich legte ich meinen Arm um das Mädchen: «Wie heißt du?»

«Ich heiße Angela», sagte sie und warf mir einen ermutigenden Blick zu. Im gleichen Moment gingen Clara und Umberto an uns vorbei, und ich stellte fest, daß Clara unsere Umarmung genau bemerkte und dann pikiert den Blick abwandte.

«So ist es recht, ärgere dich nur», dachte ich erbittert. Sie stiegen weiter die Treppe hinauf, während wir hinabgingen. Ich löste mich von Angela und sagte: «Gehen wir etwas trinken, Angela, um unsere Begegnung zu feiern.» Sie faßte mich unter, und wir gingen zusammen hinaus auf die Straße.

Die chinesische Vase

Ach, es heißt, solange man lebt, hofft man – aber ich hatte mich in jenem häßlichen Winter, schwarz von Regen, völlig aufgegeben, teils aus Müdigkeit, teils wegen des Gewerbes, das ich betrieb; und obwohl ich noch keine fünfundzwanzig Jahre zählte, hatte ich keine Hoffnung mehr. Ich bin nicht häßlich, im Gegenteil, ich bin stark, groß, dunkelhaarig, und ein schöner Mann; aber ich war derartig heruntergekommen, daß ich allmählich häßlich geworden war. Ich rasierte mich höchstens noch einmal im Monat und ließ mir nicht mehr die Haare schneiden, so daß ich aussah wie ein Wilder; ich trug einen fleckigen, ausgebesserten Hut, ein schwarzes Trikothemd ohne Kragen, zerbeulte, ausgefranste Hosen und abgetretene Schuhe, die Form und Farbe verloren hatten. Wenn ich so, den Karren vor mir her schiebend, durch die Straßen schlurfte und mit Höllenstimme rief: «Der Lumpensammler kommt, kauft alles – kauft alles», dann passierte es immer wieder, daß irgendeine Frau, die vor der Haustür saß, ihren ungezogenen Sohn zu sich heranzog und zu ihm sagte: «Wenn du nicht brav bist, holt dich der Lumpensammler!» Die Leute betrachteten mich also mit Angst und Abscheu; und am Ende war mir das ganz recht, denn ich hatte jeden Lebensmut verloren und wollte nun auch die unterste Stufe der Erniedrigung erreichen. Der Winter nahm kein Ende, der Himmel klärte sich nicht auf, es regnete weiter, und ich hatte das Gefühl, mich mit meinen Lumpen und meinem Karren durch einen endlosen unterirdischen Tunnel zu schleppen, ohne Ausgänge und ohne Licht.

Jedenfalls, während ich mit meinem Karren umherzog und Flaschen, Scherben und altes Gerümpel sammelte, lauter schmutzige Dinge, hatte ich auch ein Mädchen eingesammelt. Aber da ich keinen Lebensmut und keine Hoffnung mehr besaß, hatte ich das häßlichste Mädchen von ganz Rom genommen, was sage ich, von ganz Italien. Sie hieß Marietta und war Hausmädchen bei einem alten Herrn, der in einem alten Hause in der Via Giulia eine Wohnung für sich allein bewohnte. Marietta hatte ungefähr das Gesicht eines Pekinesen: runde schwarze Augen, eine plattgedrückte Nase und einen Mund so breit wie ein Backofen. Als Ausgleich für dieses erschreckende Gesicht besaß Marietta eine gute Figur: groß, mit starkem Busen, einer Taille, die man mit zwei Händen umspannen konnte, runden Hüften und geraden langen Beinen mit zarten Fesseln – so daß ich einmal im Spaß zu ihr sagte: «Du solltest mit einer Gesichtsmaske gehen, dann wärst du fein heraus.» Diese Marietta also, mit all ihrer Häßlichkeit, war solide, äußerst solide sogar, und wollte unbedingt heiraten. Ich weiß nicht, warum ich sie schon bei unserem zweiten Treffen fragte, ob sie meine Frau werden wolle – vielleicht, weil sie so häßlich war und ich, wie gesagt, so hoffnungslos und trübsinnig. Und da es ja sowieso bergab ging mit mir, hätte ich sie von mir aus auf der Stelle geheiratet – wenn da nicht die Geldfrage gewesen wäre. Es genügt ja nicht, zu heiraten, man muß sich auch eine Wohnung einrichten. Versuchen Sie mal, mit Flaschen, Scherben und altem Gerümpel eine Wohnung zu finanzieren, dann werden Sie schon sehen.

Man weiß, wie das so geht. Sie fing damit an, mich ins Haus zu lassen, wenn der alte Herr nicht da war. Die große, dunkle Wohnung lag im zweiten Stock. Ich weiß nicht, wo der Hausherr schlief, denn diese Wohnung war wie ein Museum, mit zahllosen Zimmern, die alle ineinander übergingen: Und in diesen Räumen befanden sich – außer den üblichen Möbeln – hauptsächlich Vitrinen, und in diesen Vitrinen standen eine Menge Vasen, weil der Hausherr alte Vasen sammelte. Er machte es also so ähnlich wie ich, nur mit dem Unterschied, daß ich meine Flaschen, Tassen und alten Töpfe sammelte, um sie wieder zu verkaufen, während er seine alten Vasen, Töpfe und Flaschen in Vitrinen stellte. Marietta also ließ mich zuerst ins Haus kommen, um sich mit mir zu unterhalten. Dann, als ich eines Tages sagte, daß ich Hunger hätte, gab sie mir ein belegtes Brot und ein Glas Wein. Und schließlich wurde sie verwegen und bereitete mir ganze Abendmahlzeiten, die einem das Wasser im Munde zusammenlaufen ließen, denn sie war eine sehr gute Köchin. Da sie als einzige Hausangestellte alles erledigte, bestand keine Gefahr, überrascht zu werden, wenn der Hausherr weg war. Ich ließ den Karren im Hof, ging nach oben, und sie führte mich in die Küche. Während ich – hungrig wie ein Wolf – das Essen hinunterschlang, ohne den Mantel dabei auszuziehen, verschlang sie mich ihrerseits mit ihrem häßlichen, bettelnden Blick, wie ein Hund, der seinen essenden Herrn keine Sekunde aus dem Auge läßt, immer bereit, einen hingeworfenen Happen zu schnappen. Was sie von mir haben wollte, darauf wartete sie ebenso sehnsüchtig wie der Hund auf den guten Bissen: ein bißchen Zärtlichkeit, ein gutes Wort, einen liebevollen Blick. Sie war ausgehungert nach Liebe und schon dankbar, wenn ich nur sagte: «Du Gute.» Ich dachte mir jedoch oft: «Wie häßlich sie ist – soll ich wirklich eine so häßliche Frau heiraten?»

Sie seufzte ständig, auch wenn sie mir nur beim Essen zuschaute, und da ich wußte, was diese Seufzer sagen wollten, wurde ich ungeduldig: «Was willst du denn schon wieder? Weißt du nicht, daß für alte Flaschen wenig bezahlt wird? Wir müssen Geduld haben – Nach und nach bekomme ich das Geld schon zusammen, und dann heiraten wir.» Darauf antwortete sie nichts, sondern goß mir Wein ein; und dann sah sie mich wieder ergeben an. Eines Tages aber, als sie wieder einmal seufzte, sagte ich vorsichtig zu ihr: «Hör mal, vor kurzem habe ich mit meinem Freund gesprochen, der eine Bottega in der Via di Parione hat. – Er sagte mir, wenn ich ihm eine von den Vasen hier aus den Vitrinen brächte, könne er sie an ein Antiquitätengeschäft verkaufen, das gut für so was zahlt. – Was sagst du dazu?» Sie sah mich mit ihren runden Augen an, wie ein Hund, wenn sein Herr etwas von ihm verlangt, das er nicht versteht. Dann sagte sie: «Aber das wäre doch dann ein Diebstahl.» Ich antwortete: «Na, na, übertreib doch nicht gleich – er hat so viele Vasen, daß er es gar nicht merken wird ... Ich würde die Vase nehmen, die dort in der Mittelvitrine steht, und sie durch eine ähnliche aus einer volleren Vitrine ersetzen – wie sollte er das merken?» Auf diese Weise fuhr ich fort und setzte ihr auseinander, daß das

Geld für die Vase uns einen guten Schritt vorwärts bringen würde bei der Anschaffung der Wohnungseinrichtung. Während ich redete, hielt sie den Kopf gesenkt und schien nachzudenken. Endlich hob sie das Gesicht, und ich sah, daß es naß war von Tränen: Sie weinte. Stockend sagte sie: «Ich bin immer ehrlich gewesen – und wenn ich die Vase nehme, bin ich nicht mehr ehrlich – er hat so viel Vertrauen zu mir – ich kann ihn doch nicht enttäuschen – ich könnte ja nicht mehr in den Spiegel schauen!» Mir entschlüpfte der alte Spruch: «Das wär nur ein Vorteil bei deinem Gesicht, denn etwas Schönes sähest du nicht.» Bei diesen Worten weinte sie noch heftiger, und ich empfand Reue, war ein bißchen zärtlich mit ihr und sagte: «Wir werden es ja nicht tun – nun weine mal nicht – und außerdem: für mich bist du die schönste aller Frauen.» Nun lächelte sie mich an, und dieses Lächeln machte sie noch häßlicher, denn es hatte eine ähnliche Wirkung wie ein dürftiger Sonnenstrahl, der einen mit schwarzen Wolken verhangenen Himmel noch düsterer erscheinen läßt.

In den folgenden Tagen sprach ich immer wieder von der Vase. Ich weiß nicht, warum mir soviel daran lag, denn im Grunde hatte ich gar nicht mehr den Wunsch, Marietta zu heiraten. Vielleicht, weil ich eben so trübsinnig war und, wie gesagt, den tiefsten Punkt der Erniedrigung erreichen wollte; vielleicht, weil es mich reizte, gegen Marietta hart zu sein; oder vielleicht auch aus einem ganz anderen Grund, den ich selber nicht kannte. Kurz, ich quälte sie; ich sagte ihr, wenn sie mir die Vase nicht gebe, sei das ein Zeichen dafür, daß sie mich nicht liebe; und am Ende heizte ich ihr mächtig ein. Und nun können Sie mal sehen, wie die Frauen sind: Eben noch hatte sie schon bei dem bloßen Gedanken losgeheult, etwas Unrechtes tun zu sollen – und kurze Zeit später war sie nicht nur ganz einig mit mir, sondern plötzlich ohne jede Hemmung, ja, es schien ihr sogar Spaß zu machen. Eines Vormittags war der alte Herr ausgegangen, da er zu einem Frühstück eingeladen war. Marietta nahm mich bei der Hand, führte mich in den Hauptraum, drehte an irgendeinem verstecktem Schalter und plötzlich – aus dem Dunkel heraus – erhellte sich allein die Vitrine, in der jene Vase stand, in der Mitte des Raums. Ich trat näher und betrachtete die Vase: Das war ein ganz gewöhnlicher kaputter Krug, ohne Vergoldung oder hübsche Ornamente, in einem trüben Grün, mit langem Leib und dünnem Hals, ganz ähnlich diesen Krügen, in die sie auf dem Lande Wasser füllen, nur beschädigt. Und dieser Scherben stand auf einem kostbaren hölzernen Podest, der kunstvoll durchbrochen war, und unter dem Podest lag schöner roter Samt – aber das Ding blieb trotz Sockel und Samt ein kaputter alter Krug. Ich sagte zu Marietta: «Na also. Aber weißt du, wenn ich diesen Scherben taxieren müßte, dann würde ich sagen: er ist nicht mehr wert als dreihundert Lire.» Und sie: «Was sagst du da? Das ist ein einmaliges Stück, chinesisch, und er hütet es wie seinen Augapfel – Und wenn Leute kommen, machen sie das Licht an, wie ich es eben getan habe, und alle stehen mit offenem Mund davor, und er plustert sich auf wie ein Pfau.» Um es kurz zu machen: Ich nahm mein Messer aus der Tasche, brach mit der Klinge die Vitrine auf und nahm das Ding heraus. Dann gingen wir zu einer anderen Vitrine, in der eine Menge ähnlicher Sachen standen, nahmen eine Vase heraus, die von weitem der ersten ziemlich ähnlich sah, und stellten sie auf den Podest in der Mittelvitrine. Dann wickelte Marietta das Ding in eine Zeitung, und ich gab ihr einen Kuß und ging.

Noch lag meine Hand auf der Türklinke, als der Besitzer der Vasen auf der Treppe auftauchte. Ich kannte den alten Herrn vom Sehen, mit seinem herabhängenden weißen Schnauzbart, der um den Mund herum schwarz war: ein Seehund. Er hatte blitzende Augen, die sich sofort argwöhnisch auf mich richteten, und da machte ich mit der Vase im Arm eine fahrige Bewegung, wohl aus Angst, und dadurch verriet ich mich und verlor das Spiel. «Wer sind Sie? Was ist in dem Paket? – Eine Vase? Eine meiner Vasen!» Das schrie er, als er die letzten Stufen heraufkam. Er streckte die Hand aus und wollte mich pakken; ich entwich mit einem Sprung, und er schlug der Länge nach hin und fiel auf die Nase. Ohne mich umzuwenden, rannte ich – immer vier Stufen auf einmal nehmend – die Treppe hinunter, stürzte in den Hof, steckte den kaputten alten Krug zwischen die Flaschen, zog das Wachstuch darüber und lief schleunigst mit meinem Karren davon.

Es regnete heftig, und das war ein Glück, denn die Via Giulia war menschenleer, so weit der Blick reichte, und niemand sah mich aus dem Hause kommen und im strömenden Regen den Karren im Eiltempo vor mir her schieben. Ich bog um eine Ecke, erreichte die Via Monserrato, die wegen des Regens ebenfalls menschenleer war, lief sie ein Stück hinunter, bog dann wieder in die Via del Pellegrino ein und kam endlich auf den Corso Vittorio. Dort verlangsamte ich meine Schritte, um nicht aufzufallen, und über die Via del Governo Vecchio wendete ich mich in Richtung der Via di Parione, in der mein Freund Gesualdo seine Bottega hatte.

In der Via di Parione erwartete mich jedoch eine Enttäuschung: Es war schon spät, ein Uhr vorbei, und Gesualdos Bottega war bereits geschlossen. Der Regen hatte jetzt etwas nachgelassen, und ich rief – mechanisch und mehr aus Gewohnheit – wie immer: «Der Lumpensammler kommt» und schob den Karren über das spiegelnde Pflaster der Straße. Während ich so rief, merkte ich, daß ich einen ganz trockenen Hals hatte, daß mein Herz zitterte und meine Beine mich nicht mehr tragen wollten. Ich kam an einer Osteria vorbei und dachte, es sei am besten, wenn ich jetzt erst einmal etwas äße, um wieder in Ordnung zu kommen und einen klaren Kopf zu kriegen. Gedacht, getan: Ich stellte den Karren in eine Häusernische und ging in die Osteria.

In der Osteria waren nur wenige Menschen. Ich setzte mich in einen halbdunklen Winkel und bestellte mir Lamm mit Kartoffeln und ein Viertel Wein. Nach dem ersten Bissen und dem ersten Schluck kam plötzlich eine sonderbare Unruhe über mich. «Jetzt ist es soweit», dachte ich, «jetzt habe ich tatsächlich den tiefsten Punkt der Erniedrigung erreicht, genau, wie ich es mir gewünscht habe: Ich bin ein Dieb; sie sind hinter mir her; ich bin mit der häßlichsten Frau von Rom verlobt; und da ich mich verstecken muß, werde ich bald auch arbeitslos sein.» Diese Betrachtungen trieben auf einmal Tränen in meine aufgerissenen, ins Leere starrenden Augen, und meine Gabel verharrte – wie aufgehängt – in der Luft. Ich aß dann aber doch zu Ende, zahlte und verließ die Osteria.

Der Regen hatte aufgehört, zwischen den schwarzen Häusern

zeigte sich spärlicher Sonnenschein und ließ Pflastersteine, Kiesel und Eisengitter erglänzen. Ich sah sofort, daß der Karren einige Schritte weiter weg, inmitten einer Schar von Kindern stand, die sich an ihm zu schaffen machten. Als ich näherkam, stoben sie wie eine Schar Spatzen auseinander, und dann sah ich, daß sie das Wachstuch aufgehoben hatten: Die chinesische Vase war nicht mehr eingewickelt, und in ihrem Hals steckte ein Korken. Es blieb mir keine Zeit, darüber nachzudenken, denn plötzlich ertönte ein heftiger Knall: Im Karren explodierte etwas. Und was da explodiert und in tausend Scherben gegangen war, das war die chinesische Vase. Während die Kinder schrien und die Straße hinunter flüchteten, stand ich mit hängenden Armen da und sah auf den Trümmerhaufen aus Vasenscherben und Flaschen. Es war ein alter Scherz: Man schüttet etwas Karbid in eine Flasche, spuckt darauf, stöpselt sie zu und bald darauf explodiert sie. Ein alter Scherz, nichts weiter, aber jetzt war die Vase hin.

Fast auf der Stelle wurde mir bewußt, daß nicht nur die Vase zerplatzt war, sondern auch dieser Abschnitt meines Lebens, in dem ich Lumpensammler gewesen war, Marietta geliebt und die Vase gestohlen hatte. Ich ließ den Wagen, wo er stand, und es war ein merkwürdiges Gefühl, daß ich beim Gehen nicht mehr meinen Arm ausstrecken mußte, um ihn zu schieben. Ich ging zu meinem Freund Gesualdo, der in der nahen Via della Pace wohnte. Als er mich so verstört sah, fragte er mich, was geschehen sei. Ich antwortete: «Nichts, nichts – ich brauch nur eine Badewanne mit warmem Wasser, ein Stück Seife und einen Rasierapparat. Und wenn du mir unbedingt ein Geschenk machen willst, dann gib mir bitte eine Hose, ein sauberes Hemd und eine Krawatte – ich werde dir alles bezahlen, sobald ich kann.»

Als ich von Gesualdo wegging, war ich ein anderer; und dieser andere war nicht mehr verzweifelt, sondern hoffte wieder, und statt in die Garbatella zu gehen, wo ich bisher gewohnt hatte, ging er nach der anderen Seite der Stadt, in Richtung Salaria, wo er bei einer bekannten Familie ein Unterkommen fand.

Einige Tage später war schönes Wetter, und ich bediente in weißer Kellnerjacke, sauber, rasiert, frisch und flink die Gäste im Garten der Osteria di Malagrotta, zwanzig Kilometer von Rom entfernt. Marietta habe ich nie mehr wiedergesehen; und ich bitte Sie, mich trotz allem nicht ganz zu verdammen. Im Grunde bin ich weder heimtückisch noch böse noch besonders feige. Was damals geschah, das war, als ob man das Blatt eines Buches umwendet und plötzlich feststellt, daß das Kapitel zu Ende ist.

Silvano und Romildo

Ich bin nicht bösartig, im Gegenteil, ich bin so gutmütig und vertrauensselig, daß andere Leute, die anders sind, Lust bekommen, ihren Nutzen daraus zu ziehen; und Romildo zog seinen Nutzen daraus. Romildo, dessen Äußeres schon viel über sein Inneres besagte, mit seinen roten Haaren, dem sommersprossigen Gesicht und den hellblau funkelnden, verrückten Augen, stellte mir immer, wenn er konnte, eine Falle; und ich in meiner Gutmütigkeit fiel immer darauf hinein. Wollen Sie ein Beispiel hören? Als ich – vor einiger Zeit – aus der Zeitung kam, mit dem Bündel allerneuster unterm Arm, fragte ich ihn: «Romildo, was für Neuigkeiten rufen wir heute aus? – Es ist nichts los.» Schon hatte er seine Antwort parat: «Trottel, im Lokalteil haben wir doch den Selbstmordversuch dieser Contessa.» Ich wandte ein: «Versuch. Wenn sie wenigstens tot wär. Aber sie haben ihr den Magen ausgepumpt, und sie ist schon wieder zu Hause.» Und er: «Stimmt schon – aber sie ist eine Contessa!» Kurz, er überzeugte mich; und kaum waren wir in der Galleria, fing ich an zu schreien: «Selbstmordversuch einer Contessa – in allen Einzelheiten!» Und was machte Romildo? Er kam von der anderen Seite und schrie: «Regierungskrise – die neue Regierungskrise – Abdankungen zu erwarten!» Natürlich konnte sich meine Contessa mit seiner Regierungskrise nicht messen, und deshalb verkaufte er alle seine Zeitungen, während ich die meisten behielt. Später nahm ich mir die Zeitung vor und suchte und suchte, bis ich am Ende irgendeines Artikels eine Bemerkung entdeckte, falls gewisse Behauptungen wahr seien und gewisse Personen gewisse Dinge tun würden, dann könnte am Ende noch die Regierung in eine Krise geraten. Das ist nur ein Beispiel von vielen. Sie werden fragen: Warum machte er das? Nein, er hatte keinen Grund. Der Grund war sein bösartiger Charakter, der sich austoben mußte; und da solche Leute ihre Bösartigkeit an denen auslassen, die nicht bösartig sind, ließ sie Romildo eben an mir aus.

Und trotzdem hatte ich nichts gegen ihn, im Gegenteil, ich bemühte mich ständig um seine Freundschaft, denn ich mochte ihn und wollte, daß er mich auch mochte. Ich muß schon sagen, daß er mich geradezu behext hatte: Je schlechter er mich behandelte, um so anhänglicher wurde ich. Es ging so weit, daß er eines Tages zu mir sagte: «Silvano, ich verstehe dich nicht. Ich behandle dich wie einen Putzlumpen, und du, statt eine Stinkwut auf mich zu haben, bleibst mein Freund. Was hast du eigentlich in den Adern. Kaltes Wasser? – Hast du denn gar keinen Stolz? Ich versteh dich nicht.» Ich antwortete offen: «Ja, ich weiß auch nicht, was es ist, aber ich kann dich nicht hassen – im Gegenteil, je schlechter du mich behandelst, um so anhänglicher werde ich.» Und er: «Wenn ich dir nun aber sagen würde, daß ich dir Gesuina ausgespannt hätte?» Ich wurde feuerrot und sagte: «Auch dann.» Er sagte abschließend: «Na schön, dann nimm also ruhig an, daß ich sie dir wirklich ausgespannt habe. Und jetzt reden wir nicht mehr davon.»

Im ersten Augenblick glaubte ich es nicht. Ich dachte, das sei eine seiner üblichen Bosheiten. Doch dann entdeckte ich, daß es stimmte. Gesuina war eines jener Mädchen, die in Restaurants und Cafés gehen, um Blumen anzubieten, und ich betrachtete sie mehr oder weniger als meine Braut. Gesuina war nicht besonders hübsch: ziemlich klein, blasses, übermüdetes Gesicht, grazile Figur, aber sehr kräftige Beine. Das kam vielleicht vom vielen Herumlaufen den ganzen Tag über. Außerdem war sie immer unfrisiert. Sie trug fast immer eine geflickte Lederjacke und einen formlosen Rock. Nein, schön war sie nicht, aber anziehend – vielleicht, weil sie gleichzeitig Frau und Kind zu sein schien. Gesuina war als Blumenverkäuferin ähnlich wie Romildo als Zeitungsverkäufer: boshafte Gedanken und schnelles Geschwätz, dazu aufdringlicher als eine Mücke und durchaus imstande, ein Pärchen durch die ganze Via Veneto zu verfolgen, bis der junge Mann ihr endlich einen Blumenstrauß abkaufte, um nicht geizig zu wirken. Ich lernte sie kennen, als ich in den höhergelegenen

Vierteln Zeitungen ausrief. Ich hatte mich mit ihr unterhalten, hatte geglaubt, sie liebe mich, und hatte sie vertrauensvoll mit Romildo bekannt gemacht. Wie gesagt, zunächst glaubte ich es nicht, daß er sie mir ausgespannt hätte. Doch einige Tage später, als ich mir nachts bei der Villa Borghese einen stillen Platz suchte, um in Ruhe mein Brot zu essen, traf ich die beiden. Sie saßen in einer dunklen Allee auf einer Bank. Sie hatte auf ihren Knien ihren halbleeren Blumenkorb, auf seinen Knien lagen unverkaufte Zeitungen, und oben hielten sie sich eng umschlungen, wie Leute, die äußerst verliebt sind. Ich rief blöde: «Aber ihr küßt euch ja!» Als Romildo meine Stimme hörte, löste er sich langsam los und sagte: «Habe ich dir nicht gesagt, daß ich sie dir ausgespannt habe? Du hast es wohl nicht wahrhaben wollen?» Ich sagte nichts, es war mir, als hätte ich einen Schlag ins Gesicht bekommen. Wie betäubt setzte auch ich mich auf die Bank. Als Gesuina mich so sah, wurde sie – wer weiß, warum – gereizt: «Was, und du sagst gar nichts? Dein Freund nimmt dir dein Mädchen weg, und du sagst nichts? Was bist du eigentlich für ein Mann? Warum knöpfst du ihn dir nicht vor und sagst ihm, was du denkst?» Ich antwortete – und es war die Wahrheit: «Ich denke gar nichts.» Jetzt wurde sie wütend: «Dann will ich dir wenigstens sagen, was ich denke – ich denke, daß du ein Feigling bist – und ich denke, daß Romildo bei weitem besser ist als du.» Romildo lachte und bemerkte: «Gesuina hat ganz recht. Was bist du eigentlich?» Ich sagte darauf: «Ich bin nun mal so, und ich kann's nicht ändern. Auf Wiedersehen.» Und ich stand auf und ging.

Es mag merkwürdig klingen, aber von jenem Tage an waren wir unzertrennlich, Gesuina, Romildo und ich. Ich war noch anhänglicher an Romildo und schätzte seine Freundschaft noch höher, vielleicht, weil ich so teuer dafür bezahlt hatte, nämlich mit meinem Gefühl für Gesuina; und ich muß annehmen, daß die beiden sich um so mehr liebten, als sie sahen, wie ich litt – denn auch sie suchten meine Gesellschaft und ließen mich nicht in Ruhe. So ging die alte Geschichte weiter, nur mit dem Unterschied, daß wir nun zu dritt waren und daß jetzt gleich zwei ihre Boshaftigkeit an mir ausließen. Doch während ich für Romildo immer noch die gleiche Freundschaft empfand, fühlte ich für Gesuina gar nichts mehr, nicht mal Antipathie: Sie war mir vollkommen gleichgültig geworden. Und da sie das spürte und da Frauen alles verzeihen können außer Gleichgültigkeit, war sie gegen mich noch aggressiver als Romildo.

An den Sonntagnachmittagen kommen keine Zeitungen heraus, und so beschlossen wir drei, an einem Sonntag im März, als die Tage schon länger wurden, einen kleinen Ausflug zu machen. Wir nahmen den Zug nach San Paolo, stiegen in Ostia Scavi aus und gingen dann hinter dem Schloß auf einem Feldweg, der zum Tiber führte. Als Mittagessen hatten wir uns Brote mitgenommen, und ich fühlte mich glücklich, weil es einer der ersten Frühlingstage war. Der Himmel war voll grauer Wolken, die jedoch nicht einen Moment stillstanden, so daß immer wieder die Sonne hervorbrach; die Luft war warm, feucht und erfüllt von Insektengesumm; ein kleiner Wind wehte die weißen Blütenblätter der Mandelbäume über die Wiesen hin. Zufrieden sagte ich: «Wißt ihr, so ein Tag wie heute, an dem es fast regnet, ist mir lieber als ein Sonnentag. Ich weiß nicht, warum, aber ich bin einfach glücklich.» Gesuina antwortete: «Ich nicht – an solchen Tagen bin ich nervös – ich könnte wer weiß was tun.» Romildo fragte herausfordernd: «Mit wem? Mit mir oder mit Silvano?» – «Quatschkopf!» sagte sie mit ihrer heiseren Stimme, hakte ihn ein und gab ihm einen Kuß.

Wir gingen ein Stück auf einem Damm neben einem Graben, in dem trübes, graues Wasser floß. Die Frösche quakten laut aus ihren Verstecken – ein Zeichen, daß es bald regnen würde; rundum waren lauter Wiesen mit jungem Frühlingsgras, so frisch und grün, daß man Lust bekam, es zu essen; den Tiber sah man nicht, nur die Bäume voll zarter, flirrender Blätter an seinem Ufer. Wir folgten dem Feldweg und kamen endlich am Fluß heraus. Die beiden Ufer des Tiber waren menschenleer, nur eine Herde dicker schmutziger Schafe weidete mit gesenkten Köpfen. Dort, wo der Feldweg endete, stand am Ufer eine kleine Hütte, von Trauerweiden halb verdeckt, die morsch und halb zusammengefallen war. Wir setzten uns an eine windgeschützte Stelle neben der Hütte. Vor uns, zu unseren Füßen, strömte nun der

Tiber, schwarzblau, angeschwollen, beängstigend tief. Wir packten unsere Brote aus. Neben dem Steg der Hütte, an einen der Stützpfähle gebunden, lag ein flaches Boot mit eingezogenen Rudern. Nur um etwas zu sagen, bemerkte ich: «Mit diesem Boot dort würde ich gerne ganz langsam bis zum Meer fahren – das wär schön.»

Mit vollem Munde antwortete Romildo: «Fahr doch – wir halten dich nicht.»

Ich antwortete: «Ich hab das doch nur so gesagt, es war nicht ernst gemeint.» Doch nun mischte sich Gesuina ein: «Wir hingegen meinen es ernst. Warum hängst du dich so an uns? Warum drängst du dich so zwischen uns? Weshalb bist du überhaupt mitgekommen? Warum ziehst du nicht endlich ab?»

Gesuina war immer so: grausam und aggressiv. Ich weiß nicht, warum mich an jenem Tag ihr feindseliger Ton plötzlich, zum ersten Male, so verletzte, daß ich sie jetzt fast haßte. Doch ich sagte, wie gewöhnlich, nichts. Romildo aß, wobei er immer seinen roten Lockenkopf dem Brot näherte, als wollte er es küssen. Dann bemerkte er: «Silvano, du sagst, du bist mein Freund – beweise es doch mal – allmählich könntest du es mal beweisen.»

Voll Hoffnung fragte ich: «Wie denn?»

«Am besten bringst du jemanden um – begeh ein hübsches Verbrechen. Du würdest mir dadurch die Möglichkeit verschaffen, eine interessante Neuigkeit auszurufen.»

Jetzt wurde ich ernstlich zornig, vor allem deshalb, weil sie mich auch hier noch quälen mußten, wo ich doch nichts anderes im Sinn hatte, als in Frieden zu essen und den Tag zu genießen.

Ich sagte wütend: «Falls ich jemanden umbringe, dann nur dich – du hättest dann also keineswegs mehr die Möglichkeit, es auszurufen.»

«Peng.»

Gesuina sagte böse: «Hunde, die bellen, beißen nicht.» Mit erhobener Stimme antwortete ich: «Ich belle nicht. Aber paßt auf: wenn ich beiße, dann beiße ich richtig.»

Sie sah mich verachtungsvoll von der Seite an: «Ach, scher dich doch zum Teufel – wer glaubt dir schon – du Feigling.»

Wütend stieß ich die Warnung hervor: «Sei du lieber ganz still – oder du bist die erste, die ich beiße.»

Sie machte eine wohlberechnete Geste der Beschimpfung, streckte eines ihrer muskulösen Beine aus und sagte: «Los, beiß!»

Eine Sekunde verstrich. Dann sagte ich: «Hier hast du meinen Biß!» und knallte ihr eine Ohrfeige. Mit haßerfülltem Gesicht sprang sie auf und rannte auf die Wiese, mitten unter die Schafe. Ich war erstaunt, sie wie eine Verrückte rennen zu sehen, doch dann wurde mir der Grund klar. Sie bückte sich, hob einen Stein auf und warf ihn nach mir, während die Schafe nach allen Richtungen flohen. Ich sprang zur Seite und der Stein traf Romildo, der gerade lachend in sein Brot biß. Er wurde am Kopf getroffen, das Brot fiel zu Boden, er stieß ein Geheul aus, nahm den Stein und kam – statt sich gegen Gesuina zu wenden – mit erhobenem Arm auf mich zu. Ich erschrak und lief auf den Steg. Gesuina schrie von weitem: «Mach ihn fertig!» Romildo kam immer näher an mich heran, ich berechnete seinen Sprung und wich rasch zur Seite. Er stieß an das Geländer des Stegs, das geborsten und morsch war, es gab nach, und er fiel in den Fluß.

Jetzt schrie Gesuina nicht mehr: «Mach ihn fertig!», sondern ergriff, am Damm entlang, die Flucht, in panischer Angst und ohne sich umzudrehen. Romildo war am Ende des Stegs ins Wasser gestürzt und klammerte sich an einem der Stützpfähle fest, doch vom Damm war er weit entfernt, das Wasser ging ihm bis zum Hals und die starke Strömung umspülte seinen Kopf. Ich beugte mich vor, hielt ihm die Hand hin und sagte: «Halt dich fest», aber der Steg war zu hoch. Ich schätzte die Entfernung ab und sprang dann entschlossen vom Steg hinab in das flache Boot, das dort unten lag. Das Boot schwankte unter dem Anprall, und einen Augenblick dachte ich, ich fiele nun auch ins Wasser; aber dann hatte ich mich wieder in der Gewalt, machte ein Ruder los und hielt es Romildo hin. Er ergriff es, und prustend und kämpfend gelang es ihm, an das Bott heranzukommen und sich am Rande anzuklammern. Langsam zog ich ihn hinein, und endlich saß er triefend auf der hinteren Bank und starrte mich an.

Das Quaken der Frösche war verstummt, und in die tiefe Stille hinein begann es ganz fein auf die Zweige der Weiden zu regnen. Der Regen tat mir wohl, ich fühlte mich wie neugeboren und war glücklich, daß Romildo gerettet war. Naß und keuchend blickte er mich an, und ich blickte ihn an, Gesuina war nicht mehr zu sehen. Plötzlich sagte ich: «Ich wüßte gern, warum du immer so aufgebracht gegen mich bist.»

Ich sah ihn zögern und hoffte. Nach allem, was gewesen war, hatte ich schließlich Schlechtes mit Gutem vergolten und ihn aus dem Wasser geholt. Er schwieg, lächelte dann böse und sagte: «Wir sind uns also einig, oder?»

«Was willst du damit sagen?»

«Daß du am besten ein hübsches Verbrechen begehst, das ich dann ausrufen kann.»

Verstehen Sie das? Er war triefend naß und wäre um ein Haar ertrunken; ich hatte ihm das Leben gerettet, und er blieb weiter bösartig. Sein dummes Gerede traf mich nicht so sehr wie seine Halsstarrigkeit. Sofort war ich auf den Beinen, und ich weiß nicht, wie es kam, daß ich auf einmal ein Ruder in der Hand hatte. Ich hob es drohend: «Scher dich weg, oder ich bringe dich wirklich um. Weg mit dir! Hau ab!»

Dieses Mal erschrak er, stand von seinem Sitz auf, ergriff einen Weidenast und sprang auf den Damm. Ich schrie ihm nach: «Und komm mir nie wieder vor die Augen – jetzt ist Schluß mit uns beiden!» Doch er rannte auf dem Tiberdamm entlang und hörte mich wohl nicht mehr. Ich wartete, bis er weit weg war. Der Regen, nun stärker geworden, rauschte in die Stille. Ich war naß bis auf die Haut, doch das machte mir nichts aus; ich wollte ganz ruhig werden und mich wieder froh fühlen, wie eine Stunde vorher, als wir in Ostia Scavi alle drei aus dem Zug gestiegen waren. Doch irgend etwas machte mir Unbehagen; ich war mir nicht klar, was es war. Dann erst wurde mir bewußt, daß ich ganz in Gedanken, ohne es eigentlich zu wollen, das Boot vom Steg gelöst und zu rudern begonnen hatte. Kurz vorher hatte ich gesagt, es müsse schön sein, in diesem Boot den Tiber hinunterzufahren bis zum Meer – doch jetzt merkte ich, daß ich gegen den Strom ruderte und das Boot mit Mühe auf dem angeschwollenen Fluß voranbrachte, in den der fallende Regen lauter kleine Löcher schlug. Und plötzlich wußte ich, warum ich gegen den Strom ruderte: Romildo und Gesuina waren flußaufwärts gerannt, und im tiefsten Innern hoffte ich, sie an irgendeiner Stelle des Dammes zu sehen: Dann hätte ich gerufen, sie sollten herkommen und zu mir ins Boot steigen; und dann hätten wir alle drei eine Bootsfahrt auf dem Fluß gemacht, in guter Freundschaft, als wäre nichts gewesen.

Karten für nichts

Eine Menge Berufe habe ich schon gehabt. Vom Kriegsende bis heute wechselte ich mindestens zweimal im Jahr den Beruf, die Arbeitslosigkeit mitgerechnet, die ja nicht unbedingt ein Beruf ist, obwohl nicht viel dazu fehlt. Ab und zu ging ich zu meinem Milchbruder, der Elektroingenieur ist, ein kleinlicher, fanatischer Mensch, um ihn um eine Empfehlung zu bitten. Eines Tages sagte er zu mir: «Du weißt wohl gar nicht, Serafino, daß man sich heutzutage spezialisieren muß, wenn man Arbeit will.» Und ich: «Spezialisieren? Wie meinst du das?» Und er: «Sich spezialisieren heißt, nur eine Sache zu können, die aber richtig. Du dagegen kannst alles und nichts – du hast nur deine Hände zum Arbeiten, wie alle andern auch, und damit stellst du dich hin und sagst: ‹Beschäftigt mich!› Jetzt bist du schon über dreißig. Ist dir in der ganzen Zeit niemals der Gedanke gekommen, dich zu spezialisieren?» Ich antwortete: «Die Verhältnisse waren nicht so. Sie haben mir nie erlaubt, mich zu spezialisieren.» – «Ach was, Verhältnisse», sagte er darauf und brachte mich zur Tür, «laß dich nicht mehr bei mir blicken, bis du dich spezialisiert hast – und nenn mich nicht Bruder. Wir haben die gleiche Amme gehabt, na schön, das gibt dir aber noch lange nicht das Recht, mich Bruder zu nennen, und noch weniger, hier angelaufen zu kommen und mich mit deinem Quark zu belämmern.»

Da ich also beruflich nicht spezialisiert war, war meine Spezialität der Berufswechsel. Was hab ich nicht alles gemacht: Ich war Stummelsucher, Flaschensammler, Lumpenhändler, Filmkomparse, Straßenkehrer, Plakatkleber, Kellner, Eisverkäufer, Gemüsemann und was weiß ich noch alles. Und dabei war ich zu der Ansicht gekommen, daß die Spezialisierung, von der mein Milchbruder gesprochen hatte, im Grunde nichts als eine Einbildung ist: Sie hat zur Folge, daß man nicht mehr wünscht oder hofft, etwas anderes zu tun als das, was man gerade tut; und diese Einbildung begleitet einen dann das ganze Leben, so daß jemand, der einmal als Bürstenbinder angefangen hat, als Bürstenbinder lebt und stirbt und sein Leben lang nur mit Besen umgeht und an Besen denkt. Wer von dieser Einbildung aber frei ist, wird früher oder später merken, was sein augenblicklicher Beruf für Nachteile hat, und dann wird er ihn eben wechseln – und aus ist es mit der Spezialisierung.

Genug davon. Unter meinen vielen Berufen fand ich nur einen, auf den ich mich gerne spezialisiert hätte. Das war, als ich beim Comandante Guidobaldi als Ausgeher angestellt war. Vielleicht war er gar kein wirklicher Comandante und vielleicht hieß er – genaugenommen – auch gar nicht Guidobaldi, aber ich habe ihn jedenfalls mit diesem Titel und unter diesem Namen kennengelernt. Der Comandante Guidobaldi also wohnte in einer mit Kindern und wackligen Möbeln überfüllten Wohnung in der Gegend des Macao und hatte eine Frau, die vielleicht gar nicht seine Frau war und die er entweder – wer weiß warum – Contessa nannte oder Iella, was im Römischen so viel bedeutet wie eine Frau mit dem bösen Blick; doch in diesem Falle war es die Verkleinerung von Mariella. Er war klein und trug immer zweireihige blaue Anzüge mit zwei bis drei Abzeichen im Knopfloch; seine Miene hatte etwas Militärisches, das Gesicht war blaß, gespannt und energisch, die Augen waren aufgerissen, und in seinem Mund sah man nahezu schwarze Zähne, denn er rauchte wie ein Schlot. Die Frau war füllig und träge und schien nur aus Busen und Hinterteil zu bestehen; sie hatte lose hängende schwarze Haare, schwarzumrandete Augen und war immer im Morgenrock. Inmitten der Kinder, die überall herumwimmelten, schrien und sich zankten, vertrieb sich die Contessa die Zeit mit Patience-Legen und Rauchen. Das Dienstmädchen Agnesina war vom Lande, hatte von nichts eine Ahnung und konnte gar nichts; die Wohnung war infolgedessen ein Saustall. Eine Ausnahme machte nur das kleine Büro am Ende des Korridors; das war immer sauber, ordentlich und spiegelblank. Es machte auch weiter keine Mühe, es in Ordnung zu halten, denn es befanden sich nur ein Schreibtisch und ein Sessel darin und auf dem Schreibtisch das Telefon und das Telefonbuch. In diesem Büro arbeitete der Comandante.

Guidobaldi, oder wie er hieß, war spezialisiert: Seine Spezialität war die Wohltätigkeit. Wenn man ihn hörte, war er außerdem auch noch Journalist, Pilot, Dichter, Filmproduzent und Pferdezüchter; doch alle diese Dinge sagte er nur so. In Wirklichkeit beschäftigte er sich mit Wohltätigkeit. Sie werden fragen: an wem? An sich selbst, natürlich, und an Iella und den Kindern.

Seine Wohltätigkeit sah so aus: Jeden Morgen ging Guidobaldi, ungerührt vom Geschrei der Kinder und den Szenen Iellas, in sein Büro, setzte sich in den Sessel, zündete sich eine Zigarette an und führte – nachdem er das Telefonbuch studiert hatte – seine tüchtigen Telefongespräche. Sie verliefen immer auf die gleiche Weise. Jemand meldete sich, und dann rief er mit schallender Kasernenhofstimme: «Comandante Guidobaldi, Präsident der Witwen- und Waisen-Vereinigung der ...», und hier nannte er den Namen irgendeiner angesehenen Berufsgruppe. «Die Vereinigung hat das Protektorat über einen Wohltätigkeitstee übernommen, wir wissen, Sie haben ein gutes Herz» – oder: «eine mitfühlende Seele» – oder: «Ihre Vaterlandsliebe –» und so fort; schließlich sagte er dann: «Dürfen wir Ihnen einige Eintrittskarten zuschicken?» Die Person am anderen Ende der Leitung antwortete meist mit «Ja» oder «Nein»; nur selten entwikkelte sich eine Diskussion und noch seltener sagte jemand, dem ein Licht aufgegangen war, Guidobaldi seine Meinung; schlau, wie er war, schob er dann das Gespräch auf ein politisches Gleis und bemerkte: «Sie denken anders als wir, da kann man nichts machen. Ich verstehe, gewisse Ideale existieren eben für Sie nicht.» Dann schrieb Guidobaldi Namen und Adressen derjenigen auf, die bereit waren, die Karten zu kaufen, und ich ging später hin, um sie abzugeben und das Geld entgegenzunehmen. Den Tee gab es natürlich nicht. Doch wer läuft schon zur Polizei, um wegen tausend Lire eine Anzeige zu erstatten? Guidobaldi organisierte durchschnittlich einmal im Monat einen Tee oder eine Lotterie, und alle zwei Monate änderte er den Namen der Vereinigung, deren Präsident er war. So gelang es ihm, aus dem Gröbsten herauszukommen, obwohl Iella den ganzen Tag schrie, sie sei so gut wie nackt und die Kinder wüchsen auf wie Unkraut.

Während ich so mit den Karten für Guidobaldis Tees und Lotterien von Haus zu Haus ging, verstrichen sechs Monate. Wenn ich nicht außer Haus war, hielt ich mich zur Verfügung des Comandante, indem ich Agnesina in der Küche Gesellschaft leistete. Sie war genausowenig vom Glück begünstigt wie ich, denn in den sechs Jahren, in denen sie aufgeräumt und gekocht hatte, hatte sie noch immer nicht gelernt, zwei Eier richtig zu kochen oder ein Zimmer zu kehren. Sie war Mädchen für alles und nicht spezialisiert, um wieder auf meinen Milchbruder zurückzukommen. Und obwohl sie ziemlich bäuerlich wirkte, mit rundem, rotem Gesicht, Pausbacken, Augen so klein wie Stecknadelköpfe und krausen, gesträubten Haaren, gefiel sie mir. Vielleicht, weil sie, wie ich, nicht spezialisiert und arm war; vielleicht auch, weil sie ihre rauhen, ländlichen Sitten beibehalten hatte, die einen zuerst etwas anwiderten, dann jedoch, in ihrer Ehrlichkeit und Wärme, eher trösteten, ähnlich dem Duft der Backöfen in den Vorstädten am Morgen. Eine Sache bringt die andere mit sich; zuerst liebten wir uns, und dann, als wir über den Comandante und Iella plauderten, waren wir uns einig, daß sie uns alle beide ausnutzten und viel zu wenig bezahlten, uns in Lumpen herumlaufen ließen und uns als Essen einen wahren Hundefraß zumuteten; und da wir jetzt den Trick kannten, fanden wir, daß wir damit ebensogut auf eigene Rechnung arbeiten könnten. «Du bist doch so klug», sagte Agnesina zu mir, «ist denn das schwer, diese Karten drucken zu lassen und zu verkaufen? Damit kannst du bestimmt ebensoviel verdienen wie der Comandante.»

So verließen wir eines Morgens ohne Abschied die Wohnung des Comandante, und Agnesina nahm ein Bündel Leintücher mit, um sich für die Ausbeutung ein wenig schadlos zu halten. Ich sagte, es sei schon großzügig genug, daß wir ihn nicht angezeigt hätten; schließlich sei er ja ganz in unserer Hand. Ich meinerseits beschränkte mich darauf, den Erlös der letzten Eintrittskarten mitzunehmen, siebentausend Lire. Wir nahmen uns ein Zimmer, mit Telefon natürlich, und ich machte mich daran, sofort Karten drucken zu lassen. Ich erfand diesmal eine Veranstaltung für die

Witwen und Waisen der Bahnwärter. Auf diese Idee kam ich, weil ich selbst das Waisenkind eines Schrankenwärters bin und meine Kindheit damit verbracht habe, den Zügen nach Abbruzzo zuzusehen, in der Gegend von Tagliacozzo. Wir machten aus, daß Agnesina zu Hause beim Telefon bleiben sollte, um – als Sekretärin der Vereinigung – auf Rückfragen zu antworten; inzwischen wollte ich von Haus zu Haus gehen.

Jetzt werden Sie einmal sehen, was es heißt, sich zu spezialisieren. Guidobaldi hatte sich spezialisiert: Er war fähig, mit Autorität zu telefonieren, verstand es, den Leuten etwas einzureden, und wußte vor allem, an wen er sich zu wenden hatte. Ich aber konnte mit den Leuten weder gut reden, noch ihnen gar etwas einreden; und außerdem fand ich im Telefonbuch nie die Richtigen. Immer stieß ich auf unhöfliche Leute, oder sie waren zu arm oder zu fein. Sie lehnten die Karten ab, und manche sagten klipp und klar, das sei doch wohl ein Schwindel; einige erklärten sogar, sie würden die Polizei benachrichtigen. Ich kam, auch durch das dauernde Herumlaufen bei Wind und Wetter, immer mehr herunter: ich hatte zerrissene Schuhe und einen zerfetzten Regenmantel, in dessen Taschen die Karten steckten, die niemand wollte und die auch schon in Fetzen gingen, ganz wie der Regenmantel. Am Ende war ich völlig entmutigt und machte meine Rundgänge ohne jede Überzeugung, beklommen, trübselig, hoffnungslos und manchmal fast unfähig, ein Wort herauszubringen, wenn ich an den Türen stand und man mich fragte, was ich wolle. Sprechen wir gar nicht erst von Agnesina, die sich nicht gerade als Hilfe erwies: Sie war viel zu ungewandt und konnte nicht einmal korrektes Italienisch sprechen; einmal, als ein Interessent anrief, um die Sache zu überprüfen, antwortete sie: «Was tun Sie sich denn da einbilden? Hä? Daß wir euch bescheißen täten?» Bilanz: Nach einem Monat hatte ich sage und schreibe zwölf Karten verkauft.

Den Rest gab mir – unnötig, es zu sagen – der Ingenieur, mein Milchbruder. In meiner Verzweiflung ging ich zu ihm, und nachdem er lange die Karten geprüft hatte, bemerkte er, daß diese Vereinigung ihm ganz neu sei; er habe noch nie etwas davon gehört. Nicht sehr überzeugend sagte ich: «Na ja, das ist es eben, um die Witwen und Waisen der Schrankenwärter kümmert sich kein Mensch.» Er sah mich komisch an und sagte dann: «Ich habe dich gewarnt, Serafino, und dir geraten, dich zu spezialisieren. Du hast es nicht getan. Es tut mir leid – aber das da ist Betrug, und ich sehe mich gezwungen, es anzuzeigen.» Ich wurde totenblaß und blickte mich in seinem kahlen Büro um, mit all diesen Tabellen voller Zahlen und diesen Tischen voller Karten, Zirkel und Tusche – und ich dachte, daß er und Guidobaldi eben Spezialisten seien; und alle, die fachmännisch arbeiteten – wie er – oder fachmännisch betrogen – wie Guidobaldi –, zogen großen Nutzen daraus, daß sie sich spezialisiert hatten. Ich dagegen war kein Fachmann, genau wie Agnesina, die auch nichts konnte, nicht einmal Spaghetti kochen oder ein Zimmer kehren; und ich sagte mir, daß für mich nun alles zu Ende sei, und da ich ganz schwach war vor Hunger und Erschöpfung, wurde ich ohnmächtig und fiel einfach um. Als ich wieder zu mir kam, sagte mein Milchbruder: «Diesmal laß ich es dir noch durchgehen, und hier sind tausend Lire – aber in Zukunft will ich dich nicht mehr sehen.» Ich ging, und draußen – ganz in der Nähe – warf ich alle Karten in den Tiber.

Jetzt bin ich mit Agnesina verheiratet, und sie ist natürlich in anderen Umständen, und wir wohnen außerhalb der Porta Portese in einer Baracke. Tagsüber geht Agnesina Wäsche waschen; ich schlage mich durch, indem ich verwelkte Blumensträuße vor den Türen der Restaurants verkaufe. Mit meinem Blumenstrauß laufe ich hinter den Leuten her, packe sie auch mal am Arm und sage: «Nehmen Sie ihn, ich habe Hunger» – und zwar mit drohender Stimme. Manche lassen sich das allerdings nicht gefallen, stoßen meine Hand zurück und sagen: «Dann arbeite doch, du Mistfink!» Gerne würde ich darauf antworten: «Ich bin nicht spezialisiert; dies ist das einzige Fachgebiet, das ich einigermaßen beherrsche.» Doch wissen Sie, was mir neulich passiert ist? Eine Signora, die ich um Barmherzigkeit bat, wobei ich ihr meinen Veilchenstrauß unter die Nase hielt, sagte zu mir: «Was heißt hier Barmherzigkeit – Glauben Sie ja nicht, daß ich nichts für die Armen tue – das hier habe ich gerade heute vormittag erworben.» Sie streckte mir einige Karten entgegen und fügte hinzu:

«Die Witwen und Waisen unterstütze ich gerne – aber nicht einen gesunden, starken, jungen Mann wie Sie!» Da mir die Karten bekannt vorkamen, bat ich die Signora, mir eine davon zu zeigen – und richtig, auf der Karte stand Guidobaldis Name; und darunter stand, daß irgendeine Vereinigung an irgendeinem Tag an irgendeinem Platz eine Wohltätigkeitslotterie veranstalte. Ich sagte zu der Signora: «Aha! Guidobaldi! Diesen Betrüger kenne ich.» Und sie: «Sie unverschämter Strolch, wie können Sie es wagen, einen solchen Mann zu verleugnen! – Machen Sie, daß Sie wegkommen, sonst rufe ich die Polizei.»

Ist er nicht reizend?

Man sagt: Freunde in der Not gehen hundert auf ein Lot. Man sagt: Das Maß der Freundschaft entspricht dem Umfang des Geldbeutels. Man sagt: Der ist der wahre Freund, der es auch dann bleibt, wenn der andere kein Geld hat oder in der Tinte sitzt. Mag sein. Aber ich denke, einem Freund, dem es schlecht geht, zu helfen, bringt viel mehr Vorteil als Nachteil, und wenn es auch nur das angenehme Gefühl ist, mehr zu sein als der andere. Aber – das sage ich Ihnen – wenn Sie Glück haben, wenn Ihnen alles gelingt und wenn dann der Freund hinter Ihnen zurückbleibt, wenn jeder erfolgreiche Schritt, den Sie tun, auf ihn wie ein Vorwurf wirken oder zu dem unangenehmen Gefühl führen kann, weniger zu sein – dann erkennen Sie ihn, Ihren Freund. Ist er ein wahrer Freund, dann freut er sich über Ihr Glück, wie eine Mutter, wie Ihre Frau. Ist er aber kein wirklicher Freund, dann schleicht sich der Neid in sein Herz und frißt so lange daran, bis er nicht mehr widerstehen kann und es Sie fühlen läßt. Ah, es ist nicht schwer, einem unglücklichen Freund gegenüber großzügig zu sein; es ist viel schwerer, auf einen glücklichen Freund nicht neidisch zu werden. Der Neid ist wie ein Gummiball: je kräftiger Sie ihm eins draufgeben, desto höher springt er. Wenn er erst einmal da ist, ist er schwer wieder zu verscheuchen.

Wann fing es an, mit mir aufwärts zu gehen? Ich kann es genau sagen: Das war, als mein Schwiegervater sich entschloß, mir zu helfen, und ich mir in dem neuen Stadtteil, in der Via Angelo Emo, die Metzgerei einrichten konnte. Damals begann es auch, daß Arturo, wenn er mit mir zusammen war, so ein komisches Gesicht machte: er hatte dann ein gequältes Lächeln und diese unnatürliche Stimme; er sprach, als wären seine undeutlichen Worte aus Gummi, und als wolle er sie am liebsten wieder zurückziehen, nachdem er sie ausgesprochen hatte. Ja, das war genau zum gleichen Zeitpunkt. Nachdem ich den ganzen Sommer über heimlich gearbeitet hatte, um die Metzgerei einzurichten, sagte ich eines Tages zu ihm: «Hallo, Arturo, ich habe eine Überraschung für dich!» Erfreut fragte er: «Was ist es denn?» Ich antwortete: «Wenn ich es dir sage, ist es keine Überraschung mehr – Komm mit, dann zeig ich's dir.» Wir befanden uns im Café an der Piazza Farnese, in dem alten muffigen Viertel, in dem wir beide wohnten und wo er einen kleinen schmutzigen Papierladen hatte, wirklich ein Loch; ich fand, daß er ein wahrer und erprobter Freund war, und malte mir aus, wie er sich freuen würde. So sagte ich: «Nehmen wir ein Taxi, es ist ziemlich weit.» Merkwürdigerweise sprach er während der Fahrt kein Wort, doch ich nahm das nicht wichtig, denn, wie gesagt, ich bereitete mich auf die Überraschung vor.

Wir kamen in der Via Angelo Emo an, stiegen aus, ich zahlte und führte ihn zu einem schönen weißen Mietshaus, mit noch unfertigen Läden im Erdgeschoß. Ich zeigte auf mein Geschäft, an dem der Laden herabgelassen war und das Schild hing: *Luigi Proietti – Metzgerei.* Jetzt fragte ich: «Na, was sagst du dazu?» Er sah hin und sagte dann mit zusammengebissenen Zähnen: «Ah so, das ist deine Überraschung.» Immer noch eifrig, ging ich zum Laden, bückte mich, öffnete das schöne Vorlegeschloß aus massivem Messing, hob das Fallgitter mit einem einzigen Zug, sperrte die Tür auf und trat ein. Nun hätte jeder angesichts einer Metzgerei wie dieser, mit Wänden aus weißen Marmorplatten, Messinghaken, die wie Gold aussahen, dem modernen Ladentisch, ganz aus Marmor, so daß er schon fast wie ein Altar in der Kirche wirkte, mit Marmorboden und einem Kühlschrank, so groß, daß ein Mann aufrecht darin stehen konnte – jeder, sage ich, hätte angesichts so einer Metzgerei ausgerufen: «Oh, wie ist das schön – Gigi, deine Metzgerei ist wirklich eine Wucht – das freut mich aber!» Jeder hätte so was gesagt – nur Arturo nicht. Er trat ein, mit verkniffenem Mund, steif, ganz still, dunkel im Gesicht, fast als sei er beleidigt. Ziemlich fassungslos fragte ich: «Na, was sagst du?» Und er: «Könnte sein, daß sie gut gehen wird.» Haben Sie verstanden? «Könnte sein!» – also Möglichkeitsform; das heißt, er war keineswegs sicher, daß die Metzgerei gut gehen würde. Ich war unangenehm berührt und sagte mit Nachdruck: «In Rom gibt es wenige Metzgereien wie diese.» Darauf er: «Na ja – du kennst ja das Sprichwort: Neue Besen kehren gut. Man muß abwarten, wie es dann weitergeht.»

An jenem Tage begann ich allmählich, Iole, meiner Frau, recht zu geben, die schon einige Zeit vorher gesagt hatte: «Arturo soll dein Freund sein? Also weißt du, auf Freunde verstehst du dich aber nicht – er ist gar nicht dein Freund, mein Lieber – merkst du nicht, daß er dich im Grunde nicht ausstehen kann?» Ja, die Frauen spüren so etwas eher; andererseits sagte ich mir, daß eine Frau immer eifersüchtig auf die Freunde ihres Mannes ist: kaum ist sie verheiratet, versucht sie auch schon seine Freunde von ihm fernzuhalten und sie ihm auf diese oder jene Weise zu vermiesen.

Jedenfalls hatte Arturo recht mit seiner Vermutung, daß das Geschäft gut gehen würde; aber es ging nicht nur am Anfang gut, es wurde immer besser. Ich hatte die Lage richtig berechnet; ähnliche Metzgereien gab es in weitem Umkreis nicht; die Leute aus dem ganzen Viertel kamen hier vorbei, und wenn jemand Beefsteak kaufen wollte oder Schnitzel oder Filet oder so etwas, mußte er zu mir kommen. Bald fing ich an gut zu verdienen, und schließlich scheffelte ich das Geld.

Ich traf Arturo wie früher im Café an der Piazza Farnese oder im Restaurant, doch ich überließ mich nicht mehr blindlings meinen Freundschaftsgefühlen, sondern beobachtete ihn, um zu sehen, ob Iole recht hatte. Da Arturo nie Geld hatte und der Papierladen ihm gerade so viel einbrachte, daß er davon sein Leben fristen konnte, zahlte ich, was er verzehrte, wie ich es übrigens schon immer getan hatte. Doch jetzt stellte ich fest, daß er zwar annahm, aber auf eine unhöfliche und merkwürdige Art. Und eines Tages in der Bar sagte er: «Du kannst ruhig für mich bezahlen, wenn du willst, aber denk nicht etwa, daß ich besonderen Wert darauf lege.» Ich war wieder unangenehm berührt. Womit hatte ich ihn gereizt? Ich hatte einen Packen Geldscheine zu je zehntausend Lire hervorgezogen und zur Kellnerin gesagt: «Es tut mir leid, aber das sind heut meine kleinsten.» Das war schließlich nur ein Scherz; aber er wurde gleich gelb und grün im Gesicht, als hätte er einen Gallenanfall.

Der Winter kam, und da ich von diesen kleinen Scheinen ziemlich viele auf der Bank hatte, konnte ich mir jetzt etwas leisten und beschloß deshalb, mir einen Wagen zu kaufen. Iole sagte warnend: «Nimm aber nicht gleich bei der ersten Fahrt Arturo mit. Der ist so neidisch, der kriegt noch den bösen Blick und verhext dir den Wagen.» Ich antwortete wie immer, wenn sie so über Arturo sprach: «Ach, Unsinn! Das laß mal meine Sorge sein. Arturo ist mein Freund. Du sollst ihn nicht immer so schlechtmachen.» Aber ich war doch beeindruckt, wenn ich es auch nicht zeigte. Jedenfalls ging ich zu Arturo und sagte zu ihm: «Kommst du mit zur Autovertretung? Wir können uns zusammen Wagen anschauen – ich möchte mir nämlich einen kaufen.» Er fragte: «Einen Wagen auch noch?» Es war ihm herausgerutscht; doch als ich ihn mißbilligend ansah, verbesserte er sich sofort: «Ich meine, ob du nicht etwas zuviel Geld ausgibst. Ein Wagen ist ja doch eine ziemliche Ausgabe.» Wir gingen also zur Vertretung, und dort standen große und kleine Wagen, Serien- und Spezialanfertigung, in einem prunkvollen Rahmen von Neon und gelbem Marmor.

Der Verkäufer schmeichelte mir: «Signor Proietti, diese Wägelchen hier sind nichts für Sie – Kleinkram, Sardinenbüchsen –, ich weiß, was Sie brauchen.» Und er führte mich vor einen Spezialwagen, grün und weiß, glänzend, vernickelt und eine wahre Pracht. Ich fragte nach dem Preis, und er sagte, indem er mir auf die Schulter klopfte: «Sprechen wir nicht vom Preis: Das ist der Wagen, den Sie brauchen, und fertig.» Ich muß gestehen, diese großzügige Art gefiel mir: Ich bin Geschäftsmann, man merkte, daß der Verkäufer mich kannte und mir jeden Kredit einräumte, und der Kredit ist für einen Geschäftsmann bekanntlich das Wichtigste. Arturo machte wieder sein gewohntes komisches Gesicht mit dem verkniffenen Mund, dann sagte er mit gepreßter, freudloser Stimme: «Gigi, er hat recht, das ist der Wagen für dich.» – «Warum?» – «Hast du nicht gesagt, deine Geschäfte gingen so gut, daß du schon nicht mehr wüßtest, wohin mit dem Geld? Na, dann gib es doch für dieses Ding da aus.» Alles in saurem Ton, als habe er in eine Zitrone gebissen, die ihm den Mund zusammenzog. Das erschreckte mich; mir kam der Verdacht, daß er mich womöglich zu einer Ausgabe verleiten wollte, die über meine Verhältnisse ging, und sofort lehnte ich den Spezialwagen ab und wählte einen der kleineren, einen der üblichen, grau und braun. Der Verkäufer sagte: «Sie haben einen guten Freund – er hat Ihnen gut geraten – na, macht nichts – wir sehen uns schon noch wieder – bevor ein Jahr vergangen ist, werden Sie wieder da sein und diesen Wagen gegen einen Spezialwagen umtauschen.»

Ein Jahr verging, die Geschäfte blühten weiterhin, und mir wurde ein Sohn geboren. Bei dieser Gelegenheit, das muß man sagen, beherrschte Arturo den Neid, der an ihm fraß, und zeigte sich von seiner liebenswürdigsten Seite. Er war bestimmt aufrichtig, das sah sogar Iole – beinahe – ein. Sicher war der Ärmste sich seines Neides durchaus bewußt und gab sich große Mühe, damit fertig zu werden, wenn auch meist vergeblich. Diesmal aber, kein Zweifel, verhielt er sich wie ein wahrer Freund – vielleicht, weil ein Kind schließlich jeder haben kann, auch jemand, der weniger vom Glück begünstigt ist; und weil ein Kind geschäftliches Glück oder Pech nicht beeinflußt. Als Geschenk brachte Arturo eine silberne Glocke mit, begrüßte herzlich meine Frau, beugte sich herab, um das Kind in der Wiege zu streicheln, und sagte mit einer Stimme, die mir endlich wieder klar und natürlich schien: «Oh, was für ein schönes Baby!» Ich war froh darüber, denn im Grunde mochte ich ihn ja gern. Doch Iole traute ihm wieder nicht ganz: «Sei lieber vorsichtig – schau ihn an, wenn es um Geschäfte geht – Kinder hat er selber, zu viele sogar – was ihm fehlt, ist Geld.»

Einige Monate später mietete ich – wiederum mit Hilfe meines Schwiegervaters – eine neue Wohnung in einem Haus nahe der Metzgerei. Bis dahin hatte ich in der Via Monserrato gewohnt, einer sonnenlosen Straße mit alten, feuchten Häusern. Außerdem war es mir von dort auch zu weit zum Geschäft. Und auch diesmal wollte ich Arturo überraschen: Ich lud ihn für den Abend zu uns ein, ohne ihm zu sagen, daß wir nicht mehr in der Via Monserrato wohnten, sondern in der Via Angelo Emo, und daß wir an diesem Abend den Einzug in die neue Wohnung feiern wollten. Ich fuhr zu seinem Papierladen, um ihn abzuholen, doch er wendete ein: «Es sind doch nur ein paar Schritte – was brauchen wir den Wagen?» Ich antwortete nichts und fuhr geradeaus, zum Tiber, und dann, hinter der Brücke, in Richtung des Trionfale. Nun verstummte er, denn er hatte verstanden; und ich sagte: «Ja weißt du denn nicht, daß wir nicht mehr in der Via Monserrato wohnen? Ich dachte, ich hätte es dir gesagt. Ich habe jetzt eine Wohnung neben dem Geschäft.» Mit gepreßter Stimme murmelte er: «Das freut mich – freut mich wirklich.»

Als wir ankamen, zeigte ich ihm gleich die ganze Wohnung: «Dies ist die Küche, ist sie nicht schön? Amerikanisch. Das ist das Eßzimmer, in bäuerlichem Stil. Das Schlafzimmer ist ganz wie in der Via Monserrato, es ist das einzige, was wir aus der alten Wohnung übernommen haben. Und das ist der Salon, sieh dir mal diese Couch und die Sessel an – und das Radio.» Und so fort. Je länger wir umhergingen, von Zimmer zu Zimmer dieser neuen, hellen, glänzenden und hallenden Wohnung, die nach Lack und dem Wachs der Böden duftete, desto länger wurde auch Arturos Gesicht: Er schien immer magerer zu werden und immer dunkler. Als wir ins Eßzimmer zurückgekommen waren, um uns zu Tisch zu setzen, sagte er endlich: «Nichts zu sagen – eine wirklich bequeme Wohnung – da fehlt nichts.» Doch seine Stimme klang so mühselig, daß Iole bemerkte: «Gefällt sie Ihnen nicht?» Arturo tat, als hätte er nicht gehört.

Wir setzten uns zu Tisch. Iole hatte das reinste Festessen vorbereitet: Pasteten, Truthahn, Kuchen, Obst, zwei Sorten Wein, roter Chianti und weißer Frascati, und zum Schluß noch Marsala. Wir waren alle sehr fröhlich – außer Arturo, der so unlustig und argwöhnisch wirkte, als fürchte er, das Essen sei vergiftet. Der fröhlichste von allen war ich, denn diese Wohnung war für mich der glückliche Abschluß einer erfolgreichen Zeit: Alles war gut gegangen in diesen Jahren, alles war in Ordnung – Geschäft, Familie, Gesundheit, alles. Und da ich darüber glücklich war und außerdem ziemlich viel getrunken hatte, vergaß ich Arturo und seinen Neid, erhob mich mit dem Glas in der Hand und sagte einen kleinen Vers her, der mir bei Gelegenheit einmal eingefallen war: «In Rom gibt es vielerlei Metzgereien, aber die von Proietti ist feiner als fein!» Es war ein Scherz, und ich wartete darauf, daß Arturo mir, wie es bei uns üblich ist, mit einem Stegreifvers antwortete; doch er sagte keinen Ton; als ich aber das Glas hob, um auf unser aller Gesundheit zu trinken, hörte ich ihn leise, wie zu sich selber, zwischen den Zähnen murmeln: «Ist er nicht reizend?» Verstehen Sie? «Ist er nicht reizend?» sollte heißen: «Wann hört er endlich auf?» Ich gebe zu, daß mir plötzlich der Kragen platzte, vielleicht auch deshalb, weil ich ziemlich viel getrunken hatte. Wütend – in die Stille hinein – wandte ich mich gegen Arturo und stellte fest: «Du hast gesagt: Ist er nicht reizend!»

«Ach, laß doch, nichts hab ich gesagt.»

«Doch, du hast gesagt: Ist er nicht reizend! Und weißt du, warum du es gesagt hast?»

«Ich weiß gar nichts.»

«Du hast es gesagt, weil du neidisch bist! Ja, du bist neidisch und ärgerst dich, weil ich soviel Erfolg hatte.»

«Bist du verrückt? – Ich soll neidisch sein? Auf dich? Wieso denn eigentlich?»

Kurz, die Sache nahm ein schlechtes Ende. Iole machte endlich ihrer angestauten Erbitterung Luft und fauchte Arturo an: «Von mir aus kannst du platzen vor Neid!» Arturos Frau weinte und zog Arturo am Arm, damit er mit ihr wegginge. Arturo aber schimpfte nun wie ein Wilder auf mich und Iole, während er von seiner Frau zur Tür gezerrt wurde. Er war bei weitem der wütendste von uns allen, und ich glaube, er hat mir zwischen Eßzimmer und Haustür alles Üble ins Gesicht geschrien, das er jemals von mir gedacht hat – aber ich möchte es nicht wiederholen, denn es tut mir richtig weh, wenn ich daran zurückdenke.

Endlich ging er; und mir wurde klar, daß ich mein Glück mit dem Verlust des einzigen Freundes bezahlt hatte, den ich besaß. Deshalb sagte ich später zu Iole: «Ich bin an allem schuld. Jetzt weiß ich auch, wie sehr ich ihn herausgefordert habe. Man soll sein Glück verbergen.» Sie antwortete: «Hör auf mich: Die einzigen wahren Freunde sind die Moneten! Die anderen kommen und gehen.»

Der Wurm

Iole und ich hatten beschlossen, am Sonntag mit dem Motorroller nach Fiumicino zu fahren, um dort Fische zu essen und das Meer zu genießen. Am Morgen holte ich mir vom Verleih einen Motorroller, raste zu dem Haus, in dem Iole wohnte, in der Vicolo del Polverone, und machte beim Herumsausen einen höllischen Spektakel. Ich war vergnügt, der Tag war warm und schön, und ich freute mich darauf, ihn mit Iole zu verbringen. Doch als meine Verlobte im Tor auftauchte, sah ich hinter ihr Maddalena, ihre vierzehnjährige Schwester, ein Mädchen mit blassem, spitzem Gesicht, zwei blonden Zöpfen mit Schleifen an den Enden und mit grünen Porzellanaugen. Sie war von Kopf bis Fuß neu gekleidet, trug glänzende schwarze Schuhe, weiße Strümpfe, ein schottisches Röckchen und eine blaue Baskenmütze. Ich stellte einen Fuß auf den Boden und fragte verstimmt: «Was denn – kommt Lena auch mit?» Iole sagte: «Ja, weißt du, meine Mutter will, daß sie mitfährt – Sie sagte, sie traut sich nicht, uns allein fahren zu lassen.» Sicher paßte ihr das auch nicht, aber da war nun nichts mehr zu machen. Mürrisch sagte ich: «Na schön.»

Ich hoffte, daß Iole sich wenigstens hinter mich auf den Rücksitz setzen würde. Wenn man Motorroller fährt im kalten Wind, der einem von vorne ins Gesicht bläst, dann sollte einem wenigstens von hinten ein Mädchen die Arme um die Taille legen, so daß man am Rücken ihre Brust spürt und ihr Gesicht. Aber nein, kaum hatte ich mich hingesetzt, fühlte ich die harten Arme Maddalenas, die sich um meine Taille klammerten; dann stieß sie mir ihr spitzes Kinn in den Rücken und sagte: «So geht's gut. Aber paß auf, Gigi, wenn du zu schnell fährst, kitzle ich dich unter den Armen.» Wütend antwortete ich: «Probier das mal, dann landen wir am nächsten Baum, falls du das willst.» Und so fuhren wir ab, alle drei hintereinander auf dem Motorroller.

Ich fuhr auf San Paolo zu, dann an der Basilika vorbei, und bog in atemraubendem Tempo nach Ostia ein. Ich ärgerte mich, weil Maddalena dabei war, und um nicht daran denken zu müssen, konzentrierte ich mich auf andere Dinge. Ich bin Mechaniker und habe eine kleine Werkstatt in der Via Flaminia und einen Teilhaber namens Tullio. Ich dachte nun also daran, daß Tullio immer allein herumlief, ohne Mädchen, obwohl er ein gutaussehender Bursche war, und ich fragte mich, ob es da nicht etwas gab, was er vor mir verbergen wollte. Es war ein bißchen geheimnisvoll, daß er am Abend immer spurlos verschwand – Na ja, das waren sinnlose Gedanken, um meinen Zorn zu vergessen, während ich dahinfuhr und mir die Bäume an der Autostraße, die Reklameschilder für Butter, Damenstrümpfe und Mineralöle entgegenkamen, eins nach dem anderen, in großer Geschwindigkeit und auf beiden Seiten der Straße in der noch strengen und nebligen Luft. Doch bei Kilometerstein 42 überholte uns ein Motorroller – und wer war das wohl? Tullio. Allein. Ich erkannte sogleich seine schwarzen Locken und sein Gesicht, das rund und dunkel war wie ein Mohrenkopf. Ich dachte: Jetzt wollen wir mal sehen, was ihn so sehr nach Ostia zieht. Und Maddalena sagte: «Warum hast du dich überholen lassen? Warum fährst du nicht schneller?» Da nahm ich die Verfolgung auf und erreichte ihn auf der Höhe von Ostia Scavi. Während ich neben ihm herfuhr, grüßte ich ihn mit der Hand, er sah mich und grüßte zurück, dann bog ich, etwas weiter unten, in die Straße nach Fiumicino ein. Diese Straße führt kurz danach über eine neue Tiberbrücke, und von dort hat man eine sehr schöne Aussicht. Auf der Brücke fuhr ich langsamer und sagte: «Wollen wir uns den Tiber ansehen?» Im gleichen Augenblick hörte ich ein Geräusch hinter mir; ich drehte mich um und sah, daß auch Tullio am Gehsteig angehalten hatte. Sofort stieg Iole ab, ging ihm entgegen und sagte: «Oh, Tullio, was für ein hübscher Zufall.»

Auch ich stieg ab, und Tullio sagte: «Grüß dich, Gigi – fahrt ihr auch nach Fiumicino?»

Ich antwortete: «Ja, zum Fischessen.» Und plötzlich spürte ich einen Stich der Eifersucht. Tullio und Iole standen in diesem Moment nebeneinander. Iole hat einen ziemlich großen Kopf, der ganz mit blonden Locken bedeckt ist, und Tullio, wie gesagt, hat schwarze Locken. Ich dachte: Blonde Locken, schwarze Lokken – passen gut zusammen. Und gleichzeitig war ich überzeugt, daß dieses Treffen gar kein Zufall war. Inzwischen waren beide zum Brückengeländer gegangen. Ich überquerte die Brücke und stellte mich auf der anderen Seite an das Geländer.

Der Tiber war schön in der Sonne, die aus dem Nebel brach, er war breit, schwellend, glitzernd, und die Insel in der Mitte teilte ihn in zwei Ströme, breit auch sie noch und von Licht übergossen. Bäume ohne Blätter standen dicht an beiden Ufern, und die Sonne vergoldete die braunen und roten Äste, und zwischen den Ästen sah man einen alten Backsteinturm und das Aushängeschild eines Gasthauses. Dann fühlte ich, daß sich eine Hand unter meinen Arm schob, und ich hoffte, es sei Iole. Aber es war Maddalena, die mir zuflüsterte: «Schön, was?» – «Klar», sagte ich trocken, «der Tiber ist schön.» Dann drehte ich mich um, in der Absicht, Iole zu fragen, ob wir nicht weiterfahren wollten. Da sah ich Tullio schon auf dem Motorroller und Iole hinter ihm. Sie hatte die Arme um ihn gelegt Ich rief: «Nanu, wo fahrt ihr hin?»

«Nach Fiumicino», sagte Iole, «ich fahre mit ihm, denn zu dritt ist es wirklich zu unbequem.»

«Dann fahr du doch mit mir – und Lena fährt mit Tullio!»

«Du weißt doch: Mama möchte nicht, daß wir allein sind.»

«Und deshalb fährst du allein mit Tullio?»

«Das macht doch nichts – ich bin ja schließlich nicht mit ihm verlobt.»

Genug, sie fuhren ab, und gleich darauf sauste auch ich los, Maddalena hinter mir, die sich wie ein Affe an mich klammerte und zu mir sagte: «So! Jetzt geht es besser.» Die Strecke nach Fiumicino wird von einigen Straßen gekreuzt, die wer weiß wohin führen; offenbar war Tullio bei einer dieser Kreuzungen eingebogen, denn plötzlich sah ich ihn nicht mehr; und so kamen wir ohne die beiden in Fiumicino an. Ich fuhr über die Brücke und nahm die Straße, die zwischen dem Tiber und den Häusern von Fiumicino am Kai entlangführt. Die Straße war von Sonne überflutet, und viele Leute gingen hier und auf dem Kai spazieren, andere aßen in den Gartenrestaurants im Freien, und wieder andere saßen vor den Cafés; doch Iole und Tullio waren nicht zu sehen. Wütend stellte ich den Motorroller vor einem jener Restaurants ab und sagte dem Wirt, er solle für vier Leute dekken und vier Fischsuppen vorbereiten. Dann sagte ich zu Maddalena: «Wir wollen sie suchen gehen.» – «Gehen wir nur», sagte sie resigniert, als sei sie der Meinung, daß wir sie nicht finden würden.

Wir fanden sie tatsächlich nicht. Es war spät geworden, und die Motorboote der Fischer kehrten bereits mit ihrer Beute zurück. Gewöhnlich macht es mir Freude, den Fischern, die vom Meer kommen, beim Ausladen zuzusehen; in jedem Kasten ist eine andere Fischart, Sardine bei Sardine, Kabeljau bei Kabeljau; sie sind zwar tot, aber in schöner Ordnung, wie Erdbeeren in ihren Kisten. Leute stellen sich dazu, beobachten, diskutieren, kaufen; inzwischen kommen weitere Boote vom Meere, eines läuft in den Tiber ein und fährt fröhlich flußaufwärts, während die Fischer im Boot stehen und herüberschauen – Aber an jenem Tage interessierten mich auch die Fische nicht; und außerdem ging mir Maddalena auf die Nerven, die den Kai entlang von Boot zu Boot lief und fragte: «Und was ist das für ein Fisch? – Du meine Güte, ist der häßlich – Schau, Gigi, die vielen Tintenfische – Und der, was ist das für ein Fisch?»

Wir gingen bis zum Ende der Mole, wo die Netze mit der Handkurbel stehen, die im Wasser auf- und niedersteigen und nie etwas fangen, und sahen ein wenig aufs offene Meer hinaus – nur Wellen und Sonne –, während überall Möwen flogen; dann gingen wir zurück, um uns in das Gartenrestaurant an den gedeckten Tisch zu setzen. Sofort kam der eifrige Wirt mit den vier Fischsuppen. Ich sagte ärgerlich: «Aber dazu ist es noch zu früh – die beiden anderen sind ja noch nicht da.» Und er: «Ja, was machen wir denn da – Sie haben die Suppen bestellt, und jetzt sind sie fertig.» So deckten wir die Suppen von Iole und Tullio mit zwei Tellern zu und fingen an zu essen: wir beide, Maddalena und ich.

Doch ich hatte keinen Hunger. Und als ich sah, daß Maddalena mit gutem Appetit den Riesenberg dampfender Fische auf ihrem Teller in Angriff nahm, war ich plötzlich überzeugt, daß sie allerhand wußte. Ich fragte sanft: «Sag mal, Lena, wie ist das eigentlich mit Tullio und dem Zusammentreffen an der Brücke? War das wirklich ein Zufall?»

Ohne die Augen vom Teller zu heben, antwortete sie ruhig: «Aber was denn, Zufall – sie haben gestern abend telefoniert... Und Iole hat zu ihm gesagt: ‹Hör zu, morgen fahr ich mit dem Wurm nach Fiumicino – warum läßt du dich nicht auch dort sehen?›»

«Wurm? Wer ist denn der Wurm?»

«Das bist du. Hast du das nicht gewußt, daß sie dich so nennt? Sie sagt, du bist so klein und hast diesen komischen Kopf – sie findet, du siehst wie ein Wurm aus.»

Einen Moment lang blieb mir die Luft weg: Wurm! Gewürm! Na ja, es mag ja auch ganz nettes Gewürm geben, eine hübsche, kleine Raupe oder so etwas. Aber wenn man jemanden so nennt, dann meint man doch «ein armseliger Wurm» oder «widerliches Gewürm», oder man denkt an den Wurm, der sich krümmt, wenn er getreten wird – Fassungslos fragte ich noch einmal: «So nennt sie mich?»

«Ja, sicher, du wirst doch nicht etwa beleidigt sein – Es ist doch nur ein Spitzname!»

Ich mußte mich mühsam beherrschen und fügte hinzu: «Sag mal, ist eigentlich zwischen Iole und Tullio –? Na, du weißt schon!»

«Ich weiß nichts.»

«Natürlich weißt du was, Lenuccia.»

«Ich weiß gar nichts.»

Unwillkürlich streckte ich meine Hand aus und ergriff ihre kleine Hand, die auf dem Tisch lag. Da sah ich, daß ihre Lippen zitterten, und zog meine Hand zurück, als hätte ich sie mir verbrannt. Plötzlich sagte sie: «Was gibst du mir, wenn ich dir sage, was ich weiß?»

«Ich weiß nicht – was möchtest du denn für ein Geschenk?»

«Ich will kein Geschenk – gib mir einen Kuß!» Ich sagte entschieden: «Also, Lenuccia, bist du verrückt geworden, oder was fehlt dir? Du vergißt wohl, daß du vierzehn Jahre alt bist!»

Darauf sagte sie lächelnd und in einem Atemzuge: «Ich bin vierzehneinhalb, fast fünfzehn – und in zwei Jahren kann ich schon heiraten – was willst du mit Iole – sie liebt Tullio – das ist die Wahrheit – du wolltest sie ja wissen – wenn wir zwei Jahre warten, können wir heiraten, und ich werde dich mein Leben lang lieben.»

Allerhand, wie? Ich sah sie an, und sie sah mich an, mit ihrem beharrlichen, quälenden Lächeln, und je länger ich sie ansah, desto weniger glaubte ich ihr. Endlich sagte ich: «Nein, Kind, schlag dir das aus dem Kopf – Ich bin mit Iole verlobt – Ich kann dich also nicht heiraten – nicht in zwei, nicht in vier und auch nicht in zehn Jahren!»

Und sie, immer lächelnd: «Warum liebst du mich nicht, Gigi? Ich liebe dich sehr.»

Zum Glück kamen gerade jetzt Iole und Tullio. Ich sagte ruhig: «Ihr habt euch wohl gut unterhalten, ihr beiden?»

«Wir haben einen Fisch gekauft», sagte Iole und legte ein gelbes Päckchen auf den Tisch, «am Kai, direkt vom Fischer.»

«Wir waren auch am Kai, aber wir haben euch nicht gesehen.»

«Wir haben ein bißchen am Strand gesessen und aufs Meer geschaut, deshalb habt ihr uns nicht gefunden.»

Ich sagte nichts: Wer liebt, wird dumm und glaubt am Ende jeden Dreck. Inzwischen hatten sie sich hingesetzt und aßen. Auch ich aß wieder und blickte ab und zu auf die beiden Schwestern. Sie waren blond, falsch und verschlagen, alle beide: Weiß der Teufel, was hier vor sich ging. Nachdem wir die Suppe gegessen hatten, aßen wir Obst, und zum Schluß spendierte Tullio eine Flasche. Wir tranken sie, und ich fühlte mich etwas besser, obwohl die Sache mit dem Wurm mich immer noch wurmte. Plötzlich sagte Iole: «Maddalena fährt jetzt mit Tullio, und ich fahre mit dir, Gigi.»

Ich war erstaunt, denn das hatte ich nicht erwartet. Wir zahlten; dann stieg Maddalena hinter Tullio auf und Iole hinter mir. Ich fuhr ein Stück, und als wir zur Brücke kamen, stiegen wir ab, und ich sagte zu Iole: «Hinter meinem Rücken nennst du mich also den Wurm?»

«Wurm? – Was soll denn das heißen?»

«Und du triffst dich mit Tullio.»

«Ich will tot umfallen, wenn ich je ...»

«Und du bist verliebt in ihn und fängst an, mich mit ihm zu betrügen.»

«Wer hat dir nur all den Unsinn erzählt?»

«Deine Schwester.»

Bei diesen Worten brach sie in Gelächter aus. Dann sagte sie nachsichtig: «Und du glaubst, was dir Maddalena erzählt, du Ärmster?»

«Warum nicht?»

«Sie schwärmt doch für dich, und was da aus ihr spricht, ist die Eifersucht. Es wäre nicht das erste Mal ... Wußtest du nicht, daß Maddalena ziemlich durchtrieben ist und mit Vorliebe solche Geschichten anzettelt? – Im letzten Jahr machte sie es genauso mit Gino und Maria – na, du kennst sie nicht. Aber wir zu Hause wissen, wie sie ist, und nehmen das nicht mehr so wichtig. Was sollen wir auch machen? Wir können sie ja nicht abschaffen.»

«Also nennst du mich nicht Wurm?»

«Bestimmt nicht.»

Wir diskutierten noch etwas auf der Brücke, in der Sonne. Am Ende erklärte sie mir, daß die Bosheit Maddalenas mit ihrem Alter und ihrem Wachstum zusammenhinge, und ich, der das im Grunde gerne glauben wollte, ließ mich allmählich überzeugen. So schlossen wir Frieden, sie gab mir einen Kuß, dann stiegen wir auf den Motorroller; sie legte ihre Arme um mich und flüsterte: «Merkst du, wie fest ich dich halte?»

Aber später, als wir auf der Autostraße waren, kamen mir wieder Zweifel: Wer hatte die Wahrheit gesagt: Maddalena oder Iole? Es verging die Nacht und der nächste Tag, ohne daß ich zu einem Entschluß kam. Schließlich, am Abend, war ich müde und zermürbt und rief Iole endlich an. Sie fragte: «Wer spricht?» Und ganz in Gedanken antwortete ich: «Der Wurm.»

Unternehmen Pasqualino

Wir Jungen unter achtzehn schließen uns gerne zu Banden zusammen, das ist bekannt, und schon die ganz Kleinen, die noch nicht zehn sind, fangen damit an. Wenn Sie in den Straßen der Vorstädte sieben oder acht Jungen sehen, die eifrig herumrennen oder raufen, dann können Sie ziemlich sicher sein, daß es sich um eine Bande handelt: Der stärkste führt sie an; es gibt einige, die ihn bedienen müssen, und andere, die von allen herumgeschubst werden und alle bedienen müssen, weil sie noch kleiner und schwächer sind. Was tun die Banden der Buben unter zehn? Sie spielen: und zwar Spiele, zu denen sie nicht viel mehr brauchen als die Pflastersteine des Gehsteigs und ein Stück Kreide. Manchmal wagen sie es auch, zu zehnt eine Zigarette zu rauchen – für jeden einen Zug; und mitunter gelingt es ihnen, genug Geld zusammenzubringen, um einen Fußball zu kaufen. Doch mit den Jahren wachsen die Buben und wachsen die Laster; nun kommen die Karten, es kommt das Kino, beim Fußball müssen es jetzt die großen Spiele im Stadion sein; schließlich kommen die Mädchen. Und für Laster braucht man Zaster. Hast du nichts, dann hol dir was. Und so geht es los.

In jenem Sommer versammelte sich unsere Bande in der Gegend der Appia Antica. Es stehen viele Gemäuer und Zypressen an der Straße, und statt Asphalt gibt es dort große Steine, die an runde Brote erinnern. Beim Kilometerstein 20, etwas abseits von der Straße, liegt ein rotes Backsteinhaus. Es besteht nur aus einem einzigen Raum mit gewölbter Decke, und der Eingang ist mit Brombeersträuchern zugewachsen. Man sagt, es sei eine «römische Ruine» – was ich für eine ganz überflüssige Bezeichnung halte; denn natürlich ist eine Ruine in Rom eine römische Ruine, was denn sonst; stände sie in Frascati, dann wäre sie eben eine frascatische Ruine, oder? Also, in dieser Ruine, oder vielmehr in diesem Zimmer, versammelte sich unsere Bande, um Karten zu spielen oder über unsere Angelegenheiten zu diskutieren. Wir schoben einen Strauch beiseite, gingen in die Ruine und brachten den Strauch wieder in die alte Lage, so daß niemand so leicht auf die Idee kommen konnte, es sei jemand drin. Der Platz war ein ideales Versteck – und wir versteckten uns jeden Tag, obwohl wir nicht den geringsten Grund dazu hatten. Aber für Jungen gibt es nun mal kein größeres Vergnügen, als sich zu verstecken.

In diesem Zimmer waren wir gut aufgehoben, es war kühl und schattig wie in einer Festung; und da wir alle eine lebhafte Einbildungskraft hatten, ein kräftiges Temperament und eine Menge Rosinen im Kopf, ließen wir, wenn wir nicht gerade Karten spielten, unserer Phantasie freien Lauf, das heißt, jeder von uns erzählte, was er gerne einmal tun würde – aber so, als hätte er es bereits getan. Da gab nun jeder mächtig an; einer sprang auf und berichtete ausführlich, er habe sich mit einer Maschinenpistole auf die Lauer gelegt, den Fahrer eines Geldtransportes zum Aussteigen gezwungen und sei dann mit den Goldbarren abgehauen. Einer war nach Amerika gegangen und hatte dort Uranvorkommen und Diamantenminen entdeckt. Ein anderer war in ein Juweliergeschäft eingebrochen, und zwar nach streng wissenschaftlichen Methoden und unter Verwendung von Sauerstoffgebläsen und den modernsten Werkzeugen. Das Aufregende war, daß wir über diese Dinge sprachen, als seien sie genauso geschehen; und mehr als einmal passierte es, daß wir uns in die Haare gerieten und rauften, weil einer den Mut des anderen in Zweifel gezogen oder die Meinung geäußert hatte, der betreffende Plan sei nicht praktisch. Kurz, wir vergaßen, daß wir alle unerfahrene und unwissende Jungen waren, arme Söhne armer Leute; wir bildeten uns mit Vergnügen ein, geheimnisumwitterte Männer zu sein, zu allem entschlossen und schreckenerregend wie unsere Vorväter im Film oder in den Bildgeschichten der Zeitungen.

Eines Tages, als wir uns in der gewohnten Weise unterhielten und einer gerade gewaltig prahlte, wurde der Strauch am Eingang beiseite geschoben, und es zeigte sich das Gesicht eines alten Mannes mit noch nahezu blonden, zerrauften Haaren, ähnlich wie Holzwolle, und blauen, lebhaften, aufgerissenen Augen. Er sah uns an und sagte: «Na, ihr seid gut – was macht ihr denn hier?» Pasqualino, unser Anführer, antwortete für uns alle: «Was geht Sie das an?» Der Alte antwortete: «Das gehört mir hier, ihr seid in meiner Gemüseplantage.» – «Sollen wir Ihnen vielleicht Miete zahlen?» Er schüttelte den Kopf: «Quatsch. Bleibt nur hier, es ist nicht weiter wichtig – Habt ihr vielleicht eine Zigarette?» Angesichts dieser unverblümten Schnorrerei brachen wir alle in Gelächter aus. Pasqualino stand auf, ging zu ihm hin und steckte ihm eine Zigarette in den Mund. Dabei sagte er: «Hier ist die Zigarette. Hast du Feuer? Und hast du Luft? Oder sollen wir sie für dich rauchen?» Kaum hatte der Alte die Zigarette, verschwand er auch schon wieder, und im Weggehen hörten wir ihn brummen: «Danke, danke! Es ist nicht weiter wichtig.» Wir sahen uns an, und Pasqualino erklärte: «Der spinnt. Muß ein Halbirrer sein.» An diesem Tage dachten wir nicht mehr an ihn.

Doch Felicetto, denn so hieß der Alte, war kein Halbirrer, im Gegenteil, er war ein ganz Schlauer. Ich weiß nicht, wie es eigentlich kam, doch im Verlauf weniger Tage war er für uns alle eine unbeschreibliche Autorität geworden. Vielleicht, weil er so alt war, über sechzig – und Alter erweckt Achtung; oder weil er uns mal eine Tüte Feigen, mal einen Korb Trauben, mal ein Glas Wein oder ähnliche Geschenke mitbrachte – und Geschenke blenden; vielleicht auch nur, weil jeder von uns so unerfahren war wie ein junges Kaninchen, er aber klug und erfahren wie eine Schlange. Tatsache ist jedenfalls, daß wir an ihm hingen, mit Liebe, ja geradezu mit Leidenschaft. Schon früh am Morgen rannten wir von zu Hause weg, um zu Felicetto zu kommen; nach dem Essen rissen wir wieder aus, mit dem gleichen Ziel, und am Abend waren wir nicht zufrieden, wenn wir ihn nicht gesehen hatten. Wir versammelten uns in der Ruine ganz wie früher, nur daß jetzt auch Felicetto dabei war. Was taten wir? Wir spielten Karten, und er lehrte uns Spiele, die wir nicht kannten. Oder wir setzten unsere Aufschneidereien fort und erzählten, was wir gern getan hätten, um schnell und mühelos reich zu werden. Felicetto hörte zu, die Pfeife zwischen den Zähnen, die blauen Augen halb geschlossen, ruhig, sanft; und dann erzählte auch er etwas. Aber seine Erzählungen waren wahr; sie handelten von Dieben und Straßenräubern aus der Gegend von Viterbo, wo er geboren war. Es waren Geschichten aus alten Zeiten, doch sie waren schrecklich und atemberaubend, voll Blut und Mord und bewaffneten Überfällen. Felicetto erinnerte sich an alle diese Straßenräuber, er hatte sie als Junge entweder persönlich gekannt, oder sein Vater und sein Großvater hatten ihm von ihnen erzählt. Er behauptete, solche Männer gäbe es heute nicht mehr. Und er erklärte das in so kummervollem und verächtlichem Ton, als wollte er damit sagen: Und mit euch ist ja auch nichts los.

Felicetto wirkte friedlich und mild, ja bisweilen fast engelhaft oder wie eine dieser Heiligenfiguren aus bemaltem Holz in den Kirchen, mit gefalteten Händen und zum Himmel erhobenem Blick. In gewissen Augenblicken konnte er allerdings auch böse werden. So an jenem Tage, als er Maurizio, den Kleinsten, aber Schnellsten von uns, anfuhr, nur weil er widersprochen hatte: «Wenn ich dein Vater wäre, würde ich dir den Schädel einschlagen, ja, den Schädel würde ich dir einschlagen.» Das waren häßliche Worte, doch noch häßlicher war auf einmal seine Stimme: hart, heftig, erbarmungslos. Wenn Felicetto uns von Maschinenpistolen und anderen modernen Waffen reden hörte, schwieg er: Er war mehr für Messer. Und er hatte auch eins, ein ziemlich langes mit Horngriff. Einmal zeigte er uns, zu unserem Vergnügen, was er mit diesem Messer alles konnte: Unter anderem traf er aus einer Entfernung von vier Metern ein Ziel, das sich nur wenige Zentimeter über meiner Schulter befand. Die Folge: Nach kurzer Zeit hatte jeder von uns ein Messer, um damit die gleichen Kunststücke zu versuchen wie Felicetto.

Genug, als wir eines Tages wieder einmal von unserer Geldmisere sprachen, bemerkte Felicetto ganz nebenbei: «Ich wüßte schon, wie ihr zu dem Zaster kommen könntet, den ihr braucht, ich wüßte, auf welche Weise.» Er warf diesen Satz hin und ging.

Am anderen Tage gingen natürlich zwei oder drei von uns in Felicettos Wohnung, am Ende des Gartens, um ihn um eine nähere Erklärung zu bitten. Doch nun machte er einen Rückzieher: «Ach, nichts – ich hätte das nicht sagen sollen – das ist nichts für Jungen – das sind Männersachen.»

Sie können sich vorstellen, daß wir heftig protestierten: «Wir sind doch keine kleinen Kinder mehr!» Wir baten und bettelten und taten alles, um von Felicetto zu erfahren, wie wir an den Zaster kommen könnten, und so kam es dann heraus: An einer verlassenen Stelle der Via Appia stand ein einzelnes kleines Haus, in dem ein Tabakladen war. Die Fenster des Erdgeschosses hatten keine Eisengitter, sondern nur Rolladen. Wir sollten nachts in den Laden einbrechen und alle Zigaretten nehmen, die darin waren. Dann würde Felicetto uns soundso viel bezahlen und es übernehmen, sie unterzubringen.

Zunächst, das stimmt schon, war uns gar nicht wohl bei dem Gedanken. Von der Diamantenmine und dem Banküberfall mit Maschinenpistolen zu einem kleinen Diebstahl im Tabakladen – das schien uns ein ziemlicher Abstieg. Hinzu kam, daß wir alle den Laden kannten und daß der Besitzer, der auch Gastwirt war und Morganti hieß, ein beleibter, gutmütiger Mann war, der uns Zigaretten auf Kredit gab; auch seine Frau Rosa war immer nett zu uns und außerdem mit unseren Müttern befreundet; ferner waren wir alle mehr oder weniger Freunde ihrer Tochter Giulia, eines Mädchens in unserem Alter. In der Ruine besprachen wir die Sache, jedoch ohne Felicetto. Und wahrscheinlich wäre die Mehrzahl dagegen gewesen, wenn Pasqualino, der Stärkste, aber auch der Dümmste von uns, nicht plötzlich erklärt hätte, wir seien alle Feiglinge, wenn wir nicht mitmachten. Er sei jedenfalls entschlossen, das Ding zu drehen, und taufe die Sache hiermit «Unternehmen Pasqualino».

Ich weiß nicht, wie er auf diese Bezeichnung kam; vielleicht hatte er es aus der Zeitung. Jedenfalls hatte er Erfolg damit, denn «Unternehmen Pasqualino» klang entschieden besser als «Zigarettendiebstahl». Nur Maurizio versuchte sich aufzulehnen und schrie: «Was heißt hier ‹Unternehmen Pasqualino›! Es ist doch nichts anderes als ein ganz gewöhnlicher Diebstahl!» Dafür bezog er eine ganz hübsche Tracht Prügel, und als er gerade unter uns lag, tauchte Felicetto zwischen den Sträuchern des Eingangs auf und feuerte uns an: «Gebt es ihm, diesem Lumpen, gebt ihm Saures!»

Maurizio lief heulend weg und schrie immer wieder, er stehle nicht; wir anderen aber standen jetzt ganz im Banne des «Unternehmens Pasqualino» und gingen dazu über, alles genau festzulegen: den Tag, die Stunde, die Einzelheiten der Durchführung, die Verteilung der Aufgaben und so weiter. Felicetto, mit halbgeschlossenen Augen, vom Rauch seiner Pfeife umweht, billigte unseren Plan, und das machte uns Mut, denn er war schließlich alt und erfahren – im Grunde war ja er unser eigentlicher Anführer. Ehe wir uns trennten, gab er uns die letzten Anweisungen: «Nehmt auch die Briefmarken. Das Salz laßt stehen, der Sack hat zu viel Gewicht und zu wenig Wert. Nehmt aber die Konservenbüchsen im Hinterzimmer, das ist gute Ware, die sich leicht verkauft – und nehmt natürlich außer den Zigaretten auch die Zigarren.»

Einige Tage später trafen wir uns, wie festgesetzt, gegen zwei Uhr nachts in der Nähe des Ladens auf der Via Appia. Der Mond war nicht zu sehen, doch der Himmel war voller Sterne, und die schwarzen Zypressen, hoch und unbewegt, wirkten beängstigend und geheimnisvoll, wie auf einem Friedhof. Jemand flüsterte mit unsicherer Stimme, es sei so neblig, und tatsächlich waren die Zypressen wie in weißen Rauch gehüllt; ich hatte den Eindruck, daß viele von uns vor Angst zitterten. Der eitle und eingebildete Pasqualino ließ auf sich warten, dann ertönte plötzlich ein dünner Pfiff, und er sprang mitten unter uns, das Gesicht bis zu den Augen mit einem dunklen Tuch verhüllt, ganz in Wildwestmanier. Mit gedämpfter Stimme und großer Geste sagte er: «Ran jetzt! Es geht los! In diesem Augenblick beginnt das ‹Unternehmen Pasqualino›!» Und er ging unverzüglich auf das kleine Haus zu, in dem der Laden war.

Auf einer kleinen Anhöhe am Rande der Via Appia sollte ich Schmiere stehen, bei einem Gemäuer, von wo aus ich das Häuschen, in dem alles dunkel war, und ein gutes Stück der Straße überblicken konnte. Von da aus sah ich alles, was in dieser Nacht geschah. Pasqualino und die anderen gingen um das Haus herum zu den Fenstern des Hinterzimmers. Es verging etwa eine halbe Stunde, dann hörte ich aus dem Innern des Hauses einen schrillen Ton, so laut wie zwanzig Wecker zusammen, der kein Ende nehmen wollte. Gleich darauf erhellte sich ein Fenster im ersten Stock und dann eins im Erdgeschoß; dann hörte ich Schreie, Flüche, Schläge und Getrampel. Schließlich sah ich zwei oder drei von unserer Bande zur Via Appia laufen. Ich wußte, daß die Sache fehlgeschlagen war, und rannte ebenfalls von der Anhöhe weg, auf die Felder zu, in Richtung von Felicettos Garten.

Ich lief, lief, lief, ohne auch nur einmal zu verschnaufen, im Dunkeln, über Stoppeln, über Furchen; ich stolperte, versank mit den Füßen in der weichen Erde und sprang über Wassergräben. Keuchend erreichte ich Felicettos Häuschen und klopfte erst leise, dann laut, und zuletzt schlug ich mit der Faust und trat mit den Füßen gegen die Tür. Endlich wurde sie geöffnet, doch nur den kleinen Spalt breit, den die Kette zuließ, und im trüben Licht sah ich das Gesicht des Freundes. Er war völlig wach, und seine aufgerissenen Augen starrten mich an. «Mach auf, Felicetto», flüsterte ich aufgeregt, «es ist was passiert – sie haben sie erwischt.»

Es war einen Moment lang still, dann sagte er: «Wer bist du denn eigentlich?»

«Wieso, Felicetto, erkennst du mich denn nicht? Ich bin der Ruggero.»

«Was soll das? Ich habe dich nie gesehen. Scher dich weg!»

«Ich bin doch Ruggero – ‹Unternehmen Pasqualino›. Sie haben sie erwischt.»

«Mach, daß du wegkommst – oder ich schieß dich über den Haufen.»

Und während er dies sagte, legte er durch den Spalt eine Doppelflinte auf mich an.

Er hatte wieder die gleiche böse Stimme wie damals, als er zu Maurizio gesagt hatte: «Ich würde dir den Schädel einschlagen, ja, den Schädel würde ich dir einschlagen!» Und entmutigt ging ich davon.

Doch ich ging nicht nach Hause, sondern lief die ganze Via Appia entlang; und ich zitterte vor jedem Polizisten, der an mir vorbeiging. Als es Morgen wurde, ging ich zu einem Onkel von mir, der in der Gegend der Via Giulia eine Schreinerei hat, und erzählte ihm alles. Er hat mich gern, der Arme, und er ließ seine Arbeit liegen und ging in die Via Appia, um zu sehen, was passiert war. Inmitten von Hobelspänen verbrachte ich schlimme Stunden. Dann kam er mit der Nachricht zurück: Niemand war festgenommen worden. Morganti, der durch die Alarmglocke wach geworden war, hatte sich damit begnügt, nach Kräften Prügel auszuteilen, und dann hatte er die beiden, die er festhalten konnte, zu ihren Familien gebracht: Pasqualino und Italo. Den Familien hatte er gesagt, in Anbetracht unseres zarten Alters und weil wir ja alle Bekannte seien, wolle er von einer Anzeige noch mal absehen. Die Familien hatten sich bedankt, Pasqualino und Italo hatten eine weitere Tracht Prügel bezogen, und damit war alles erledigt.

Ich blieb trotzdem in Rom bei meinem Onkel, und schließlich behielt er mich als Arbeiter in der Schreinerei, wo ich auch jetzt noch bin. Als ich die Via Appia wiedersah, war es Herbst, und ich traf von der Bande nur Maurizio, der mir berichtete, was die Freunde machten: Die meisten waren brav zu Hause, wo es ihnen nicht schlecht ging; Italo besuchte die Berufsschule; Pasqualino dagegen war auch nach Rom gegangen, wo er weitere Unternehmen startete, die seinen Namen trugen: Er verkaufte geschmuggelte Zigaretten in der Via del Gambero. Und Felicetto? Maurizio erzählte mir, daß Felicetto ihn eines Tages, als er an seinem Garten vorbeikam, gerufen und augenzwinkernd zu ihm gesagt habe: «Hör mal, sag doch deinen Freunden: wenn sie wollen, können sie wieder hierherkommen, wie früher. Ich hätte da eine dicke Sache an der Hand – besser als das letzte Mal!» Kurz, er hatte nichts kapiert. Er hatte nicht begriffen, daß wir dumme Jungen gewesen waren, denen das «Unternehmen Pasqualino» die Augen geöffnet hatte: Jetzt hatten wir einen klaren Kopf und waren auf dem Wege, Männer zu werden.

Schwein gehabt

Es war ein unfreundlicher Morgen. Als ich auf die kleine Terrasse hinaustrat, sah ich, daß über Sankt Peter der Himmel schwarz war; die Kuppel warf keinen Schatten mehr, als hätte ihn während der Nacht die Erde verschluckt. Der Tag war kühl und düster, so daß man keine Lust hatte, aus dem Haus zu gehen; doch die Fahrt war verabredet und nicht aufzuschieben. Nervös zog ich mich an und brachte den Vormittag damit zu, in der Wohnung auf und ab zu gehen und nach dem Himmel zu sehen, der immer drohender wurde, statt sich aufzuhellen; gegen Mittag ging ich dann aus dem Haus. Ich hoffte, Tullio hätte es sich anders überlegt, doch zur festgelegten Zeit kam der schwarze Wagen des Bestattungsinstituts – ohne Kreuz oder andere Verzierungen – um die Ecke der Gasse. Hinter der Windschutzscheibe saßen Tullio, der den Wagen lenkte, und dieser Schweinemetzger namens Gualtiero, den ich noch nicht kannte. Tullio öffnete den Wagenschlag und sagte dabei: «Wir setzen uns alle drei nach vorn, denn hinten müssen wir Platz für die Leiche lassen.» Ich lächelte, über den Scherz, und als ich dann den Schweinemetzger betrachtete, dachte ich mir: Wo hat er denn den her? Es war ein Mann um die Fünfzig, der etwas Merkwürdiges an sich hatte; sein schwarzer Haarbusch war von weißen Strähnen durchzogen und stand nach allen Richtungen ab, als hätte er sich seit Monaten nicht gekämmt; sein Gesicht war weiß wie Papier, Brauen und Schnurrbart waren kohlschwarz, und im Mundwinkel hatte er eine Warze mit einigen Haaren darauf. Er war es, der das Schwein zu Schinken, Würsten und Schmalz verarbeiten sollte; doch er wirkte so absonderlich, daß man ihn eher für einen Totengräber gehalten hätte.

Genug, wir fuhren ab, alle drei vorne, und Tullio, der eine sarkastische Art hat, bemerkte: «Hör zu, Serafino, eins möchte ich gleich klarstellen: Es ist übles Wetter heute, und ich möchte nicht verantwortlich gemacht werden, wenn irgendwas passiert. Sag nachher nicht, ich hätte dir Unglück gebracht – den bösen Blick hab ich, gewiß, doch meine Freunde sind vor ihm sicher.» Um diese Worte zu verstehen, müssen Sie wissen, daß man Tullio nachsagte, er hätte den bösen Blick – sei es, weil er im Bestattungsinstitut arbeitete, oder sei es, weil er über die ernsten Dinge des Lebens gern Späße machte. Wir waren Freunde und hatten schon mehrmals über die Sache diskutiert, und ich hatte ihm jedesmal versichert, daß ich das mit dem bösen Blick für Quatsch hielte. Mit Fremden sprach er nicht darüber; denn im Grunde war ihm dieser Ruf ziemlich unangenehm, doch mir gegenüber spielte er manchmal darauf an und scherzte sogar darüber. Ich lachte und antwortete: «Du weißt, daß ich nicht an den bösen Blick glaube. Na schön, mach es dann wenigstens gnädig und begnüg dich damit, daß ich mich bloß erkälte.» Gualtiero hörte sehr ernst zu und sagte dann: «Ich glaube auch nicht an den bösen Blick – aber daß man vom Pech verfolgt sein kann, daran glaube ich.» Und da wir schwiegen, fühlte er sich veranlaßt, uns sein vieles Pech aufzuzählen: Seine Frau war gestorben; er hatte im Fußball-Toto richtig getippt, aber den Totoschein verloren; er litt an einem Magengeschwür – und so weiter und so fort. Er sprach mit klagender, schleppender und alberner Stimme, die einen ganz krank machte; Tullio brachte ihn dadurch zum Schweigen, daß er sagte: «Der Schweinemetzgerei geht es aber doch sehr gut?» Inzwischen waren wir an der Madonna di Riposo vorbeigefahren und befanden uns außerhalb der Stadt, auf der Via Aurelia.

Der Tag war wirklich abscheulich: schwarze, blätterlose Bäume hoben ihre nackten Äste zum schwarzen Himmel, und das Land rundum war grau und erstarrt. Wie Hagelschlag fuhr jetzt der Regen herab, vermischt mit immer mehr Schnee. Der Asphalt war glatt und schlüpfrig wie die Haut einer Schlange. Als wir zu der Stelle der Aurelia kamen, an der – direkt an der Straße – ein kleiner Landfriedhof liegt, mit Rundmauern und einer Gruppe von Zypressen, hörte ich Gualtiero sagen: «Fahr langsam, Tullio, in diesem Schneegestöber kommt man leicht ins Rutschen.»

Im selben Moment verlor Tullio aus irgendeinem Grunde die Kontrolle, der Wagen rutschte, zuerst nach rechts, dann nach links, und stieß endlich in die Flanke eines Lastwagens, der zum Glück im Schritt-Tempo fuhr. Tullio zog sofort die Bremse und sprang hinaus, der Fahrer des Lastwagens, ein junger blonder Mann in rotem Hemd, tat das gleiche.

Die übliche Diskussion begann: «Sie sind zu schnell gefahren»; und «Sie hatten nicht beide Hände am Steuer»; «Aber Sie hätten achtgeben müssen»; und «Sie, warum haben Sie nicht gebremst?» Es waren zum Glück nur leichte Schäden entstanden: Tullios Kotflügel war ein wenig eingedrückt und der Lastwagen ein bißchen zerkratzt; es endete dann mit dem Austausch von Zigaretten – im Schneegestöber, das der inzwischen aufgekommene Wind in die Gesichter peitschte. Tullio machte ein merkwürdiges Gesicht, und als Gualtiero sich einen Augenblick entfernt hatte, flüsterte er mir zu: «Der böse Blick beginnt zu wirken.» Ich hob die Schultern und antwortete: «Aber geh, wie oft soll ich dir sagen, daß ich an deinen bösen Blick nicht glaube.» Und er: «Ich war es ja auch gar nicht – Gualtiero war es. Weißt du das nicht? Er ist in ganz Rom dafür bekannt.» Ich gebe zu, daß mir diese Eröffnung doch ziemlich unbehaglich war, und ich dachte mir: Da haben wir's, ich bin bedient, zwei auf einmal, und beide gegen mich. Doch der intuitive Tullio, der meine Gedanken gelesen zu haben schien, fügte hinzu: «Aber laß dich davon nicht beeindrucken. Wir sind zwei – und so hebt die Kraft des einen die des anderen auf. Es ist ein Kampf – wir werden sehen, wer sich durchsetzt. Der erste Streich ist ihm gelungen – aber dabei wird es nicht bleiben.»

Wir fuhren und fuhren, kamen am Kreuzweg von Fregene vorbei und hielten uns weiter in Richtung des Ortes Della Statua, von wo aus man nach Ceri einbiegt. Auf der Seeseite, am Horizont, war Helligkeit, aber das war ein merkwürdiges, schwefelfarbenes Licht; auf der Seite von Ceri stand der Himmel über den Höhen wie schwarzer Rauch, und es regnete in Strömen. In Della Statua goß es noch heftiger, genau in dem Augenblick, als wir vom Asphalt auf eine schlammige ländliche Straße wechselten. Je schlechter die Dinge standen, um so fröhlicher wurde

Tullio. Er bemerkte: «Ein Wetter für Wölfe!» Durchaus nicht – den Wolf hätte ich sehen mögen, der es gewagt hätte, bei diesem Wetter herumzulaufen. Wir fuhren langsam weiter, wie blind, von einem weißen Schneeregenschleier umgeben; ab und zu verschwand die Straße in milchkaffeefarbenen Pfützen; wenn die Räder sie durchfuhren, schossen rechts und links Fontänen aus Regenwasser empor.

Endlich ließ der Regen etwas nach. Das Land schien uns trostlos und leer mit den blauschwarz überschwemmten Wiesen vor den kahlen Anhöhen. Wir fuhren durch einen Pinienhain, in dem es finster war wie bei Nacht, und dann kam Ceri in Sicht: ein hoher, festungsartiger Felsen, auf dessen Gipfel ein paar schwarze Häuser standen, inmitten eines Amphitheaters von ragenden Klippen. Wir nahmen die verschlammte Straße, die zum Ort führte, fuhren durch ein Tor, dann einen ausgehobenen Hohlweg hinauf und erreichten endlich ein erdiges Rund voller Löcher und Lachen, eingerahmt von ärmlichen Häusern: die Piazza des Ortes. Tullio hielt an und ließ mehrmals die Hupe ertönen, doch niemand kam. Der Ort schien tot im endlos fallenden Regen, nicht einmal ein Hund lief vorbei. Es war ein primitives, kleines Dorf, ohne Wirtshaus, ohne Bar, ohne Kino, in dem man nach der Tagesarbeit nichts anderes tun konnte als schlafen. Wir warteten lange, und endlich kam ein kleines Männchen in einem Wams, mit schwarzer Binde um den Bauch und einem Sack auf dem Kopf, der ihn vor dem Regen schützte. Er machte uns ein Zeichen, ihm zu folgen, denn er war der Besitzer des Schweines, das Tullio und ich uns zu kaufen entschlossen hatten, jeder zur Hälfte. Er ging auf einem schlammigen Weg zwischen den kleinen dunklen Häusern voraus, und der Schweinemetzger folgte ihm. Aus den Fenstern schauten Frauen in Feiertagskleidern, die Armen, denn es war ja Sonntag; und sie wirkten recht eindrucksvoll, als sie in ihren auffallenden, roten, hellblauen und grünen Bauerngewändern herbeikamen, um sich den Leichenwagen anzusehen: Vielleicht war das an diesem Sonntag ihre einzige Unterhaltung.

Das Schwein war im Garten des Bauern, am Ende des Weges. Tullio stellte den Wagen mit dem hinteren Teil gegen das offene

Tor des Gartens, öffnete die Wagentür, und der Bauer legte einige Bretter schräg an den Wagen hoch, damit das Schwein hinauflaufen konnte. Dann gingen wir in den Garten, und hinter Beeten mit Salat und Blumenkohl, die vor Nässe glänzten, sah man einen Verschlag mit einem Strohdach, von einem Lattenzaun umgeben, und darin das Schwein. Wir näherten uns dem Lattenzaun und sahen, daß das Schwein grau war wie Gußeisen, fett und lang. Es lag ausgestreckt und wie tot auf der Seite, unbekümmert um den fallenden Regen und den Schlamm, in dem es schlief. Tullio fragte Gualtiero, was er dazu meine, und der Schweinemetzger stieß seinen Kopf vor und sagte, es schiene ihm schön, doch vor dem Schlachten könne man noch nicht urteilen. Gualtiero, der bis dahin recht gedrückt gewesen war, wurde beim Anblick des Schweines rege; er ging in das Gehege hinein und begann, das Tier mit dem Fuß in die Seite zu stoßen, um es zum Aufstehen zu bewegen. Das Schwein grunzte und rührte sich nicht; endlich erhob es sich unwillig und blieb stehen – still wie ein Stein. Gualtiero stieß es von neuem mit dem Fuß, dann bückte er sich und versuchte, es fortzubewegen, indem er beide Hände gegen sein Hinterteil stemmte. Das Schwein leistete noch einen Augenblick Widerstand und galoppierte dann ganz plötzlich aus der Umzäunung hinaus, so daß Gualtiero das Gleichgewicht verlor und der Länge nach in den Schlamm, die Obstschalen und die faulen Äpfel fiel. Das Schwein lief jetzt in das Gemüsebeet, wo es sofort anfing, Blumenkohl zu fressen. Gualtiero, der ausgestreckt im Schlamm lag, rührte sich eine Weile nicht, sondern schaute nur starren Auges, als wollte er den bösen Blick nun auf das Schwein werfen. Schließlich sagte er empört: «Der Schlag soll dich treffen!» Dann stand er auf und ging hinter dem Bauern ins Haus, um sich wenigstens vom gröbsten Dreck zu säubern. Nachdem sich das Schwein Gualtiero gegenüber diesen Scherz geleistet hatte, wurde es schön brav, und Tullio und ich konnten es mühelos, mit einigen Klapsen auf den Rücken, aus dem Garten treiben, die Bretter hinauf und in den Wagen hinein. «Hast du gesehen?» sagte Tullio, während er den Schlag hinter dem Schwein zumachte. «Er hat bewirkt, daß mein Wagen gerutscht ist, aber ich habe ihn hinfallen lassen. Jetzt sind wir quitt.» Ich antwortete ihm: «Ich hätte es aber gar nicht gerne, wenn ich auch noch in diesen Kampf verwickelt würde.» Und er: «Du kannst ganz beruhigt sein, mit dir hat das nichts zu tun.» Nach einer Weile kam Gualtiero aus dem Haus, sah an sich hinunter und seufzte; er hatte sich etwas gesäubert, doch er war immer noch schmutzig und roch fürchterlich. Tullio ging mit dem Bauern zur Seite, zahlte, und dann fuhren wir ab.

Auf dem Rückweg drängte sich die Essensfrage auf. Es war schon spät, und Tullio wäre gern bis Ladispoli gefahren, wo es eine Menge Gasthäuser gibt. Doch Gualtiero war dagegen und sagte, mit diesem Gestank, den er an sich habe, könne er unmöglich einen zivilisierten Ort aufsuchen; er sei dafür, in einem anspruchslosen Lokal an der Landstraße zu essen. Und in der Tat sahen wir auch gleich ein kleines rosa Haus mit der Inschrift *Osteria zu den Jägern*, vor dem ein Lastwagen stand. Wir stiegen aus, und sofort fragten uns die beiden Lastwagenfahrer, junge Leute mit gerissenen Gesichtern, der eine klein und schwarz, der andere groß und blond: «Habt ihr euern Toten schon, oder holt ihr ihn erst?» Tullio antwortete in seiner witzigen Art: «Wir haben ihn – und was für einen – allgemein geschätzt, kann ich nur sagen.» In diesem Moment gab das arme Schwein, das wohl auch gerne aus dem Wagen gestiegen wäre, ein ausdrucksvolles Grunzen von sich; die beiden fingen an zu lachen und sagten, sie hätten verstanden, und es sei wirklich schade, daß sie so schnell nach Rom zurückfahren müßten, denn an dieser Leichenfeier hätten sie gerne teilgenommen. Während sie an ihrem Motor herumwirtschafteten, gingen wir in das Gasthaus.

Die Gaststube war sauber, an den Fenstern standen Blumen, es gab Decken auf den Tischen, und aus der Küche kam ein guter Bratengeruch. Die Wirtin kam und sagte ganz beschämt: «Es tut mir sehr leid, aber ich habe nur noch Hasenragout.» – «Aber was denn», rief Tullio, «das sagen Sie mit so einem Gesicht? Hasenragout ist mein Lieblingsessen! Her damit, das ist ja aufregend!» Ja, es war aufregend, denn als er das erste Stück Hase im Mund hatte, stieß er einen Schrei aus, fuhr mit der Hand zum Mund und spuckte Ragout und Blut aus. Er hatte auf eine Schrotkugel gebissen, die irgendwo im Hasen geblieben war, und davon war ihm ein Zahn abgebrochen. Er fummelte sich im Mund herum und zeigte uns die blutigen Splitter. Wütend überschüttete er Gualtiero mit seinem Zorn: «Und du könntest mir wenigstens den Gefallen tun, dich zu waschen, du stinkst wie eine Jauchegrube.» Gualtiero erhob sich brummend und ging hinter der Wirtin her in den oberen Stock. Tullio sagte wutentbrannt zu mir: «Diesmal war er stärker als ich, aber warte nur einen Moment, gleich wird er die Antwort bekommen, die er verdient!»

Tatsächlich hörten wir im nächsten Moment aus dem oberen Stockwerk ein gewaltiges Gepolter: Irgend etwas schien in Scherben zu gehen. Dann kam die Frau eilig heruntergelaufen und jammerte: «Nein, so was! Das ist ein Schaden von mindestens tausend Lire!» Was war geschehen? Ganz einfach: im Schlafzimmer der Wirtin hatte Gualtiero den großen Porzellanwasserkrug – mit Blumenmuster – aufgehoben und dann nicht richtig festgehalten; der Krug fiel ins Waschbecken, und alles war im Eimer. So nahm das Essen ein schlechtes Ende: Der geizige Gualtiero feilschte um den Preis für das zerschmetterte Porzellan, wir beide stocherten mißtrauisch in unserem Hasenragout herum, aus Angst vor weiteren Kugeln, und die Frau beweinte den zerbrochenen Krug.

Wir fuhren weiter; die Straße war jetzt dunkel. Tullio hatte nur eine Hand am Steuer, mit der anderen tastete er im Mund herum, dort, wo ihm der Zahn abgebrochen war; und Gualtiero klagte über die Ausgabe für das Porzellan und strömte weiterhin einen infamen Geruch aus, noch stärker als vorher. Es hatte wieder angefangen zu regnen, man sah fast nichts, und wir fuhren langsam, um nicht nochmals zu rutschen. Auf der Höhe von Torre in Pietra gab es vor uns plötzlich eine Menschenschlange betrübter, langsam gehender Leute unter Schirmen, einige Wagen in Schritt-Tempo und ganz vorn, im Licht der Scheinwerfer, eine schwarze Bahre mit schwankendem Kreuz: eine Beerdigung. «Auch das noch – jetzt müssen wir auch dahinter bleiben», sagte Tullio, «und die Leute werden glauben, es seien zwei Leichen, eine vorn und eine hinten.» Tatsächlich begann die Trauergesellschaft sich nach kurzer Zeit umzudrehen und uns mißtrauisch zu mustern; wir fuhren jedoch, als wenn nichts wäre, im Schritt; das Schwein war glücklicherweise still. Bei einer Biegung nahm die Trauerprozession einen Landweg, und wir erreichten wieder die Aurelia. Doch es lag etwas in der Luft, und Tullio drückte unser aller Gefühle aus, als er bemerkte: «Dieses Schwein ist zu still – es wird doch nichts passiert sein?» Wir stiegen aus und sahen nach. Es war etwas passiert. Die beiden Türen standen nämlich offen, der Wagen war leer – und vom Schwein keine Spur.

Sie können sich vorstellen, was dann geschah. Mitten auf der Straße, im Regen, gab es eine Szene zwischen Tullio und Gualtiero: «Du hast uns von Anfang an Unglück gebracht!» – «Der mit dem bösen Blick bist doch du, du sagst es ja selbst.» – «Aber du hast den stärkeren – deiner langt für zehn!» Wir kamen überein, daß es – böser Blick hin, böser Blick her – ein schlechter Scherz der beiden Lastwagenfahrer gewesen sein mußte; und in der Hoffnung, das Tier wiederzufinden, fuhren wir die ganze Strecke bis zur Osteria zurück. Aber das war vergebliche Mühe, denn wir fanden nichts; das Schwein war zweifellos aus dem Wagen gesprungen und in die Felder gelaufen – sicher würde irgendein Bauer es am nächsten Tag hocherfreut finden.

Es war sehr spät, als wir wieder in Rom waren, und nachdem uns Gualtiero in der Via Cola di Rienzo verlassen hatte, sagte ich zu Tullio: «Na, tröste dich, denn nach allem, was geschehen ist, habt ihr doch immerhin auch jemandem Glück gebracht.»

«Wem?»

Und ich: «Dem Schwein.»

Die Wiedergutmachung

Wie verhält sich ein Freund, wenn er über den, mit dem er befreundet ist, irgend etwas Übles hört? Der eine läuft sofort hin und teilt es ihm mit, wobei er natürlich betont, er wolle ihn nur warnen und er stehe ganz auf seiner Seite. Der zweite geht keineswegs hin, um es ihm brühwarm wiederzuerzählen, sondern behält die häßliche Sache lieber für sich. Ich bin für den zweiten. Der erste, finde ich, ist kein wirklicher Freund – im Grunde genießt er es, über Sie etwas Nachteiliges erfahren zu haben; er hat dann seine kleine Sensation auf Ihre Kosten, ohne deshalb die Vorzüge Ihrer Freundschaft einzubüßen. So ein heuchlerischer Freund war Prospero. Wenn er den Mund aufmachte, um mir etwas zu berichten, war es meist etwas Unangenehmes, und wenn er schon anfing: «Hör zu, ich muß mit dir sprechen», dann überlief es mich jedesmal, weil ich genau wußte, daß jetzt nichts Erfreuliches kommen würde.

Also, wie ich ihn an jenem Wintermorgen am Telefon sagen hörte: «Hör zu, Gigi, ich muß mit dir sprechen», dachte ich gleich: Da haben wir's! Dann legte er los, munter, vergnügt und aufdringlich: «Weißt du, was sie über dich reden? Daß du Mirella ins Unglück gebracht hast!» Zuerst wußte ich nicht, was ich sagen sollte; dieser Schlag traf mich völlig unvorbereitet. Dann, als ich merkte, daß er schwieg, weil er auf eine Erklärung wartete, versuchte ich es mit der Frage: «Welche Mirella denn?» Und er, mit einem Lachen: «Na, hör mal! Es gibt weit und breit nur eine Mirella – die Tochter des Tankstellenbesitzers in der Via Ostiense.» – «Und wer kennt die?» Darauf er: «Nun gut, du vertraust mir nicht. Also, dann will ich nichts gesagt haben. Wiedersehen.» Jetzt wurde ich unruhig und rief: «Warte doch – jetzt mußt du mir schon alles sagen – und wenn auch nur, damit ich weiß, wer mir übelwill.» Und er: «Namen tun da nichts zur Sache – in der Bar waren sie alle gegen dich. Ich ruf dich nur an, damit du Bescheid weißt. Natürlich hab ich dich verteidigt.» – «Ja, aber was sagten sie denn eigentlich?» – «Ach, sie sagten, Mirella kriegt ein Kind, und ihr Vater weiß es – und du würdest in den nächsten Tagen schon sehen, was passiert. Sie sagten, du seist ein Schuft. So, jetzt weißt du's.» Langsam hatte ich genug davon, und während er immer noch weiter ins Telefon schwatzte, hängte ich ein.

Ich blieb eine Weile im halbdunklen Korridor vor dem Telefon stehen und dachte: Der Tag fängt ja schön an. Das Haus war noch dunkel und still; die Morgendämmerung begann allmählich die grauen Fenster der Küche aufzuhellen; an meinen nackten Füßen kroch die Kälte des Bodens hoch; im Magen fühlte ich Übelkeit. Und währenddessen sagte ich mir, daß es noch sehr früh sei und daß ich Mirella vor neun Uhr nicht besuchen könnte. Aber was sollte ich bis neun Uhr tun?

Schlafen mochte ich nicht mehr. So gut es im Dunkeln ging, zog ich mich an, zwischen den beiden Betten, dem meinen und dem meines Bruders. Er bewegte sich im Schlaf und fragte: «Wo gehst du denn hin?» Mit gedämpfter Stimme antwortete ich: «In die Werkstatt.» Er murmelte: «Um diese Zeit?» Ich hob die Schultern und ging auf den Zehenspitzen hinaus. Es war wirklich noch früh; als ich aus dem Hause kam, auf die Via Ostiense, fuhren hintereinander vier oder fünf Gemüsewagen vorbei, zu den Märkten. Der Himmel hinter dem Gewirr der Gasometer war jetzt rosa, an anderen Stellen zeigte er bereits ein ungewisses Weiß, ohne Wolken; es würde bestimmt ein schöner Tag werden, dachte ich – für alle außer mir. Instinktiv lenkte ich meine Schritte zur Tankstelle von Mirellas Vater, doch er war nicht da, es war noch zu früh. Ich ging von einer Straße zur anderen, über die verlassenen, mit Obstresten und Papierfetzen bestreuten Bürgersteige, an den Häusern mit den versperrten Fensterladen entlang, kam zur Brücke am Flußhafen und schaute durch das Eisengitter hinab. Der Tiber, der an dieser Stelle wie ein Kanal aussieht, schien unbewegt, wie totes Wasser; die Lastkähne mit den Zementsäcken lagen still, und die Krane auf den Frachtern mit den Ketten und den herabbaumelnden Haken standen ebenfalls reglos – alles war tot. Im Gegensatz zu diesem allgemeinen Stillstand schien ich meinerseits eine Turbine im Kopf zu haben, denn Prospero hatte mit seinem Anruf einen unbeschreiblichen Aufruhr in mir verursacht: Ich empfand ein ähnliches Gefühl wie damals, als ich die Vorladung vom Polizeipräsidium bekommen hatte; obwohl ich nichts Strafbares getan hatte, stellte ich mir alles mögliche vor – und dann war es nichts als eine Zeugeneinvernahme. Dieses Mal jedoch war wirklich etwas passiert, und vor Mirellas Vater hatte ich mehr Angst als vor dem Kommissar.

Während ich in den Tiber schaute, hörte ich plötzlich eine Stimme: «Was machst du denn da, Junge?» Ich drehte mich um und sah einen kleinen kahlköpfigen Mann in einer Windjacke, dessen dunkles Gesicht an eine morsche Kastanie erinnerte. Er stellte den Fuß neben seinem Fahrrad auf den Boden und sah mich mit seinen tiefliegenden Augen unfreundlich an. Es war Magliocchetti – Mirellas Vater.

Verwirrt stotterte ich: «Ach nichts, ich gehe zur Arbeit.»

«Gut», sagte er, «wir beide haben miteinander zu reden – aber nicht jetzt – später – Ich erwarte dich heute mittag an der Tankstelle – Du weißt doch, worum es sich handelt?»

Für alle Fälle sagte ich: «Ich weiß nichts.»

«Na, laß nur, es wird dir schon einfallen. Wir sehen uns also heute mittag.» Er schwang sich wieder auf sein Rad, und langsam tretend entschwand er.

Keine Frage, dachte ich sofort, er wußte es, und Prospero hatte die Wahrheit gesagt, und mittags würde ich einem wutschnaubenden Vater ins Auge blicken. Ich fühlte mich wirklich nicht gut, und ich dachte, daß es ziemlich zwecklos sei, Mirella aufzusuchen. Ich hatte mich nie in einer ähnlichen Situation befunden, doch ich stellte mir vor, daß Mirella – wie vermutlich jede Frau in dieser Lage – ein großes Gezeter anfangen würde: «Was soll ich bloß machen! Ich bring mich um! Ich geh ins Wasser!» – und so ein Jammergeschrei war das letzte, was ich jetzt brauchen konnte. Aber Sie wissen ja, wie Männer sind. Am Ende dachte ich: Bis Mittag ist noch viel Zeit, und Mirellas Gejammer kann auch nicht schlimmer sein als mein eigener Jammer. Es war etwas früh, um sie aufzusuchen, das schon, aber bis ich da war, verging ja eine Menge Zeit: Die Magliocchettis wohnten in der Vicolo della Serpe, einer Nebenstraße der Via Portuense; vom Flußhafen bis zu ihrem Haus war es zu Fuß ein ganz schönes Stück. So ging ich über die Brücke und in Richtung der Via Portuense. Doch jetzt wurde ich immer ungeduldiger und ging mal zu schnell und mal zu langsam. Schließlich stieg ich an einer Haltestelle in den Autobus nach Fregene, wobei ich mir sagte, notfalls könnte ich ja vor dem Haus warten.

So kam ich in die Vicolo della Serpe, die mit ihren Reihenhäuschen und den Blumenkohl- und Salatbeeten fast ländlich wirkt; hier war das Haus der Magliocchettis, einstöckig, erdbeerrosa, mit grünen Laden. Ich hoffte Mirella allein zu Hause anzutreffen, denn die Mutter ging als Obsthändlerin vormittags auf den Markt. Doch ich hatte Pech: Ich läutete, die Tür wurde geöffnet, und statt des hübschen Gesichts und der wohlgebildeten Figur Mirellas zeigten sich der mächtige Busen und die roten Pausbacken der Obsthändlerin. Ich fragte: «Ist Mirella da?»

Sie sagte: «Mirella geht es nicht gut.»

Ich fragte: «Was hat sie denn?»

Sie sagte: «Sie hat Fieber.»

Ich sagte blöde: «Fieber? An so einem schönen Tag?»

Sie sagte: «Hängt das vielleicht vom Wetter ab?»

Es endete damit, daß ich wegging und – noch beunruhigter als vorher – in die Via Portuense zurückkehrte. Jetzt gab es nicht den geringsten Zweifel mehr: Sie erwartete ein Baby, und vor meinem Zusammentreffen mit ihrem Vater wollte sie mich auf keinen Fall sprechen. Ich überlegte mir, daß wohl jeder meiner Freunde – die alle aufgeweckter waren als ich – mit den Achseln gezuckt hätte und zur Verabredung mit dem Tankwart nicht erschienen wäre, ja sich wahrscheinlich nie mehr hätte blikken lassen. Aber ich bin da von anderem Schlag – leider. Ich gehöre zu denen, die nie schmarotzen und die, wenn sie in der Trattoria einmal nicht gleich zahlen konnten, schon am nächsten Tag hingehen, um die Rechnung zu begleichen. Auf das Gewissen kommt es an – die einen haben es und die anderen nicht. Ich habe eins.

Ich war völlig verstört, wußte nicht, was ich tun sollte, nahm wieder den Autobus, fuhr in die Stadt zurück, ging durch die Straßen und stand auf einmal vor San Paolo, unweit von Magliocchettis Tankstelle. Touristen gingen in die Kirche, und ich schloß mich unwillkürlich an. Ich war schon eine ganze Weile nicht mehr in dieser Kirche gewesen und hatte vergessen, wie groß sie war; nun fühlte ich mich angesichts dieser Größe erschreckt. Ich war froh, daß der Fremdenführer mich mit seinem Geplapper ablenkte: «Und dort oben, meine Herrschaften, sehen Sie die Bildnisse sämtlicher Päpste!» Ich blickte nach oben und hatte plötzlich das Gefühl, daß mich sämtliche Päpste vorwurfsvoll ansahen, als wollten sie sagen: «Hallo, Gigi, du hast ihr das Kind angehängt, jetzt bring das gefälligst auch wieder in Ordnung!» Und wie von unsichtbarer Hand geführt, ging ich zu einem dieser Beichtstühle, die so groß sind wie Denkmäler, und sagte, ich wolle beichten.

Nach der üblichen Einleitung sagte der Priester hinter dem Gitter, ich sollte nur sprechen, und dann erzählte ich alles: die erste Begegnung mit Mirella, die Motorradausflüge nach Ostia, die Nachmittage im Pinienwäldchen von Castelfusano und die Nächte in den Feldern bei ihrem Haus, zwischen Blumenkohl und Salat. Und dann sagte ich, die Familie wüßte es, daß sie ein Kind bekäme, und was ich da nun machen sollte? Ohne zu zögern und sehr entschieden antwortete er mir: «Du hast gefehlt, mein Sohn, und du mußt es wieder gutmachen.»

«Und wie?»

«Du mußt sie heiraten.»

«Aber ich bin noch zu jung, Vater, ich habe kein Geld, wie soll ich sie denn ernähren? Mit Rüben?»

«Heirate sie ruhig einstweilen. Für alles weitere wird der Herr schon sorgen.»

So viel Unverständnis begann mich zu erbittern. Ich sagte: «Es handelt sich hier doch nicht um Flaschen, die man im Keller ablagern kann. Wissen Sie denn, was es bedeutet, heutzutage zu heiraten? Sind Sie sich wirklich klar darüber?»

«Gleichviel», sagte er, vielleicht ein bißchen sauer, «es ist deine Pflicht.»

Kurz, er blieb dabei. Am Ende bat ich um die Absolution, und er gab sie mir, doch unter der Voraussetzung, daß ich heiraten würde; ich sagte, daß ich es tun wolle, und ging bedrückt davon. Ich liebe Befehle nicht, und da es jetzt immer mehr wurden, die mich zur Heirat drängen wollten, wurde ich eigensinnig und war fast soweit, es nun gerade nicht zu tun. Doch dann setzte ich mich unter die Bäume vor der Kirche, um alles noch einmal zu überdenken. Ich dachte dies und dachte das, und dann dachte ich daran, wie lieb ich Mirella hatte, und wie oft wir tatsächlich davon gesprochen hatten zu heiraten; und ich dachte daran, daß auch sie mich liebte, und wie gut wir uns verstanden und daß wir uns ganz einig waren. Und ich vergaß, daß mich alle so drängten, betrachtete die Sache auf einmal von Mirellas Standpunkt aus, und auf einmal mißfiel mir der Gedanke nicht mehr, sie zu heiraten. So bin ich nun mal: Wenn ich mir eine Sache ganz von allein und freiwillig vornehme, dann führe ich sie auch durch; aber dazu zwingen lasse ich mich von keiner Familie der Welt und keinem Priester; na ja, und zum Abschluß sagte ich mir: Warum eigentlich nicht? Ein Jahr früher oder später – ich hätte es auf jeden Fall getan. Nun fühlte ich mich bedeutend besser. Es war, als hätte ich mich von einer schweren Last befreit – ja, jetzt, da ich mich entschlossen hatte, war ich sehr erleichtert, während mich jedes weitere Ausweichen nur immer mehr belastet hätte. Ich stand auf und ging beschwingt, im Tanzschritt, auf die Tankstelle zu.

Magliocchetti saß, mit der Brille auf der Nase, zeitunglesend in seinem Korbstuhl neben der Pumpe. Ich klopfte ihm auf die Schulter und sagte: «Herr Magliocchetti, Sie wollten mich sprechen. Auch ich habe Ihnen etwas zu sagen – und ich sage es gleich: Mirella und ich möchten uns verloben.»

Er blickte auf und sah mich mißtrauisch an: «Mirella geht es nicht gut – ich weiß von nichts – komm zu uns nach Hause, dann sprechen wir darüber.»

«Mirella ist schon einverstanden.»

«Gut, wir werden sehen. Es eilt ja nicht. Du, hör mal, das soll aber nicht heißen, daß du mir nicht das Benzin bezahlen mußt, das du letzten Sonntag auf Kredit getankt hast! Wir verstehen uns doch, mein Bester? Benzin kostet Geld, und ich habe schließlich keine Tankstelle, um es gratis abzugeben.»

Ich fühlte mich einer Ohnmacht nahe und stotterte: «War es das, was Sie mir sagen wollten?»

«Ja, sicher – ich weiß, daß du dir angewöhnt hast, dich von Mirella bedienen zu lassen und dann nicht zu bezahlen. Es sind tausendfünfhundert Lire.»

So war also alles eine große Täuschung gewesen: Mirella ging es wirklich nicht gut, und er hatte mich wegen des Benzins sprechen wollen, und Prospero, mit seiner vorgetäuschten Freundschaft, hatte mich irregeführt. Einen Augenblick war ich versucht, den Verlobungswunsch unter irgendeinem Vorwand wieder zurückzunehmen. Doch dann dachte ich, daß es das Schicksal wohl so gewollt habe; und was das Schicksal will, ist immer richtig. Scherzend sagte ich: «Wir sind doch bald miteinander verwandt – und Sie wollen mir keinen Kredit geben?»

«Ach was, verwandt – an der Pumpe kenne ich keine Verwandten.»

Genug, ich zahlte und ging, leicht und zufrieden. Am gleichen Tage ging ich zu Mirella, es stellte sich heraus, daß sie durchaus kein Kind erwartete – wie ich schon ahnte –, und ich sprach von der Verlobung, und sie war glücklich, daß ich mich endlich dazu durchgerungen hatte, und ich war glücklich, weil sie glücklich war. Ich stellte den Wecker für den nächsten Morgen auf sechs Uhr und rief Prospero an. Erschreckt und verschlafen fragte er mich, was ich wolle. Ich antwortete, ich hätte mich mit Mirella verlobt.

«Und um mir das zu sagen, weckst du mich um diese Zeit?»

«Hast du mich gestern nicht um die gleiche Zeit geweckt, um mir zu sagen, daß ich ein Schuft sei?»

«Ich habe dich doch nur aus Freundschaft angerufen.»

«Und ich will dir aus Freundschaft nur mitteilen, was allgemein über dich geredet wird: daß du nämlich – unter der Maske der Freundschaft – jede Gelegenheit wahrnimmst, um einem irgend etwas Übles zu versetzen. Leb wohl!»

Der Biß

Haben Sie je in einer Baracke gelebt? Nein? Dann wissen Sie also über Baracken genausowenig wie der alte Mann vom Monte Mario, von dem ich erzählen will. In einer Baracke leben – das heißt: bei Regenwetter aufpassen, wo Sie morgens beim Aufstehen Ihre Füße hinsetzen, denn der ganze Boden ist voll von Dreck und Schlamm. Es heißt: in einem Benzinkanister im Freien kochen und auf dem Bett sitzend essen; und die Beleuchtung besteht aus einer Karbidlampe oder einer Kerze. Es heißt: sich gegenseitig wärmen, wie Tiere, und den ganzen Winter über mit Zugluft und Feuchtigkeit kämpfen. Ja, und außerdem findet man in einer Baracke nie etwas. Sie suchen die Gabel, suchen die Seife, suchen die Pfanne – und statt dessen kommt etwas ganz anderes zum Vorschein, was Sie gar nicht brauchen, vielleicht ein Schuh oder eine Mütze oder auch eine schwarze, haarige Ratte, so groß wie eine Katze. Das kann leicht passieren, denn die Ratte liebt die Baracke wie der Wurm die Kirsche. Aus einem Kasten voller Lumpen, der unter meinem Bett stand, hörte ich eines Nachts ein unerklärliches Piepsen; ich sah nach und fand zwischen den Lumpen acht kleine rosafarbene Ratten, die wie winzige Schweinchen aussahen. Was sollte ich machen? Ich tötete sie. Doch was konnten sie schließlich dafür? Die Baracke ist ein Ort für Ratten, aber nicht für Christenmenschen.

Genug, ich nahm also die Ziehharmonika, die mir ganz allein gehört – ein Andenken an die gute Nachkriegszeit, als ich noch auf dem Schwarzen Markt arbeitete –, und ging mit Giovanna und Clementina in die alten Viertel von Rom, in denen es immer noch viele gute Frauen gibt, die es gern haben, beim Aufräumen der Wohnung ein Lied zu hören. Das taten wir bis in den Oktober hinein. Giovanna war – genau wie die Ziehharmonika – eine Hinterlassenschaft der Nachkriegszeit: ein Bauernmädchen mit weißem Gesicht, einer Hasenscharte, blonden krausen Haaren, unglaublich robust, ohne irgendein Talent und strohdumm. Sie hatte sich an mich gehängt, und ich schwankte, ob ich sie heiraten oder wegschicken sollte. Clementina dagegen war ein Kind von etwa zwölf Jahren, mager und braunhaarig, mit einem Mund wie ein Scheunentor, von einem Ohr bis zum andern. Ich wußte nichts von ihr, nicht einmal, wo und bei wem sie lebte, denn davon wollte sie nie sprechen. Ich hatte sie aus einer Schar von Kindern herausgefischt, die in den Ruinen spielten, denn ich hatte sie singen hören, und ihr Gesang hatte mir Eindruck gemacht. Wir drei gingen also in die Gegend der Piazza Navona und des Campo di Fiori, ich stellte einen Fuß auf den Bürgersteig, den anderen auf die Fahrbahn, und fing an zu spielen. Inzwischen verteilte Giovanna an die Vorübergehenden gedruckte Zettel mit Schicksalssprüchen und Glückszahlen fürs Lotto, und Clementina sang. Sie denken nun wahrscheinlich, Clementina habe eine schöne oder süße oder harmonische Stimme gehabt. Nichts dergleichen! Wenn Clementina ihren unförmigen Mund mit den kleinen, kümmerlichen und spärlichen Zähnen aufriß, kam eine Stimme aus ihm hervor, die verblüffend hart und mißtönend war. Es war eine Stimme, bei der es einen kalt überrieselte, doch sie war suggestiv, hart und frech. Und das war der Grund ihres Erfolges, ich möchte sagen: unseres Erfolges. Denn diese mißtönende Stimme sagte alles, was ich hätte sagen wollen, und besser als die Ziehharmonika erzählte sie von den Baracken, dem Elend, dem Schwarzen Markt, von Fröhlichkeit und Traurigkeit, vom Schlafen in der Umarmung, um warm zu werden, und vom Suchen nach der Pfanne, aus der die Ratte springt. Und diese Stimme stieg in die sonnenerfüllte Luft, bis zu den höchsten Stockwerken, scharf, hart und schrill. Die Leute schauten heraus, hörten zu und warfen Geld herunter.

Eines Tages entschloß ich mich, das Gebiet zu wechseln, und ging die Via Flaminia entlang; ich wollte zum Parioli-Viertel. Es war am frühen Nachmittag, an einem Sonntag, und als ich am Stadion vorbeikam, sah ich das übliche Gedränge der Sportbegeisterten und hoffte davon zu profitieren. Ich stellte mich etwas auf die Seite und begann mit der Ziehharmonika, während Clementina die Worte des Liedes aus vollem Halse schrie und Giovanna herumging und mit allen Mitteln versuchte, den Sportfans die Zettel in die Hand zu drücken. Doch das war vergebliche Mühe: In vielen Gruppen diskutierten die Sportfreunde, Nase an Nase, unaufhörlich ihre Angelegenheiten und sahen uns gar nicht; der Sport ist ja bekanntlich der Feind der Kunst. Dann hielt plötzlich ein Wagen, dem noch ein zweiter folgte, genau neben uns. Am Steuer saß ein Mann von gut sechzig Jahren, dessen Gesicht aus zwei Teilen zu bestehen schien: Der obere Teil hatte frische Farbe, die Stirn war glatt, die Haare waren noch schwarz und die Augen lebhaft; der untere Teil dagegen war käsegelb, der Mund violett und verzerrt, und die Unterkieferpartie versank in einem aufgeblähten, hängenden Doppelkinn, das aussah wie die Schnabeltasche eines Pelikans. Dieser Mann sah uns an, schien uns zuzuhören, und als ich fertig war, machte er mir ein Zeichen mit der Hand. Ich ging zu ihm hin, und er sagte mir, er würde gerne einige Lieder in seiner Villa hören, die nicht sehr weit entfernt sei, wir sollten nur einsteigen, er würde dafür sorgen, daß wir wieder in die Stadt zurückgebracht würden. Ich dachte, daß reiche Leute eben manchmal sonderbare Einfälle haben und daß es hier vielleicht was zu verdienen gab; also nahm ich an. Wir stiegen alle drei ein, dann fuhr der Wagen ab, und in einiger Entfernung folgte der andere Wagen, der ebenfalls gehalten hatte.

Wir fuhren über die Ponte Milvio, nahmen die Cassia und fuhren auf der Camilluccia den Monte Mario hinauf. Wir drei saßen hinten; vorn saß der alte Mann, der uns eingeladen hatte, und ein jüngerer Freund von ihm, der kahlköpfig und dick war und sich dem Alten gegenüber recht unterwürfig benahm. Der alte Mann behandelte ihn ziemlich schlecht und sagte einmal zu ihm: «Du bist doch wirklich ein Idiot», worauf der andere lächelte, als sei das ein Kompliment. Während der Alte weiterfuhr, fragte er mich, ohne sich umzudrehen: «Und wo wohnst du?» Ich antwortete: «In einer Baracke am Aquädukt Felice.»

«In einer Baracke?» Er hatte eine metallische, unangenehme Stimme. «Und dieses Mädchen, ist das deine Schwester?»

«Nein, es ist nicht meine Schwester, sie ist gar nichts. Sie singt.»

«Und die andere? Ist die auch gar nichts?»

«Das ist meine Braut.»

«Braut, aha. Und warum arbeitest du nicht?»

«Ich habe gearbeitet, als Maler – jetzt bin ich arbeitslos.»

Wir waren inzwischen vor einem Tor am Fuße eines baumbestandenen Hügels angekommen, der gepflegt schien wie ein Garten. Wie durch Zauberei öffnete sich das Tor, und er fuhr eine Zypressenallee hinauf, zum Gipfel des Hügels, auf dem eine große Villa lag. Während wir hinauffuhren, sah ich Springbrunnen, deren Wasser in breiten Kaskaden von einem Becken ins andere fiel, Ruhebänke und Marmorstatuen; dann hielt der Wagen auf einem kiesbestreuten Vorplatz, gegenüber dem Eingang der Villa. Ein Diener in weißer Jacke stürzte heraus und verbeugte sich. Der Alte und sein Begleiter stiegen aus; und aus dem Wagen, der uns gefolgt war, stiegen drei andere, alle jünger als er, zwischen vierzig und fünfzig. Auch sie benahmen sich dem Alten gegenüber unterwürfig, und er behandelte sie wie Putzlumpen. Ich dachte mir, sie seien vielleicht Angestellte oder sonstwie von ihm abhängig. Der Alte trat als erster in einen großen Raum im Erdgeschoß und warf dabei dem Diener seine blaue Baskenmütze fast ins Gesicht, doch der schnappte sie noch im Fluge. Eine üppige, blonde junge Frau kam dem alten Mann entgegen; sie wand sich dabei wie ein Aal. Ihr Körper war in eine so enganliegende rote Hose gezwängt, daß man den Eindruck hatte, sie müsse jeden Moment platzen; ihre Bluse war hochgeschlossen und hatte weiße und blaue Streifen, ähnlich wie bei den Matrosen. Sie umarmte den Alten und sagte: «Tag, Paps», obwohl man aus zehn Kilometern Entfernung merkte, daß sie alles andere als seine Tochter war; und nachdem ihr der Paps einen Klaps aufs Hinterteil gegeben hatte, ging er ins Zimmer und rief: «Und jetzt mit frischer Kraft an die Arbeit!»

Die Arbeit bestand, wie ich feststellte, aus einer Partie Poker. Die fünf setzten sich an einen Tisch und begannen ohne Umschweife den Einsatz zu verteilen und die Karten zu mischen; die junge Frau rollte einen mit Flaschen und Gläsern beladenen Serviertisch heran und schenkte – unter ständigem Sichwinden und allerlei geziertem Getue – Likör ein. Wir hatten das Gefühl, daß unsere Lumpen uns den Eintritt in diesen weitläufigen Raum voll schöner Möbel und mit spiegelndem Marmorboden untersagten, und blieben in der Nähe der Tür stehen. Doch nachdem der Alte seine Karten angesehen hatte, drehte er sich plötzlich um: «Los, nur Mut, spielt und singt – wozu seid ihr sonst hier heraufgekommen?»

Ich trat also näher und fing an auf der Ziehharmonika zu spielen, während Clementina den Mund aufriß und zu singen begann. Dröhnend hallte die Ziehharmonika in diesem niedrigen Saal, und Clementinas Stimme, härter noch und mißtönender als sonst, war steinerweichend; doch sie spielten und kümmerten sich gar nicht um uns. Das erste Lied war zu Ende; ich begann ein zweites und dann ein drittes, immer mit dem gleichen Resultat. Giovanna trat heran und gab jedem der Spieler einen Zettel; nur einer sah seinen an und sagte: «Na, hoffentlich bringt er mir Glück.»

Ich begann ein viertes Lied und dann ein fünftes; von Zeit zu Zeit hielt ich ein, und dann schrie der Alte, ohne aufzublicken: «Was ist, schon fertig? Macht weiter!» Die junge Frau hatte sich jetzt an ihn hingekuschelt, sah ihm in die Karten und gab ihm ab und zu einen Kuß auf die Wange; doch er wehrte sie ab, als sei es ihm lästig, genau wie man eine Fliege verscheucht. Endlich hatte ich es satt, schloß langsam die Ziehharmonika, wobei ich sie noch einen langen Schluchzer aushauchen ließ, ging zum Tisch und sagte: «Wir sind fertig.»

Der Alte war gerade dabei, sehr langsam die Karten aufzudekken, und beachtete mich nicht. Dann stieß er den Freudenruf aus: «As – Poker!» und warf die Karten auf den Tisch. Die anderen vier waren wenig erfreut, denn sie verloren eine hübsche Summe Geld. Der Alte sammelte die Spieleinsätze ein, erhob sich und sagte zu der jungen Frau: «Spiel du weiter, ich gehe etwas an die Luft.» Er ging auf die Tür zu, die zum Garten führte, und machte uns ein Zeichen, ihm zu folgen. Wir gingen hinaus auf den Vorplatz.

«Also», sagte er, während er auf einem kleinen Weg vor uns herging, «du wohnst wirklich in einer Baracke?»

Ich versuchte, sein Mitleid zu erwecken, und sagte: «Ja, ich hab keine Wohnung. In der Baracke ist es feucht – hauptsächlich, wenn es regnet.»

«Eine richtige Baracke, mit Dreck auf dem Boden, einem Wellblechdach und Holzwänden?»

«Ja, eine richtige Baracke.»

Er schwieg einen Moment, dann sagte er langsam: «Nun, ich würde diese Villa mit dem gesamten Park und allem, was darin ist, für deine Baracke hergeben – und dafür, daß ich herumgehen und spielen könnte und arbeitslos wäre wie du –»

Ich lächelte flüchtig und schlug ihm vor: «Na gut, wir können ja tauschen.»

Hätte ich das nur nicht gesagt! Wie ein Berserker warf er sich auf mich und packte mein Hemd oben am Hals: «Ja, wir tauschen – aber unter der Bedingung, daß du außer der Villa auch meine sechzig Jahre übernimmst – und auch den Tumor, den ich hier im Halse habe und all die anderen schönen Sachen – du Dreckskerl!»

«Hören Sie auf, so können Sie nicht mit mir reden!»

«Du gibst mir deine zwanzig Jahre, deine Gesundheit, deine Hoffnungen und nimmst dafür die Villa mit allem, was darin ist. Sag, Dreckskerl, willst du den Tausch machen, willst du ihn machen, den Tausch?»

Er schüttelte mich wie ein Wahnsinniger, kam in Atemnot und sein geblähter Hals zuckte, genau wie bei einem Pelikan, der einen zappelnden Fisch verschluckt. Erschrocken sagte ich: «Hände weg!»

«Ja doch, geh schon, geh schon», sagte er plötzlich und wurde ruhiger. Dann stieß er mich von sich. Um mich wieder liebenswürdig zu zeigen, schlug ich vor: «Wollen Sie noch ein anderes Lied hören?»

«Nein, nichts will ich mehr hören», antwortete er mit einer Geste des Überdrusses. «Pietro, bringen Sie diese drei dahin zurück, wo wir sie gefunden haben. Und hier», er wandte sich zu Clementina, «das ist für euch – teilt es euch!» Er drückte ihr etwas in die Hand; es sah aus, als seien es mehrere zusammengefaltete Zehntausend-Lire-Scheine.

Atemlos stiegen wir in den Wagen. Der Fahrer fragte uns: «Wo soll ich Sie hinbringen?» Da es schon spät war, antwortete ich: «In die Viale Castrense, vor der Porta Maggiore.»

Während der ganzen Fahrt sprachen wir nicht. Wir dachten sicher alle drei an die Zehntausend-Lire-Scheine, die der Hausherr Clementina gegeben hatte; ich wollte sie so bald wie möglich teilen, fand aber, daß sich das in Anwesenheit des Fahrers nicht gehörte. Als wir bei der Porta Maggiore ankamen – es war schon dunkel –, sagte ich dem Fahrer, er solle anhalten, und wir stiegen aus. Sofort wandte ich mich an Clementina: «Los, jetzt teilen wir das Geld, gib her.»

Doch sie antwortete frech: «Das Geld hat er mir gegeben!»

«Ja, aber er hat auch gesagt: teilt es euch.»

«Davon habe ich nichts gehört.»

Ich packte sie am Handgelenk, doch sie bückte sich plötzlich und biß mich kräftig in die Hand – mit allen Zähnen ihres großen Mundes. Ich fühlte einen abscheulichen Schmerz, ließ sie los, führte die Hand zum Mund. Da rannte Clementina rasch in die Felder und verschwand in der Dunkelheit.

Niedergeschlagen, enttäuscht und müde kehrte ich in die Baracke zurück. Die Hand schmerzte von Clementinas Biß, der bis auf den Knochen gegangen war. Nachdem ich die Tür geschlossen und eine Kerze angezündet hatte, fiel ich, dem Zusammenbruch nahe, aufs Bett, ohne auch nur die Ziehharmonika abgeschnallt zu haben. Dann sah ich, daß Giovanna mich durch das Licht der Kerze hindurch anblickte. Ihre grünen Augen waren aufgerissen und die Hasenscharte entblößte ihre Zähne. Dann fragte sie: «Wieviel mag es gewesen sein? Ich glaube: mindestens dreißigtausend Lire.» Ich war nahe daran zu lachen: Es ging nicht nur um dreißigtausend Lire. Es war schlimmer: Dieser alte Mann hatte mich ruiniert. Denn sein Geld hatte Clementina den Kopf verdreht; sie würde sich nicht mehr sehen lassen, und nun mußte Giovanna singen, die eine weiche und zwar wohltönende, aber auch nichtssagende Stimme hatte, ohne jeden Ausdruck. Clementinas mißtönende, bittere Stimme hingegen – was drückte die nicht alles aus; der alte Mann hatte ihr das Geld doch nur gegeben, weil ihre Stimme in ihm den Wunsch geweckt hatte, wieder jung und gesund zu sein, und sei es selbst als Hungerleider und unbehauster Vagabund.

Der Stärkere

Als der Sommer kam, hielt ich mich meist an den belebtesten Plätzen auf, an der Piazza San Silvestro, vor der Hauptpost, in der Galleria der Piazza Colonna oder in der Via del Gambero. Ich trug einen schäbigen Anzug aus dünner brauner Wolle. In die Jacke hatte ich mir links oben ein Dreieck hineingerissen, dessen Zipfel in ständiger Bewegung war, wie eine Luftklappe; außerdem trug ich ein offenes Hemd ohne Krawatte und an den Füßen formlose Leinenschuhe, und so war mein Aussehen – für das, was ich vorhatte, natürlich – äußerst sprechend und charakteristisch. Ich legte mich also auf die Lauer, und wenn einer kam, den ich geeignet fand, überfiel ich ihn mit den Worten: «Sieh mal einer an, wer da kommt – erinnerst du dich nicht? – Wir waren doch beim Militär zusammen – erinnerst du dich? In Bressanone – Wir waren doch zusammen in der Offiziersmesse – erinnerst du dich nicht?»

Um diese Methode zu verstehen, muß man wissen, daß es darauf ankam, den anderen in ein oder zwei Minuten dazuzubringen, mich wiederzuerkennen, oder ihm wenigstens einzusuggerieren, er könnte mich schon mal irgendwo gesehen haben. Hätte ich gesagt: «Erinnerst du dich an das Café Soundso?» oder «Denkst du manchmal noch an die Familie Dingsda?», dann hätte ich es dem anderen zu leicht gemacht, mir zu antworten: «Nein, ich kenne Sie nicht und ich erinnere mich an gar nichts.» Aber beim Militär waren ja alle; man sieht dort tausend Gesichter, und im Laufe der Jahre kann man leicht einen von den vielen vergessen, die mit dabei waren. Tatsächlich sahen mich neun von zehn Personen nachdenklich an und hielten es immerhin für möglich; dann drängte ich: «Das waren noch Zeiten – inzwischen ist mir leider alles schiefgegangen – Mensch, wenn du wüßtest, was ich alles hinter mir habe – Na ja, und jetzt bin ich, wie du ja wohl siehst, ziemlich herunter und arbeitslos.» An dieser Stelle pflegte der andere meistens, vielleicht weil er fürchtete, kein gutes Gedächtnis zu haben, oder weil er Mitleid mit mir hatte, oder auch, weil er einfach nur in Eile war und keine Lust hatte, sich näher mit der Sache zu befassen, seine Hand in die Tasche zu stecken und mir jene drei- oder fünfhundert Lire zu geben, die der einzige Zweck der ganzen Sache waren. Ja, Männer haben ein gutes Herz – denn unter Hunderten war nicht einer, der mir geantwortet hätte: «Hau bloß ab, ich hab dich nie gesehen!» Es war auch ein großes Glück, daß es niemandem je in den Sinn kam, meine Geschichte nachzuprüfen, denn ich war weder jemals in einer Offiziersmesse gewesen noch überhaupt beim Militär, denn ich bin der Sohn einer Witwe. Bressanone nannte ich deshalb, weil die Stadt weit entfernt ist und sicher kaum jemand von denen, die ich ansprach, dort gewesen war – und so konnte mir auch keiner, selbst wenn er mir mißtraute, nachweisen, daß ich schwindelte.

Mit diesem System und anderen Notbehelfen gelang es mir, aus dem Ärgsten herauszukommen, und wenn ich sage, aus dem Ärgsten, dann heißt das, daß ich wenigstens zu essen hatte und eine Schlafstelle bezahlen konnte. Doch man soll es nicht berufen: Eines Tages, gegen Mittag, als ich mich wie gewöhnlich in der Via del Gambero auf die Lauer gelegt hatte, sah ich einen, der ganz langsam dahinging, vor jedem Schaufenster stehenblieb und alles aufmerksam betrachtete. Ich nahm mir sofort vor, ihn anzusprechen, vielleicht, weil er der einzige war, der nicht hastig durch diese Straße eilte. Gesagt, getan, ich trat an ihn heran und hielt ihn mit dem üblichen Geschwätz auf: «Wen sieht man denn da – Militär – Offiziersmesse – Bressanone ...» Während ich sprach, beobachtete ich ihn und merkte gleich, daß ich einen Fehler gemacht hatte, aber jetzt war es schon zu spät. Sein Alter war schwer zu bestimmen: zwischen dreißig und fünfzig. Er hatte ein Mardergesicht, schmal und spitz, das fast nur aus Nase und Jochbein bestand, von einem trüben Gelb; die Augen unter der fliehenden Stirn waren klein und blinzelten, dafür war der Mund mit den blauroten Lippen um so größer. Er hatte abstehende Fächerohren, und die Haare waren so kurz, daß sein runder Kopf an einen jungen Hahn erinnerte, der noch nicht alle Federn hat. Er war sehr mager und steckte in einer weiten grünkarierten Jacke aus winterlichem, langhaarigem Zeug; Schultern und Brust waren gepolstert.

Haben Sie mal gesehen, wie eine Eidechse eine Fliege belauert, ohne sich zu rühren, und dann plötzlich auf sie losschnellt und sie frißt? Genauso war er, und mit der gleichen Behendigkeit drehte er sich beim Klang meiner Stimme um. Er ließ mich, lauernd, meinen Spruch hersagen und rief dann auf einmal: «Aber natürlich erinnere ich mich an dich – Wie geht's dir denn – fein, fein, fein ...»

Wie wichtig ist es doch, Geistesgegenwart zu haben. Hätte ich Geistesgegenwart besessen, hätte ich mich spätestens in diesem Moment mit einer Entschuldigung zurückgezogen. Das wäre das einzig Richtige gewesen. Doch ich, der gewohnt war, die anderen unschlüssig zu sehen, hatte alles bedacht, nur nicht, daß ich selbst auch einmal unschlüssig sein könnte. Und so antwortete ich verwirrt, wie ein Tölpel: «Ach, ich weiß nicht, es geht so ...» Und ich fügte – mehr aus Gewohnheit – hinzu: «Mensch, wenn du wüßtest, was ich alles hinter mir habe.»

Doch er, schnell und scharf wie ein Hahn, sagte sofort: «Das muß ich hören, das muß ich hören – da bin ich wirklich gespannt –, aber gehen wir doch in eine Bar – dann können wir auch die Heimkehr feiern.» Und schon packte mich seine gekrümmte Hand, die hart war wie Eisen, am Arm und beförderte mich zur Bar nebenan, in der Via della Vite, wobei er mich fast vom Boden hochhob.

Während er mich schleppte, sagte er mehrfach: «Was für ein netter Zufall – ich freu mich wirklich, dich zu sehen.» Seine Stimme war kalt, rasch und zischend: Wenn eine Schlange sprechen könnte, hätte sie so eine Stimme. Ich sah ihn genauer an: Seine Winterjacke im Hochsommer habe ich schon erwähnt. Unter der Jacke trug er eine braune, zu oft gebügelte Hose, die hier und dort geflickt war. Seine schwarzen Schuhe waren zwar spiegelblank poliert, doch ziemlich abgewetzt, nicht die riesig dicken Sohlen, sondern das Oberleder, das dünn und verbraucht war wie Samt ohne Haare. Und bei einer Bewegung, die er machte, öffnete sich die Jacke mit den grünen Karos, und ich sah, daß er statt eines Hemdes nur eine Hemdbrust trug, die mit zwei Bändern am Körper gehalten war; auf beiden Seiten konnte man den nackten gelblichen Körper sehen, der mich an eine Raupe erinnerte. Kurz, er war noch erbärmlicher dran als ich, doch er war von ganz anderer Art, denn ich bin heiter, herzlich und habe ein gutes Auftreten, er dagegen hatte wirklich etwas Unheimliches.

Wir gingen in die Bar, er steuerte auf die Theke zu, bestellte zwei Wermut und sagte dann in einem Atemzuge: «Ja, die Offiziersmesse in Bressanone – und ob ich mich an sie erinnere; eine schöne Stadt, Bressanone, mit diesem hübschen Fluß, der quer hindurchfließt, und den schönen alten Straßen mit den Säulengängen; und dann das nahe Bozen, auch eine schöne Stadt; erinnerst du dich in Bressanone an das *Hotel Cavallino Bianco* mit dem großen Café, in das wir Offiziere immer gingen, und wo auch diese flotten Bienen hinkamen, die Anschluß suchten; Bressanone, mit diesen Weinbergen ringsum und dem guten Wein, wie hieß er doch gleich? Ach ja, Terlaner.»

An dieser Stelle brachte uns der Barmann den Wermut. Er nahm sein Glas, erhob es und sagte: «Auf die Heimkehr!» Mir blieb nichts anderes übrig, als zu trinken, obwohl ich nicht recht verstand, was er mit dieser «Heimkehr» eigentlich meinte. Er leerte sein Glas und ging wie ein trommelnder Tambour auf die Tür zu, wobei er sagte: «Hör mal, es ist Zeit zum Mittagessen, essen wir doch zusammen, es kommt ja nicht alle Tage vor, daß man einen Freund wie dich trifft.»

«Aber ich ...» begann ich und folgte ihm. Der Barmann, der uns nicht aus dem Auge gelassen hatte, sagte: «Zwei Wermut, bitte.» Ich wollte ihn rufen, damit er zahle, doch da war er schon aus der Tür. So nahm ich das Geld aus meiner Tasche, zahlte und ging. Sofort kam er von irgendwo herbeigestürzt und nahm mich von neuem am Arm: «Gehen wir, gehen wir – dort drüben ist eine ausgezeichnete Trattoria – gehen wir!»

In der Trattoria versuchte ich Trottel, mich zu drücken: «Ich habe keinen Hunger – und außerdem habe ich eine Verabredung –» Aber er hörte nicht hin, rekelte sich im Sessel und bestellte ohne weiteres ein recht gehaltvolles Menü mit Lammbraten und Nudeln. Dann wandte er sich mir zu: «Die Offiziersmesse – ja, ich erinnere mich gut. Ist dir der Capitano Moschitto noch im Gedächtnis, der die Gewohnheit hatte, sich bei jedem unserer Feste sofort auf irgendein Mädchen zu stürzen, ganz egal, ob schön oder mies, um es irgendwie herumzukriegen? Er nannte das: das Gewehr in Anschlag bringen. Na ja, der Capitano Moschitto war ein Don Juan – aber du, mein Lieber, hast dir ja auch ganz hübsche Sachen geleistet.»

Jetzt blieb mir der Mund offen. Er kannte unter all den vielen Städten Italiens nicht nur Bressanone samt Fluß, Straßen, Hotels, Cafés, Frauen und Wein – sondern jetzt erinnerte er sich außer an Capitano Moschitto auch noch daran, was ich für ein Don Juan gewesen war! Ich konnte ein Gefühl der Bewunderung nicht unterdrücken: der verstand es, er war auf Draht, er war schwer auf Draht, weit mehr, als ich mir das vorgestellt hatte.

Man brachte die Nudeln; er verschlang eine beträchtliche Portion, und dann ging es schon wieder los mit seiner aufgedrehten, künstlichen Gesprächigkeit; es war, als kämen die Worte aus einer kleinen Maschine in seinem Mund: «Bressanone, ja, das waren Zeiten – bei der Nella allerdings, mein Lieber, da hast du dich ja ziemlich danebenbenommen – erlaube, daß ich das sage –, ganz wie ein typischer Vorstadtstrizzi aus Rom – der du ja auch bist –, nein, das war nicht sehr nett von dir.»

Den Mund voller Nudeln, murrte ich: «Nella? Kenn ich nicht.»

Er lachte aus vollem Halse: «Nein, mein Bester, jetzt spiel mal nicht den Bescheidenen, das kommt bei mir nicht an. Also, das war schon allerhand, wie du dich benommen hast – das Mädchen war ein Schatz: diese blonden Haare, die blauen Augen, die tolle Figur – und du, mein Lieber, brachtest also das Gewehr in Anschlag, wie Moschitto es nannte, und nachdem du sie dann mit Blattschuß umgelegt hattest, nicht wahr, hast du sie einfach sitzenlassen – Auch Modugno hat gesagt, du wärest ein großer Gauner.»

«Aber wer ist denn Modugno? Überlege dir gefälligst, was du redest!» Ich unterbrach ihn in der Hoffnung, mit ihm in Streit zu geraten. Doch er witterte das schon von weitem: «Na ja, ein alter Gauner, was denn, genau wie du einer bist, geh!» Er lachte, füllte sein Glas bis zum Rande, trank es auf einen Zug leer und nahm dann das Lamm in Angriff, das der Kellner ihm mit routiniertem Eifer unter die Nase gehalten hatte. «Sicher, du hattest die Pina, die Schwarze, auch eine kesse Biene; und dann hättest du noch wer weiß wie viele – aber die Nella, die hatte das nicht verdient – wollte sich aus Kummer darüber umbringen, nahm Schlaftabletten – doch sie wurde gerettet und hatte es dann mit dem Dings, dem Dingsbums, na, wie hieß er nur, ah ja, dem Oberleutnant Tessitore.»

«Tessitore? Nie gehört.»

«Doch, doch, Tessitore, ein merkwürdiger Bursche, sehr komisch – Ihr beide, du und Tessitore, hättet euch wegen Nella doch fast geprügelt – eines Abends, am Fluß, als alles überschwemmt war, es regnete – ich mußte euch trennen – eh, eh, Nella zog nach der einen Seite, ich nach der anderen – es endete damit, daß Nella mit dir Schlawiner nach Hause ging – dabei warst du ganz und gar im Unrecht, du warst doch bloß eifersüchtig geworden, als du sahst, daß sie nun mit einem anderen zusammen war – und trotzdem ist es dir gelungen, sie Tessitore wieder wegzuschnappen – ja, du warst wirklich ein Don Juan... Weißt du, was unser Major Paternoster gesagt hat, als du weggingst? ‹Ein Glück, daß er weg ist, sonst hätte er hier noch sämtliche Frauen vernascht.›» Er war mit dem Lamm fertig, lachte wiederum laut und fügte hinzu, wobei er mir einen Schlag auf den Rücken gab: «Ich wüßte ja gern, was du mit all den Weibern gemacht hast.»

Auch ich hatte das Lamm verspeist, und plötzlich – vielleicht, weil ich mich jetzt nach dem Essen kräftiger fühlte – entschloß ich mich, die Wahrheit zu sagen. Ich rückte etwas nach hinten, damit er seinen Arm wegnahm, den er auf meine Schulter gelegt hatte, und begann, während ich ihm in die Augen sah: «Ich denke, wir hören jetzt auf damit – jedes Spiel hat ein Ende – Ich bin natürlich nie in Bressanone gewesen.»

«Du warst nie in Bressanone?»

«Und ich kenne weder Moschitto noch Modugno, weder Tessitore noch Paternoster.»

«Was sagst du da?»

«Die Wahrheit. Und ich bin auch kein Don Juan, obwohl ich nichts gegen die Frauen habe. Aber ich habe nie eine Nella oder eine Pia gehabt. Und schließlich: ich war überhaupt nie beim Militär, denn ich bin der Sohn einer Witwe und daher vom Militärdienst befreit.»

Er schaute mich mit seinen Schlangenaugen an, und ich dachte wieder: Der ist wahrhaftig auf Draht, ja, der ist auf der Höhe – mal sehen, was ihm jetzt einfällt – Wie eine Katze ist der, er wird immer auf die Füße fallen. Er überlegte nicht eine Sekunde, sondern schrie mit beleidigter, zorniger und harter Stimme: «Du hast mich also belogen!»

Ich war überrascht, wurde unsicher und stotterte: «Nein, ich habe mich getäuscht, ich glaubte ...»

«Ach was, getäuscht! Du hast mir gleich als erstes gesagt, du seist in Bressanone gewesen – und dabei warst du nie dort! Du hast gelogen, du bist ein Schwindler, ein Lügner, ein Betrüger!»

«He, langsam, paß auf, was du sprichst.»

«Du bist ein Schwindler, wolltest mich natürlich begaunern – Mach, daß du wegkommst.»

«Aber ich ...»

«Nichts da – ich habe mich mit einem Schwindler, einem Gauner und Hochstapler eingelassen –» Während er weiterschimpfte, stand er auf und knöpfte sich seine Jacke zu. Er sagte noch: «Trau dich ja nicht, mir noch weiter nachzulaufen, oder ich rufe die Polizei!» Dann huschte er – flink wie ein Damhirsch – aus der Tür und verschwand.

Ich kann nur sagen: obwohl ich die ganze Zeit einen Trick mit dem Essen und der Rechnung erwartet hatte – daß es so plötzlich kommen würde und auf so einfache Art, darauf war ich nicht gefaßt gewesen. Er war auf der Höhe, wirklich, er war der Stärkere, war mir weit überlegen. Melancholisch suchte ich das wenige Geld zusammen, das ich noch hatte, und zahlte die Rechnung. Am Ausgang der Trattoria hielt mich jemand an: «Bitte, können Sie mir sagen ...» Vielleicht wollte er die Zeit wissen oder sich nach einer Straße erkundigen. Doch ich rief sofort: «Ich kenne Sie nicht, ich kenne niemanden!» Verblüfft blieb er stehen. Ich rannte weg.

Das Geständnis

Wie lange kann man ein Geheimnis für sich behalten? Mein Geheimnis war eins von denen, die das Gewissen belasten wie ein Albtraum, der uns den Atem nimmt, wie ein Druck auf den rebellierenden Magen. Als Lastwagenfahrer brachte ich Pozzulanerde von einem Steinbruch bei Campagnano zu einem Werk in Rom, und an einem herrlichen Frühlingsmorgen fuhr ich beim Kilometerstein 25 auf der Via Cassia einen armen Mann über den Haufen, der mir auf dem Motorrad entgegenkam. Es war unverzeihlich, denn ich fuhr schnell und auf der falschen Seite, weil ich überholte, während er auf der richtigen Seite war und langsam fuhr. Der Lastwagen rammte ihn mit solcher Wucht, daß ich nur noch etwas Schwarzes durch die azurblaue Luft fliegen sah, das schwer herabstürzte und unbeweglich auf einer Wiese liegenblieb, im zarten Weiß der Margeriten. Das Motorrad lag auf der anderen Seite der Straße, mit den Rädern noch oben, wie ein totes Insekt. Ich senkte den Kopf und gab Gas. Die Straße nach Rom legte ich wie im Fluge zurück, dann fuhr ich zum Entladen ins Werk. Noch viele Male bin ich dann nach Campagnano gefahren, aber ich mied die Cassia und nahm die Flaminia. Am nächsten Tag stand in den Zeitungen die Notiz: Ein gewisser Soundso aus Soundso, dreiundvierzig Jahre, Familienvater, von Beruf Makler, sei bei Kilometerstein soundsoviel der Cassia auf seinem Motorrad mit einem Wagen zusammengestoßen und dadurch getötet worden. Der Fahrer des Wagens sei unbekannt, denn er sei feige geflohen. Genauso hieß es: feige. Dieses «feige» prägte sich mir unauslöschlich ein. Im ganzen waren es nicht mehr als vier Zeilen, die vom Tod dieses Mannes berichteten.

Während der darauffolgenden Tage mußte ich immer daran denken. Ich bin Lastwagenfahrer, das stimmt, aber wer sagt, daß Lastwagenfahrer kein Gewissen haben? Ein Lastwagenfahrer hat ungezählte Stunden Zeit, über seine Angelegenheiten nachzudenken; und wenn seine Angelegenheiten – wie in meinem Falle – nicht so sind, wie sie sein sollten, dann wird das Denken zur Qual. Vor allem quälte es mich, daß ich nicht gehalten hatte. Ich sah die Szene immer wieder vor mir: wie ich das Überholen berechnete, den Fuß auf dem Gashebel, und wie dann der Körper des Unglücklichen vor der Windschutzscheibe durch die Luft flog – und an dieser Stelle blockierte ich den Ablauf der Bilder, wie man das beim Film machen kann, und dachte: Brems jetzt, steig aus, geh auf die Wiese, hol den Verunglückten, leg ihn in den Lastwagen und bring ihn so schnell wie möglich nach Rom, ins Krankenhaus Santo Spirito. Ja, Träume. Ich hatte nun einmal nicht gehalten, sondern war weitergerast, mit gesenktem Kopf wie ein Stier, nachdem er zugestoßen hat. Je häufiger ich an den Moment zurückdachte, in dem ich – statt auf die Bremse zu treten – auf den Gashebel getreten war, um so weniger verstand ich es. Sicher, es war Feigheit. Aber warum wird ein Mann, der kurz vorher noch mutig war oder sich wenigstens dafür hielt, im nächsten Augenblick zum Feigling? Jedenfalls: der Mann war tot, und der Moment, in dem ich hätte anhalten können, war vorbei – und jetzt lief ich hinter ihm her und lief und lief und konnte ihn nie mehr erreichen; und ich war nicht mehr jener Gino, der überholt hatte, sondern ein anderer Gino, der einen Mann getötet hatte und dann geflohen war.

Ich konnte nicht mehr schlafen und wurde finster und schweigsam, so daß alle mich mieden; denn niemand ist gerne mit einem traurigen Menschen zusammen, der jede Fröhlichkeit vertreibt. Ich trug mein Geheimnis mit mir herum wie Diebesgut, das man weder jemandem anvertrauen noch losbringen kann. Es stimmt, ich dachte allmählich weniger daran, ja, ich könnte sogar sagen, daß ich schließlich überhaupt nicht mehr daran dachte; doch das Geheimnis blieb und belastete mein Gewissen und hinderte mich daran, meines Lebens froh zu werden. Oftmals dachte ich, wenn ich es jemandem sagen könnte, würde ich mich besser fühlen – nicht etwa, weil ich hoffte, daß meine Tat entschuldigt werden könnte, denn ich wußte genau, daß es dafür keine Entschuldigung gab, sondern weil ich annahm, ich könnte damit einen Teil der Last von mir abladen, die dann der andere mittragen würde. Aber wem sollte ich es erzählen? Den Kollegen im Werk? Sie hatten andere Sorgen. Der Familie? Ich hatte keine; ich bin ein Findelkind. Der Braut? Das wäre vermutlich die geeignetste Person gewesen, denn Frauen können ja sehr verständnisvoll und mitfühlend sein – aber leider: ich war nicht verlobt.

An einem Sonntag zu jener Zeit ging ich mit einem Mädchen aus, das ich einige Zeit vorher kennengelernt hatte, als ich sie und eine Freundin auf der Cassia im Lastwagen mitnahm. Ich hatte sie einige Male wiedergesehen, wir paßten gut zusammen, und sie hatte mir zu verstehen gegeben, daß ich ihr gefiele und daß sie bei mir bleiben würde. Sie hieß Iride, war Zimmermädchen bei einer reichen Dame, die viele Bedienstete besaß, und hatte mir gleich gut gefallen: wegen des Ernstes, um nicht zu sagen, der Melancholie in ihrem blassen Gesicht, das ganz von den großen grauen Augen beherrscht wurde. Sicher war sie, unter den gegenwärtigen Umständen, die Frau für mich. Sie war schweigsam, sanft und diskret, und nachdem wir im Luna-Park, in den Säulengängen, Kaffee getrunken hatten, hatte sie nichts dagegen, sich mit mir auf eine Wiese zu setzen, außerhalb der Porta San Paolo; man sah von dort den Tiber und die Reihen der neuen Mietshäuser am anderen Ufer. Sie legte ihr Taschentuch auf die Wiese, damit ihr Rock nicht schmutzig würde, und saß dann mit angezogenen Beinen, die Hände im Schoß, unbeweglich da und blickte auf die neuen weißen Häuser.

Ich stellte fest, daß im Gras um uns herum lauter Margeriten standen, und da erinnerte ich mich der zarten Weiße jener anderen Margeriten, zwischen denen ich einen Monat vorher den Mann hatte liegen sehen, den ich getötet hatte. Und plötzlich fühlte ich den Drang, ihr mein Geheimnis anzuvertrauen. Ich war überzeugt, daß ich wirklich von einer Last befreit sein würde, wenn ich es ihr gesagt hatte. Es war dies keine jener leichtsinnigen Unüberlegtheiten, nach denen man sich schlechter fühlt als vorher und sich die Haare raufen könnte, weil man davon geredet hat; sie war ein ernster und zurückhaltender Mensch und konnte sich beherrschen, sie mochte wohl auch ihre Erfahrungen haben, und sicher – ihrem melancholischen Gesichtsausdruck nach – nicht nur erfreuliche. Um das Eis zu brechen, fragte ich obenhin: «Woran denkst du?»

Gerade in diesem Augenblick hob sie die Hand, weil sie gähnen mußte; vielleicht war sie müde. Sie antwortete: «An nichts.»

Ich ließ mich durch diese Antwort nicht entmutigen und sagte: «Iride, ich liebe dich, das weißt du. Und deshalb möchte ich dir nichts verheimlichen. Du sollst alles über mich wissen. Iride, ich habe ein Geheimnis.»

Sie sah auf die Häuser am anderen Ufer und tastete währenddessen mit den Fingern ihr Kinn ab, wo man eine kleine rote Schwellung sah: einen Frühjahrspickel. Sie fragte: «Was für ein Geheimnis?»

Ich zwang mich zu sagen: «Ich habe einen Mann getötet.»

Sie rührte sich nicht und tastete weiter an ihrem Kinn herum. Dann fuhr sie zusammen, als hätte sie jetzt erst verstanden. «Du hast einen Mann getötet: Und das sagst du mir auf diese Weise?»

«Wie soll ich es dir denn sagen?»

Sie sagte nichts. Ihr Blick schien etwas auf der Erde zu suchen. Ich begann noch einmal: «Daß du mich nicht mißverstehst – ich habe ihn nicht absichtlich getötet.» Jetzt hatte sie es gefunden: Sie pflückte einen Grashalm ab, nahm ihn in den Mund und kaute daran, während sie überlegte. Ich erzählte nun hastig, wie sich der Unfall zugetragen hatte, ohne etwas zu beschönigen, ja ich unterstrich eher noch meine Feigheit. Ich schloß gegen meinen Willen bewegt, doch bereits ein wenig erleichtert: «Und jetzt sag mir, was du darüber denkst.»

Sie kaute an dem Grashalm und sagte nichts. Ich beharrte: «Ich wette, daß du mich jetzt nicht mehr magst.» Sie hob leicht die Schultern: «Warum sollte ich dich nicht mehr mögen?»

«Na, ich weiß nicht. Der Ärmste ist doch durch meine Schuld gestorben.»

«Und du hast Gewissensbisse?»

«Große.» Plötzlich hatte ich das Gefühl, die Kehle sei mir zugeschnürt. «Es ist, als ob ich nicht mehr weiterleben könnte. Man kann nicht mit dem Gedanken leben, ein Feigling zu sein.»

«Haben die Zeitungen darüber berichtet?»

«Ja, in vier Zeilen. Sie schrieben, er sei tot, und man wisse nicht, wer ihn überfahren habe.»

Plötzlich fragte sie: «Wieviel Uhr mag es sein?»

«Viertel nach fünf.»

Wiederum Schweigen. Dann sagte ich: «Ich möchte gerne wissen, woran du denkst.»

Sie zog den Grashalm von einer Seite ihres Mundes zur anderen und antwortete unbefangen: «An nichts. Ich fühle mich wohl und denke an gar nichts.»

Ich war sehr erstaunt und konnte es kaum fassen. Dann sagte ich: «Das kann doch nicht sein, du hast bestimmt etwas gedacht, da bin ich ganz sicher.»

Mit dem Anflug eines Lächelns sagte sie: «Nun ja, ich hab etwas gedacht. Aber wenn ich's dir sagte, würdest du es wahrscheinlich nicht glauben.»

Hoffnungsvoll fragte ich: «Etwas, was mit mir zu tun hat?»

«Aber nein, es hat nichts mir dir zu tun.»

«Und was war es?»

Sie sagte langsam: «Etwas, woran Frauen so denken: Ich sah meine Schuhe an und merkte, daß sie nicht mehr gut sind, und da fiel mir ein, daß in der Via Cola di Rienzo ein Ausverkauf ist, und daß ich morgen hingehen sollte, um mir ein Paar neue Schuhe zu kaufen. Zufrieden?»

Nun war ich es, der schwieg, mit rotem Kopf. Sie merkte es und fragte: «Was ist denn, bist du ärgerlich?»

Ich konnte nicht umhin, zu erklären: «Ja, das bin ich – Ich habe dir das Geheimnis meines Lebens anvertraut – und nun sehe ich, wie wenig Eindruck das auf dich gemacht hat, und würde viel darum geben, nichts gesagt zu haben.»

Jetzt spürte sie die Folgen, aber wohl nicht allzusehr: «Nein, es war gut, daß du es mir gesagt hast. Es hat mir schon Eindruck gemacht.»

«Und welchen Eindruck hat es dir gemacht?»

Sie dachte darüber nach und sagte dann gewissenhaft: «Na ja, einen unangenehmen natürlich. Es tut mir leid, daß dir so etwas passiert ist.»

«Ist das alles?»

«Außerdem finde ich», sagte sie und fing wieder an, den Pickel an ihrem Kinn abzutasten, «es ist ganz in Ordnung, daß du Gewissensbisse hast.»

«Warum?»

«Na, das hast du doch eben gesagt: du hättest anhalten und helfen sollen und hast es nicht getan.»

«Dann betrachtest du mich also als Feigling?»

«Feigling? Ja und nein. So etwas kann doch jedem passieren.»

«Aber du sagtest selbst, ich hätte anhalten sollen.»

«Das hättest du auch; aber da du es nicht hast ...»

«Weiter –?»

Jetzt sah sie nach unten, auf die Margeriten: «Oh, schön. Was ist das?»

Es war ein Goldkäfer, der auf dem weißen Blütenstern einer Margerite saß. Plötzlich fühlte ich mich leer; fast, als wäre das Geheimnis, das mich so sehr gequält hatte, unversehens in die Frühlingsluft entschwebt, leicht und frei wie die weißen Schmetterlinge, die ich hier und dort in Paaren flattern sah. Trotzdem fragte ich mit einem letzten Rest von Hoffnung: «Alles in allem: habe ich deiner Meinung nach falsch oder richtig gehandelt, als ich nicht anhielt?»

«Richtig und falsch. Einerseits hättest du natürlich anhalten sollen, als du merktest, daß du ihn angefahren hattest. Andererseits – was hätte es dir genützt? Er war schon tot, und du hättest nur alle möglichen Unannehmlichkeiten bekommen. Du hast es falsch und auch wieder richtig gemacht.»

Nach diesen Worten kam mir unwillkürlich der Gedanke: Es ist das letzte Mal, daß ich sie sehe. Ich dachte, sei sei ein ernstes, intelligentes, verständnisvolles Mädchen. Aber sie ist eine dumme Gans. Genug.

Ich stand auf und sagte: «Also, gehen wir, damit wir nicht zu spät ins Kino kommen.»

Als wir dann im Kino waren, legte sie im Dunkeln ihre Hand in die meine und schob ihre Finger zwischen meine Finger; und ich ließ es geschehen. Es war ein rührender Liebesfilm, und als es hell wurde, sah ich, daß in ihren grauen Augen Tränen standen; ihr Gesicht war naß vom Weinen. «Dagegen kann ich nicht an», sagte sie, während sie sich mit dem Taschentuch das Gesicht trocknete, «wenn ich solche Filme sehe, muß ich immer heulen.»

Nach dem Kino gingen wir in eine Bar und tranken einen Kaffee. Sie lehnte sich zärtlich an mich. Als der Dampf der Kaffeemaschine zischte, murmelte sie: «Du weißt doch, daß ich dich liebe?» Und sie sah mich an mit ihren schönen Augen. Ich hätte gerne geantwortet: «Du liebst mich zwar, aber mein Geheimnis läßt du mich alleine tragen.» Doch ich hielt mich zurück. Ich wußte nun: von ihr – und von allen – konnte ich nicht mehr verlangen als Liebe. Mit einem Seufzer antwortete ich: «Ich liebe dich auch.» Doch sie hörte mich schon nicht mehr. Sie sah in den Spiegel hinter der Theke und befühlte besorgt die Schwellung an ihrem Kinn.

Das leichte Leben

Als es September wurde, kam alles heraus – vielleicht war der Schirokko schuld, der böse und hartnäckig blies. Ich wurde von der Vulkanisierwerkstatt entlassen; Olga, meine Frau, kam dahinter, daß ich es mit Fulvia hatte, ihrer Kusine, und Sie können sich vorstellen, was ich mit Olga durchmachen mußte; eine Garage, die neu eröffnete, wollte mich als Mechaniker anstellen, aber dann zogen sie die Zusage zurück und eröffneten ohne mich; zur gleichen Zeit verkündeten mir der Tabakhändler, der Lebensmittelhändler, der Bäcker, kurz alle Geschäftsleute des Viertels – als hätten sie sich verabredet –, daß sie mir keinen Kredit mehr geben könnten; und schließlich kam dann noch die Kündigung wegen Mietrückstand. Genügt Ihnen das? Wenn nicht, bekommen Sie noch eine Zugabe: Ich leide unter Heuschnupfen, und genau in jenen Tagen fing ich an zu niesen – es ging frühmorgens los und dauerte bis in die Nacht hinein. Und der Schirokko hörte nicht auf: Es regnete manchmal aus schwarzen Wolken, doch die Luft wurde nicht gereinigt dadurch; und wieder zog eine prunkvolle Sonne auf, brennend und hart und so falsch wie ein Geldstück aus Messing. Ob es regnete oder die Sonne schien, es blieb die brodelnde Hitze, die klebrig war wie der Dunst einer Wäscherei; und ganz Rom schien eine einzige große Waschküche voll schmutziger Leintücher. Diese Hitze, so kam es mir vor, war mit dem Unheil im Bunde, das mich verfolgte: als käme alles zusammen, nur, um mir das Leben immer noch schwerer zu machen.

Es war das alte Lied: Der Grund, weshalb sie in diesem Viertel alle etwas gegen mich hatten, war die Tatsache, daß sie mich jetzt eben kannten; nun wußten alle, daß ich ein Nichtstuer und Nichtskönner war, und so traute mir niemand mehr. Es gibt eine alte römische Anekdote, wie ein schlauer Bauer einen Esel verkauft, der einen bestimmten Fehler hat; dann wird ihm der gleiche Esel auf dem Markt angeboten; und dann legt der Bauer seinen Mund an das Ohr des Esels und flüstert: «Dich soll nur jemand kaufen, der dich nicht kennt!» Das ist eine Geschichte aus alten Zeiten, als Rom noch ein Dorf war und dort die Bauern zusammenkamen und um ihr Vieh feilschten; aber ich fand, daß sie ganz gut auf mich paßte: Ich war der Esel mit dem Fehler, den niemand haben wollte, der mich kannte. Deshalb sagte auch Giovacchino, der einzige Freund, der mir geblieben war: «Hier in Trastevere, Attilo, bist du erledigt. Das einzig Richtige für dich wäre ein Luftwechsel.» Ich fragte: «Wo soll ich denn hin?» Er antwortete: «Wohin du willst. Warum gehst du nicht nach Mailand? Dort kennt dich niemand: neue Leute, andere Luft.» Ich sagte: «Aber was hat ein Römer in Mailand verloren? Gar nichts.» Und er: «Na ja, wenn du unbedingt in Rom bleiben willst, dann wechsle wenigstens das Viertel.»

Mitten in all dem Unglück gab es in jenen Tagen allerdings auch einen Glücksfall. Plötzlich wurde Olga in ihren Heimatort gerufen, wo ihr Onkel gestorben war. Er ließ ein Stück Land auf der Erde zurück, das nun verkauft wurde; der Erlös wurde zwischen drei Erben geteilt, und auf Olga fielen etwa vierzigtausend Lire. Olga, die Arme, gab mir das Geld, aber auch sie sagte: «Du kannst hier nicht mehr bleiben, Attilo. Ich habe meine Arbeit als Krankenschwester, aber du hast nichts. Warum versuchst du es nicht einmal in Mailand?» Immer wieder dieses Mailand! Ich gab vor, es versuchen zu wollen, und sagte, ich führe hin. Giovacchino hatte mir den Rat gegeben, wenn nicht nach Mailand, dann wenigstens nach Storta zu fahren, zwanzig Kilometer von Rom, an der Via Cassia.

Am gleichen Tage, an dem ich in den Omnibus nach Storta stieg, schlug das Wetter um. Von den Bergen her kam die Tramontana, fegte die Wolken weg und säuberte den Himmel; es wurde frischer, und die Sonne kam hervor. Sofort, wie durch Zauberei, verschwand mein Heuschnupfen, und als ich in Storta ankam, fühlte ich mich wie ein anderer Mensch. Ja, ich war ein anderer. Als ich zur Osteria di Nerone ging, ein wenig unterhalb von Storta, gab ich mir auch gleich einen anderen Namen: Luigi.

In der Osteria sagte ich, daß ich krank gewesen sei und Erholung brauche; und die guten Leute gaben mir ein Doppelzimmer, das geradezu an eine Wallfahrtskapelle erinnerte, so geschmückt war es und so überfüllt mit den verschiedensten Gegenständen. So begann die Zeit in Storta.

In Trastevere hatte ich das Leben schwer gefunden, doch hier, in Storta, wo mich niemand kannte und ich niemanden kannte, erschien es mir von Anfang an fast zu leicht. Ich fühlte mich ungebunden und losgelöst; es war mir, als hätte ich keinen Vornamen, keinen Nachnamen und keinen Beruf. Natürlich: durch meine Besuche in der Bar und den anderen Lokalen kannte ich bald alle und alle kannten mich – doch sie kannten mich nur beiläufig, nur äußerlich; sie wußten nichts von mir, und ich wollte auch nicht, daß sie etwas erfuhren, denn ich fürchtete, das Leben würde mir dann wieder so schwer gemacht werden wie in Trastevere. Aber Sie wissen ja, daß die Leute neugierig sind; sie geben sich nicht damit zufrieden, daß ein Mann ein Mann ist, mit zwei Armen, zwei Beinen und einem Kopf. Und deshalb – um nicht alle meine neuen Freunde vor den Kopf zu stoßen, die Lastwagenfahrer, die jungen Leute von der Tankstelle und die Bauern – fing ich damit an, ihnen Lügen zu erzählen. Ich merkte sofort, daß mit jeder Lüge das an sich schon leichte Leben immer leichter wurde, geradezu federleicht. Ich war berauscht vom leichten Leben wie von starkem Wein. Was sagte ich nicht alles! Daß ich ledig sei; daß ich eine schöne Garage in Rom besäße; daß ich beruflich in Amerika gewesen sei, als Soldat in Afrika und als Tourist in Frankreich; daß ich Englisch und Französisch könne; daß ich Schwimmer, Boxer, Fußballspieler sei, und so fort. Was für schöne Lügen! Es war das erste Mal in meinem Leben, daß ich solche Lügen erzählte, und sie schienen mir gar keine richtigen Lügen, keine Fälschung oder Falschheit, sondern eher etwas wie kleine Ermunterungen zur Leichtigkeit, zur Freiheit. Tatsächlich ist die Lüge ja nur im Vergleich mit der Wahrheit eine Lüge; doch ich hatte meine Wahrheit in Rom gelassen, wo sie auf dem Pflaster von Trastevere verdunstete, und hier in Storta war ich ein anderer ja eigentlich existierte ich gar nicht, ich war nichts und niemand – und im Vergleich mit nichts und niemand ist eine Lüge keine Lüge mehr, da ist dann alles wie Nebel, Rauch und Wind: das regt sich, bewegt sich und entschwindet. Und während ich also log und meine vierzigtausend Lire ausgab, ohne irgend etwas zu tun, während ich die Oktobersonne genoß, Karten spielte, Wein trank und die vorbeifahrenden Wagen auf der Via Cassia betrachtete, wurde das Leben tatsächlich so leicht wie eine kleine Wolke im Wind.

Ich sagte, daß Lügen keine wirklichen Lügen sind, solange sie nicht irgendeiner Wahrheit gegenüberstehen. Hätte ich mich nun darauf beschränkt, so weiter zu lügen – ohne etwas zu tun –, dann wäre mein Leben in Storta auch weiterhin leicht geblieben; und wer weiß, wohin mich dieser leichte Weg noch geführt hätte. Doch leider machte ich einen Fehler: Statt weiterhin nur Flausen zu erzählen, tat ich etwas, das heißt, ich ließ mich auf etwas ein. Und genau in dem Moment, in dem ich es tat, wurde ich wieder wirklich, und meine Lügen wurden wirkliche Lügen. Und das leichte Leben war plötzlich schwer, schwerer noch als in Trastevere.

Worauf ich mich einließ, das war das alte Lied: Ich verliebte mich in Maria, die Wirtstochter der Osteria. Maria war nicht mehr sehr jung – sie mag etwas über dreißig gewesen sein. Und sie war auch nicht mehr ledig: mit sechzehn Jahren war sie die Frau eines Bauern aus der Gegend geworden und hatte ein Mädchen von ihm, das jetzt schon ziemlich groß war; ihr Mann mußte dann in den Krieg, sie schickten ihn nach Rußland, und er kam niemals wieder. Während all der Jahre hatte sie darauf gewartet, daß ihr Mann heimkehrte, denn niemand hatte ihr mit Sicherheit sagen können, daß er gefallen wäre; und so war Maria Witwe und war es auch wieder nicht. Maria war groß, dunkelhaarig, blaß, sehr kräftig und machte wenig Worte. Sie war immer schwarz gekleidet, auch wenn sie auf dem Landgut ihres Mannes arbeitete, und sogar, wenn sie die Tiere versorgte. Sie kochte für mich, bediente mich bei Tisch, kehrte mein Zimmer, machte mein Bett, so daß ich sie fast den ganzen Tag sah. Und wie das so geht: Ein Mann und eine Frau, die immer zusammen sind, die halten sich dann schließlich aneinander. Doch was mich zu meinem Entschluß bestimmte, war ein Satz, den sie eines

Tages so hinwarf: «Ich bin viel zu alt; und außerdem kann mein Mann noch zurückkommen. Wenn du in vier Jahren wiederkommst, geb ich dir Agnese zur Braut.» Agnese war die Tochter, zwölf Jahre alt; auf diese Weise ließ sie mich wissen, daß sie mitmachen würde, wenn ich es versuchte. Was hätten Sie getan? Ich sagte ihr, sie sei keineswegs alt, ihr Mann käme nicht mehr zurück, und sie sei mir heute lieber als die Tochter morgen – und so begann unsere Liebe.

Um Ihnen einen Begriff von Marias vorausschauendem, entschlossenem Charakter zu geben, will ich nur eine Begebenheit berichten. In der Nacht, als wir auf dem Landgut des Mannes, auf dem Maria ein Häuschen mit einem Strohschober hatte, unser erstes Stelldichein haben sollten, sah ich im Vorübergehen, daß Maria in der Küche einen großen Kessel voll Wasser aufgesetzt hatte. Zuerst wunderte ich mich, aber dann begriff ich. In der Osteria gab es kein Bad, und sie wärmte all das Wasser meinetwegen, um sich zu waschen und frisch und sauber für das Stelldichein zu sein. Sie sagte mir dann auch später: «Ich hab gebadet, bevor ich zu dir kam.»

Und wie leicht auch alles zuerst noch war: dies war eine schwere Leidenschaft, so schwer, daß ich schon ahnte, sie würde mir noch das Leben schwer machen. Aber ich konnte nicht dagegen an; und immer, wenn es zehn Uhr schlug, überwältigte mich die Gier, und ich lief aus der Osteria und rannte quer über die Felder zum Landgut, und dort war sie – stumm und leidenschaftlich; sobald sie mich sah, warf sie mir ihre Arme um den Hals. Und immer häufiger sprach sie vom Heiraten. Eines Tages sagte sie mir, sie wolle ihren Mann amtlich für tot erklären lassen, und dann könnten wir heiraten, und sie käme mit mir nach Rom, oder ich solle bei ihr in Storta bleiben.

Ich sagte weder ja noch nein, denn sie war ja der Meinung, durch meine Lügen verführt, ich sei Junggeselle, wohlhabend und frei. Ich liebte sie und fühlte gleichzeitig, daß ich das nicht durfte. Bei unseren Zusammenkünften versuchte ich, so wenig wie möglich zu reden, weil mir sonst nichts anderes übriggeblieben wäre, als den vielen Lügen, die ich bereits erzählt hatte, noch weitere hinzuzufügen. Jetzt tat es mir leid. Die ersten Lügen waren mir so herausgerutscht, doch sie hatte jedes Wort ernst genommen – und jetzt stand diesen Lügen eine Wahrheit gegenüber: die Wahrheit ihrer Liebe. Oft fühlte ich, daß ich ihr nun alles sagen müßte: vor allem, daß ich verheiratet war, arbeitslos und in gar keiner Weise frei. Doch immer schwieg ich, da diese Wahrheit mit der Wahrheit ihrer Liebe nicht in Einklang zu bringen war, denn die stand ja in Einklang mit meinen Lügen.

Etwa einen Monat ging es so weiter. Nachts trafen wir uns auf dem Landgut und tagsüber in der Osteria. Inzwischen ging das Geld zu Ende, und ich sah den Augenblick nahen, in dem ich entweder ausreißen mußte wie ein Dieb in der Nacht oder mich von Marias Eltern unterhalten lassen. Doch dann sagte ich mir, es sei vielleicht gar nicht so unangenehm, daß das Geld zu Ende ging, denn das war nun ein handfester Grund, das Verhältnis abzubrechen und abzufahren – ohne das Geständnis, daß ich schon verheiratet sei. Ich hätte Maria nicht beleidigt, und vielleicht hätte sie sogar Verständnis gehabt. Doch die Frauen sind in manchen Dingen hellsichtig. Eines Abends, auf dem Landgut, flüsterte sie mir im Dunkeln zu, mitten im Stroh: «Ich weiß, daß du kein Geld hast, ich habe in deinen Geldbeutel geschaut. Du brauchst deshalb nichts zu befürchten. Du kannst ruhig hierbleiben. Wir brauchen sowieso jemanden, der uns hilft. Bleib hier – und dann heiraten wir.»

Als ich von Rom weggefahren war, hatte ich Giovacchino meine neue Adresse gegeben, hauptsächlich, um ihm zu zeigen, daß ich seinen Rat befolgte. Und das war die Bananenschale, auf der ich ausrutschte; das war die Nadel, die den mit Lügen vollgepumpten Ballon meines Lebens zum Platzen brachte. Ich kehrte eines Abends, nachdem ich mit den Freunden aus Storta Karten gespielt hatte, in die Osteria zurück, und als ich am Zaun vorbeiging, hörte ich deutlich die Stimme Giovacchinos.

Leise trat ich an den Zaun heran und sah hindurch. Giovacchino saß am Tisch und plauderte mit Maria, die ihm gerade einen Krug Bier gebracht hatte. Ich schnappte nur diesen Satz auf: «Seine Frau glaubt, er sei in Mailand, um dort zu arbeiten; wenn sie dahinterkommt, daß er die ganze Zeit hier gewesen ist, dann gnade ihm Gott.»

Ohne zu zögern, drehte ich um, ging auf die Via Cassia, hielt das erste Lastauto an, das vorbeikam, und bat den Fahrer, mich nach Rom mitzunehmen. Ich stieg auf den Wagen, der Ziegelsteine geladen hatte, und setzte mich auf einen Sack mit Zement. Ich spürte ein merkwürdiges Kitzeln in der Nase, als wenn ich weinen müßte. Dann blickte ich zum Himmel hinauf, während der Lastwagen Rom entgegenfuhr, und sah, daß zum erstenmal nach einem Monat schönen Wetters wieder alles voll schwarzer Wolken war, die wallten und schwollen wie der Rauch eines Brandes. Auch die Luft hatte sich verändert, sie war heiß und klebrig. Mit einem Wort: der Schirokko. Es dauerte nicht lange, da wurde das Kitzeln in meiner Nase bestimmter: Das erste Niesen brach los. Und dann hatte ich gar keine Zeit mehr, Maria zu beweinen, Gewissensbisse zu haben und mich schuldig und unglücklich zu fühlen. Denn ein Niesen folgte dem anderen, eins immer stärker als das vorige, mein Kopf tat weh, und die Augen tränten, und es schien mir, als führe mit jedem Niesen eine meiner Lügen aus meiner Nase heraus und verschwände. In Rom stieg ich – unter ständigem Niesen – vom Wagen und näherte mich im Regen meiner Wohnung.

Laß mich in Ruhe

Der arme Pompei, Buchdrucker von Beruf und mit seinen fünfundvierzig Jahren schon so grau und müde, als wäre er sechzig, kam nachts nach der Arbeit nach Hause und hörte – gerade, als er sein Knie aufs Bett stützte, um unter das Leintuch zu kriechen – seine Frau im Dunkeln murmeln: «Stell dir vor, Marcella ist immer noch nicht nach Hause gekommen.» Diese Worte vergifteten Pompeis Schlaf; am Tage darauf dann, als er Marcella sah, wurde ihm auch das Erwachen vergiftet: «Um wieviel Uhr bist du heimgekommen?» – «Ach, was weiß ich, die Uhr ist stehengeblieben.» – «Aber ich weiß es – es war fünf Uhr früh!» – «Na, wenn du es weißt, warum fragst du dann?» – «So antwortet man seinem Vater nicht!» – «Wie soll ich denn sonst antworten!» – «Ah, du willst es also nicht anders!» Und dann klatschten – peng, peng, peng – die Ohrfeigen. Aber Marcella machten Ohrfeigen nicht viel aus; sie war hart im Nehmen; der Vater hingegen geriet in Atemnot. Kaum war er – türenschlagend – zur Arbeit gegangen, sagte die Mutter zu Marcella, die sich gerade, als wäre gar nichts gewesen, das Rot überpuderte, das die väterliche Hand zurückgelassen hatte: «So darfst du deinem Vater doch nicht antworten! In seinem Alter bekommt es ihm nicht, wenn er sich aufregt. Solange du in seinem Hause lebst und sein Brot ißt, hast du auch auf ihn Rücksicht zu nehmen.» Marcella zuckte die Achseln und antwortete: «Ich habe nicht darum gebeten, in die Welt gesetzt zu werden. Ihr habt dafür gesorgt, daß ich kam. Jetzt müßt ihr auch für meinen Unterhalt sorgen.»

Diese kleine Familienszene soll Ihnen zeigen, was Marcella für einen Charakter besaß, und welchen Fehler ich gemacht hatte, als ich mich mit ihr einließ. Ich meinerseits bin das, was man unter einem gutmütigen Menschen versteht: friedlich, gesetzt, rundlich, ohne Nervosität und mit dichten blonden Haaren, die mir bis in die Mitte der Stirn wachsen und einen schläfrigen Ausdruck verleihen. Auch mein Beruf erfordert Ruhe und Geduld, denn ich bin Uhrmacher. Vielleicht beeindruckte mich Marcella gerade deshalb, weil sie so ganz anders war als ich. In ihrem Kopf, der an einen angriffslustigen Sperber erinnerte, mit runden, schwarzen Augen, gebogener Nase und einem wie mit der Sichel geschnittenen Mund, wohnte alles, was ich nicht hatte: Härte, Schärfe, Gewaltsamkeit und Bosheit. Eins muß ich allerdings anerkennen: Marcella war mir gegenüber immer aufrichtig; vom ersten Tage an, da ich hinter ihr her war, sagte sie mir: «Laß mich in Ruhe, ich bin nicht die Richtige für dich.» Und von da an sagte sie das immer wieder, die ganze Zeit über – zwei Monate des Streites, des Zorns, der Auseinandersetzungen, der bösen Antworten und der schlechten Laune. Am Ende sagte ich zu ihr: «Du hattest recht, du bist nicht die Richtige für mich. Auf Wiedersehen, und mach's gut.» Sicher war sie unangenehm überrascht, denn ein so resolutes Vorgehen hatte sie nicht von mir erwartet. Aber sie sagte: «Siehst du, ich hab es dir ja immer gesagt. Also schön, und nichts für ungut, und auf Wiedersehen!»

Von diesem Tage an sah ich sie nur noch ganz selten und immer nur zufällig, auf der Straße oder in irgendwelchen Lokalen. Sie wohnte nach wie vor bei ihrer Familie, führte aber – meiner Meinung nach – ein reichlich unabhängiges Leben. Ich sah sie in unserem Viertel, außerhalb der Porta San Paolo, an der Spitze einer Bande halbstarker Arbeitsloser herumziehen, als einzige Frau unter lauter Burschen, aggressiv, herausfordernd, rücksichtslos hart, fast wie ein Mann, mit wehenden Haaren, herausgestreckter Brust und immer bereit zu einer so unverschämten Bemerkung, daß einem die Luft wegblieb, oder einer so ungehörigen, daß man schamrot wurde. Ja, Marcella segelte mit Rükkenwind; sie ging ihren Weg stur geradeaus und kümmerte sich um niemanden. Dann verschwand sie plötzlich. Ich sah diese Halbstarkenbande wieder, aber Marcella war nicht mehr dabei. Ich vermutete, daß sie doch lieber das Milieu gewechselt hatte, und dachte nicht mehr daran.

Eines Tages stand ich hinter dem Ladentisch, mit einer Lupe

am Auge, und zerlegte gerade eine Uhr; der Meister war ausgegangen. Es trat jemand ein, und während ich die Lupe vom Auge nahm, hörte ich eine sanfte Stimme: «Störe ich, Giulio?» Ich fuhr zusammen: denn es war Marcella.

Es wäre übertrieben, zu sagen, daß ich sie kaum wiedererkannt hätte, denn es war immer noch die gleiche Marcella. Doch wenn ich sagen würde, daß sie verändert war, dann wäre das zuwenig, denn diese gleiche Marcella war auch wieder eine ganz andere: weich, ruhig, gelöst, herzlich, durchaus nicht mehr männlich, sondern im Gegenteil äußerst weiblich. Sie hatte einen verlegenen Blick, den ich nicht an ihr kannte; auf ihren Lippen lag ein fast scheues Lächeln und über ihrem Gesicht ein seltsam verlorener Ausdruck. Sie fragte nochmals: «Ich störe doch nicht? Kann ich einen Augenblick hierbleiben?» Ich glaubte plötzlich einen neuen Hoffnungsschimmer zu sehen und sagte mir: «Jetzt ist es soweit, sie ist gekommen, um mir zu sagen, daß sie mich liebt.»

Sie setzte sich und sah mich schweigend an; ihre Augen glänzten, und ihr Mund zitterte ein wenig, als wolle er gleich anfangen zu weinen. Endlich sagte sie mit verlöschender Stimme: «Giulio, hilf mir, es geht mir sehr schlecht.» Bei diesen Worten beugte ich mich liebevoll nach vorn und nahm ihre Hand. Doch sie fügte sogleich hinzu: «Ich bin verliebt.»

Es war mir klar, daß sie nicht in mich verliebt war; ernüchtert ließ ich ihre Hand los und setzte mich in meinen Stuhl. Dann sagte ich säuerlich: «Du bist verliebt? Wie erfreulich. Aber wozu brauchst du mich dabei?» Und sie: «Sprich nicht so mit mir, Giulio – du bist der einzige Mensch, mit dem ich offen reden kann. Du darfst mich nicht wegstoßen.»

Nun, da war nichts zu machen: Sie hatte mich für die Rolle des Vertrauten vorgesehen, und ich fand mich damit ab; ich ermunterte sie also, mir ihr Herz auszuschütten. Darauf hatte sie nur gewartet; prompt legte sie los, erst noch ein wenig stockend, dann immer unbefangener und in jener raschen, wortreichen und vertraulichen Art, in der Frauen mit jemandem, der sie versteht, über ihre Herzensangelegenheiten zu reden pflegen. Sie sagte, sie habe sich in einen gewissen Zangrilli verliebt, den Besitzer einer Achterbahn im Luna-Park. Sie sagte, daß Zangrilli, der das Alter ihres Vaters, eine Frau und Kinder habe, sich einesteils für sie interessiere, andernteils auch wieder nicht, so daß sie nicht herausbekomme, ob er sie nun eigentlich liebe; seither könne sie kaum noch schlafen, habe keinen Appetit mehr und sei in einem Monat um ich weiß nicht wie viele Kilo abgemagert. Sie sagte, diese große Liebe habe im Luna-Park begonnen: Zangrilli habe ihr beim Aussteigen aus der Achterbahn geholfen, ihre Hand gedrückt und sie so merkwürdig angesehen. Das habe sich dann noch mehrmals wiederholt, und eines Abends sei Zangrilli zu ihr zugestiegen und am höchsten Punkt der Achterbahn habe er ihr einen Kuß gegeben, den ersten und letzten allerdings, denn von da an sei er ihr aus dem Wege gegangen, es sei nicht zu begreifen. Sie sagte, sie wisse, daß der in der Liebe der Stärkere ist, der sich entziehen kann, doch es sei nun mal nicht ihre Art, zu warten, bis sie gerufen werde, vielmehr sei sie immer diejenige, die zu Zangrilli renne; sie könne einfach nicht anders. Kurz, sie redete und redete, rasch und vertraulich; und dabei fiel mir ein, daß ich mir manchmal gesagt hatte, wenn ich in der Kirche an einem Beichtstuhl vorbeiging und das pausenlose Geplapper einer Frau vor dem Gitter hörte, der arme Priester auf der anderen Seite müsse schon wirklich eine Engelsgeduld besitzen. Ja, sie sprach zu mir wie zu einem Beichtvater. Und sie erwartete von mir Rat und Hilfe.

Ich riet ihr, so gut ich konnte, und sagte alles, was man in solchen Fällen zu sagen pflegt: Sie solle ja nicht den Kopf verlieren, sondern in Ruhe abwarten, es würde sich schon alles einrenken, und so weiter. Sie ging, nachdem sie mir überströmenden Herzens gedankt hatte, mit Tränen in den Augen. Ich glaubte mich nun von ihr befreit zu haben, doch kurze Zeit später kam sie wieder. Sie trat ein, setzte sich und begann ihre Reden genau an dem Punkt, an dem sie vor ein paar Tagen aufgehört hatte. Zangrilli hatte ihr am Telefon gesagt: «Laß mich in Ruhe, ich bin nicht der Richtige für dich», und sie wollte wissen, ob Zangrilli diese Worte wohl ernst gemeint habe und wirklich so denke, oder ob er womöglich Komödie spiele und hinter dieser Maske seine Liebe zu ihr verberge.

Es waren die gleichen Worte, die sie immer wieder zu mir gesagt hatte, während jener zwei Monate; doch in ihrer blinden Verliebtheit war ihr das gar nicht zu Bewußtsein gekommen. Und mir fehlten der Mut und die Härte, sie darauf aufmerksam zu machen. Ich sagte, nur um irgend etwas zu sagen: «Weißt du, so was muß man mit eigenen Ohren gehört haben, denn in solchen Fällen kann es auf eine Nuance des Tonfalls ankommen. Ich kann das also schwer beurteilen.» Sie gab sich mit meiner Antwort zufrieden, denn sie ließ ihr ja noch ein wenig Hoffnung; am Ende bat sie mich, mit ihr zu Zangrilli zu gehen. Ich sah die Sache so, daß er sie weder liebte, wie sie behauptete, noch daß er Komödie spielte, wie sie hoffte. Ich war einverstanden, wenn auch mehr aus Neugierde. Wir verabredeten, am nächsten Tag zusammen zum Luna-Park zu gehen.

Am nächsten Abend, als wir uns trafen, nahm Marcella mich auf dem Bahnsteig, von dem aus die Züge nach Ostia fahren, beiseite, öffnete eine lange Schachtel und fragte mich begierig: «Ist sie nicht schön? Schau dir das mal an – ich hab sie für ihn gekauft.» Es war eine Krawatte, und sie war keineswegs schön; Frauen verstehen ja bekanntlich nichts von Krawatten. Ich sagte jedoch, um sie nicht zu verbittern, sie gefiele mir. Sie legte die Krawatte in die Schachtel und nahm das Gespräch wieder auf. Zweifelnd fragte sie: «Was meinst du, ist es richtig, ihm ein Geschenk zu machen, nachdem er mir am Telefon das gesagt hat? Oder fändest du es besser, wenn ich mich gekränkt oder aufgebracht gebe?» Kurz, die arme Marcella wußte nicht mehr, was sie tun sollte. Wenn man bedachte, wie hoch sie früher die Nase getragen hatte, wie unbekümmert sie durchs Leben gegangen war, ohne Zögern und ohne Skrupel... Ja, solche Scherze leistet sich die Liebe.

Im Luna-Park wühlte sich Marcella durch das übliche Gedränge der Müßiggänger, vorbei an den bunten Lichtern, an den Schießbuden, geradewegs zur Achterbahn, an der sich hoch oben zwei Kettenreihen weißer Lampen vom dunklen Himmel abhoben. An der Abfahrtsrampe bei den Wagen stand ein magerer, großer Mann, mit dem Gesicht eines Buckligen, obwohl er nicht bucklig war, dunkelhaarig, lederhäutig, mit blitzendem Blick, scharfgebogener Nase und vorspringendem Kinn: Zangrilli. Er trug ein hochgeschlossenes schwarzes Hemd und eine zerrissene Hose. Seine Augen waren halb geschlossen, wegen des Zigarettenstummels zwischen seinen Lippen. Er empfing uns kühl und bemerkte: «Na, sieht man sich auch mal wieder –?» Marcella drückte ihm – zitternd – die Schachtel in die Hand und sagte: «Ich hab dir eine Krawatte mitgebracht, Fausto, hoffentlich gefällt sie dir!» Er murmelte ein unbeteiligtes «Danke» und schob die Schachtel, ohne sie zu öffnen, in die Tasche. «Du siehst sie dir ja nicht mal an, Fausto», rief Marcella schmerzerfüllt, doch Zangrilli antwortete ihr nicht. Er läutete die Abfahrtsglocke, und als der letzte Wagen verschwunden war, rief er einen Jungen herbei, und sagte zu ihm: «Paß du ein bißchen auf, ich hab zu tun.» Dann kam er zu mir: «Sind Sie Marcellas Bruder?» Zitternd antwortete Marcella für mich: «Nein, er ist mein bester Freund.» Und er: «Um so besser, genau Sie wollte ich sprechen. Marcella, du erlaubst doch?» Dabei nahm er mich am Arm und zog mich auf die Seite.

Er ging sofort, ohne Umschweife, auf sein Ziel los: ein nüchterner Mann, der keine Flausen im Kopf hatte und mit seinem betonten Ernst eher traurig wirkte. Er sagte: «Sie sind also Marcellas bester Freund. Sagen Sie ihr doch bitte, sie soll sich hier nicht mehr blicken lassen; es ist verlorene Zeit.» Ich sagte nichts. Nachdem er den Stummel weggeworfen hatte, fuhr er fort: «Marcella ist in mich verliebt, aber ich bin nicht in sie verliebt. Und selbst wenn ich es wäre, könnte nichts Ernsthaftes daraus werden. Ich könnte ihr Vater sein; ich habe Kinder und eine Frau, die noch dazu sehr eifersüchtig ist. Diese Geschichte muß ein Ende haben. Marcella soll gefälligst aufhören, um mich herumzuschwirren. Ich hab ihr schon am Telefon gesagt: ‹Laß mich in Ruhe, ich bin nicht der Richtige für dich.› Warum begreift sie das nicht endlich?» Kurz, er sprach klar, sachlich, vernünftig und ein wenig betrübt. Am Ende versprach ich, es Marcella zu sagen, und er ging mit mir zurück zu ihr; sie wartete auf uns bei der Achterbahn und schlug sofort vor: «Wollen wir nicht eine kleine Fahrt machen? Los, los, einsteigen!» Die törichte Marcella – ich wagte nicht, es ihr abzuschlagen, und setzte mich neben sie. Die Glocke schlug an, und die Wagen setzten sich langsam in Bewegung, begleitet von einer klagenden Musik.

Der Wagen stieg und stieg, Marcella saß bewegungslos da und schwieg, und unter uns schimmerten die Lichter des Luna-Parks auf, die spitzen Zeltdächer und die Häuserfronten des Viertels rundum. Der Wagen erreichte den höchsten Punkt, und plötzlich fragte Marcella: «Was hat er gesagt?» Ich sagte hart: «Du sollst ihn in Ruhe lassen!» Doch genau in diesem Moment sauste der Wagen abwärts, der Wind pfiff uns ums Gesicht, und sie verstand meine Worte nicht – oder vielleicht hoffte sie, falsch verstanden zu haben. Jedenfalls rief sie nochmals: «Was hat er gesagt –?» Und während der Wagen mit ungeheurem Getöse hinunterraste, brüllte ich abermals, so laut ich konnte: «Er hat gesagt, du sollst ihn in Ruhe lassen!» Jetzt hatte sie verstanden, und als der Wagen – bei einer erneuten Steigung – einen Augenblick langsam fuhr, machte sie plötzlich eine wilde, verzweifelte Bewegung – sie versuchte, sich in die Tiefe zu stürzen. Ich konnte sie gerade noch an den Haaren zurückreißen, und während der Wagen hinabbrauste und dann wieder nach oben stieg, rangen wir miteinander – sie, um hinauszuspringen, und ich, um sie zurückzuhalten. Endlich gab sie nach, matt und erschöpft – ihr Kopf lag auf meinen Knien. Kurz darauf hielten wir an der Abfahrtsrampe, während die Musik zu einer heulenden Klage anschwoll und erstarb. Zangrilli war verschwunden.

Versuche einer, die Frauen zu verstehen! Es war doch nett von mir, daß ich ihr am Ausgang des Luna-Parks vorschlug: «Wollen wir einen Kaffee trinken gehen?» Doch sie zuckte die Achseln, riß sich mit einem Ruck von mir los und rief: «Ach, hör doch auf … Laß mich in Ruhe!» Und sie rannte davon. Ich habe sie nie wiedergesehen.

Es ist nicht der richtige Augenblick

Wenn Sie Paolino, den Freund meiner Stunden nach Mitternacht, nicht kennen, dann wissen Sie nicht, was Lachen ist. Ich sehe Paolino jetzt nicht mehr oft – eben wegen dieses Lachens übrigens –, doch ich kann nicht leugnen, daß mich manchmal, unter all diesen Hängemäulern und Fanatikern, die Sehnsucht nach ihm packt. Paolino ist ein junger Mann in meinem Alter, sehr klein, mit niederer Stirn, eingedrückter Nase und dem Schwergewicht auf den Kinnladen und der Mundpartie. Seine mächtigen, quadratischen, vorstehenden Kiefer erinnern an die Schaufeln eines Baggers, die imstande sind, einen halben Hügel zu schlucken, sich dann schließen, herumschwenken, über einem Lastwagen wieder öffnen und ihn bis zur Hälfte füllen. Sein riesiger Mund reicht von einem Ohr bis zum anderen und sieht aus wie der Spalt einer Sparbüchse. Ich weiß nicht, was Paolino wohl im Kopf haben mag; aller Wahrscheinlichkeit nach ein kleines, sehr empfindliches Gerät mit einem Lach-Auslöser, denn da genügt eine Winzigkeit – und schon reißt er seinen enormen Mund auf und lacht sich schief. Nach dem Lachen wird Paolino nicht etwa wieder ernst, wie jeder andere Mensch, sondern er behält das Lachen im Gesicht wie ein Himmel, der auch nach dem Sonnenuntergang noch rot bleibt. In seinen Augen glänzen Tränen, sein Mund bleibt offen, und sein Gesicht, verwandelt vom Blutandrang, ist scharlachrot. Kurz, Paolino lacht, wie Ausgehungerte essen: gierig und begeistert. Man gewinnt bei ihm den Eindruck, daß sein gesamtes Leben vorwiegend aus Lachen bestanden haben muß, denn wenn ihm diese oder jene frühere Begebenheit einfällt, versäumt er nie, zu sagen: «Mensch, haben wir gelacht!» oder: «Das war vielleicht komisch – weißt du noch?» – ja, fast wie ein Hungriger, der sich an die großen Mahlzeiten seines Lebens erinnert.

Paolino war also absolut nicht geeignet, mir am Abend des Dreikönigstages auf der Piazza Navona Gesellschaft zu leisten; aber er war der einzige, den ich traf. An jenem Abend ging ich nicht auf die Piazza Navona, um wie so viele Radau zu machen, sondern aus einem ganz bestimmten Grunde. Da sich Iole grundlos von mir getrennt hatte, und da es unmöglich schien, sie zu Hause oder bei dem Friseur anzutreffen, bei dem sie als Maniküre arbeitete – denn immer wieder gelang es ihr, mir zu entwischen –, hatte ich mich entschlossen, sie auf der Piazza Navona zu suchen, denn ich wußte, daß sie dorthin gehen wollte. Ich hatte vor, sie zu stellen und vielleicht auch zu blamieren. Nein, ich bin nicht wie Paolino, ich lache nicht, wenn es nicht wirklich etwas zu lachen gibt, was selten genug passiert; das Leben ist für mich eine ernste Sache, und ich halte auf Würde – und wenn eine Frau mich nicht mehr liebt, dann hat sie mir das klipp und klar zu sagen und mir nicht mit allerlei faulen Tricks auszuweichen, bis ich gezwungen bin, ihr aufzulauern. Deshalb sagte ich auch gleich auf der Piazza Zanardelli zu Paolino: «Du weißt, warum ich heute abend auf die Piazza Navona gehe. Ich möchte also nicht durch dauerndes Lachen gestört werden.» – «Wer lacht denn?» fragte er, schon lachend, mit purpurrotem Gesicht und Tränen in den Augen. «Du lachst», antwortete ich ärgerlich, «hör schon auf!» Er wurde ernst, wozu er einer sichtlichen Anstrengung bedurfte, und wir begaben uns zur Piazza Navona. Kaum waren wir dort, da wurde mir klar, welchen Fehler ich gemacht hatte: vor allem, weil ich nicht wußte, wie ich in dieser Menschenmenge Iole finden sollte; dann aber auch, weil ich Paolino mitgenommen hatte. Er wollte sich tatsächlich schon am ersten Stand eine dieser Pfeifen kaufen, die einen ganz fürchterlichen Ton von sich geben, ferner einen Strohhut mit einem Schlauch und einer Quaste daran: Wenn man draufdrückte, hüpfte der Hut in die Höhe. Gereizt fragte ich ihn: «Warum macht es dir nur so viel Spaß, den Clown zu spielen?» Und er, unter schallendem Gelächter: «Na was denn, es ist doch nur einmal im Jahr Dreikönig.»

Genau im gleichen Moment sah ich – welch ein Zufall – Iole, die in der Nähe des Mittelbrunnens vor einer Schießbude stand.

Ich sagte zu Paolino: «Jetzt bitte ich dich – hör auf mit deiner Lacherei.» Und ich ging auf sie zu.

Iole war eine jener wasserstoff-gebleichten Platin-Blondinen, wie man sie jetzt viel sieht, mit einem durch hellen Puder hervorgerufenen Leichenfarbengesicht, blassen Lippen und rundum bemalten Augen. Sie trug ein rotes Mäntelchen und schmiegte sich an einen Amerikaner, den ich vom Sehen kannte, einen gewissen Ricardo, der, wie mir jetzt dämmerte, wohl der Hauptgrund ihrer Abkühlung war. Er trug eine Jacke mit roten und grünen Karos, hatte ein kräftiges Gesäß, und auf seinem roten Kopf mit dem kurzen Haarschnitt à la Marlon Brando saß eine Pelzmütze. Ein sogenannter stattlicher junger Mann, zumindest im Vergleich mit mir, denn ich bin eher klein; doch einen erheblichen Fehler hatte er: Sein Mund, der den Eindruck eines unförmigen Risses machte, sprühte einem beim Sprechen die Spucke ins Gesicht.

Er hielt ein Gewehr im Anschlag, hatte einen Fuß vorgestellt, sein Gesicht lag am Kolben, der Blick am Visier; und Iole, der als schwachem Mädchen starke Männer gefallen, sah bewundernd zu ihm auf, während er auf den Blech-Bären schoß, der durch einen Blech-Wald spazierte, gefolgt von einem Blech-Hund. Und er schoß, peng, peng, immer ins Zentrum, so daß dem Bären kaum Zeit blieb, seine Sprünge zu machen. Ein guter Schütze – nichts dagegen zu sagen; aber ich hatte doch schließlich anderes vor, als seine Treffsicherheit zu bewundern. Ernst kam ich näher und sagte zu Iole, indem ich sie am Ärmel zog: «Guten Abend. Hör zu, ich habe dir ein paar Worte zu sagen.» Die ganze Wirkung meines würdigen Auftretens wurde jedoch durch Paolino zerstört, denn er rief unter viel Gelächter: «Du kennst wohl Gigi nicht, Iole? Erlaube, daß ich ihn dir vorstelle.»

Bei meinen Worten hatte sie sich umgewandt und musterte mich, als hätte sie mich weder wiedererkannt, noch überhaupt je gesehen; dann sagte sie: «Aber Gigi, das ist doch jetzt nicht der richtige Augenblick!» Ihr Blick wies dabei auf den Amerikaner. Ich beharrte: «Ich muß dich aber sprechen.» Es war mir klar, daß es wirklich nicht gerade der beste Augenblick war, aber hätte ich diese Gelegenheit nicht genutzt, wer weiß, ob jemals wieder eine gekommen wäre. Der Amerikaner, der uns gehört haben mußte, drehte sich plötzlich um und sagte lachend: «Gigi, das ist nicht der richtige Augenblick!» Dann reichte er mir das Gewehr: «Probieren Sie auch mal!»

Mechanisch nahm ich das Gewehr und schoß einige Male, ohne allerdings den Bären zu treffen, denn meine Hände zitterten vor Nervosität. Dann warf ich das Gewehr auf die Theke und sagte entschlossen: «Also – du mußt mich anhören, denn ich habe mit dir zu reden. Komm, gehen wir!» Und ich ergriff ihren Arm. Pikiert, wie eine gekränkte große Dame, wich sie zurück und wiederholte äußerst kühl: «Ich habe dir schon gesagt: das ist nicht der richtige Augenblick.» Dann hörte ich Paolino hinter mir lachen und nachplappern: «Gigi, das ist nicht der richtige Augenblick!»

Sie machten sich also über mich lustig. Rot vor Zorn, doch unfähig, mich von Iole zu trennen, die jetzt ebenfalls begonnen hatte zu schießen, tat ich so, als ob ich ihre Schüsse beobachtete: Sie traf kein einziges Mal. Der gutmütige Amerikaner zog ein Päckchen Zigaretten aus der Tasche und hielt es mir hin: «Zigarette?» Ich lehnte ab und sagte: «Ich bin nicht hierhergekommen, um zu rauchen, sondern um mit der Signorina zu sprechen.» Scherzend hob er den Zeigefinger und sagte: «Mit der Signorina sprechen? Dazu ist aber nicht der richtige Augenblick.»

Inzwischen war es Iole langweilig geworden, auf den Bären zu schießen. Sie ging zur Bude nebenan, einem Schießstand, an dem man auf Zelluloidbälle schoß, die auf der Spitze eines feinen Wasserstrahls tanzten. Wir fingen wieder an zu schießen; und ich, aufgewühlt und unfähig jetzt, mich länger zu beherrschen, zog Iole wiederum am Ärmel und sagte leise zu ihr: «Nur zwei Worte. Dann verlasse ich dich, und du siehst mich nie wieder.» Doch sie antwortete mir achselzuckend und jetzt anscheinend mit ganz bewußtem Hohn: «Später – du siehst doch, daß jetzt nicht der richtige Augenblick ist.» Paolino griff – wie einen Ball – den Satz flugs auf und plärrte wieder aus voller Kehle: «Gigi, jetzt ist nicht der richtige Augenblick!»

Ausgerechnet jetzt stand eine Bande dieser zügellosen Taugenichtse um uns herum, die auf die Piazza Navona gehen, um Unfug zu treiben und pfeifend und trompetend die Passanten zu belästigen. Paolinos Worte hören, sie mit lauter Stimme, wie einen Refrain, wiederholen, sich bei den Händen nehmen und uns umkreisen, war das Werk eines Augenblicks. Nun standen wir also im Kreis eines Reigens von Erhitzten, die im Chore brüllten: «Gigi, jetzt ist nicht der richtige Augenblick!» Paolino lachte derartig, daß er beinahe umfiel; auch der Amerikaner lachte; und sogar Iole konnte sich trotz ihres Zorns eines Lächelns nicht erwehren; nur ich war düster-ernst und wartete unbewegt, mit gekreuzten Armen, darauf, daß der Radau sich legte. Endlich wollte es der Himmel, daß die Jugendlichen, die immer noch schrien: «Gigi, jetzt ist nicht der richtige Augenblick», eine Schlange bildeten, wobei einer den anderen bei den Hüften faßte, und sich unter allseitigem Spektakel entfernten. Der Amerikaner sah auf die Uhr und sagte: «Es ist jetzt der richtige Augenblick, etwas zu essen. Kommt ihr mit?» Unwillig ging ich mit in die Trattoria, gleich nebenan.

Im Erdgeschoß war kein Platz mehr, denn eine Unmenge von Leuten saß an den mit Tellern und Halbliterflaschen beladenen Tischen. Der Wirt kam uns entgegen, und als er uns unschlüssig sah, sagte er: «Im ersten Stock habe ich einen kleinen Saal. Es findet dort zwar gerade ein geselliger Abend der Trambahner statt, aber das macht Ihnen doch wohl nichts aus, nicht wahr?» Der nunmehr entfesselte Paolino antwortete: «Ein geselliger Trambahner-Abend in der Dreikönigsnacht? Aber das ist doch nicht der richtige Augenblick!» Der Wirt sah ihn kurz und böse an, dann ging er voran zur Treppe, die in den ersten Stock führte.

In dem niedrigen Raum schienen sich der Qualm und die gesamten Essensgerüche aus dem Parterre versammelt zu haben. Unter einer niederen Decke, die man mit der Hand berühren konnte, wenn man sie hob, stand ein hufeisenförmiger Tisch, an dem nur Männer saßen, alle in mittlerem Alter: die Straßenbahner, die ihr Festessen verzehrten. Mein erster Blick sagte mir, daß sie betrunken sein mußten, denn es standen ungezählte Liter-, Halbliter- und Strohflaschen auf dem Tisch. In einer Ecke deckte der Wirt ein Tischchen für uns, und dann bestellten wir lauter schwere römische Mahlzeiten, wie Nudeln mit Pagliata, Rindsbraten,

Lamm und Spanferkel – das heißt: die anderen bestellten, denn da ich aus Nervosität plötzlich ein Ekelgefühl verspürte, sagte ich: «Für mich nur ein bißchen Brühe.» Paolino, der sich vor Lachen fast die Kinnladen verrenkte, rief sofort: «Aber Gigi, in der Dreikönigsnacht nur ein bißchen Brühe? Das ist doch nicht der richtige Augenblick dafür.» Kurzum: sie fingen wieder an.

Es gibt nichts Idiotischeres, als wenn sich irgendein blödsinniger Satz im Gehirn festhakt. Den Satz «Gigi, jetzt ist nicht der richtige Augenblick» brachten nun alle drei bei jeder Gelegenheit an: der Amerikaner freundlich, ja herzlich und ohne etwas zu begreifen – ein richtiger Amerikaner eben –; Paolino, der sich halb totlachte, mit konzentrierter Albernheit; Iole mit bösem Überdruß, als wollte sie sagen: «Wieso bist du hier? Wieso lebst du überhaupt? Dafür ist jetzt nicht der richtige Augenblick.» Es war auch sinnlos, zu protestieren, denn der Satz tat seinen Dienst auch als Antwort auf meine Proteste. Beispielsweise sagte ich: «Hör schon auf! Ich sag dir's: Ich werde dich verprügeln!» Und sie: «Aber Gigi, dazu ist jetzt doch nicht der richtige Augenblick.» Oder ich begann ganz ruhig: «Wißt ihr, was ihr seid?» – und sie unterbrachen mich: «Sag es nicht, Gigi, denn es ist nicht der richtige Augenblick.» Bis zur völligen Verblödung ging es so weiter, und ich geriet langsam aus der Form; es half auch nichts mehr, daß ich ganz still wurde, denn sie reizten mich: «Warum so still und traurig? Dazu ist jetzt nicht der richtige Augenblick.»

Die Speisen wurden gebracht, und sie aßen, doch ich rührte kaum etwas an, obwohl sie spotteten: «Appetitlos, Gigi? Aber dazu ist nicht der richtige Augenblick.» Mittlerweile näherte sich der gesellige Abend der Trambahner seinem Ende. Und da stand einer dieser Straßenbahner auf, ein kräftiger Mann mit rotem Gesicht und schwarzem Schnurrbart, und hob sein Glas. Sofort riefen alle an der Hufeisentafel: «Ruhe, Ruhe!» Und auch wir waren still und sahen hinüber. Der Mann hielt in der einen Hand sein Glas, in der anderen einen Bogen Papier. Da er vom Wein eine schwere Zunge hatte, sagte er nicht ohne Mühe: «Und jetzt, liebe Freunde, bitte ich um Silentium, denn ich möchte euch ein bescheidenes, aber aufrichtiges Gedicht von mir vorlesen.» Paolino, der mit puterrotem Gesicht zugehört hatte, sprang unerwartet auf und sagte prustend: «Ein Gedicht? Aber dazu ist doch jetzt nicht der richtige Augenblick!»

Der Dichter, der gerade das Papier an die Augen hob, drehte sich, schnell wie eine Viper, um und rief: «He, was sagt der da?» Zweifellos war dies der Augenblick – um den verdammten Satz zu gebrauchen –, uns still und unauffällig zu verhalten, denn die am Nebentisch waren zwanzig und wir nur vier; außerdem waren sie betrunken und obendrein Leute, die sicher keinen Spaß verstanden. Leider aber war nun auch der Amerikaner betrunken. So kam er Paolino zu Hilfe, indem er wie ein Besessener schrie: «Ja, das muß einmal gesagt werden: Es ist nicht der richtige Augenblick!»

Was nun folgte, können Sie sich wohl vorstellen. Der Dichter und die vier Stärksten und Betrunkensten kamen aggressiv und drohend auf uns zu, wobei sie riefen: «Wer seid ihr überhaupt? Was wollt ihr eigentlich?» Dann sah ich Paolino mitsamt seinem Stuhl zu Boden gehen – der Dichter hatte ihm einen Stoß gegen die Brust versetzt. Die anderen vier fielen über den Amerikaner her und auch über mich, obwohl ich doch gar nichts damit zu tun hatte. Gleichzeitig erhob sich von der Hufeisentafel lautes Gebrüll: «Was hat diese widerliche Bande hier zu suchen? Schmeißt sie doch die Treppe runter!» Iole erschrak so, daß sie schrie: «Hilfe! Sie bringen sich um! Hilfe!»

Aus dem Erdgeschoß rannten die Kellner, der Wirt und einige Gäste herbei. Sie warfen sich zwischen uns und versuchten uns auseinanderzubringen. Jetzt waren alle vom Trambahnertisch auf den Beinen und brüllten: «Widerliche Bande, widerliche!» Dem Dichter tropfte Blut aus der Nase; der Amerikaner war wild geworden und boxte wie wahnsinnig um sich; ich wand mich zwischen zwei Trambahnern, die mich auf den Kopf schlugen, und unter dem Tisch hockte der unglückselige Paolino und schrie immer noch: «Dazu ist doch nicht der richtige Augenblick!»

Genug, es endete damit, daß wir vier mit Stößen, Schreien und Schlägen aus der Trattoria hinaus auf die Straße gejagt wurden. Als wir uns – übel zugerichtet – im Lärm der Piazza Navona wiederfanden, hängte sich Iole an den Arm des Amerikaners, der geradewegs auf die Piazza Zanardelli zusteuerte. Hier erwartete ihn ein langer Wagen, halb grün, halb gelb, in den sie auf der Stelle einsteigen wollten. Mit dem Mut der Verzweiflung packte ich Ioles Arm und sagte dabei: «Allmählich langt's mir! Jetzt hörst du mir endlich zu!» Diesmal wollte sie anscheinend vernünftig mit mir reden: «Aber Gigi, mach dir doch bitte einmal klar, daß das wirklich nicht geht, es ist jetzt nicht...» Sie stockte und fuhr dann mit einer jähen Grimasse, offenbar nahezu gegen ihren Willen, fort: «... der richtige Augenblick.» Der Amerikaner saß schon im Wagen und ließ den Motor an. Sie stieg nun auch schnell ein; der Amerikaner drehte sich um und sagte, mit scherzend erhobenem Zeigefinger, zum letztenmal: «Gigi, das ist nicht der richtige Augenblick!» Dann brauste der Wagen wie eine Rakete ab und ließ uns beide, Paolino und mich, mitten auf dem verlassenen Platz zurück.

Wütend drehte ich mich zu Paolino um und packte ihn wortlos am Kragen. Wiederum plapperte er: «Das ist nicht der richtige Augenblick, Gigi, es ist wirklich nicht der richtige Augenblick.» Dabei versuchte er sich zu befreien. Mit erheblicher Mühe wurden wir schließlich durch einige Passanten und zwei Polizisten getrennt, die plötzlich herbeigelaufen waren. Doch wissen Sie, was einer der Schutzleute sagte? «Ihr glaubt wohl, das ist der richtige Augenblick, euch zu prügeln? Die Dreikönigsnacht? Ihr solltet euch was schämen – los, macht jetzt, daß ihr weiterkommt!» So machte sich, ohne es zu wissen, auch noch der Polizist über mich lustig. Und ich frage Sie: Wann ist denn nun eigentlich der richtige Augenblick?

Natürlich

Kein Mensch geht um drei Uhr nachmittags durch die Via della Lungara; das tun nicht mal die Verwandten der Leute, die in Regina Coeli, der Strafanstalt, sitzen. Dabei ist das im Frühling eine sehr schöne Straße: mit den weiten Reihen der Häuser, den Bäumen, die über die Mauern der Gärten ragen, und den Bürgersteigen im Sonnenlicht, das um diese Stunde so sanft und wohltuend ist, daß man Lust bekommt, das Gesicht in die Sonne zu halten, mit geschlossenen Augen, und dahinzuwandeln wie ein Blinder. Als ich in der Via della Lungara in der Sonne dahinging, gegen drei Uhr nachmittags, bemerkte ich vor mir ein junges Paar. Der Mann schien nicht gerade ein Adonis zu sein, soweit man das von hinten beurteilen konnte: ein kleiner schwarzer Kopf, in fettigem Brillantine-Glanz, ein kurzes Montgomery-Mäntelchen mit Kapuze, äußerst enge Hosen und dünne, krumme Beine. Warum wirkt ein Mann mit krummen Beinen immer so trübselig? Na, egal. Diesen Mann mit den krummen Beinen also sah ich zum erstenmal, aber was die Frau betrifft, so kam mir ihr Rücken bekannt vor. Stellen Sie sich eine Frauenstatue vor, eine jener antiken, nackten, marmornen – der Rücken aus Marmor, die Schultern aus Marmor, die Beine aus Marmor –, und ziehen Sie dieser Statue ein schwarzes Kleid an, aber unordentlich, ohne es am Saum herunterzuziehen, so daß nichts richtig sitzt und alles spannt über diesen runden Marmorformen, die sich deutlich abzeichnen – dann haben Sie ungefähr einen Eindruck, wie sie aussah.

Auch ihr Kopf glich dem einer Statue, aber einer anderen, einer viel kleineren. Es war, als sitze der Kopf eines jungen Mädchens auf dem Körper einer fertigen Frau. Dieses Mißverhältnis erinnerte mich an jemanden – ja, und plötzlich wußte ich, daß es Pupa war, wie man sie allgemein nannte; überlegte man sich, wie alt sie wohl war, und ging man dabei von ihrer Figur aus, so kam man auf wesentlich mehr als die achtzehn, die sie tatsächlich zählte; ging man jedoch von dem Reifegrad ihrer Intelligenz aus, dann konnte sie allenfalls eine Vierzehnjährige sein. Sie stammte aus Rieti und war seit kurzer Zeit in Rom als Bürohilfe; sie war weder verlobt noch sonst etwas und galt als ein äußerst braves Mädchen. Ich war ihr einmal vorgestellt worden, doch ihre Einfalt hatte mich davon abgehalten, die Bekanntschaft zu vertiefen; mir gefallen mehr die gescheiten, meinethalben boshaften und ein bißchen koketten Frauen. Pupa hingegen war ausgesprochen hausbacken.

Aber Sie wissen ja, wie das so geht mit diesen Dingen. Sie lernen eine Frau kennen, und sie bedeutet Ihnen gar nichts; dann begegnen Sie ihr zufällig wieder, und auf einmal – keiner weiß, wieso – verlieben Sie sich in sie. So war es an jenem Tag in der Lungara. Ich dachte: Schau doch einmal an, sie ist wirklich sehr, aber schon sehr schön! Und plötzlich hätte ich mich ohrfeigen können, weil ich mir darüber nicht schon früher klargeworden war; denn jetzt schien es zu spät: Offensichtlich waren die beiden – das konnte man aus ihrem Benehmen schließen – ziemlich intim miteinander. Dieser Platz war also besetzt. Und dann geschah, was ich nie zu hoffen gewagt hätte: Der junge Mann packte Pupa am Arm und hob die andere Hand, um sie zu schlagen. Pupa wich zurück und dabei sah sie mich. Sofort rief sie: «Signor Paolino, Signor Paolino!»

Ein Raufbold bin ich nicht gerade, im Gegenteil, ich habe einen friedfertigen Charakter, und das sieht man mir wohl auch äußerlich an: Ich bin klein und rundlich, und obwohl ich noch jung bin, habe ich – leider – einen Bauch. Aber ein Bauch ist immerhin weit weniger lächerlich als krumme Beine. Jedenfalls elektrisierte mich dieser Anruf, der gerade in dem Augenblick kam, in dem ich Pupas Schönheit entdeckt hatte. Bereitwillig lief ich herbei: «Signorina Pupa?» Jetzt hatte ich den jungen Mann mit den krummen Beinen vor mir: er hatte ein langes, zorniges Gesicht und eine rote Nase, die ihm fast in den Mund hing. Pupa sagte: «Signor Paolo, sagen Sie doch dem da, er soll mich in Ruhe lassen. Er verfolgt mich! Und jetzt faßt er mich auch noch an.»

Heftig und kühn – nicht zuletzt in Anbetracht der Tatsache, daß der andere auch kein Herkules war – trat ich ihm gegenüber: «Also, was wollen Sie hier?» – «Aber ich...» – «Ich möchte wissen, was Sie hier zu suchen haben!» – «Wirklich, ich...» – «Mach, daß du weiterkommst, oder es passiert was!» – «Schon gut, schon gut.» Er warf mir einen Blick zu, den ich nicht begriff, und ging weg – immer an der Wand entlang.

Jetzt waren wir allein. Ich fühlte mich sehr stark, denn zum ersten Male in meinem Leben war jemand vor mir davongelaufen. Und noch stärker fühlte ich mich, als mich Pupa mit ihren großen schwarzen Augen anblickte und mit ihrer süßen Kinderstimme sagte: «Sie waren ganz groß, Signor Paolo, wirklich; wenn Sie nicht gewesen wären – ich weiß nicht, was ich ohne Sie gemacht hätte.»

Nun gut. Plaudernd näherten wir uns der Porta Settimiana; als wir durch das Tor hindurch waren, schlug ich vor, einen Kaffee zu trinken, und sie nahm an. Beachten Sie bitte, daß sich alles auf die natürlichste Weise entwickelte, ganz absichtslos: das Zusammentreffen, Pupas Anruf, der Wortwechsel, die Einladung zum Kaffee – ergaben sich wie durch Fügung. Zu dieser Stunde war die Bar fast leer; auf der Schwelle, in der Sonne, putzte sich die Katze; das Radio trällerte gedämpft. Mit schallender Stimme bestellte ich zwei Espressi und dann – auch das war ganz natürlich – schlug ich ihr vor, ins Kino zu gehen. Sie machte ein betrübtes Gesicht: «Ach, das tut mir aber leid – ich muß nach Hause, ich erwarte ein Ferngespräch von meiner Mutter, aus Rieti.»

Enttäuscht murmelte ich, ob wir uns dann nicht am nächsten Tag treffen könnten. Darauf sagte sie – vollkommen natürlich: «Wissen Sie was? Sie kommen mit zu mir und leisten mir Gesellschaft, bis das Gespräch kommt.»

Während wir durch die Straßen gingen und uns San Cosimato näherten, dachte ich wiederum, daß alles einen ganz natürlichen Verlauf nahm; nur ungern hätte sie mich verlassen, und deshalb lud sie mich eben in ihre Wohnung ein. Und was gab es Natürlicheres, als daß ich – auf der Treppe – ihre Hand nahm und sie an meine Lippen führte? «Aber Signor Paolo, ich wußte ja gar nicht, daß Sie so ein Draufgänger sind», sagte sie, ließ mir aber ihre Hand; und so stiegen wir Hand in Hand vier Treppen hinauf, sie vorn und ich hinten, da die Treppen so schmal waren. Wir kamen im vierten Stock an, Pupa läutete, und auf der Schwelle erschien – natürlich – die Wirtin: eine ältere Frau, schwarz gekleidet, und mit leicht behaartem Gesicht; auf ihrer Brust baumelte ein Medaillon mit der Fotografie eines Verstorbenen. «Signorina», sagte sie, «Sie wissen doch, daß Sie keine Männer mit in die Wohnung bringen dürfen!» – «Aber das ist doch mein Vetter! Wir setzen uns nur einen Augenblick in die Diele, um auf ein Ferngespräch zu warten.»

«Also gut, dieses eine Mal.»

So saßen wir also in der Diele, ich auf einer Truhe, sie in einem Sessel aus Weidengeflecht. Es war dämmerig in der Diele, die zwei Türen hatte und von der aus ein dunkler Korridor in die Tiefen der Wohnung führte. Eine kleine Weile sahen wir uns schweigend an. Sie lächelte, sie lächelte mich an. Ich faßte Mut und nahm von neuem ihre Hand. Sie zog sie nicht zurück und beschränkte sich darauf, zu seufzen. Ich fragte: «Warum seufzen Sie?» Und sie: «Auch ich würde gerne an die Liebe denken, Signor Paolo. Aber wie kann man die Liebe denken, wenn man gewisse Sorgen hat?»

Den Ton, in dem sie das sagte, konnte ich nicht anders als natürlich bezeichnen. Ja, Pupa war ein sehr natürlicher Mensch, einfach und aufrichtig in ihrer mädchenhaften Naivität. Sie verbarg mir nicht, daß ich ihr gefiel. Leider schien es aber etwas zu geben, das ihr verbot, auf meine Annäherungsversuche einzugehen. Mit gedämpfter Stimme bestand ich darauf, zu erfahren, was es sei, doch sie ließ sich diesmal sehr bitten. Sie hielt den Kopf gesenkt, so sehr ich auch versuchte, ihr Kinn zu heben, und sie antwortete eigensinnig, das sei keine Sache, die mich interessieren könne. Endlich sprach sie es dann aus, in ihrer natürlichen Art und mit einer Stimme wie ein Kind, das großen Kummer hat: «Heute hat mir die Wirtin wieder eine schreckliche Szene gemacht, weil ich mit der Miete im Rückstand bin. Und wissen Sie, warum ich das Gespräch von meiner Mutter erwarte? Um mich mit ihr zu besprechen: Morgen verlasse ich Rom und fahre nach Rieti zurück.»

Galant sagte ich sogleich: «Aber ich will nicht, daß Sie von Rom weggehen!» Und sie, voll Dankbarkeit und fast ungläubig: «Ist das wahr, Signor Paolo? Sie wollen wirklich nicht, daß ich von Rom weggehe?»

Nun bin ich zwar nicht reich – ich besitze eine Buchbinderei –, doch ich habe immer die fünf- bis zehntausend Lire bei mir, die man im Leben braucht. Ihre Hand lag hingegeben und vertrauensvoll in der meinen: Sie war so schutzbedürftig. Ich sagte: «Hören Sie, Pupa, ich bin zwar nicht reich, aber wenn es sich um eine kleinere Summe handelt, kann ich sie Ihnen gerne leihen.»

Plötzlich – ich hatte den Eindruck, daß sie sich nicht wohl fühlte – schnellte sie in die Höhe und verschwand, ohne ein Wort zu sagen, im Korridor. Erstaunt fragte ich mich, ob sie vielleicht beleidigt sei, und wartete ab – auf dieser Truhe sitzend, die viel zu hoch für mich war, denn meine Füße reichten nicht bis zum Boden.

Dann erhob sich am Ende des Korridors ein gedämpftes, aber lebhaftes Gespräch. Jemand sprach sehr schnell, und jemand anderes antwortete ebenso schnell. Die ganze Wohnung schien voll Gemurmel. Endlich kam Pupa zurück. Würdevoll und zurückhaltend setzte sie sich, in einiger Entfernung von mir, auf die Truhe. Ich schätzte die Entfernung ab, sagte aber nichts. Sie erklärte: «Es tut mir leid, Signor Paolo, doch das Gespräch ist noch nicht gekommen», und ich deutete diese Worte stillschweigend als Ablehnung meines Angebotes, ihr Geld zu leihen.

Doch jetzt kam die Wirtin herein. Sie warf sich in den Sessel, den schwarzen Oberkörper vorgewölbt, das Medaillon mit dem Verstorbenen am Hals, und sagte zu Pupa, ohne mich anzusehen: «Signorina, hier ist die Rechnung. Es wäre angebracht, sie vor dem Ausgehen zu begleichen. Ich kann nicht mehr warten.»

Die Rechnung – in der Hand der Wirtin – hing in der Luft. Jetzt fühlte ich – und folgte damit der natürlichen Logik, die mich von einem zum anderen bis in dieses Vorzimmer geführt hatte –, daß ich zweifellos die Rechnung zu nehmen, das Geld aus der Tasche zu holen und zu bezahlen hatte. Ich mußte es tun; und so tat ich es. Es war etwas mehr als zehntausend Lire. Ich nahm den Schein aus dem Geldbeutel, legte ihn zwischen die zusammengefaltete Rechnung und drückte sie der Wirtin mit selbstbewußter und mit respektheischender Gebärde in die Hand. Dabei sagte ich: «Gut, schön, erledigt. Hier! Und jetzt gehen Sie.» Pupa rief dankbar: «Oh, Signor Paolo, Sie können doch nicht einfach...» Die Wirtin sagte trocken zu Pupa: «Den Rest können Sie mir zahlen, wenn es Ihnen paßt.» Damit ging sie. Ich fühlte mich stärker denn je, ja geradezu aufgeputscht wie von einer heißen Dusche: ein Gefühl, das wohl jeder Mann nach einer großzügigen Geste empfindet. Entrüstet sagte ich: «Das ist ja eine Hexe, diese Wirtin!» Pupa erhob sich und verschwand im Korridor.

Jetzt war ich also wieder allein, wieder einfach stehengelassen auf diese stumme, überraschende, rätselhafte Weise. Es verging vielleicht eine halbe Stunde, während der ich nochmals am Ende des Korridors jenes rasche und leise Plappern zweier Personen hörte, die sich mit gedämpfter Stimme besprachen; dann verging eine weitere halbe Stunde in tiefster Stille, als sei jetzt niemand mehr außer mir in der Wohnung. Mir tat schon alles weh von diesem langen unbequemen Hocken auf der hohen und harten Truhe; so stand ich also auf und begann in der Diele hin und her zu gehen. Dann wagte ich mich – was in dieser Situation ja ganz natürlich war – auf den Zehenspitzen in den Korridor. Ein Lichtschein fiel aus einer angelehnten Tür; ich drückte sie vorsichtig auf und sah hinein. Es war ein kahles, ärmliches Zimmer mit den üblichen alten, dunklen Möbeln, wie vom Trödler; durchs Fenster, das keine Gardinen hatte, fiel trübes Licht. Und was sah ich da: Nachlässig auf dem Eisenbett ausgestreckt lag Pupa und las gerade ein Bilderheftchen, die Lektüre der Analphabeten. Sie war ganz vertieft, mit gerunzelten Augenbrauen; es sah aus, als ob ein Kind Wort für Wort buchstabiere. Also wirklich – mir blieb einen Moment vor Verwunderung der Mund offen. Während ich in der Diele gewartet hatte, hatte sie sich seelenruhig mit ihren Bildgeschichten amüsiert. Endlich brach ich heraus: «Aber, hören Sie mal – ich warte die ganze Zeit in der Diele – und Sie...»

Sie fuhr zusammen und sagte schnell: «Aber ich bitte sie, Signor Paolo, wenn meine Wirtin Sie sieht, bin ich restlos aufgeschmissen –»

«Aber das Ferngespräch...?»

«Gehen Sie bloß wieder in die Diele, ich komme ja gleich.»

Ich hätte gerne gefragt: «Bist du eigentlich verrückt, oder bin ich verrückt?» Aber es fehlte mir an Geistesgegenwart. Ich ging also in die Diele zurück, und das Warten fing wieder an. Es vergingen die bekannten zehn Minuten, die allen auferlegt sind, die auf eine Frau warten, dann verstrichen weitere zehn Minuten, und dann zehn Minuten, die nicht hätten sein müssen, und schließlich nochmals zehn Minuten, die absolut regelwidrig waren. Ich schwitzte, mir war heiß und kalt zugleich, ich hatte das Gefühl, aus meinem Anzug zu wachsen, es zog mir geradezu die Schuhe aus – ich begriff überhaupt nichts mehr. Endlich kam die finstere Wirtin: «Aber auf wen warten Sie denn?»

«Auf Signorina Pupa.»

«Die ist ausgegangen.»

«Aber erwartete sie denn nicht ein Ferngespräch?»

«Das ist längst gekommen. Und dann ist sie ausgegangen.»

«Aber wo ging sie denn hinaus? Ich war doch immer hier?»

«Wir haben eine Hintertür.»

Verwirrt und mit flimmernden Augen kam ich aus diesem verhexten Hause wie im Luna-Park aus der Geisterbahn, die von Skeletten und Gespenstern wimmelt und von Schreien und Klagen hallt. Ja, es war alles ganz natürlich weitergegangen, ohne jede Kraftanstrenung, glatt wie Öl; doch jetzt begriff ich, daß diese schöne Natürlichkeit nichts mit der Natur des Liebesabenteuers zu tun hatte, sondern vielmehr mit der Natur des geschickten Betrugs. Auf wankenden Beinen schleppte ich mich zur Piazza Mastai, ging in eine Bar und bestellte einen Kaffee.

An die Theke gelehnt stand einer, der mich starr anblickte; ich musterte ihn und erkannte in ihm den jungen Mann mit den krummen Beinen. Verlegen sagte ich: «Entschuldigen Sie, wenn ich vorhin... Aber ich ahnte ja nicht...» – «Was?» – «Daß Sie Ihre guten Gründe hatten, das Mädchen zu verprügeln.» – «Ja, was denn – Sie etwa auch?» Kurz, wir erzählten uns gegenseitig unsere Geschichten, und alles wiederholte sich genau: das

Ferngespräch, der Geldmangel, die Wirtin mit der Rechnung, das Warten und das Verschwinden durch die Hintertür. Der einzige Unterschied war der, daß er sich auf der Straße auf die Lauer gelegt und Pupa gestellt hatte. Schließlich sagte er betrübt: «Ich wollte Sie warnen, aber Sie haben mir keine Zeit dazu gelassen. Ich kann's ja verstehen, Sie wollten mit Pupa anbändeln – Aber wenn Sie auf mich gehört hätten, dann hätten Sie zehntausend Lire gespart.» Noch ganz entrüstet, sagte ich: «Aber wie konnte ich denn... Ein Mädchen ruft um Hilfe, bittet mich um Beistand... Jeder hätte doch so gehandelt wie ich, oder?» Und er, zustimmend: «Natürlich.»

Wenn Sie auf mich gehört hätten ...

... dann hätten Sie zehntausend Lire gespart – sagt der krummbeinige Geprellte zum dickbauchigen Geprellten.

Ein Trost: Kein Geld – sagt Schopenhauer – ist vorteilhafter angewandt als das, um welches wir uns haben prellen lassen: denn wir haben dafür unmittelbar Klugheit eingehandelt.

Und die so teuer erworbene Klugheit verhilft einem dann zu der Erkenntnis, daß man das Geld besser einer Bank geliehen hätte. Denn man hätte dafür unmittelbar Zinsen eingehandelt.

Nicht einer, sondern fünf

Als Besitzer einer schwarzen Limousine mit sechs Sitzen, für Hochzeiten, Taufen, Begräbnisse und andere feierliche Anlässe, nimmt man natürlich an, daß der Kunde, der sich mit dem Geld in der Hand präsentiert, um den Wagen für einen dieser Anlässe zu mieten, ein Mann ist, welcher ... Doch ich erzähle lieber der Reihe nach.

Der Kunde kam also gegen zehn Uhr morgens in meine Garage in der Via Ofanto. Er war ein dicker Mann mit kugelrundem Kopf, zerwühlten weißen Haaren, einem roten Gesicht und hervorquellenden Augen. Sein weiter Mantel war aufgeplustert von Pullovern und Strickjacken, und um den Hals trug er einen dicken Schal: ein richtiger Polarbär. Er sagte sofort: «Signor Pescetti, ich komme in einer traurigen Angelegenheit zu Ihnen: Ich habe einen Bruder verloren, der sozusagen mein anderes Ich war. Gestern abend, am ersten Januar, ist mein armer Bruder plötzlich verschieden. Ach ja, das Jahr fängt gut an.» Diese Worte sagte er in einem hintergründigen und recht merkwürdigen Ton, das stimmt, aber ich beachtete das nicht weiter, denn man weiß ja, daß Schmerz sich auf die mannigfachste Weise zu äußern pflegt. Ich machte mein Beileidsgesicht, denn die gebührende Teilnahme am Schmerz der Kunden gehört schließlich zum Geschäft. Er zog ein kariertes Taschentuch heraus, putzte sich die Nase und sagte dann, das Begräbnis fände am nächsten Tag statt, und er brauche zwei Wagen: einen für sich und einen für die Familie des Verstorbenen. Ich antwortete ihm, es täte mir sehr leid, doch ich besäße nur einen; ich fügte hinzu, daß bei etwas gutem Willen auch acht Personen in der Limousine Platz hätten und daß es bei einer Beerdigung gar nicht einmal so unangenehm sei, wenn einer auf dem anderen säße, da das nahe Beieinander immer etwas Tröstliches habe. Er wiegte den Kopf und sagte: «Ja, Sie haben nicht unrecht, das nahe Beisammensein tröstet. Nun gut. Wir sind also einig, ich nehme die Limousine. Morgen früh um neun Uhr auf der Piazza Campitelli – und seien Sie bitte pünktlich. Davon abgesehen möchte ich den Wagen aber auch für heute vormittag mieten, denn ich habe eine Menge für das Begräbnis zu erledigen, und ein Taxi kostet das Doppelte.» Ich antwortete ihm, der Wagen sei für den Vormittag frei, und ich könne ihn fahren. Gesagt, getan: Ich holte den Wagen heraus, schloß die Garage; er setzte sich neben mich und nannte mir, nachdem er auf einem Zettel nachgesehen hatte, die erste Adresse. Es war ein Blumengeschäft in der Via Pompeo Magno, in Prati.

Eine kleine Weile fuhren wir dahin, ohne zu sprechen.

Plötzlich, als antworte er auf eine unausgesprochene Frage, sagte er: «Ja, er war mein anderes Ich, das ist wahr. Wir waren unzertrennlich, oder besser gesagt, er wich nicht von meiner Seite, so daß ich oft gezwungen war, ihm zu sagen, er solle mich auch mal ein wenig allein lassen. Bekanntlich können sogar Brüder lästig sein, wenn sie sich zu sehr an einen klammern. Dazu kam, daß er einige recht häßliche Fehler hatte, wirklich, und unter uns gesagt: seine Gegenwart war oft nicht gerade erfreulich. Aber jetzt ist er ja tot.» Ich war leicht verwundert und fragte, halb gegen meinen Willen: «Was für Fehler hatte er denn?» Er seufzte und antwortete: «Ach, eine Menge! Mein armer Bruder war Wirt und hatte eine Osteria in der Gegend der Piazza Campitelli. Auf ihn, zumindest, traf alles zu, was man so über Wirte redet.»

Jetzt begann ich das Gespräch amüsant zu finden. Ich dachte: Endlich mal einer, der aufrichtig ist – denn im allgemeinen wird über Verstorbene ja doch geredet, als seien sie allesamt gut, edel, ehrbar, ja geradezu heilig gewesen. Der sagt wenigstens die Wahrheit. Vorsichtig fragte ich: «Und was sind Ihrer Ansicht nach die Sünden der Wirte?» Mit einem erneuten Seufzer antwortete er: «Na ja, Sie wissen doch: Sie können die Weinpanscherei nicht lassen, mit Wasser, nicht wahr; sie geben ein Gericht für was anderes aus, als es ist, beispielsweise Eselsfleisch für Kalbfleisch; sie runden die Rechnung eines Kunden, der sein Mädchen bei sich hat, gerne ab, nach oben natürlich, weil sie wissen, daß er lieber zahlt, als in den Augen seiner Begleiterin eine schlechte Figur zu machen – ja, ich würde auch nicht die Hand dafür ins Feuer legen, daß er nicht ab und zu eine tote Katze verwertet hat – kurz, all diese professionellen Mogeleien, die ein Wirt eben anwendet – wenn er nicht ehrlich ist, wohlverstanden –, und mein Bruder war leider gar nicht ehrlich, wohl aber gerissen, äußerst gerissen. Ich gab ihm so manchen guten Rat, sagte ihm, er solle sich in acht nehmen, und so weiter, aber er hörte nicht auf mich, er dachte nur ans Geld. Was nützt dir das ganze Geldverdienen, sagte ich oft zu ihm, da verdienst du und verdienst, und eines Tages kommt der Gevatter mit der Sense, nicht wahr, und für wen hast du dann das viele Geld zusammengekratzt? Für die Erben.» – «Also für Sie», sagte ich. Gelassen antwortete er: «In der Tat. Für mich.» Um ihm noch mehr zu entlocken, sagte ich: «Nun gut, das sind Berufstricks, wo gäbe es die nicht? Aber im Privatleben war er doch sicher ein ehrenwerter Mann?» Mit höhnischem Ausdruck hob er die Augen zum Himmel: «Ein ehrenwerter Mann? Ja, das sagt man so – Seine Fehler als Wirt waren ja schließlich nicht so schlimm. Viel schlimmere hatte er als Mensch.» – «Im Ernst?» – «Ja, bestimmt. Mit den Frauen, beispielsweise, also wissen Sie – Sie werden es nicht für möglich halten, aber es gab doch tatsächlich kein Serviermädchen, kein Küchenmädchen, überhaupt kein Mädchen, dem er nicht nachstellte – das war so schlimm, daß er dauernd das Personal wechseln mußte, weil es keine bei ihm aushielt. Und seine Frau, die Ärmste, merkte natürlich was und weinte sich fast die Augen aus. Ich sagte ihm: ‹Also wie kannst du dich bloß als alter Mann und Familienvater wegen dieser zwanzigjährigen Gänse so vergessen – in den Keller runtergehn, um mit ihnen allein zu sein – oder während deine Frau die Gäste bedient, schnell in die Küche laufen und das junge Gemüse betätscheln – Schämst du dich denn gar nicht?› Aber ich sage Ihnen, das war völlig zwecklos, das war alles in den Wind gesprochen. Na ja, aber das sind menschliche Schwächen und deshalb vielleicht verzeihlich. Sie lagen ja auch offen zutage. Viel schlimmer war das, was er sorgfältig verbarg.» – «Was war denn das?» Sein Gesicht legte sich in Kummerfalten und zeigte heftigen Widerwillen: «Ach, ich weiß nicht, alle diese schäbigen Dinge – Verlogenheit, Falschheit, Berechnung, Neid, Egoismus –, die sich auf dem Grund der Seele verstecken wie Gewürm auf dem Grund eines Tümpels. Und er hatte viele von diesen häßlichen Eigenschaften, ziemlich viele. Mein armer Bruder.»

Jetzt waren wir vor dem Blumengeschäft in der Via Pompeo Magno angekommen. Er sagte, er wolle hier den Kranz bestellen, stieg aus und trat in den Laden. Ich wartete etwa eine Viertelstunde, während der ich eine Illustrierte las. Endlich kam er zurück, von einem merkwürdigen, lautlosen Lachen geschüttelt. Er sagte: «Er wollte mir den Kranz nicht herrichten.» – «Warum denn nicht?» – «Weil auf der Schleife die Worte stehen sollten: *Ohne Groll – Dein Bruder.*» – «Wieso: ohne Groll?» – «Weil er mir sehr viel angetan hat, so daß sich schließlich ein Mordszorn in mir angestaut hatte. Aber ich trage ihm nichts nach.» – «Und der Blumenhändler –?» – «Der Blumenhändler wollte diese Formulierung durchaus nicht akzeptieren. Und dabei habe ich den schönsten und teuersten Kranz bestellt. Nichts zu machen. Ich mußte nachgeben, und wir haben dann das übliche, verlogene Zeug gewählt: *Der untröstliche Bruder.*» Ich sagte nichts, denn allmählich hörte die Sache auf, mich zu amüsieren. Er ist zu weit gegangen, dachte ich und fragte: «Wo geht's jetzt hin?» Er zog wieder den Zettel aus der Tasche und nannte mir die Adresse eines Beerdigungsinstituts, in der Gegend des Pantheon.

Ich schwieg also – das Ganze fing an, mir auf die Nerven zu fallen. Er merkte das wohl und fragte: «Sagen Sie, Signor Pescetti, mein Verhalten kommt Ihnen merkwürdig vor?» – «Nun ja, etwas merkwürdig schon.» Er seufzte: «Ach ja, ich weiß. Dabei ist es gar nicht so merkwürdig. Es ist jetzt wohl der Augenblick, es offen auszusprechen: Mein Bruder und ich waren Feinde, wirklich Feinde. So, wie ich bin, konnte ich ihn nicht ausstehen, und so, wie er war, konnte er mich nicht leiden. Ich müßte heucheln – aber warum sollte ich?» – «Na, wegen der Leute.» Einen Moment lang war er unsicher, dann rief er: «Die Welt soll nur wissen, daß ich mein Leben lang mit ihm im Streit lag, daß ich mich seiner Infamie nicht beugen wollte, daß ich ihm nie recht gegeben habe, niemals. Die Welt soll es wissen, Signor Pescetti!» Auch diesmal antwortete ich nicht und fuhr schweigend zum Pantheon, während er neben mir seufzte und ab und zu sonderbar mit der Hand durch seine weißen, zerwühlten Haare fuhr.

Wir kamen zum Pantheon und hielten in einer kleinen Straße vor einem Schaufenster, hinter dessen verstaubten Scheiben man bronzene Totenkränze und anderen Gräberschmuck ahnte: das Beerdigungsinstitut. Er stieg aus, ging in das Geschäft und blieb wieder eine Viertelstunde aus. Endlich kam er zurück, stieg ein und sagte in einem Ton der Genugtuung: «Jetzt fahren wir zum Steinmetz in die Via Labicana, wegen des Grabsteins. Doch hören Sie, was ich Ihnen sage. Der Gedanke, daß er morgen, in einem richtigen Leichenwagen mit zwei richtigen Pferden davor, endlich weggebracht wird, hat etwas Befreiendes für mich. Ich atme auf, ja, wahrhaftig, ich atme auf. Ich konnte ihn zuletzt wirklich nicht mehr ertragen – Ach ja, der Tod ist der große Befreier. Morgen beginnt – ohne ihn – ein neues Jahr, ein neues Leben – es kommen die ersten Tage des Januar – ein neues Jahr, ein neues Leben.» Er widerholte noch mehrfach: «Neues Jahr, neues Leben ...» Dann nahm er wieder den Zettel mit den Adressen und sagte: «Jetzt haben wir alles; die Blumen, das Auto, den Leichenwagen – und ihn dazu – ihn, der jetzt tot ist – Ja, das ist alles.» – «Die Kirche», bemerkte ich. Er verzog den Mund: «Das ist das Schwierigste. Ich war heute morgen in der Pfarrei, doch der Priester ist ein Dickkopf: Er will nicht glauben, daß er tot ist. Er sagte, es genüge nicht, daß ich behaupte, mein Bruder sei tot. Sie wollen Beweise.» – «Beweise?» – «Na ja, die Papiere.» Ich dachte wiederum, daß der Schmerz ihn verwirre, und sagte nichts. Kurz darauf begann er von neuem: «Es ist schon schade, daß es nicht möglich ist, zu sterben und trotzdem alles mitzuerleben. Es würde mir wahrhaftig Spaß machen, an meinem Begräbnis teilzunehmen, um zu sehen, wer da ist und wer nicht da ist, was die Leute sagen und wie sie sich benehmen – Und wissen Sie was? Meiner Meinung nach nehmen viele sich nur deshalb das Leben, damit über sie gesprochen wird.» Kurz, er behauptete hartnäckig, daß es für einen Toten ein großes Vergnügen sein müsse, an seinem eigenen Begräbnis teilzunehmen. Dann rief er plötzlich mit Nachdruck: «Mein Bruder – du wirst nicht bei deinem Begräbnis sein, aber ich werde dabeisein, und das ist genauso, als wärest du selber dabei.»

Wir waren jetzt am Kolosseum vorbei und befanden uns in der Via Labicana. Ich hielt vor dem Steinmetzladen, er stieg – wie gewohnt – schwungvoll aus und ging durch die Tür. Da ich die Illustrierte nun schon zweimal gelesen hatte, ging ich auf dem Bürgersteig auf und ab und rauchte eine Zigarette. Als ich an der undurchsichtigen Glastür des Marmorlagers vorbeiging, hörte ich drinnen laute Stimmen, als wäre ein Streit ausgebrochen. Endlich kam er keuchend heraus. «Immer das gleiche!» murrte er, während er sich hinsetzte. «Ich wollte, daß auf dem Grabstein steht: *Ottavio Macelloni, geboren dann und dann, gestorben dann und dann – Gott verzeihe ihm alles Böse, das er tat.* Schön, nicht wahr? Aber sie haben diese Inschrift glatt abgelehnt. Ich mußte auch hier nachgeben. Es ist schon so: Solange er lebte, wollte er nicht, daß ich ihm die Wahrheit sagte; und jetzt, nach seinem Tode, wollen es die anderen nicht.» – «Also», sagte ich ungeduldig, «die Fahrt ist beendet. Soll ich Sie nach Hause bringen?» Er antwortete: «Ja, die Fahrt ist beendet. Mein armer Bruder!» Er hielt sich sein Taschentuch vors Gesicht. Ich sagte: «Signor – entschuldigen Sie, wie heißen Sie?» – «Ottavio Macelloni», antwortete er, durch das Taschentuch hindurch. Verblüfft sagte ich: «Heißen Sie denn genauso wie Ihr Bruder?» Er blieb die Antwort schuldig, doch er schluchzte laut, und das Schluchzen schüttelte seinen ganzen Körper. Mir kam ein Verdacht, und ich blickte ihm schärfer ins Gesicht, und da wurde meine Vermutung tatsächlich bestätigt: Er weinte gar nicht, sondern lachte – ja, er schien hinter seinem Taschentuch fast zu platzen vor Lachen.

Ich war unangenehm berührt, sogar äußerst unangenehm. Ich hatte den Vormittag und das Benzin vertan. Und außerdem konnte man bei einem Verrückten – darüber gab es jetzt kaum einen Zweifel mehr – ja nie wissen, ob er womöglich nicht auch gefährlich war. Wir befanden uns gerade an einer ziemlich menschenleeren Stelle – rechts und links Mauern. Ich schaute mich um und hielt den Wagen an. Er ließ sein Taschentuch sinken und sagte: «Es wundert Sie wohl, daß mein Bruder und ich den gleichen Namen haben?» Ich hatte jetzt, offengestanden, Angst vor ihm, und um ihn nicht aufzubringen, sagte ich beschwichtigend: «So was kommt ja vor. Das ist eigentlich gar nichts Besonderes. Da hat jemand einen Sohn und der heißt, nach dem Namenskalender, sagen wir, Giuseppe. Nun gut, es wird noch ein Sohn geboren, und es ist wieder ein Giuseppe. Ich kenne eine Familie mit fünf Kindern, alles Söhne, und alle heißen Alfredo.» Hätte ich das doch nie gesagt! Mit umwölktem Blick sah er mich an, und plötzlich stürzte er sich mit Gebrüll – wie ein Wahnsinniger – auf mich, packte mich an der Jacke und schrie: «Fünf! Sagen Sie das noch mal, wenn Sie den Mut dazu haben! Fünf! Das hätte noch gefehlt! Ich habe gerade genug unter diesem Ottavio gelitten – soll ich mich auch noch gegen drei andere Ottavios wehren? Sagen Sie das noch mal! Fünf! Sie sind ja verrückt!» Er hielt mich fest, ich bemühte mich, loszukommen und rief, gegen meinen Willen: «Nein, Bester, der Verrückte sind doch Sie!» Und er: «Sagen Sie das noch mal, wenn Sie den Mut dazu haben! Fünf! Sie sind total verrückt. Reif fürs Irrenhaus!» Um es kurz zu machen: während wir miteinander rangen, wobei er versuchte, mich mit beiden Händen zu würgen, und ich verzweifelt darum kämpfte, mich zu befreien, liefen einige Passanten und zwei Polizisten herbei, die mich aus der Umklammerung retteten und ihn aus dem Wagen zerrten. Der nun ganz offensichtlich Verrückte tobte und schrie: «Neues Jahr, neues Leben! Morgen ist das Begräbnis, und dann spricht keiner mehr von Ottavio Macelloni! Neues Jahr, neues Leben!» Vier Männer hatten Mühe, ihn zu bändigen und zu einem Taxi zu bringen. Er verbarg wieder sein Gesicht hinter dem Taschentuch und schluchzte, beziehungsweise lachte irr vor sich hin. Ja, und die Blumen, der Leichenwagen, das Grab? Nun, diesmal gab es keinen Kunden.

Lebwohl, Vorstadt

Weiß der Teufel, warum diese Filmleute, denen das ganze Barackenviertel der Vorstadt zur Verfügung steht, wenn sie so einen Film drehen wollen, nicht die echten Baracken benutzten, sondern nach allen Regeln der Kunst eine ganz neue bauten, mitten auf einer Wiese. Soll der Film die Wahrheit zeigen – oder nicht? Wenn ja, dann hätte die Baracke genauso sein müssen wie die Baracken des Gordiani-Viertels, die vor vielen Jahren gebaut worden sind: auf ebener Erde, so daß bei Regen das Wasser hineinläuft und Schlamm und Schmutz mitschwemmt; ohne Abort, weil es doch die öffentliche Latrine mitten auf dem Platz gibt; ohne Küche, weil zum Kochen ein Benzinkanister genügt; aus einer einzigen Lage von Lochziegeln gebaut oder, noch schlimmer, aus gepreßtem Lehm und Stroh, in dem es im Sommer von Insekten wimmelt. Statt dessen bauten sie eine Modellbaracke; und wenn alle Gordiani-Baracken so wären wie sie, dann wäre diese Gegend heute nicht das Elendsviertel, das sie ist. Die echten Baracken werden abgegrenzt durch in den Boden gesteckte Äste. Und alles spielt sich hinter diesen Zäunen ab: Man wäscht die Wäsche und sich selbst, man kocht, macht die Hausarbeit und unterhält sich.

Auch vor ihre Baracke steckten sie brav Holunderäste als Umzäunung. Was aber fehlte, das waren die Rinnsale schmutzigen Seifenwassers, der faulige und schimmelige Haufen von Lumpen und alten Schuhen, der verkrustete Nachttopf, in dem die Minze wächst, die Kinderwindeln, die zum Trocknen an einem Eisendraht hängen, die zerbrochene, abgestoßene Porzellanschüssel, der Schlamm und viele andere Dinge dieser Art. Dabei hätten sie sich das alles leicht beschaffen können. Doch diese Dinge gibt es zwar im Leben, aber nicht im Film. Und wie hätte man auch den zerbröckelnden, geschwärzten rosa Verputz kopieren sollen, mit Aufschriften wie: *Nie wieder Krieg! Es lebe Stalin! Nieder mit den Deutschen!*, die jetzt verwischt sind vom Regen wie Tinte auf Löschpapier. Natürlich stopften sie in ihre Baracke auch eine Menge Sachen hinein, die es dort wirklich gibt: das Ehebett und das Bett für die Kinder, die Kommode mit den Heiligenbildern darauf, die beiden Strohstühle und so weiter. Aber diese Sachen standen da ohne Leben, wie beim Trödler; man sah schon von weitem, daß in diesen Betten nie jemand geschlafen hatte, daß die Kommode leer war und daß vor diesen Heiligenbilder niemals jemand gebetet hatte. Und der Geruch in den Baracken, ich meine diesen Geruch der einzigen Tagesmahlzeit, Gemüsesuppe oder Teigwaren mit Soße, der sich mit den Gerüchen des Schlafes, der schmutzigen Wäsche und des Rauchs vermischt – wie hätten sie diesen Geruch auch nachahmen sollen –? Doch ich hätte fast vergessen, daß der Film ja keinen Geruch hat.

Um den Film wirklichkeitsnaher zu machen, engagierten sie ein paar junge Burschen aus dem Gordiani-Viertel und ein einziges Mädchen. Die jungen Männer suchten sie unter den kräftigsten aus, obwohl hier natürlich wegen der Unterernährung Jammergestalten häufiger sind als Athleten. Aber bei den Mädchen fiel ihre Wahl auf Giulia, die – das sage ich nicht etwa, weil sie meine Verlobte war – bestimmt die schönste von allen war und eine wirkliche Ausnahme. Nicht, daß es in der Vorstadt keine schönen Mädchen gäbe, aber sie überarbeiten sich doch alle, pflegen sich kaum, und ihre Schönheit ist eher zu fühlen als zu sehen. Giulia hingegen, die einzige Tochter einer Witwe, die als Wäscherin arbeitete und alles tat, um es ihr an nichts fehlen zu lassen, sah richtig wie eine junge Dame aus. Sie war groß, hatte eine gute Haltung, ihr Gesicht war glatt, sie besaß gepflegte Hände, aber am meisten unterschied sie sich von den anderen Mädchen durch ihre Haare: nicht nur wegen der roten Farbe – eine Seltenheit im Gordiani-Viertel –, sondern vor allem, weil sie immer sauber, duftig, luftig und leuchtend waren, während die anderen unfrisiert und verwahrlost herumliefen. Ja, Giulia pflegte ihr Haar: Oft, wenn ich an ihrer Baracke vorüberkam, konnte ich sie sehen, im Profil, am Fenster, wie sie sich bürstete, so vertieft und eifrig wie eine Katze, die ihr Fell putzt.

Ich frage nun also: Warum wählte man auf der Suche nach einem typischen Vorstadtmädchen ausgerechnet Giulia? Genausogut hätte man als typisch für die Vorstadt den Pflaumenbaum vor ihrer Baracke fotografieren können, möglichst im Frühling, wenn er weiße Blüten trägt – obwohl doch alle wissen, daß es außer diesem Pflaumenbaum in der Gordiani keinen anderen Baum mehr gibt. Manche, die in Kriegsgefangenschaft waren, sagen, diese Vorstadt gliche den Gefangenenlagern, nur mit dem Unterschied, daß die viel sauberer gewesen wären.

Ich wollte bei dem Film nicht mitmachen, denn ich arbeitete als Mechaniker in einer Garage auf der Casilina, und deshalb paßte es mir nicht. Ja, zuerst war es mir auch gar nicht recht, daß Giulia mitarbeitete, denn dieser Film, der doch unser Leben in der Gordiani darstellen sollte, sagte, soweit ich das bei den Aufnahmen feststellen konnte, bei denen ich zuschaute, keineswegs die Wahrheit: weder was die Baracke betraf, die so anders war als die unseren, noch in irgendeiner anderen Hinsicht. Schweigen wir von der Hauptdarstellerin, die im Nerzpelz, den sie über ein gestreiftes Kleid geworfen hatte, in der Vorstadt erschien; und ebenso von dem Hauptdarsteller, einem wohlgenährten jungen Mann mit breiten Hüften, der wie ein Kalb aussah und dem man aus zehn Kilometer Entfernung anmerkte, daß er sich niemals sonderlich angestrengt hatte. Was mich am wenigsten überzeugte, war die Handlung: eine Liebesgeschichte, die in der Vorstadt begann und mit Hilfe eines Gewinns im Fußballtoto in einem Appartement im Parioli-Viertel endete. Kunststück – ein Totogewinn! Man hätte lieber zeigen sollen, wie jemand aus der Gordiani es mit Hilfe seiner Arbeit fertigbringt, ins Parioli-Viertel überzusiedeln.

Ich änderte jedoch meine Meinung über die Filmerei, als ich eines Abends im Gespräch mit einem Kameramann erfuhr, daß sie die Baracke, die sie auf der Wiese gebaut hatten, nach Beendigung des Films verkaufen wollten. Preis: 40 000 Lire. Um die Wahrheit zu sagen: seit ich dies wußte, packte mich ein wahres Fieber. 40 000 Lire konnten wir aufbringen, wenn wir meine und Giulias Ersparnisse zusammenlegten; die Möbel hatten wir schon, sie standen im Magazin eines Freundes. Es war April –

in ein bis zwei Monaten konnten wir heiraten. Ich sprach mit Giulia darüber, und am Schluß sagte sie so obenhin, sie sei einverstanden. So war sie nun mal: nie erwärmte sie sich, immer blieb sie ruhig, kühl und irgendwie zerstreut, ganz ohne Überschwang. Am Ende fügte sie hinzu: «Hoffentlich gewinnen wir auch im Fußballtoto, wie die Leute im Film, damit wir aus deiner Baracke in ein Parioli-Appartement ziehen können.» Ich legte diesen Worten weiter keine Bedeutung bei, und das war ein Fehler. Giulia stellte mich dann dem Verwalter vor, und der Film war noch nicht zur Hälfte gedreht, da hatte ich bereits die Anzahlung gemacht, und die Baracke gehörte sozusagen schon mir.

So ist der Mensch. Für sich allein ist er selten imstande, es sonderlich weit zu bringen; es genügt ihm, sich durchzubringen. Kaum aber glaubt er, etwas für einen anderen tun zu müssen, beispielsweise für die zukünftige Frau, wird er gleich ehrgeizig, energisch und unternehmungslustig. So auch ich: die Anzahlung war kaum geleistet, da packte mich auch schon die Leidenschaft, Geld zu verdienen – immer mit dem Gedanken im Kopf: Ich will heiraten, ich muß zu Geld kommen. Ich verließ die Garage und eröffnete mit einem Freund zusammen eine kleine Werkstatt, auch in der Casalina. Das war ein alter Plan; doch aus Trägheit und mangelndem Selbstvertrauen hatte ich ihn nie ganz ernst genommen. Diesmal wollte ich zu etwas kommen, und wie durch ein Wunder ging das Geschäft von Anfang an glänzend. Ich arbeitete den ganzen Tag wie ein Verrückter, und wenn ich abends ins Gordiani-Viertel heimkam, brachte ich noch die Energie auf, zu der Wiese zu trotten, wo der Aufnahmestab im Licht der Scheinwerfer bis in die späte Nacht hinein arbeitete. Es war noch immer diese Baracke, die so wenig den Baracken des Gordiani-Viertels glich; noch immer diese Geschichte, die in der Gordiani nie passieren würde; und noch immer diese Personen, wie man sie niemals in der Gordiani gesehen hatte. Aber jetzt wußte ich, daß ich bald in diese Baracke ziehen würde, um mit Giulia darin zu leben, und der Film kam mir schon ein bißchen weniger verlogen vor. Und wenn in der vom Scheinwerferlicht taghell beleuchteten Tür der Baracke – unter dem Ruf des Regisseurs: «Achtung, Aufnahme» – meine Giulia erschien, mit ihren schönen, kupferroten Haaren über der Schulter, das Gesicht voll Schminke, was sie noch schöner erscheinen ließ, dann bildete ich mir ein, ich lebte bereits in der Baracke und Giulia träte mir entgegen, wenn ich von der Arbeit nach Hause käme.

Schließlich wurden die Schlußszenen des Films gedreht, in denen die beiden Hauptdarsteller Abschied von der Vorstadt nahmen und ins Parioli-Viertel zogen. Um das doppelte Ereignis zu feiern, das Ende des Films und den Besitzwechsel der Baracke, beschlossen wir, in Giulias Wohnung ein kleines Festessen zu veranstalten. Es war Samstag, und die Filmleute hatten noch bis zum Abend zu tun; nach ihrer Abfahrt wollten wir uns zu Tisch setzen und auf unsere Hochzeit trinken. Ich stellte mir vor, daß Giulia und ich dann später im Mondschein eng umschlungen hinübergingen zu der Wiese, um uns unsere Baracke anzusehen, die nun endlich frei und verfügbar war. Pünktlich um halb neun fand ich mich, mit einer Flasche guten Weins unter dem Arm, vor Giulias Baracke ein. Giulias Mutter war nicht da, doch sie konnte nicht weit sein, denn die Tür war offen. Nachdem ich ein paarmal geklopft und gerufen hatte, faßte ich Mut und trat ein.

Giulias Baracke schien zunächst nicht anders als die anderen der Vorstadt, doch wenn man drin war, merkte man den Unterschied. Hier war alles sauber, blank, abgestaubt und mit jener Liebe angeordnet, zu der nur Frauen fähig sind. Das Bett, in dem Giulia mit ihrer Mutter schlief, hatte zwei Kopfkissen mit Lochstickerei und eine schöne rote Überdecke. In die Eisenschnörkel des Kopfendes war ein geweihter Ölbaumzweig gesteckt. Auf der Kommode lag eine gestickte Decke, und darauf lagen, schön ordentlich, Giulias Bürsten und Kämme. Den Boden bedeckte ein Teppich; an den Fenstern hingen Vorhänge mit blauen Punkten, und auf der Fensterbank standen viele Töpfe mit Pflanzen. Man spürte keinen Geruch, denn die Küche lag draußen, in einem kleinen Anbau, oder vielmehr, man spürte den leichten, angenehmen persönlichen Geruch Giulias. Als ich sah, daß der Tisch vor dem Fenster nicht gedeckt war, wunderte ich mich, und im ersten Augenblick dachte ich, ich hätte mich im Datum geirrt und das kleine Fest sei erst am nächsten Tag. Mit der Flasche unter dem Arm ging ich betreten ein wenig im Zimmer umher und besah mich im Spiegel; danach entfernte ich einige Haare aus Giulias Bürste und wickelte sie mir fest um den Zeigefinger, so daß sie aussahen wie ein Ring aus Kupfer. Dann zog mich das Bett an: Hier schlief Giulia. Ich hob das Kopfkissen auf und strich zärtlich über das zusammengelegte Nachthemd. Ich fühlte etwas Hartes, hob das Hemd auf und fand ein Schächtelchen. Ich weiß nicht, warum ich dachte, es müsse ein Geschenk für mich sein, das Giulia mir an diesem Abend überreichen wollte; jedenfalls öffnete ich's. Es war kein Geschenk für mich. Es waren Ohrringe mit Türkisen. Ich hatte keine Zeit mehr, mich zu wundern, denn plötzlich hörte ich Giulia im Küchenanbau mit ihrer Mutter sprechen. Rasch legte ich die Schachtel unter das Kissen. Dann trat Giulia ein.

Gleich auf der Schwelle sagte sie in einem Zuge: «Luigi, es tut mir leid, aber ich kann heute abend nicht mit dir zusammen sein, sie geben in Rom ein Abschiedsessen, weil die Dreharbeiten beendet sind; sie haben mich eingeladen; ich kann da nicht absagen; ich wollte dich benachrichtigen, aber du warst nicht in der Werkstatt, ich konnte dich nicht erreichen.» Ich sagte nichts, doch mein Gesicht muß wohl alles ausgedrückt haben, denn plötzlich wurde sie nervös und fügte mit hoher, exaltierter Stimme hinzu: «Und ich will es dir lieber jetzt gleich sagen, als diese Komödie noch weiterzuspielen: Wir sind nicht füreinander geschaffen, es ist besser, wir sehen uns nicht mehr. Schon seit einem Monat ist mir das klar; ich weiß, ich hätte es dir früher sagen sollen, bevor du die Baracke kauftest.» Ich machte eine Geste, die besagen sollte: Was schert mich die Baracke! Aber sie verstand mich falsch und schloß schnell: «Keine Angst, ich habe schon mit dem Verwalter gesprochen, und wenn du willst, kannst du die Anzahlung zurückbekommen. Aber an deiner Stelle würde ich die Baracke behalten, denn das war ein guter Kauf und du kannst jederzeit darin wohnen.» Jetzt gab sie mir auch noch gute Ratschläge; und während sie sich – ganz wie die Filmhelden – anschickte, ins Parioli-Viertel zu ziehen, riet sie mir, die Baracke zu behalten: Man konnte ja nie wissen... Meine Augen füllten sich mit Tränen, und ich wollte gerade sagen: «Soll ich vielleicht in der Baracke Tomaten züchten?», da bemerkte ich ihren verlegenen Blick, der über mich hinweg zum Bett ging. Ich begriff, trat zum Kopfkissen, nahm die Schachtel mit den Ohrringen und reichte sie ihr mit den Worten: «Falls du das gesucht hast – hier ist es.» Sprachlos, mit der Schachtel in der Hand, starrte sie mich an. Dann drehte sie sich auf dem Absatz um und ging aus dem Zimmer.

Auch ich ging hinaus. Auf der asphaltierten Landstraße, die das Gordiani-Viertel in zwei Teile trennt, stand der Wagen des Regieassistenten, halb gelb und halb rot. Es war finster, denn im Gordiani-Viertel gibt es wenige Straßenlampen, aber ich weiß nicht recht, das Auto leuchtete aus dem Dunkel, als wäre es mit phosphoreszierenden Farben lackiert. Im Wagen brannte Licht, und er war voller Leute. Ich sah, daß Giulia ohne Eile auf den Wagen zuging, während sie, den Kopf zur Schulter geneigt, die Ohrringe befestigte, zuerst den einen und dann den anderen. Es schien mir, als würden sie sie mit erfreuten Zurufen empfangen. Dann setzte sich der Wagen in Bewegung und fuhr fort, lang und farbig, und im Licht seiner Scheinwerfer traten die niedrigen Baracken und die Steckzäune der Vorstadt aus dem Schatten.

Ich sah den Wagen auf der Landstraße verschwinden und ging dann auch, doch nach der anderen Seite, zur Haltestelle des Omnibusses nach Rom. An die Baracke, an die Anzahlung, an meine Familie wollte ich erst morgen denken. Jetzt wollte ich nichts anderes, als so schnell wie möglich die Vorstadt verlassen, um mich von der Vorstellung zu befreien, als gehöre ich, wie Giulia anscheinend glaubte, zu diesen Baracken, diesem Elend und dieser Isolierung. Giulia hatte mit ihrer ungewollten Verachtung meine Liebe getötet und mein Selbstgefühl erweckt: Ich wäre bereit gewesen, um diese Nacht nicht in der Gordiani verbringen zu müssen, sogar auf einer Bank im Park zu schlafen. Aber ich hatte einen Schwager, der in Ponte wohnte, und entschloß mich, zu ihm zu gehen. Im Omnibus war das gewohnte Gedränge, und der Schaffner sagte ungeduldig zu mir: «Los, vorwärts, junger Mann, vorwärts!» Ich faßte diese Worte als ermunterndes Vorzeichen auf: Ja, ich war ein junger Mann, wie er sagte, und mußte vorwärtskommen – und ich hatte noch viele Jahre zu leben, fern von der Vorstadt.

Irene hat Glück

In Rom sagt man, ein Mädchen «steigt einem in die Nase», wenn man ausdrücken will, dieses Mädchen habe – ähnlich wie nicht mehr ganz frisches Fleisch – einen verdächtigen Geruch, also etwas Zweifelhaftes an sich. «Steigt in die Nase» – bedeutet: sie ist im Grunde so gewinnsüchtig, daß sie keine Hemmungen kennt, wenn es um ihre Interessen geht. Zum Beispiel Irene, die Blumenverkäuferin, die den ganzen Tag zwischen den Rosen und Lilien ihres kleinen Ladens der Via dei Monti Parioli stand – wer hätte von der gedacht, daß sie eine sei, die «in die Nase steigt»? Aber es ist so; ich kann's beweisen. Und ich kann dazu nur sagen, daß der Schein eben trügt und daß eine Menge Mädchen kokett sind, keß und angemalt noch und noch, im Grunde durchaus seriös sein können, während bei anderen, die sich nicht anmalen und die nicht kokett sind, sondern bescheiden und mit niedergeschlagenem Blick einhergehen, als wollten sie gerade zur Messe, allerlei Verborgenes herauskommen kann, wenn man genauer hinschaut, o ja, bestimmt.

Via Archimede, die Straße, die sich rund um die Monti Parioli windet, ist eine Versuchung für ein Mädchen. Es liegt eine eigene Atmosphäre über der Via Archimede, und die Frauen, das muß man sagen, wittern das von weitem, denn sie kommen aus allen Teilen Roms dort angeschwirrt. Aber die Frauen sind wie die Chamäleons, die die Färbung des Platzes annehmen, auf dem sie sich niederlassen; und wenn sie einmal in der Via Archimede ihre kleine Wohnung haben – um nicht zu sagen, ihre Winkel – und dort leben und ihren Angelegenheiten nachgehen, dann können Sie sehen, wie sie sich fast von einem Tag zum andern verwandeln; und selbst die Mädchen aus Trastevere, die etwas mehr Schwielen haben, erkennen Sie nicht mehr wieder: man könnte sie jetzt für Ausländerinnen halten. Das liegt daran, daß die Via

Archimede eine Straße der Amerikaner ist, die dort ihre Wohnungen haben, amerikanische Bars, amerikanische Hotels, amerikanische Geschäfte, kurz alles amerikanisch, von den Schildern in ihrer Sprache über den Geruch ihrer Zigaretten und Küchen bis zu ihren riesigen Wagen, die den blonden kleinen Jungen den Weg versperren, die als Rothäute verkleidet den Gehsteig hinauf und hinunter sausen, immer hintereinander her. Wenn der Milchmann in der Via Archimede die Flaschenkisten ablädt, ist er imstande, zu Ihnen «Okay» zu sagen statt «in Ordnung»; und der Barmann fragt Sie, noch bevor Sie den Mund aufgemacht haben, «Coffee?» statt «Kaffee?».

Früher glaubte ich, Irene sei in dieser Straße, in der alle, vielleicht sogar die Hunde und die Katzen, amerikanische Art annehmen, ganz sie selbst geblieben. Sie trug ihre dunklen Haare kurz wie ein Junge, doch schlecht geschnitten – wie ein ordentliches Mädchen, das die Mode mitmachen will, aber nicht damit zurechtkommt. Ihr blasses Gesicht war ohne Puder, der hübsche Mund ohne Lippenrot, die schwarzen Augen ohne Wimperntusche und die langen, weißen Hände, die sich darauf verstanden, Blumen zu ordnen, ohne Nagellack. Für Irene schien es fast schon Ehrensache, zu bleiben, was sie war: ein einfaches, vernünftiges römisches Mädchen. Ja, wenn ich jetzt daran zurückdenke, so war das Leben in Parioli das erste Thema, bei dem wir uns auf Anhieb verstanden. Ich war in einem Lederwaren- und Handtaschengeschäft an der Piazza Euclide angestellt, und an einem Tag im April ging ich zu Irene, um einen Blumenstrauß zu kaufen, den mein Chef in einer Vase auf den Ladentisch stellen wollte. Wir plauderten über dies und jenes, und schließlich fragte ich sie, was sie von all diesen Amerikanern halte. Sie zuckte die Achseln: «Die Amerikaner? Die hör ich nicht und seh ich nicht. Ich bin Blumenverkäuferin – ich komme morgens hierher und gehe abends wieder weg. Wenn sie mich englisch anreden, sage ich ihnen, daß ich nichts verstehe. Und reden sie dann auf italienisch weiter, dann tu ich so, als ob ich nicht einmal das verstünde.» Mit diesen Worten, kann man sagen, begann unser Verhältnis.

Es vergingen einige Monate, dann verlobten wir uns, das heißt, genaugenommen: nach ein paar Spaziergängen ins Grüne und einigen Kinoabenden sagte Irene zu mir, sie wolle mich ihren Eltern vorstellen; und ich nahm diesen Vorschlag als Anzeichen dafür, daß sie mich jetzt als ihren Verlobten betrachtete. Aber so merkwürdig das klingen mag – gerade nach meinem ersten Besuch in Irenes Wohnung begann ich meine Meinung über sie zu ändern und sah ein, daß es nicht das Richtige war, von Verlobung zu sprechen.

Irene wohnte in einer dieser dunklen, heruntergekommenen Mietskasernen in der Nähe des Bahnhofs. Ich erinnere mich, daß ich im Laufschritt und fast im Finstern eine Menge Treppen hinaufstürmte, in einem häßlichen, übelriechenden Treppenhaus, und dann, als Irene mir öffnete – elegant, hell, sauber – unwillkürlich dachte: Jetzt schau mal, wie hübsch sie angezogen ist – in einem solchen Haus! Dieser Kontrast trat aufs neue in der Wohnung in Erscheinung. Diese Wohnung war alt, lichtlos, kahl und schmutzig, und in den Zimmern roch es übel; sie waren nicht viel besser als Höhlen. Während ich Irene folgte, die leichtfüßig vor mir her durch den Korridor ging, kam ich an einem feuchten, engen, schmutzigen, schreckenerregenden Klosett und dann an einer kleinen Küche vorbei, die ich fast noch schlimmer fand, ohne eine Spur von Geschirr oder Töpfen und so trostlos und schwarz, daß man meinen konnte, dort sei seit Jahren nicht mehr gekocht worden. Irene führte mich ins Wohnzimmer, und ich mußte mich dort erst einmal orientieren, denn dieser Raum war leer, ohne Möbel und mit zerrissenen Tapeten, die von den Wänden herunterhingen; dann erst erblickte ich – hinter einem Bogen – eine Gruppe von zwei Sesseln und einem Diwan, sehr abgenutzt alles, die Rücken- und Armlehnen schwarz vom langen Gebrauch; und ich sah auf der einen Seite Irenes Mutter sitzen und auf der anderen ihren Vater. Das Radio lief, und der Vater, ein alter Mann, der früher einmal dick gewesen sein mochte und jetzt wie ein leerer Sack aussah, mit krankem und erloschenem Gesicht, lauschte mit geschlossenen Augen einer aufdringlichen Musik. Vor ihm, auf einem Tischchen, bemerkte ich eine abgestoßene Tasse voller Zigarettenstummel. Die Mutter war jünger, und obwohl sie graue Haare hatte, überraschte ihre eigentümliche Weichheit, die rosige Frische ihrer Wangen und eine gewisse Unverfrorenheit in ihrem Blick. Ich setzte mich auf die Kante eines Stuhles; meine Verwunderung über die Armseligkeit der Wohnung mußte mir wohl vom Gesicht abzulesen sein, denn die Mutter begann sofort, mit mir über die Tatsache zu reden, daß sie sehr arm seien und daß niemand mehr in der Familie Geld verdiene außer Irene; und man wisse ja, daß eine Verkäuferin kein sonderlich großes Einkommen habe. Der Vater sagte nichts; er hörte Radio. Irene und die Mutter sprachen in seiner Gegenwart in einer Weise über ihn, als sei er Luft. Sie sagten, er sei bei der Gemeinde angestellt gewesen und jetzt pensioniert. Sie sagten, er tue den gnazen Tag nichts, als Radio zu hören und während der heißen Stunden – von zwei bis vier – in den Straßen rund um den Bahnhof herumzuspazieren. Sie sagten sogar, er sei kindisch geworden; wortwörtlich: «Er versteht nichts mehr, er ist kindisch geworden.» Aber wer weiß, ob er wirklich so kindisch war – jedenfalls rührte er sich bei diesen Worten und bemerkte: «Wer sagt euch denn, ob ich mich nicht nur kindisch stelle?» Irene lächelte mir entschuldigend zu; und da konnte ich nicht anders: ich mußte sie anblicken, als sähe ich sie zum erstenmal.

Sie saß mit übergeschlagenen Beinen vor mir auf einem hohen Stuhl, und so konnte ich sie von den Füßen bis zum Kopf hinauf mustern. Sie trug schöne, feine Schuhe mit hohen Absätzen und Nylonstrümpfe; ferner ein zweiteiliges Kleid aus grauem, anscheinend englischem Stoff. Die Jacke war offen, und ihre volle Brust drängte sich gegen die Spitzen einer hübschen weißen Bluse. Ziemlich gedankenlos bemerkte ich: «Du hast aber ein schönes Kleid an heute abend.» Sie sagte nichts, aber die Mutter antwortete für sie in unschuldsvollem Ton: «Nicht wahr, es ist schön? Eine Dame aus der Via Archimede, der sie immer Blumen ins Haus brachte, hat es ihr geschenkt. Als sie von dort wegzog, wollte sie ihr noch eine Freude machen.» Verblüfft sah ich Irene in die Augen: Sie blickte frei, offen, treuherzig. Ich blieb unsicher, senkte dann den Blick und bemerkte, daß sie am kleinen Finger einen Ring trug, der aus Gold zu sein schien und aussah wie ein Trauring. Da machte sie eine Bewegung mit der Hand, und ich sah, daß der Ring eine Fassung hatte, die jetzt zur Innenseite der Hand gedreht war, und daß in dieser Fassung ein blauer Stein saß, vielleicht ein Türkis. Ich rief: «Was ist das für ein Ring? Den hab ich ja noch nie an dir gesehen!» Und die Mutter, prompt: «Sie würden nicht glauben, was Irene für Glück hat – den Ring hat sie vorgestern auf dem Bürgersteig gefunden, als sie ins Geschäft ging.» Jetzt sagte der Vater, wie aus einem Traum erwachend: «Ich habe nie so ein Glück. Ich gehe Schritt für Schritt alle die Bürgersteige rund um den Bahnhof ab, aber ich finde nichts als diese Stummel.» Haben Sie verstanden? Diese Leute waren so arm, daß der Vater Zigarettenstummel auflas und sie dann in die abgestoßene Tasse tat, die auf dem Tisch stand; doch Irene trug mit dem Kleid, den Schuhen, den Strümpfen, der Bluse und dem Rest, den man nicht sah, vom Ring ganz zu schweigen, einen Wert von mindestens 100 000 Lire mit sich herum. Die Mutter fuhr fort: «Das ist wie mit dem vierblättrigen Klee – manche finden ganze Haufen und manche nicht ein Blatt. Irene findet immer was – vor einigen Tagen fand sie doch auf einer Kirchenbank ein schönes buntes Seidentuch. Sie wollte es zurückgeben, aber dann hat sie darüber nachgedacht und meinte: ‹Wer so was verliert, hat sicher noch viele davon.›» Irene tat, als hätte sie die Worte der Mutter nicht gehört, und sagte zornig zu ihrem Vater: «Du tust ja geradezu, als seist du dazu gezwungen, Kippen zu sammeln; dabei ist das doch das reine Laster von dir – und keiner kann's dir abgewöhnen! Ich bringe dir doch schließlich Zigaretten.» Und der Vater: «Ja, aber die amerikanischen Zigaretten kann ich nicht rauchen – die sind zu stark für mich. Die Stange, die du mir vorgestern mitgebracht hast, liegt noch unangebrochen herum.» Diese Antwort – ich weiß nicht warum – war Irene unangenehm, denn sie erhob sich plötzlich, richtete sich auf, als wolle sie sich von einer Last befreien, und sagte: «Ach was, wir gehen jetzt ins Kino – auf Wiedersehen, Papa, auf Wiedersehen, Mama.» Ich machte eine halbe Verbeugung und folgte ihr, hinaus aus der Wohnung.

Auf der Straße sagte ich nichts und war so sichtbar schlechter Laune, daß sie nach wenigen Schritten rief: «Möchtest du mir vielleicht verraten, was du hast?» Ich antwortete trocken: «Du weißt schon, was ich habe – ich denke an dein Kleid, deine

Schuhe, deine Bluse, deinen Ring – und ich glaube kaum, daß sich eine Blumenverkäuferin mit dreißigtausend Lire im Monat das alles leisten kann.» Sogleich antwortete sie völlig ruhig: «Wenn du mir nicht glaubst, dann wollen wir uns doch lieber gleich trennen und uns nie mehr wiedersehen.» Bestürzt protestierte ich: «Sei doch nicht gleich so beleidigt!» Und sie: «Ich will, daß man mir glaubt – ohne Achtung sind alle anderen Gefühle nichts wert. Wenn du mich nicht achtest, hat es keinen Sinn, zusammenzubleiben.» Ich fühlte mich in die Enge getrieben, und heute habe ich den Eindruck, daß sie an jenem Abend fast wünschte, wir gingen auseinander, vielleicht weil sie sich klar darüber war, daß ich begriffen hatte, und sie die Beziehung abbrechen wollte, solange das noch mit einiger Würde möglich war und ohne sich viel zu vergeben. Doch ich hing noch an ihr und beeilte mich, sie zu beschwichtigen: Es sei alles ein Mißverständnis gewesen. Anschließend sagte sie mit Nachdruck: «Ich bin arm, das stimmt, aber das ist für mich noch lange kein Grund, gewisse Dinge zu tun –»

Ach, Irene – genau aus diesem Grund tat sie gewisse Dinge. Während der folgenden Tage ging alles in der gewohnten Weise weiter, das heißt, es wurde immer schlimmer. Einmal war es die Halskette, die ich für Gold hielt, während sie das bestritt und erklärte, sie habe sie für einen Blumenstrauß in Zahlung genommen, von einer kleinen Schauspielerin in der Via Archimede. Ein anderes Mal war es ein Kleiderstoff, den sie von einem Vertreter unter der Bedingung bekommen hatte, daß sie andere seiner Stoffe bei ihren Kundinnen unterbrachte. Dann war da der Sonnenschirm, den sie in der Lotterie gewonnen hatte; dann das Paar Handschuhe, das ihr eine Firma aus Reklamegründen überließ. Doch am meisten beeindruckte mich die große Anzahl jener Gegenstände, die Irene auf der Straße, in Lokalen oder im Laden fand. Irene hatte Glück, so viel Glück, daß sich der Gedanke aufdrängte, sie pflege diesem Glück ein wenig nachzuhelfen, oder vielmehr gründlich, oder es überhaupt erst zu arrangieren. Ich ärgerte mich auch darüber, daß ihre Mutter mit frecher Stirn von diesem Glück Irenes erzählt hatte, und dachte, daß in dieser Familie alle unter einer Decke stecken mußten, Vater, Mutter und

Tochter. Doch heute, nach vielen Überlegungen, bin ich zu dem Schluß gekommen, daß die Eltern ihrer Tochter tatsächlich glaubten – nicht so sehr, weil die Lügen, die sie dauernd produzierte, besonders glaubhaft waren, sondern weil sie ihr einfach glauben wollten. Genau wie bei manchen Kranken, die wissen, daß sie krank sind, aber jedem Glauben schenken, der ihnen erklärt, sie seien soweit ganz gesund; denn es ist für sie besser, zu glauben, als nicht zu glauben.

Die Sache endete so: An einem Vormittag kam ein amerikanischer Filmschauspieler, den ich vom Sehen kannte, in mein Geschäft, ein großer rothaariger Bursche mit Sommersprossen, hellblauen, funkelnden Augen und völlig betrunken. Er suchte unter den feinsten Damenhandtaschen eine aus Krokodilleder aus und erklärte, er wolle sie verschenken; dann erzählte er mir, er habe in seinem Land Krokodile gejagt und Gott weiß wie viele erlegt. Ich entfernte das Preisschild, packte die Tasche in eine schöne Schachtel, er sagte «Okay», stieg in einen gelben Wagen – Spezialanfertigung – und winkte mir zum Abschied zu. Am Abend hatte ich, nach Ladenschluß, eine Verabredung mit Irene an der Autobushaltestelle in der Via Martelli. Als ich mich der Haltestelle näherte, sah ich Irene von weitem unter einer Laterne stehen, und das Herz schlug mir bis zum Halse, als ich an ihrem Arm die Handtasche erkannte. Es gab mir einen Riß: die Saite in mir, die schon ganz dünn geworden war, zersprang. Mit einer Geste sagte ich ihr Lebewohl, drehte ihr den Rücken zu und ging in Richtung der Via Valentino davon. Ich wollte sie weder dazu zwingen, eine neue Lüge zu erfinden, noch wollte ich gezwungen sein, sie zu entlarven, aus Achtung vor ihr und vor mir selbst. Und sie mußte verstanden haben, denn sie rührte sich nicht und folgte mir nicht an jenem Abend und ließ sich seither nie wieder bei mir blicken.

Später erfuhr ich, daß sie mit diesem Schauspieler eine elegante Wohnung auf den Monti Parioli bezogen hatte. Eine Weile begegnete ich ihr nicht mehr, denn wenn ich von der Piazza Euclide zur Via Parioli ging, vermied ich die Via Archimede. Dann sah ich sie eines Tages im Stadtzentrum wieder. Als ich den Corso überquerte, bog ein Wagen aus der Via Condotti, und beinahe wäre ich unter die Räder geraten. Wütend drehte ich mich um und erblickte am Steuer Irene. Sie sah mich an mit ihren schönen schwarzen Augen: Sie wirkte seriös wie immer und war unauffällig gekleidet. Einen Augenblick starrten wir uns an, und ich hätte sie am liebsten gefragt: «Na, Irene, wo hast du denn dieses süße Wägelchen gefunden? Stand es vielleicht herrenlos vor deiner Tür?» Aber ich hielt mich zurück. Ich mochte sie noch immer. An ihrer Hand, die auf dem Lenkrad lag, bemerkte ich einen goldenen Ring, der auch diesmal aussah wie ein Trauring. Um die Wahrheit zu sagen, ich hoffte aufrichtig, daß es wirklich einer war und nicht nur ein Ring mit nach innen gedrehtem Stein. Dann wandte sich ihr Blick von mir ab, dem grünen Licht der Ampel zu, und der Wagen tauchte in den Verkehrsstrom des Corso und entschwand.

Muttersöhnchen

Die erste von diesen Reifenpannen habe nicht etwa ich verursacht, sondern das Schicksal, das mit Hilfe dieser überraschenden Gelegenheit sozusagen einen Druck auf mich ausübte. Als ich – arbeitslos, wie gewöhnlich – eines Nachmittags die Viale Parioli in Richtung Acqua Acetosa hinunterging, sah ich in einer Seitenstraße einen Wagen stehen. Er fiel mir auf, weil ich eine wahre Leidenschaft für Autos habe; Spezialrennwagen ausländischer Marken bezaubern mich manchmal so sehr, daß ich stundenlang davor stehen kann, um sie zu betrachten und ihre Besonderheiten zu studieren. Dieser da war ein langgestreckter Sportwagen mit aufklappbarem Verdeck, der nur aus Motorhaube und Kofferraum zu bestehen schien, feuerrot und mit vielen vernickelten Zähnen im Gesicht, wodurch er eine gewisse Ähnlichkeit mit einem Tiger bekam. Dieser wilde Wagen faszinierte mich; ich trat näher, und das erste, was ich sah, war die Reifenpanne. Ich dachte: Na, so was, der hat eine Reifenpanne. Ein anderer an meiner Stelle würde das jetzt ausnutzen. Im gleichen Augenblick kam aus einem der Häuser ein dicker, blonder junger Mann in einer Sportjacke und engen Hosen, öffnete den Wagenschlag und schmiß sich mit Schwung hinein. Aus reiner Herzensgüte trat ich zu ihm und sagte: «Hallo, Sie haben einen platten Reifen!» Er stieg sofort aus, um nachzusehen, sagte dann etwas in einer fremden Sprache, um sich zu bedanken, und begann herumzuwirtschaften, um das Rad zu wechseln. Ich war am Wagenschlag stehengeblieben, und ganz zufällig fiel mein Blick auf einen Fotoapparat, der verlassen auf dem Sitz lag. Da nahm ich ihn eben und machte mich davon. Er schraubte gerade unten, auf der anderen Seite des langen Wagens mit einem Schlüssel die Muttern des Rades ab und sah mich nicht. Während ich verduftete, dachte ich: Aha – das also ist der Trick mit der Reifenpanne –

Jetzt ging es erst mal darum, das Geklaute zu verstecken. Ich entschied mich dafür, den Fotoapparat mit nach Hause zu nehmen und ihn unter mein Kopfkissen zu legen. Ich wohnte in der Gegend der Via Giulia, allein mit meiner Mutter, die schon lange Witwe war. Die Ärmste schlug sich mit Zigarettenschwarzhandel durch. Als ich in unsere finstere, übelriechende Wohnung kam, bemerkte sie von der Küche aus mit ihrem scharfen Blick sofort, daß ich es ziemlich eilig hatte, mich in meiner Kammer einzuschließen, um was zu verstecken; aber sie sagte nichts. Als ich jedoch später beim Essen saß, kam sie an, mit dem Fotoapparat in der Hand. Ich erwartete eine Szene und beugte verlegen den Kopf über den Teller. Aber das ist vielleicht eine Mutter! Eine andere hätte wer weiß was für ein Theater gemacht: «Wo hast du das gefunden? Was geht hier vor?» und so weiter. Sie aber – eine wahre Mutter – beschränkte sich darauf, mit ruhiger Stimme zu sagen: «Du brauchst das Ding nicht vor mir zu verstecken; gib es mir. Ein Versteck kann dich verraten, eine Mutter nie.» Nachdem sie das gesagt hatte, ging sie in ihr Zimmer, und ich sehe sie noch vor mir, als wäre es gestern gewesen: derb, untersetzt, den schwarzen Schal um die Schultern, den großen grauen Kopf zur Seite geneigt; während sie den Apparat wieder in sein Etui schloß, wiederholte sie: «Deine Mutter liebt dich schließlich; keiner kann dich so lieben wie deine Mutter.» Ich bekenne, daß ich beschämt war, allerdings nicht so sehr des Apparates wegen, sondern wegen des Vorwurfs, den ich aus ihren Worten heraushörte; denn wie hatte ich annehmen können, meine Mutter verstünde mich nicht oder würde mir nicht verzeihen? So also fing es an; von nun an brachte ich alles, was ich gestohlen hatte, meiner Mutter. Und sie versteckte es nicht nur, sondern übernahm darüber hinaus auch die Aufgabe, es zu verkaufen, denn sie war sehr pfiffig, kannte viele Leute und wußte über den Wert der Objekte besser Bescheid als die Angestellten des Monte di Pietà.

Schon immer – und ich war jetzt fast dreißig Jahre alt – hatte ich an meiner Mutter gehangen; und die Sache mit dem Fotoapparat machte mich noch anhänglicher. Ach, es wird über Söhne und Mütter so manches geredet, und Söhne, die so sind wie ich, nennt man gern «Muttersöhnchen»; aber diejenigen, die sich darüber lustig machen, die haben ja keine Ahnung. Mutter und Sohn sind füreinander geschaffen, mehr noch als die Frau für den Mann, der Bruder für den Bruder, der Freund für den Freund. Ein Sohn braucht nichts weiter zu sagen: Die Mutter hat ihn in die Welt gesetzt, hat ihn aufwachsen sehen und versteht ihn mit einem einzigen Blick; stillschweigend sorgt sie für ihn, genauso selbstverständlich und wortlos, wie der Sohn es entgegennimmt: denn er weiß, daß Worte zwischen ihm und der Mutter nicht nötig sind. Und für jede Mutter ist der Sohn klug und schön und stark und gut, auch wenn er nichts davon ist, auch wenn die Leute das Gegenteil denken; sagt nicht ein Sprichwort: «Auch die Amöbe ist für ihre Mutter ein schönes Kind?» Und immer sieht die Mutter in ihrem Sohne das Kind, auch wenn er schon keine Haare mehr auf dem Kopf und einen langen Bart hat; und das ist ein großer Trost: denn Männern gefällt es gar nicht, daß sie Männer geworden sind – wenn sie könnten, würden sie sich's gern schriftlich geben lassen, daß sie immer Kinder bleiben dürfen. Vor allem aber gibt die Mutter, infolge der Mutterliebe, ihrem Sohn der Außenwelt gegenüber immer recht, auch wenn er – wie in meinem Falle – ein Dieb ist; denn sie ist die einzige, die ihn versteht und die weiß, warum er gestohlen hat, und da sie es weiß, hilft sie ihm, sich unbelastet zu fühlen und frei von Reue. Diese Dinge und viele andere empfand ich, wenn ich abends nach Hause kam, nachdem ich den ganzen Tag Jagd auf Autos gemacht hatte. Es war ein ähnliches Gefühl, wie wenn man nach dem Aufstehen aus dem Bett mit den Füßen in die Pantoffeln schlüpft. Ich gab ihr die Ware, die sie sofort in die Kommode schloß; ich ging in die Küche; sie stellte den Teller vor mich auf den Tisch; ich aß und sie sah mich an. Wir sprachen so gut wie nichts. Wie Tiere verstanden wir uns durch Blicke.

Meine Mutter und die Autojagd ließen mir natürlich keine Zeit für Frauen. Sie bedeuteten mir auch nichts, die Frauen, und wahrscheinlich fürchtete ich sie sogar, denn da ich von Natur aus ein liebevoller Mensch bin, war mir klar: Um die Richtige zu finden, die mir die Zärtlichkeit entgegenbrachte, die ich brauchte, hätte ich erst einmal wer weiß wie viele ausprobieren müssen. Ich hatte ja meine Mutter, die mich einfach liebte, ohne mich erst zu prüfen: Warum hätte ich mich also mit Frauen belasten sollen? Aber Sie wissen ja, daß Frauen besonders gerne hinter denen her sind, die sich nichts aus ihnen machen. Nicht sehr weit von meiner Wohnung, im Corso Vittorio, war ein gut gehendes Kurzwarengeschäft, das einem alten Ehepaar gehörte. Die beiden Alten hatten eine Tochter, Gesuina mit Namen, die sie sehr spät bekommen hatten und die vielleicht deshalb so unschön ausgefallen war; außerdem hinkte sie und war nicht von bester Gesundheit. Meine Mutter, sie seit ihrer Mädchenzeit mit Gesuinas Mutter befreundet war, kam oft in das Geschäft – auch ihres kleinen Handels wegen – und brachte natürlich oft das Gespräch auf mich. Deshalb betrachteten mich die beiden Alten mit Wohlgefallen, als guten Sohn, der leider wenig Glück hatte und keine Arbeit fand. Gesuina allerdings kam mir eher zurückhaltend vor. Als ich nun eines Tages am Geschäft vorbeikam, trat ich ein, um mir Nadel und Faden zu kaufen, weil mir ein Knopf abgerissen war. Gesuina war allein und sagte: «Den Knopf näh ich dir rasch an.» Während sie dann den Faden einfädelte, sagte sie ruhig, meine Mutter sei aber nicht ganz so, wie es sich für eine gute Mutter gehöre, sonst ließe sie mich nicht mit abgerissenen Knöpfen herumlaufen. An empfindlicher Stelle getroffen, antwortete ich, es gäbe wenige Frauen, die so seien wie meine Mutter, ja, bestimmt, so eine fände man in ganz Rom nicht mehr; und sie antwortete: «In gewisser Hinsicht mag das schon stimmen, aber nicht, was Knöpfe betrifft.» Dadurch wurde mir klar, daß sie etwas wissen mußte, doch ich sagte nichts; sie kam zu mir her, nahm meine Jacke, stach die Nadel hinein und fügte hinzu: «Bist du dir denn nicht klar darüber, Gigi, daß das, was du tust, schlecht ist?» Ich erwiderte wütend: «Schlecht? Was ist denn schlecht daran? Für mich ist schlecht nur das, was mir weh tut.»

Aber nun war ich schon leicht verliebt in sie und kam immer wieder in das Geschäft, weil ich ihr gerne zusah, wenn sie mit ihrem kurzen Bein eifrig hinter dem Ladentisch herumhinkte und aus den Schubladen, die für sie zu hoch waren, die Sachen herunterzog; oder wenn sie pünktlich und sanft, mit gesenktem Blick, den Tagesabschluß machte. Sicher ahnte sie, daß sie mir gut gefiel; jedenfalls fuhr sie fort damit, mir ihre moralischen Belehrungen aufzudrängen. Da es Sommer war, trafen wir uns nach Geschäftsschluß öfter im Freien. Plaudernd gingen wir spazieren; und ich weiß nicht, wie ich das nennen soll, was ich empfand, wenn sie so an meiner Seite ging, die Hand auf meinen Arm gestützt, das kurze Bein nachziehend und mir beim Sprechen ihr blasses Gesicht zuwendend, das von schwarzen, duftenden Haaren überschattet war – es war vielleicht keine Liebe, das ist schwer zu sagen, aber es war eine Zuneigung, die von allem etwas enthielt: Mitleid mit ihr, Unterwerfung, der Wunsch, eine Frau zu finden, und das neuartige Gefühl, daß eine Frau tatsächlich die gleiche Zärtlichkeit für mich aufbrachte, die ich bisher nur bei meiner Mutter für möglich gehalten hatte.

Nun, ich sprach mit meiner Mutter darüber, denn ich hatte keine Geheimnisse vor ihr. Ich sagte ihr, daß Gesuina alles wisse und es verwerflich fände; daß sie mich aber trotzdem liebe; daß sie mir vorgeschlagen habe, mit ihr – an Stelle der alten Eltern – das Geschäft zu führen; und daß auch ich – vielleicht – Gesuina liebe. Je länger ich sprach, um so mehr veränderte sich der Gesichtsausdruck meiner Mutter und machte mir Sorge. Er war fast so, als hätte sie plötzlich jemand darauf aufmerksam gemacht, daß sie nicht richtig angezogen, sondern halb nackt sei, und als sei sie sich jetzt erst dessen bewußt geworden, ohne aber gleich etwas zur Hand zu haben, um sich zu bedecken. Bis jetzt hatte die Liebe, die wir zueinander empfanden, sie sozusagen eingehüllt, doch nun hatte Gesuina mit ihrer Moral diese Hülle zerrissen, und sie fühlte, daß Gesuina recht hatte. Zum erstenmal wohl sah sie sich selber mit kritischem Blick und hatte vor allem Angst, daß auch ich sie so sähe. Schließlich sagte sie, mit niedergeschlagenem Blick: «Du weißt ja, mein Goldjunge, daß mir alles recht ist, was du tust – wenn du zufrieden bist, bin ich auch zufrieden.» Ich weiß nicht, wieso, aber jetzt hätte ich eigentlich gerne gehört, daß sie mir, wie Gesuina, gesagt hätte: «Was du tust, ist schlecht, du mußt dein Leben ändern, du mußt das wieder in Ordnung bringen.» Aber ich wußte, das war zuviel verlangt, denn damit hätte sie zugegeben, daß sie sich nicht als gute Mutter erwiesen hatte, denn sie hatte mich unterstützt, statt mich zurechtzuweisen. Wie alle unsere Abende endete auch dieser in Schweigen.

So verlobte ich mich, dachte nicht mehr an die Autos und fand mich, mit Gesuina zusammen, hinter dem Ladentisch des Kurzwarengeschäftes wieder. Ja, ich liebte Gesuina, und ich versuchte die ganze Zeit zu der Überzeugung zu gelangen, daß es sehr viel besser sei, Bänder und Zwirnknäuel zu verkaufen, als die Reifen abgestellter Wagen zu beschädigen. Doch ganz sicher war ich nicht; und oft faszinierte es mich, hinter dem Tisch des dunklen Ladens hervor auf die Straße zu schauen: Dann dachte ich wehmütig an die alten Tage zurück, an das Leben auf der Straße, an das Fortlaufen, die Flucht nach dem Diebstahl, das Nachhausekommen mit der Beute und das Schweigen meiner Mutter. Da hatte es keine Moralpredigten gegeben und keine guten Ratschläge, nur Liebe und Verständnis. Kurz, ich langweilte mich.

Das Geschäft wurde um ein Uhr geschlossen und um vier wieder geöffnet. Eines Tages, gegen zwei, schlenderte ich gedankenverloren den Lungotevere Flaminio entlang; ich wollte nur ein paar Schritte gehen und dabei über meine Angelegenheiten nachdenken. Es war Oktober, und Rom war in Sonne und Azur getaucht; niemand war auf der Straße, alle aßen zu Mittag, und die Wagen standen vor den Türen. Auf einmal zog ein Serienwagen, der vor einem Mietshaus stand, meine Aufmerksamkeit auf sich, denn er hatte eine Reifenpanne – wie der erste, mit dem alles angefangen hatte. Nur so, ohne irgendeine Absicht, trat ich näher; und in diesem Moment kam der Besitzer aus dem Haus, ein Kahlkopf mit rotem Gesicht und einer Zigarre im Mund. Er war satt und litt unter Blutandrang, der typische Fall eines Mannes, der nach dem Essen noch ein wenig Luft schnappt, bevor er wieder ins Büro braust. Plötzlich, ganz wie damals, fühlte ich mich, aus reiner Hilfsbereitschaft, dazu veranlaßt, ihn aufmerksam zu machen: «Hallo, Ihr Reifen hat keine Luft mehr.»

Doch im gleichen Augenblick sah ich im Wagen, auf dem Sitz, eine schöne, dicke Ledertasche liegen und überraschte mich bei dem Gedanken: «Die nehme ich jetzt und bringe sie meiner Mutter – und zu Gesuina gehe ich nicht um die Welt mehr zurück; nur meine Mutter versteht mich wirklich, und ich werde mit ihr wieder so leben wie früher.» Ich war so in meine Gedanken versunken, daß ich kaum wahrnahm, wie dieser Irgendwer sich mir drohend näherte; auf einmal rief er: «Heraus mit dem Ding!» Ich war verblüfft: «Was für ein Ding denn?» – «Das Dings, mit dem Sie in den Reifen gestochen haben!» – «Sie haben wohl einen Vogel –?» – «Nein, Freundchen, den Vogel haben Sie. Ihnen hat wohl die Tasche gefallen, was? Los, keine Geschichten, raus mit dem Dings.» Ich sagte: «Was fällt Ihnen denn eigentlich ein» – aber da packte er mich am Kragen und sagte zwischen den Zähnen hindurch, ohne die Zigarre aus dem Mund zu nehmen: «Sie können dem Himmel danken, daß ich keine große Affäre daraus mache. Und jetzt wechseln Sie das Rad – oder ich ruf die Polizei.» Ja, was soll ich Ihnen sagen: ich unterwarf mich; und dieses Mal – nach so vielen Reifenpannen – war die Reihe an mir, die Reifen auszutauschen: den guten, neuen gegen den alten, schadhaften, dem ich gar nichts getan hatte. Ich beschmutzte mir Hände und Anzug, während er mich überwachte. Als ich fertig war, stieg er ein und sagte: «Gut gemacht. Aber ich sage Ihnen: die nächste Panne bringt Sie ins Kittchen.»

Erst spät kam ich ins Geschäft zurück, und Gesuina, die gerade hinter den Ladentisch humpelte, um für eine Kundin Bänder herunterzuholen, warf mir nur einen einzigen Blick zu, doch der war so durchdringend und unruhig, daß mir klar war: sie hatte verstanden. Am gleichen Abend, als ich nach Hause kam, sagte ich meiner Mutter, ich hätte mich endgültig entschlossen, im Laufe des Monats zu heiraten. Während sie mich umarmte, hatte sie Tränen in den Augen und war wirklich glücklich darüber, die Arme. Und da sagte ich mir wieder einmal: Eine Mutter ist einfach alles und das Beste auf der Welt.

Das Allerschönste

Zum erstenmal, seit sie verheiratet sind, besuchte ich Massima und Peppe in ihrer Wohnung. Bei einer Begegnung auf der Straße luden sie mich ein: Sie hielten mich an, als ich ihnen gerade ausweichen wollte, denn ich war jahrelang hinter Massima hergewesen, und es war kein Vergnügen für mich, sie mit einem anderen zu sehen, auch nicht, wenn es ein Freund war. Doch sie hielten mich an und schienen beide ganz wild darauf, mich zum Essen bei sich zu haben, wofür freilich jeder seinen eigenen Grund hatte. So sagte ich also zu, wenn auch ungern. Für die, die Massima nicht kennen: sie ist klein und gedrungen, mit einem breitstirnigen Lockenkopf, der an einen hübschen kleinen Hammel erinnert; und wenn man sie so sieht mit ihren schönen, vorgewölbten, glänzenden Augen, der kleinen Nase, dem vollen Mund und dem kräftigen Gesicht, könnte man glauben, sie sei fähig, bei gegebener Gelegenheit Kopfstöße auszuteilen oder, vielmehr, Stöße mit den Hörnern. Ich hatte mich in sie verliebt, als sie noch nicht so auseinandergegangen war; doch dazu muß man sagen, daß ihr Beruf als Masseuse – sie ist eine der besten in Rom – die Muskeln ihrer Brust, ihrer Schultern und ihrer Arme enorm entwickelt hatte; ihr ganzer Körper war recht massiv geworden, nur ihr Gesicht hatte – für mich wenigstens – den Zauber des gelockten kleinen Hammels behalten. Als ich sie wiedersah, erschien sie mir vielleicht deshalb so gewaltig, weil ihr Mann an ihrer Seite so kümmerlich wirkte: Dabei war er ein wohlproportionierter, wenn auch ziemlich kleiner Bursche. Auch er hatte lockiges, jedoch blondes Haar und wirkte elegant in seinem karierten Hemd und eng anliegenden, amerikanischen Bluejeans samt Taschen und Steppnähten. Massima hatte diesen anmutigen Mann, man kann sagen, mit Gewalt genommen. Er hatte zunächst nichts davon wissen wollen, doch am Ende hatte er ihrem Drängen nachgegeben. Er hatte in einer kleinen Bar in Trastevere gearbeitet, doch als er verheiratet war, hatte er die Bar aufgegeben und war nun gar nichts mehr. Es war Massima, die mit ihren Massagen den Unterhalt für beide verdiente.

Ich besuchte sie also, in der Gegend der Via Angelo Emo, einem neuen Viertel, in dem die Häuser wie Pilze aus der Erde schießen. Das geht im Handumdrehen: Man hat eine Wiese vor sich, dreht sich eben mal um, und wenn man sich wieder zurückdreht, steht da statt der Wiese ein gelber Wohnblock mit acht Stockwerken. Sie wohnten in einem dieser Wohnblocks, die aus Pappe zu sein scheinen und in deren Erdgeschoß sich viele Läden mit blendendem Neonlicht befinden, so daß sogar die Blumenkohlköpfe des Gemüsehändlers einen violetten Schimmer annehmen. Ein neues Viertel, ein neues Haus und – wie ich sah, nachdem ich geläutet hatte und mir geöffnet worden war – eine ganz neue Wohnung. Als ich eintrat, dröhnte mir eine Radiostimme entgegen, denn Peppe hörte in dem winzig kleinen Wohnzimmer gerade die Sportmeldungen. Als er mich sah, sagte er zu mir: «Geh dort hinein, in die Küche, und begrüße Massima – ich höre inzwischen die Nachrichten.» Ich stellte fest, daß sein Blick trübe war und daß er mit tiefsinnigem Gesichtsausdruck am Nagel seines Zeigefingers kaute, ein Zeichen dafür, daß er Sorgen hatte. Dann ging ich in die Küche.

Auch sie war winzig klein, wie das Wohnzimmer, doch alles war an seinem Platz, und der Raum war vollendet ausgenutzt und aufgeteilt: Herd, Spülbecken, Schrank und Tisch. Massima stand mit umgebundener Schürze am Herd, ihr kräftiger Arm war ausgestreckt, und ihre Hand umfaßte den Griff einer Pfanne, in der sie ein Gericht aus Hirn und Artischocken zubereitete, das sie über der Flamme hochwarf. Neben ihr lag ein gelbes Butterbrotpapier, darauf schüttete sie das Gericht, wenn es gebraten war. Sie sah mich von der Seite an, ohne sich zu rühren, und sagte: «Hast du meine kleine Wohnung gesehen? Gefällt sie dir?» In ihrer weichen, liebenswürdigen Stimme war ein besorgtes Zittern, das mich rührte; ich dachte daran, daß sie sich diese Zweizimmerwohnung sozusagen Pfennig um Pfennig von ihren Massagehonoraren zusammengespart hatte. Und alles das überließ sie jetzt diesem Faulpelz Peppe, der sie nicht einmal liebte. Ich sagte: «Die Wohnung ist wirklich reizend.» Sie lachte erfreut und sagte: «Dann sieh dir auch noch das Schlafzimmer an und sag mir, wie du es findest.»

Um ihr eine Freude zu machen, ging ich hinaus und sah mir das Schlafzimmer an, das zusammen mit dem Wohnzimmer schon die ganze Wohnung ausmachte. Es enthielt ein niederes modernes Doppelbett, über das eine hellblaue Decke gebreitet war, zwei Nachttische aus dunklem Mahagoni mit weißen Ahornfüßen und eine Kommode, die ebenfalls dunkel war und auch weiße Füße hatte. Auf der Kommode stand eine bunte Nippesfigur aus Porzellan: Auf einem flachen Teller in der Farbe des Meersandes saßen kleine Krebse, und am Rande kniete eine Frau in erschrockener Pose – wohl der Krebse wegen. Eine Tür stand offen, und so sah ich auch das Bad: weiß mit Nickel. Alles war neu, sauber, ordentlich und blitzblank. Ich ging wieder in die Küche zurück, und sofort fragte sie ängstlich: «Na, was sagst du dazu?» Ich war wieder gerührt von dem Gedanken, daß sie dies alles mit ihren kärglichen Ersparnissen bezahlt hatte, und antwortete: «Ich finde, es ist ein schönes Zimmer.» – «Nicht wahr? Ich hab es in der Via Cola di Rienzo gekauft. Hast du die Bettdecke gesehen? Reine Seide!» – «Sehr schön.» – «Und hast du auch das Bad gesehen?» – «Sehr schön!» Sie lachte wieder, drehte die Pfanne herum und fügte dann, nach einem Augenblick des Schweigens, hinzu: «Aber weißt du, was das Allerschönste hier drin ist?» Um ihr ein Kompliment zu machen, antwortete ich: «Das Schönste bist du.» Sie schüttelte den Kopf und sagte: «Das Allerschönste hier drin ist mein Mann!» Ich war äußerst überrascht, denn eine so direkte und offenherzige Erklärung hatte ich von ihr nicht erwartet. Sie fuhr fort: «Ist mein Peppe nicht zauberhaft –? So blond und lockig – sag doch – ist er nicht zauberhaft?» Zornig antwortete ich: «Warum mußt du so was gerade mir sagen?» Endlich verstand sie und antwortete: «Ich sag es dir, weil ich es niemand anderem sagen kann. Ja, ich habe einen Mann, der wirklich ein Schatz ist – ein Juwel. Aber geh jetzt wieder zu ihm, leiste ihm Gesellschaft, ich hab hier noch zu tun.»

Ich verließ sie gern, denn die Art, wie sie über ihren Mann sprach, brachte mich auf die Palme. Peppe hatte das Radio abgedreht und biß versunken an seinem Nagel herum. Plötzlich sagte er: «Kann ich dir vertrauen, Rodolfo?» – «Warum denn nicht?» Und er: «Gut, paß auf, heute abend gegen elf hab ich eine Verabredung – ich muß.» – «Eine Verabredung? Mit wem denn?» Ungeduldig antwortete er: «Mit einem Mädchen – du tust mir doch einen kleinen Freundschaftsdienst? Um eine bestimmte Zeit – sagen wir halb elf – erinnerst du mich einfach daran, daß wir beide mit Fabrizi verabredet wären, du weißt schon, dem Autovermittler, wegen eines Geschäftes mit Autoreifen – du fängst davon an, ich bestätige es, dann verabschieden wir uns von Massima und gehen – in Ordnung?» Ich war wirklich aufs unangenehmste berührt: Da hatte er nun so ein Goldstück von Frau wie Massima, war kaum einen Monat verheiratet und fing schon an, sich nachts mit Mädchen zu treffen. Widerwillig sagte ich: «Na ja, wenn du darauf bestehst, dann tu ich dir den Gefallen – aber hör mal, das ist nicht richtig von dir, Peppe.» – «Warum ist das nicht richtig?» – «Weil ihr schließlich erst einen Monat verheiratet seid – und weil Massima dich liebt.» Wütend fuhr er auf: «Was soll ich denn machen, wenn ich nun mal nichts für sie empfinde? Sie hat mich unbedingt haben wollen, obwohl ich ihr deutlich genug zu verstehen gab, daß ich sie nicht liebe – also, es wäre nett, wenn du mir diesen Gefallen tätest. Wenn du aber nicht willst, dann laß es eben bleiben.» – «Schon gut, beruhige dich, ich tu es ja.»

Jetzt kam Massima herein, die mit dem Kochen fertig war, und begann den Tisch zu decken. Sie schob den Tisch in die Mitte des Zimmers und legte ein schönes Tischtuch und drei Gedecke auf, nicht ohne mich darauf aufmerksam zu machen, daß das Porzellangeschirr für sechs Personen, mit Blumen und Goldrand, doch sehr apart sei. Gutgelaunt ging sie in der Wohnung hin und her, brachte Teller, Gläser und Bestecke; doch dabei war sie ganz auf ihren Mann konzentriert, der mürrisch und zerstreut im Sessel saß. Ich stellte fest, daß sie sich's nicht verkneifen konnte, jedesmal, wenn sie an ihm vorbeiging, irgend etwas Spaßhaftes zu ihm zu bemerken oder rasch ein bißchen zärtlich zu werden, oder mit ihrer Hüfte leicht seine Schulter zu streifen. Mit einem Wort: sie war sehr verliebt und scheute sich nicht, es zu zeigen; alles, was sie tat, tat sie für Peppe und nur für Peppe.

Wir setzten uns an den Tisch, der vor dem offenen Fenster stand, und da wir im Erdgeschoß waren, sahen wir direkt auf den Bürgersteig. Aus der schwülen Augustnacht kamen die Klänge anderer Radioapparate, denn das Viertel war voll von Radios, die sämtlich die gleichen Schlager brüllten, wie Hähne, die alle gleichzeitig krähen, wenn die Sonne aufgeht. Massima brachte die Schüssel mit den Spaghetti und legte uns reichlich auf den Teller; und ich, der ich ihre Kochkünste noch nicht kannte, dachte mir, daß sie wirklich goldene Hände habe und daß Peppe total verrückt sei, sie mit irgendeinem blödsinnigen Mädchen zu betrügen. Schweigend aßen wir die Spaghetti, und dann sagte ich zu Massima, sie koche ausgezeichnet, und sie sagte, es freue sie, daß ich dies schätze, denn Peppe würde sich nur fortwährend beklagen. Peppe protestierte und sagte düster: «Ich beklage mich nicht – du willst nur immer, daß ich zuviel esse – iß, iß, iß... Es ist die reine Notwehr.» Mit der Zärtlichkeit einer Mutter sah sie ihn an und rief: «Du kannst doch wirklich unbesorgt essen – wenn du zu dick wirst, mach ich dir ein paar Spezialmassagen, und du nimmst sofort wieder ab.» Massimas Idee, ihren Mann zu massieren, brachte mich zum Lachen, und so kam die Unterhaltung auf die Massagen, und Peppe sagte boshaft: «Massima, erzähl uns doch ein bißchen, was dir die Damen beim Massieren so alles anvertrauen – Hör zu, Rudolfo, du lachst dich schief.» Massima wollte zuerst nicht, aber dann erzählte sie ein paar wirklich komische Geschichten: von alten Frauen, die sich ihrer Geliebten wegen massieren ließen und dies auch sagten; von jungen Frauen, die ihr die Eigenarten ihrer Männer anvertrauten; von Filmstars, die ihre Story erzählten. Peppe, dessen Gesicht noch immer einen boshaften Ausdruck hatte, sagte: «Eine dieser Damen möchte ich ja wirklich mal kennenlernen – diese Nora – Jedesmal, wenn sie anruft, um einen Termin auszumachen, möchte sie mit mir ins Gespräch kommen: ‹Sind Sie der Mann der Massima? Und was tun Sie? Sie sind auch Masseur? Warum denn nicht?›» Als Massima dies hörte, wurde sie plötzlich ärgerlich: «Nächstens werde ich dieser Dame, statt sie zu massieren, ein paar auf den Hintern geben, daß sie blaue Flecken kriegt – mindestens – diese alberne, zudringliche Person!» Peppe, der sie mit der Erwähnung dieser Sache zweifellos absichtlich geärgert hatte, lachte wohlgefällig.

Nach dem Essen drehten wir das Radio wieder an und hörten ein Schlagerprogramm. Massima war inzwischen hinausgegangen, um die Küche in Ordnung zu bringen. Peppe kaute weiterhin stumm an seinen Nägeln und blickte von Zeit zu Zeit auf die Uhr. Je später es wurde, desto verlegener fühlte ich mich, denn ich liebte Massima, und es war mir höchst unangenehm, daß ich Peppe helfen sollte, sie zu betrügen. Ich machte noch einen letzten Versuch und sagte: «Wo wohnt denn dieses Mädchen?» Er sah mich unschlüssig an und sagte dann: «Nicht sehr weit von hier – in der Via Candia.» – «Und jetzt sag mir, wo sie dich erwartet, dann geh ich hin und sage ihr, du würdest sie morgen treffen – am Tage. Geh heute nicht hin – siehst du nicht, wie glücklich Massima ist? Sie wollte mit diesem Essen doch sozusagen die neue Wohnung einweihen – mach ihr doch keinen Kummer.» Aber er zuckte die Achseln: «Du spinnst – ich habe versprochen, hinzugehen, und ich gehe auch hin.»

Kurz, es kam die Stunde der Lüge, ich blickte auf die Uhr und sagte zu Peppe: «Ach, du lieber Himmel, es wird ja Zeit, zu Fabrizi zu gehn, wegen dieses Geschäftes, du weißt doch...» Er antwortete sofort: «Ja, richtig – das hätte ich jetzt beinahe vergessen – wahrhaftig, wenn du mich nicht daran erinnert hättest, hätte ich es glatt vergessen. Na, dann gehen wir also, gehen wir.» Während er dies sagte, erhob er sich mit so deutlicher Ungeduld und so offensichtlichem Vergnügen, daß es selbst ein Blinder bemerkt hätte. Und in der Tat, auch Massima begriff und begann mit erregter Stimme: «Davon hast du mir ja gar nichts gesagt! Fabrizi! Hör mal...» Aber an diesem Punkt griff ich unvermittelt ein: «Komm doch einen Augenblick hinüber, Massima, ich muß mit dir sprechen.»

Wir gingen ins Schlafzimmer, ich schloß die Tür und sagte: «Schau, es ist besser, wenn du Peppe gehen läßt, ohne viel Geschichten zu machen – je mehr du ihn kontrollierst und je eifersüchtiger du bist, um so weniger wird er dich mögen – hör dieses eine Mal auf mich: Laß ihn gehen, ohne etwas zu sagen.» Sie sah mich an; ihr Gesicht war angsterregend verzerrt und verfallen. Dann stotterte sie: «Es ist gut, Rodolfo, ich werde tun, was du sagst.»

Wir gingen wieder ins Wohnzimmer, und Massima sagte zu Peppe: «Also auf Wiedersehen – morgen muß ich früh weg, aber ich werde dich nicht aufwecken – wir sehen uns dann am Abend.» Ihre Stimme zitterte, aber sie beherrschte sich, wie sie es mir versprochen hatte. Peppe schlug die Augen nieder; er schämte sich wohl. Wir gingen zur Tür, und Peppe sagte: «Auf Wiedersehen, Massima.» Dann ging er schnell hinaus. Ich blieb stehen, um mich bei Massima für das Essen zu bedanken. Und während ich sagte: «Vielen Dank, danke schön, ich hoffe, daß ihr bald einmal mit mir zum Essen in eine Trattoria kommt», bemerkte ich, daß sie weinte. Sie stand an den Türrahmen gelehnt, und ihre Tränen rollten schnell, eine nach der anderen, aus den aufgerissenen Augen über ihre Wangen. Bewegt sagte ich: «Nicht weinen – wir gehen wirklich zu Fabrizi.» Mit ihrer sanften Stimme sagte sie: «Fabrizi hat gestern angerufen und gesagt, er führe nach Neapel. Peppe wußte es, aber er hat es vergessen.» Das war mir sehr peinlich, und da ich absolut nicht wußte, was ich sagen sollte, antwortete ich: «Nicht weinen, Massima – du hast wirklich eine schöne Wohnung – und das Allerschönste darin ist dein Mann.» Sie schüttelte den Kopf und sagte: «Nein. Das Schönste ist der Traum, den ich bald träumen werde, um nicht mehr darüber nachdenken zu müssen.» Kurz, ich verabschiedete mich und holte Peppe auf der Straße ein. Wir gingen am Fenster vorüber. Massima stand drinnen und sah uns an. Dann bogen wir um die Ecke.

Frühling

Im Frühling arbeitete ich in der Gegend nördlich von Fregene, in der Nähe des Flüßchens Arrone, wo sich ein Dentist aus Rom, der das Meer und die Einsamkeit liebte, ein kleines Haus am Strand bauen ließ. Es war eine völlig einsame Gegend; man sah nur Meer, Sand und Gebüsch, so weit das Auge reichte; doch hinter den Dünen lag ein verborgenes Fischerdorf, das geradezu abessinisch wirkte: Hütten mit Kapuzen aus geschwärztem Stroh, kleine Gehege, auf den Büschen Tücher zum Trocknen, zwischen den Hütten Abfälle und rostige Konservendosen und zwischen den Abfällen zusammengekauerte Enten, watschelnde Gänse, zottig-schmutzige Ziegen, ab und zu ein Schwein und natürlich Katzen und massenhaft Hunde, alles armselige Bastarde. In einer dieser Hütten wohnte Marcone, ein kleiner dicker Mann mit ernstem Gesicht und kahlem Kopf. Er trug eine Brille, sah aus wie ein Professor, war aber der Fuhrmann und schaffte mit seinem Karren das Material für den Bau des Häuschens heran. Seine Frau war dick und geschäftig wie er, und seine Tochter Oringia war siebzehn Jahre alt.

Diese Oringia hatte die Eigenart, sich wie ein Mann zu kleiden. Sie trug einen Overall wie die Arbeiter; sie behauptete, das sei bequemer bei dem vielen Hin und Her auf dem Fahrrad zwischen dem Dorf und Fregene; meiner Meinung nach tat sie es jedoch, um ihre fülligen, ausladenden Formen zu zeigen – und wenn auch nur den Gänsen und Katzen des Dorfes. Oringia hatte einen schwarzen krausen Haarschopf, leuchtende Augen, schwarz wie Kohlen, und ein blasses Gesicht mit breiter Nase und dicken Lippen: Sie sah aus wie eine Negerin, nur daß ihre Haut nicht schwarz war, sondern weiß. Man möchte es nicht glauben – aber Oringia war nie in Rom gewesen und kannte auch Fregene nur ganz flüchtig. Nichtsdestoweniger war sie koketter als eine Römerin: Den Frauen liegen gewisse Dinge nun einmal im Blut; sogar auf einer einsamen Insel können sie das nicht lassen. Die Bauarbeiten am Häuschen verrichteten wir zu dritt: Ich war mit meinen dreißig Jahren der Älteste, Mario war ein junger Mann, der aber eine Frau und zwei Söhne in Rom hatte, und Pierotto, Hilfsarbeiter, war der Jüngste. Oringia warf nach jedem von uns die Angel aus. Morgens kam sie zum Haus, setzte sich breitbeinig auf einen Haufen Tuffsteinblöcke und unterhielt sich mit uns, während wir arbeiteten. Was sie sagte? Nichts weiter: Ihre Worte bedeuteten nicht mehr als das Miauen einer verliebten Katze, wenn auch Oringia über ein etwas variableres Miauen verfügte; ich meine, sie sprach mit jedem von uns in einer anderen Art. Mit mir stellte sie sich auf eine Stufe, indem sie mir vertrauliche Dinge über die beiden anderen erzählte; mit Mario stichelte sie, weil er verheiratet war und seiner Frau treu bleiben wollte; und mit Pierotto spielte sie ein gefährliches Spiel: Sie versuchte, ihn eifersüchtig zu machen.

Pierotto war aus Maccarese. Er war ein muskulöser Bursche, rosa wie ein Schweinchen, doch mit brutalem, fast irrem Gesichtsausdruck, seine blonden Haare wuchsen ihm fast bis in die Mitte der Stirn hinunter, er hatte hellblaue, meist leicht gerötete Augen, einen gewalttätigen Mund und war immer zornig. Er war von Hause aus wütend – und er sah alle Dinge verzerrt und völlig anders als andere Leute. Das ging so weit, daß ich mich manchmal bei dem Gedanken überraschte: Was würde ich wohl wahrnehmen, wenn ich mich jetzt, durch irgendein Wunder, in Pierotto hineinversetzen und alles so empfinden könnte wie er, dabei aber ich selbst bliebe? Gewiß merkwürdige Dinge. Alle wären gegen mich und ich gegen alle – und überall wären Menschen, die mir Böses wollten, überall Verschwörung, Camorra, Verrat. Beispielsweise flirtete Oringia, wie gesagt, mit uns allen dreien, doch Pierotto war der einzige, der das ernst nahm. Er betrachtete sie sozusagen als seine Verlobte, und da er ein Schwätzer war, machte er aus seinen Plänen keinen Hehl: «Sobald ich mit dieser Arbeit hier fertig bin, nehme ich sie mit nach Maccarese und stelle sie meiner Familie vor. Und im Sommer heirate ich sie. Jetzt lasse ich ihr noch Freiheit, doch nachdem ich sie meiner Familie vorgestellt haben werde, hat sie sich gefälligst zu benehmen, wie sie's mir schuldig ist.»

Mich amüsierten diese Pläne, doch Mario ärgerte sich darüber, denn er war auch ein bißchen in Oringia verliebt und fing nur deshalb nichts mit ihr an, weil er entschlossen war, seiner Frau treu zu bleiben. Er fiel über Pierotto her: «Die willst du deiner Familie vorstellen? Mit der willst du dich verloben? Die möchtest du heiraten? Wer hat dich bloß darauf gebracht, dir diesen ganzen Käse einzubilden?» Und Pierotto antwortete überzeugt: «Oringia selbst! Ich hab sie gefragt, ob sie mich heiraten will, sie war einverstanden, und somit sind wir verlobt – nehmt euch jetzt also in acht, ihr beiden, denn Oringia gehört mir!» Er schwätzte dieses Zeug am Tisch der kleinen Dorfkneipe unter der Pergola. Mario sah Pierotto bei seinen Erklärungen ins Gesicht, machte eine Geste, die besagte, daß er ihn für verrückt hielt, stand auf und ging.

Als ich am nächsten Tag aus Fregene kam, wo ich mir Zigaretten besorgt hatte, sah ich Oringia den Weg auf dem Arrone-Damm allein vor mir hergehen. Als sie mich kommen hörte, änderte sich sogleich ihre Haltung: Ihr Gang wurde lebhafter, ihr Schritt lockerer; sie richtete sich auf und begann sich in den Hüften zu wiegen; dazu trällerte sie leise vor sich hin. Als ich sie erreicht hatte, nahm ich sie am Arm: «Sag mal, was ist das mit dir und Pierotto? Du hast ihm gesagt, du heiratest ihn?» – «Das hab ich doch bloß im Spaß gesagt – nur so zum Zeitvertreib.» – «So. Aber er hat es – nur so zum Zeitvertreib – geglaubt – und nur so zum Zeitvertreib wird dich dieser eifersüchtige Esel eines Tages windelweich schlagen!» Sie lachte: «Auf wen sollte er denn eifersüchtig sein?» – «Was weiß denn ich?» – «Wenn er einen Funken Verstand hätte», sagte sie, «dann wäre er auf dich eifersüchtig – denn du gefällst mir. Und er gefällt mir nicht.» Wir waren allein auf dem Damm und ganz nahe beim Pinienwäldchen, von dem aus sich dichtes Gebüsch bis zum Fluß erstreckte. Ich nahm sie in meine Arme und wollte sie küssen. Sie wich zurück, mit einem Ausdruck kindlichen Erschreckens. Plötzlich kam mir zum Bewußtsein, daß sie ja noch keine achtzehn Jahre alt war und daß ich es mit einem ebenso unerfahrenen wie unvernünftigen Mädchen zu tun hatte. Ich ließ sie sofort los und sagte: «Mich schlag dir lieber aus dem Kopf – es ist besser so.» – «Uh, du hast Angst vor Pierotto», sagte sie herausfordernd. «Ach, Unsinn. Schluß damit.» – «Ja, Schluß damit!» schrie plötzlich eine Stimme. Es war Pierotto, der irgendwo aus dem Gebüsch auftauchte. Sein Gesicht war feuerrot. Leise sagte ich: «Bist du verrückt, oder was fehlt dir sonst?» Und er: «Ja, Schluß damit, oder ...» Er hatte schon die Faust erhoben, doch ich packte ihn am Handgelenk und drehte ihm den Arm auf den Rücken. Doch er befreite sich mit einem Ruck wie ein Büffel und warf sich herum, doch er hatte etwas zuviel Schwung, glitt auf dem Damm aus und rutschte ins Wasser. An dieser Stelle war der Weg schmal und das dichte Gesträuch verbarg den Fluß. Als Oringia ihn bis zur Brust im Wasser verschwinden sah, lachte sie hemmungslos und lief davon. Ich beugte mich vor, stützte mich auf einen Baumstumpf und zog den schweren Pierotto heraus. Er brüllte: «Wir sind noch nicht fertig miteinander!» Und tatsächlich, er hatte kaum den Damm erreicht, als er sich – bis zur Brust voll Schlamm – von neuem auf mich stürzte. Diesmal hielt ich ihn dadurch auf, daß ich seine beiden Arme packte und ruhig zu ihm sagte: «Was hast du denn nur, Pierotto? Du kannst sicher sein, daß ich von Oringia nichts will.» Der Ton meiner Stimme überzeugte ihn, daß dies aufrichtig gemeint war, und zu meiner Verwunderung fing er plötzlich an zu weinen. Unter Tränen und kaum verständlich stieß er hervor: «Ihr wißt ja gar nicht, was alles war und wie mein Leben ist – was ich alles mitgemacht habe und auch jetzt noch mitmache. Ihr habt ja keine Ahnung ...» Kurz, während er über sein Leben weinte, verließ ich ihn und ging ins Dorf zurück.

Am folgenden Morgen war schönes Wetter. Der Himmel war heiter und wolkenlos, und am Horizont stand ein rosafarbener Glanz. Azurblau und weiß schimmerte die ruhige See. Kleine durchsichtige Wellen spülten an den Strand und erstarben lautlos, ohne Schaumspur, im Sande. Die milde Luft duftete, weiße Schmetterlinge spielten um die Sträucher auf den Dünen, und die Sonne leuchtete, ohne zu brennen. Es war ein Frühlingstag, der dazu geschaffen schien, daß man ihn in Frieden genoß, auch wenn man arbeiten mußte. Aber Pierotto sagte über das alles nicht das geringste; kümmert sich nicht darum und schien sogar ganz besonders zornig. Mario seinerseits schien auf Pierotto wütender zu sein als je – immer noch aus dem gleichen Grunde: weil er in Oringia verliebt war, sich aber nicht mit ihr einlassen mochte, um seine Frau nicht zu betrügen. Wir hatten etwa eine Stunde gearbeitet, als die beiden anfingen, sich heftig zu streiten. Nach einer Weile sagte ich: «Hört auf, wir haben zu arbeiten – und außerdem, seht doch, was das für ein Tag ist – wie ist das möglich, daß ihr an so einem Tage nichts im Kopf habt als Zank und Streit?» Dann hörte ich – in das tiefe Schweigen hinein – plötzlich Pierotto sagen: «Oringia und ich, wir lieben uns. Was hast du dazu zu sagen?» Und Mario antwortete ihm: «Ich habe dazu zu sagen, daß das Quatsch ist. Siehst du das?» Ich blickte von der Terrasse hinab, auf der ich gerade arbeitete, und sah, daß Mario ihm einen silbernen Ring zeigte, den Pierotto Oringia geschenkt hatte – und sofort stürzte sich Pierotto auf Mario. Doch der war ein Meister im Davonlaufen. Sie rannten hintereinander her, überquerten den Strand und sausten dann am Meer entlang. Ich ging von der Terrasse hinunter und war gerade dabei, mir eine Zigarette anzuzünden, als mich jemand am Ellbogen berührte: Es war Oringia, im gewohnten Overall, aufreizend wie immer. Irritiert sagte ich: «Was hast du da angestellt? Du hast Pierottos Ring Mario gegeben?» Und sie: «Das ist doch nur ein Spaß, den wir uns ausgedacht haben – außerdem wollten wir ihm zu verstehen geben, daß er sich bloß nichts einbilden soll.» Während sie ins Haus trat, fügte sie in singendem Tonfall hinzu: «Er könnte langsam begreifen, daß du wirklich der einzige bist, der mir gefällt.» Im ersten Moment war ich verblüfft und dachte einen Augenblick nach; dann zuckte ich die Achseln und zündete mir endlich die Zigarette an. Plötzlich fuhr ich zusammen, denn eine Stimme rief: «He, ist denn niemand hier?»

Es war der Dentist, für den wir das Haus bauten: ein sehr adretter junger Mann mit Bürstenhaar und Bürstchenschnurrbart; sein Kopf war wie aus Holz geschnitzt, hart und eckig. Sei-Worte hatten mir gegolten, doch dann leuchtete sein Blick auf:

Er bemerkte Oringia. Sie sagte rasch: «Signor Santoro, ich bin hergekommen, um Ihr Haus zu besichtigen – es wird wirklich schön!» Santoro antwortete: «Ah, wir kennen uns doch», und ging an mir vorbei auf Oringia zu. Ich rauchte und sah aufs Meer hinaus.

Gleich darauf kam Pierotto zurück: keuchend, mit rotem Kopf, noch ganz erhitzt vom Laufen und mit eigentümlich irren Augen. Ich fragte ihn, wo Mario sei, und er machte wortlos eine vage Gebärde zum weiten Strand hin. Dann sagte er: «Aber wenn er kommt, lege ich ihn um!» Er hatte die häßliche Angewohnheit, dauernd von jemandem zu sagen: «Den lege ich um», vielleicht hatte er das aus einem Gangsterfilm im Kino von Maccarese. Mit Nachdruck sagte ich: «Du wirst niemanden umlegen! Hast du verstanden?» In diesem Augenblick kam der Dentist aus dem Hause – an seiner Seite Oringia.

Mit jener honigsüßen und zugleich aufgepulverten Stimme, die Männer zu bekommen pflegen, wenn ihnen eine Frau gefällt, sagte er zu ihr: «Jetzt machen wir eine schöne Fahrt am Meer entlang. Sie werden sehen: das macht Spaß.» Plaudernd gingen sie auf den Wagen zu, mit dem der Dentist immer zu seinem Haus kam, einem roten Jeep, der dank seiner Spezialkonstruktion so ziemlich jedes Gelände befahren konnte. «Oringia!» rief Pierotto endlich, nachdem er sich von seinem Staunen erholt hatte. Sie blieb stehen, sah ihn an, zuckte die Achseln, stieg in den Wagen und setzte sich neben den Dentisten. Der Jeep fuhr sofort an, wobei die Räder den Sand aufwirbelten, und entfernte sich in Richtung Fregene. Und von einer Düne her ertönte böse die Stimme Marios: «Der Dentist hat dir Oringia weggeschnappt – vor der Nase weggeschnappt – und was machst du jetzt?»

Dieses Mal wurde Pierotto nicht wütend, sondern ging schweigend auf das Dorf zu und verschwand. Unterdessen kam Mario näher und sagte: «Wie kann man nur so verrücktspielen?» Ich warf den Stummel meiner Zigarette weg und antwortete: «Ihr beiden, du und Oringia, gebt euch anscheinend nicht zufrieden, bis ein Unglück passiert ist – der spielt nicht verrückt, der ist es. Ach was, an die Arbeit!» Wir arbeiteten schweigend, lustlos und besorgt. Es vergingen etwa zwanzig Minuten, dann erschien in schneller Fahrt der Jeep von Fregene her. Rot wie Feuer, fuhr er am azurblauen Meer entlang. Er kam den Strand herauf und hielt. Oringia und der Dentist stiegen aus – und plötzlich krachte ein Schuß.

In dieser Gegend waren oftmals Schüsse zu hören, denn hier wurden häufig Wachteln gejagt. Doch diesem Schuß folgte ein Schmerzensschrei: Der Dentist fuhr mit der Hand an seinen Arm und warf sich dann, zusammen mit Oringia hinter eine Düne. Auch Mario und ich begriffen und gingen gerade noch rechtzeitig in Deckung: denn zwei weitere Schüsse ließen den Sand der Dünen aufspritzen, hinter der wir uns zu Boden geworfen hatten. Die Schießerei zerriß die Stille des Meeres und hielt noch einige Minuten an, mal in Richtung des Dentisten, mal in Richtung auf Mario und mich. Pierotto, der Schütze, lag hinter einem Haufen von Ziegelsteinen am Rande des Strandes. Mario, der ihn durch eine List dazu bringen wollte, aufzuhören, schrie plötzlich: «Du Feigling! Du hast Signor Santoro getötet!» Dies schien das Signal für einen weiteren Schuß – dann war es totenstill. Ich war es dann, der Pierotto entdeckte. Obwohl Mario mich am Ärmel zog und mich bat zu warten, ging ich hin – bei dem letzten Schuß hatte ich bereits etwas geahnt, und tatsächlich fand ich ihn tot, das Gesicht voll Blut, ausgestreckt zwischen den Ziegelsteinen. Das Gewehr, das er sich aus Marcones Hütte geholt hatte, lag neben ihm.

Er hatte sich das Leben genommen, weil er geglaubt hatte, er habe den Dentisten getötet. Aber der war mit einer Schramme davongekommen. Und er hatte geschossen, weil er angenommen hatte, Oringia habe ihn betrogen; und auch das stimmte nicht. Und er hatte sich von Oringia verraten geglaubt, weil er sich eingebildet hatte, er sei mit ihr so gut wie verlobt – und nicht einmal das war wahr. Und wer weiß, ob er nicht über sich und die anderen noch alles mögliche gedacht hatte, das ebensowenig stimmte. Und der Frühling, der so viele Wunder vollbringt, hatte ihm alles in falschem Lichte erscheinen lassen, und die gleiche Kraft der Natur, die an jenem Tage so sanft schien, unter dem heiteren Himmel am stillen Meer, hatte sein leidenschaftliches Herz verwirrt und ihn in den Tod getrieben.

Wie die Wilden

Es kommt im Leben darauf an, den Fuß auf die erste Stufe zu setzen. Für mich war die erste Stufe die Baracke, die ich neben mein kleines Haus auf eine Bodenerhebung baute, zwischen den Holunderbüschen der Via Portuense. Als Lumpen- und Flaschensammler hatte ich kein Kapital; deshalb baute ich die Baracke wirtschaftlich: Sie kostete mich ungefähr 25 000 Lire, die Arbeit nicht mitgerechnet, denn die habe ich mit eigenen Händen ausgeführt. Es gab keinen ersten Stock, keinen Fußboden, keine Küche, kein Klosett, keine Fenster. Die Mauern waren aus einer einzigen Schicht von Ziegelsteinen, das Dach aus Wellblech. Mein kleines Haus ist weiß, und damit sich die Baracke davon abhob, strich ich sie rosa. Ich vermietete sie sofort für 8000 Lire monatlich an einen Hilfsarbeiter, der Michele hieß, aber von allen mit dem Spitznamen Surunto gerufen wurde, was ungefähr soviel bedeutet wie Superdreck oder Drecksack. Dieser Michele war nicht aus Rom, sondern Gott weiß woher, vielleicht aus irgendeinem kleinen Gebirgsnest. Er sah aus wie ein Wilder: dunkelhäutig, niedere Stirn, traurige, erstaunt aufgerissene Augen, Haare wie ein Besen, und immer unrasiert, auch am Sonntag. Auch seine Frau sah aus wie eine Wilde: klein, olivengrün und gleichfalls mit wüstem Haar. Und die drei Mädchen sahen ebenfalls wie Wilde aus: tiefbraun, riesige Augen und diese struppigen, schmutzigen Haare. Wirklich: eine Familie von Wilden.

Wir dagegen, obwohl ich, wie gesagt, Flaschen- und Lumpensammler bin, sind eine zivilisierte Familie: Meine Frau ist sauber und ordentlich, unsere Kleine wäscht sich und kämmt sich und hat Schleifchen an den Zöpfen und Kleidchen mit Lochstickerei, und in unserem Häuschen ist trotz der starken Inanspruchnahme immer alles blitzblank. Und außerdem reden wir miteinander. Es mag Ihnen sonderbar vorkommen, daß ich das so betone, aber zwischen Surunto's Familie und uns bestand nicht zuletzt dieser Unterschied: Wir redeten und sie nicht. Wir sagten: «Ich habe Hunger, ich bin müde, gib mir die Pfanne, sei ruhig, guten Tag und gute Nacht»; sie dagegen sprachen nicht eigentlich, sondern verständigten sich hauptsächlich durch Grimassen und Gekrächze, beinahe wie Tiere. Vielleicht mag dieses Krächzen und Blöken ein Dialekt gewesen sein – darüber will ich mich nicht streiten –, aber dann war das jedenfalls ein äußerst merkwürdiger Dialekt, tatsächlich nicht viel anders als das Grunzen oder Röhren der bedauernswerten Tiere, die sich nicht durch Worte verständlich machen können. Das alles war so arg, daß ich an dem Tag, als wir den Mietsvertrag abschlossen, zu Surunto sagte: «Und daß wir uns recht verstehen: keine Küchen- und Klosettbenutzung! Ich kenne euch doch, ihr Ferkel, ihr seid da wie das liebe Vieh und würdet im Handumdrehen aus dem Klosett eine Jauchegrube machen und aus der Küche einen Schweinestall. Achttausend Lire nur für das Wohnen – sind wir einig?» Während er mir zuhörte, war seine niedrige Stirn voller Falten: das kam von der großen Anstrengung, die es ihn kostete, mir zu folgen. Endlich sagte er: «Sind kein Vieh. Sind Christenmenschen.» Aber das sagte er in murrenden, kaum verständlichen Brummlauten, Grimassen schneidend, so daß ich nicht umhinkonnte, auszurufen: «Siehst du! Was glaubst du wohl, was du eben gesagt hast? Überhaupt nichts hast du gesagt – du hast eine Grimasse und dazu ‹Muh› und ‹Bäh› gemacht, wie's liebe Vieh; wirklich, man braucht den größten Scharfsinn, um dich zu verstehen. Deshalb lern erst mal richtig sprechen, und dann komm wieder und sag mir, was du willst, in menschlichen Worten, und dann darfst du auch Klosett und Küche benutzen. Wenn nicht, dann nicht.»

Ich war mir klar darüber, daß es ein Fehler gewesen war, diesen Surunto zu nehmen; aber jetzt war es zu spät. Die 8000 Lire bezahlte er immer pünktlich, das stimmt schon, und ehrlich war er auch. Aber es gab so viele Unannehmlichkeiten durch diese Nachbarschaft, daß ich manchmal – hätte ich mir das leisten können – am liebsten auf die 8000 Lire verzichtet hätte. Da die beiden Baracken so nahe beieinander standen, konnte man die schmutzigen Kinder natürlich nicht fernhalten: Diese drei jungen Wilden, die Köpfe hatten wie drei Lämmergeier, spielten verständlicherweise mit meinem Mädchen. Das Resultat: Als ich eines Tages nach Hause kam, hörte ich verzweifeltes Weinen – das war meine Rosetta, deren Kopf meine Frau über einer Waschschüssel bearbeitete, um ihn von dem wimmelnden Ungeziefer zu befreien, das ihre drei Freundinnen ihr verehrt hatten. Surunto war nicht da, ich hielt mich also an seine Frau; und sie schlug die Hände vors Gesicht, krächzte und brach in dieses unartikulierte Gebrabbel aus, so daß ich schließlich sagte: «Ach, hör doch auf, ich versteh kein Wort. Kämm lieber deine Kinder! Du kennst doch wohl das alte Lied: In deinem Haar, so kraus, tanzt lustig eine Laus; die Wanze tanzt noch schneller, die tanzt die Tarantella.» Ja ja, diese Lieder. Aber so war's.

Kamen die Kinder nicht, kam die Mutter – und dem Haus bekam das noch weniger. Wo sie hinkam mit ihren Pfoten – wo sie den Fuß hinsetzte, wurde alles schmutzig; und immer lieh sie sich etwas aus, mal die Pfanne, mal die Gabel, mal ein Glas; und wenn sie's zurückgab, dann reichten weder Sand noch Seife, die Sachen wieder zu säubern. Kurz, dieser Saustall mußte ein Ende haben, und so sagte ich zu meiner Frau: «Diese Sache haben wir schlecht gemacht. Jetzt hängt alles davon ab, dem Mitleid zu widerstehen. Denn wenn das so weitergeht, dann sind wir im Eimer.»

Dem Mitleid widerstehen: so etwas sagt sich leicht. Aber der Winter kam, und es hagelte Pech auf Michele herab. Zunächst einmal stellten sie in dem Werk, wo er Hilfsarbeiter war, wegen Kälte und Regen den Betrieb ein, und so wurde er arbeitslos. Ein paar Tage später erkrankte Leonilde, sein größeres Mädchen. Meine Frau ist gut, gut, gut – man kann das gar nicht oft genug wiederholen: sie ist so gut, daß es bereits wieder dumm ist. Meine gute Frau besuchte also die Baracke und sagte danach, sie könne dem Mitleid nun schon gar nicht mehr widerstehen, und was sie dort vorgefunden habe, das würde ich ihr bestimmt nicht glauben, wenn ich nicht hinginge und es mir ansähe. Meinen Widerwillen niederkämpfend, betrat ich also die Baracke Suruntos, des Drecksacks: Es war das erste Mal, seit ich sie vermietet hatte. Ich übertreibe nicht: Ich habe schon manche Häuser und Baracken gesehen, die völlig heruntergekommen waren – aber einen derartigen Dreck hatte ich nicht für möglich gehalten. Da sie in einem Benzinkanister kochten und auf dem Boden Feuer machten, waren die Wände, die sie schneeweiß übernommen hatten, schwarz wie ein Ofenloch. Es war auch fast so finster wie im Ofenloch, und ich nahm nur allmählich im Halbdunkel wahr, was es da zu sehen gab: am Boden Schlamm und Dreckpfützen; sodann Scherben, Lumpen, zerfetzte Schuhe und alte Konservenbüchsen; zwei Strohstühle ohne Sitzfläche; eine Menge Schachteln; und in der Mitte ein verschmutzter Tisch, auf dem ein Napf mit kalten Nudeln stand, vom Tag vorher. Dieser Napf flößte mir besonderen Ekel ein, denn er sah ganz so aus wie die Näpfe, aus denen Hunde fressen.

In der finstersten Ecke stand ein schwarzes eisernes Ehebett; doch erst, als ich genau hinschaute, bemerkte ich darauf ein in Lumpen gewickeltes Bündel und zwei glänzende Augen: das kranke Kind. Entnervt von soviel Schmutz und dem üblen Gestank in diesem Raum, trat ich näher und legte dem Kind meine Hand auf die Stirn: sie glühte. Dann sagte ich zur Mutter und zu Surunto, die hinter mir standen: «Was bekommt denn das Kind zu essen? Was hat es heute gegessen?» Die Frau gab, wie gewöhnlich, etwas Murrendes, Krächzendes und Quäkendes von sich, das ich nicht verstand; und ich schrie aufgebracht: «Ja, ist denn das die Möglichkeit, daß ihr nun schon so lange in Rom seid und immer noch nicht gelernt habt, wie normale Menschen zu sprechen! Na, schon gut. Meine Frau wird euch für das Kind etwas zu essen bringen. Aber macht inzwischen um Himmels willen ein bißchen sauber!» Die Antwort war wiederum unverständliches Brabbeln. Ich zuckte die Achseln und ging hinaus.

An diesem Tage kochte meine Frau nicht etwa nur für das kranke Kind, sondern für die ganze Barackenfamilie, und außerdem tat sie alles, um zu erreichen, daß diese Wilden aus der Baracke wenigstens den schlimmsten Unrat entfernten, der sich dort anhäufte. Am Abend fühlte sich das Kind etwas besser, und nach dem Essen gingen wir wieder ins Haus zurück. Doch kurz vor Mitternacht fing es an zu regnen, oder besser gesagt, es goß wie aus einem Bottich ohne Boden; und wir beide, im Bett, hörten in der Dunkelheit, wie das Wasser erbarmungslos herunterrauschte, und dachten beide das gleiche. Endlich sagte meine Frau: «Diese Leute tun mir schrecklich leid. Sie haben doch gar nichts, kein Leintuch, keine Decken, keine Kissen, sie haben keine Teller, keine Gläser, keine Kochtöpfe; sie haben keine Schuhe und keine Kleider, sind nackt und bloß und jammervoll. Und du willst ihnen nicht mal die Küchen- und Klosettbenutzung erlauben! Und für diese Baracke müssen sie dir achttausend Lire bezahlen, was heutzutage ein schönes Stück Geld ist!» Ich antwortete: «Ich weiß, daß sie nackt und bloß und jammervoll sind. Aber diese Baracke ist für mich die erste Stufe. Wenn ich fest den Fuß darauf setze, dann kann ich auch höhersteigen. Diese achttausend Lire sind der Hebel, mit dem ich das Elend aus den Angeln heben kann. Verstehst du das nicht? Sie sind eine Stufe unter uns, und wir setzen den Fuß auf ihren Rücken, um ein wenig höher hinaufzukommen! Und was die Küche und das Klosett betrifft, wozu wäre das gut? Sie sind wie unvernünftiges Vieh, und wenn ich ihnen die Küche und das Klosett überließe, hätten sie sie bald ebenso zugerichtet wie die Baracke, du hast es doch gesehen!»

Aber sie ließ nicht locker: «Dann muß ich eben für sie kochen, denn ich kann es nicht mit ansehen, daß sie diesen kalten Fraß hinunterschlingen oder im Benzinkanister kochen. Und was das Klosett betrifft, so kannst du dir wohl denken, wo das Kind sich diese Erkältung geholt hat. Das ist doch nur passiert, weil es nachts, im Regen, aus dem Haus und aufs Feld läuft, wenn es mal muß!» Darauf erwiderte ich: «Was meinst du wohl, wie es die Leute gemacht haben, die heute dicke Gelder haben und im Auto fahren? Sie haben alle einmal ihren Fuß auf die erste Stufe gesetzt. Ich weiß, daß ich ein Ausbeuter bin – aber ich bin es aus Liebe zur Familie; und wer in dieser Welt nicht ausbeutet, wird selber ausgebeutet.» Kurz, wir diskutierten im Dunkeln, während die Sintflut draußen weiterging; auf einmal klopfte es an die Tür. Ich stand auf, öffnete und sah Michele. Er triefte vor Nässe und wirkte wie eine Geistererscheinung mit seinem schwarzen Hut, von dem ihm das Wasser ins Gesicht rann. Er war tatsächlich so naß, als käme er aus dem Tiber. Ich fragte ihn, was er wolle, und er antwortete mir mit diesem dumpfen Muhen, das ich nicht verstand. Ich wurde ungeduldig, packte ihn am Kragen, schüttelte ihn wie einen Hampelmann und schrie: «Red doch endlich wie ein Christenmensch! Rede so, daß ich dich verstehen kann, zum Donnerwetter!» Er rührte sich nicht und quakte und krächzte von neuem. Da schrie plötzlich meine Frau, die im Bett geblieben war: «Giovacchino, er sagt, es regnet in die Baracke!»

Also, ich zog mich wieder an und ging mit Michele hinaus. Es goß tatsächlich in Strömen in dieser schwarzen Nacht, und der Sturm, der von den Bergen kam, wirbelte den Regensturz nach allen Seiten. Wir gingen im Dunkeln in die Baracke, und sofort spürte ich, daß mir eisiges Wasser zwischen Hals und Kragen den Rücken hinunterlief. Es regnete durch, weil sich zwei Streifen des Wellblechs verschoben hatten, vielleicht durch den Sturm; und das nicht etwa tropfenweise, sondern fast so stark, als ständen wir im Freien. Ich sagte wütend: «Mach doch endlich Licht!» Surunto antwortete mir im Dunkeln mit einem kurzen Blöken, das ich nicht verstand; vielleicht wollte er sagen, er habe kein Licht. Ich suchte nach einem Streichholz, und im Licht der Flamme sah ich die schlammigen Wasserlachen auf der Erde und bemerkte, daß es auch auf das Fußende des Bettes regnete, weshalb sich die Mutter und die drei Kinder nach oben, zum Kopfende zu, verkrochen hatten, wobei sie einen großen Haufen bildeten, wie schmutzige Wäsche. Kurz, man konnte nur zwei Dinge tun: entweder Surunto und die Familie zu uns ins Haus nehmen oder das Dach reparieren. Ich zog das zweite vor; und so verging eine Stunde mit Hin- und Herlaufen zwischen Haus und Baracke, und dann stieg ich im Regen, der wie aus Kübeln herunterkam, aufs Dach, legte zwei Streifen Blech auf und beschwerte sie mit drei oder vier Steinen, damit sie liegenblieben.

Sie können es mir glauben: Danach brauchte ich fast zwei Stunden, um wieder einzuschlafen, teils weil ich vor Kälte zitterte, und teils aus Nervosität, denn Surunto und seine Familie taten mir leid, und gleichzeitig wehrte ich mich dagegen, daß sie mir leid taten – und dann geriet ich in Zorn, weil sie mir immer noch leid taten, und weil ich das durchaus nicht wollte, und am

Ende wußte ich nicht mehr, ob sie mir eigentlich leid taten oder nicht. Meine Frau, die merkte, daß ich unruhig war, sagte endlich: «Warum schläfst du denn nicht? Die nebenan schlafen, trotz all ihrer Sorgen; und du, dem es soviel besser geht, du schläfst nicht?» Ich spitzte die Ohren und tatsächlich hörte ich durch die dünne Wand Suruntos wirklich behagliches Schnarchen; und dieses Schnarchen beruhigte mich, und ich schlief endlich ein.

Am nächsten Morgen regnete es nicht mehr. Als ich gerade mit dem Karren weggehen wollte, erschien Surunto. Er stand aufrecht auf der Schwelle, mit in die Stirn gezogenem Hut und krächzte – wie gewöhnlich – etwas, das ich nicht verstand. Doch diesmal wollte ich mich damit nicht aufhalten und sagtezu ihm: «Du willst mir sicher sagen, daß du arbeitslos bist und kein Geld hast und daß du in diesem Monat nicht die Miete bezahlen kannst, wie? Ist es nicht so?» Er riß die Augen auf und nickte bejahend. Nervös schrie ich auf ihn ein: «Hör zu, ich geb dir Aufschub. Du zahlst dann eben, wenn du kannst. Vorläufig kannst du gratis in der Baracke bleiben, hast du verstanden? Gratis.» Er nickte wiederum, und dann murrte er etwas, das ungefähr so klang wie: «Ich danke dir; Gott wird's dir lohnen.» Zornbebend schrie ich ihn an: «Und wenn ihr kochen wollt, dann kommt nur hier herein! Ihr könnt in Zukunft die Küche benutzen! Verstanden?» Er nickte ein drittes Mal und ging. Meine Frau war sehr einverstanden mit meinen Maßnahmen, sagte aber: «Zwei Dinge hast du ihm zugesagt: den Mietaufschub und die Küchenbenutzung. Aber aller guten Dinge sind drei. Gib ihnen auch noch das Klosett!» Ich sagte: «Ja ja, in den nächsten Tagen kriegen sie es. Aber an diesen Gedanken muß ich mich erst gewöhnen. Sie sind wirklich wie die Wilden! Und sie können nicht mal richtig sprechen! Du hörst doch, daß sie nicht mal richtig sprechen können!» Und sie: «Man muß Geduld mit ihnen haben. Sie mögen wie die Wilden sein, aber auch sie sind Christenmenschen.» Und ich: «Ja, und statt die erste Stufe hinaufzusteigen, sind wir erst mal hinabgestiegen. Und wenn wir so weitermachen – wann geht es dann wohl aufwärts?»

Der Tisch aus Birnbaum

Reiche machen Reisen; und mit Vorliebe reisen sie nach Amerika. Dann, zwanzig Jahre später, fahren sie noch mal hin; und wenn sie die Wolkenkratzer wiedersehen, sind sie tief gerührt bei dem Gedanken, daß sie schon mal da gewesen sind, als sie zwanzig Jahre jünger waren. Die Armen dagegen reisen nicht; und es ist schon viel, wenn sie bis Ostia kommen, zum Baden, oder im Oktober nach Bracciano, aufs Land. Aber die Armen in ihrer kleinen Welt haben die gleichen Gefühle wie die Reichen. Ich bin nie aus Rom hinausgekommen; aber in Rom bin ich viel herumgekommen: Als Kind wohnte ich außerhalb der Porta San Pancrazio in einem Anwesen mit Gemüsegarten, denn mein Großvater war Gemüsehändler; dann fiel die Familie auseinander und ich wohnte in der Via Mario dei Fiori, über der Kunsttischlerei, in der ich arbeitete; als ich dann durch meine Arbeit als Kunsttischler zu ein paar Ersparnissen gekommen war, zog ich in die Via della Pace, hinter der Piazza Navona, in eine Loggia hoch oben in einem alten Haus. Diese Loggia hatte acht Fenster, durch die der Wind pfiff. Zuerst stieg man die vornehme Freitreppe hinauf, dann kam eine Reihe normaler Treppen und endlich eine eiserne Wendeltreppe. Ich hatte aus allen Fenstern eine schöne Aussicht auf die Dächer, die Kuppeln, die Kirchtürme und den Himmel von Rom. Kurz nachdem ich diese Loggia bezogen hatte, kam Giacomina, und wir lebten zusammen. Sie arbeitete als Büglerin; und ich verbrachte fünf Jahre mit ihr in der Loggia, die fünf schönsten Jahre meines Lebens. Damals wußte ich allerdings nicht, daß dies meine schönsten Jahre waren. Man weiß so etwas nie, während man es erlebt.

In diesen schönen Jahren also verging kaum ein Tag, an dem wir uns nicht stritten. Ich weiß nicht, wie es kam, doch aus irgendeinem Anlaß fingen wir an zu diskutieren; ich sagte was, sie sagte was, und auf einmal beschimpfte sie mich und nannte mich einen Trottel, einen Büffel oder sogar einen Schuft. Ich sagte ihr entsprechend Bescheid und nannte sie eine Verrückte, ein Schandmaul oder sogar ein verkommenes Stück. Von solchen Worten gingen wir oft zu Taten über. Wenn ihre Beschimpfungen über das gewohnte Maß hinausgingen und sich zum Beispiel auf meine Familie bezogen oder auf meinen Beruf, platzte mir der Kragen, ich ging auf sie los und packte sie an ihren dichten krausen Haaren, um ihr ein paar hineinzuhauen. Sie ihrerseits gab sich alle Mühe, mich zu kratzen und gegen das Schienbein oder in den Bauch zu treten. Außer Atem lösten wir uns dann voneinander, und sie fing an zu heulen – und wie! Wenn sie aber noch einen Rest von Energie besaß, rannte sie hinaus, knallte die Tür zu und schrie, sie käme nie mehr wieder. Aber sie kam wieder, oder vielmehr: ich traf sie wie zufällig im Viertel, ging neben ihr her und legte den Arm um sie. Zuerst wollte sie nicht recht, doch dann sagte ich was, und dann sagte sie was, und dann versprachen wir dies und versprachen das, und auf einmal wollte sie mit mir in eine Osteria essen gehen. Dort, beim Wein, erwärmten wir uns weiter und wurden immer verliebter. Wenn wir nach Hause gingen, lag mein Arm um ihre Taille und ihr Arm um meine, und wir stiegen die fast hundert Stufen eng aneinandergeschmiegt hinauf und blieben auf jedem Absatz stehen, um uns zu küssen; und sie sagte, am liebsten würde sie mich glatt vernaschen mit ihrem Geküsse, und ich sagte: ich sie auch. Ah, wie wir uns liebten! Und wir wußten es nicht.

Wir wußten es so wenig, daß ich überzeugt war, sie überhaupt nicht zu lieben, sondern sie eher zu hassen. Das Leben mit ihr erschien mir wie eine Strafe, und ich versuchte zu fliehen, so oft ich konnte. Ich Trottel zog ihrer Gesellschaft fast alles andere vor: die Gesellschaft der Freunde, die gar keine Freunde waren, sondern aufgedrehte Bekannte aus der Osteria, die Arbeit oder, je nachdem, die Besuche in der Bottega, die ich möglichst ausdehnte, um auch ja recht spät zu ihr zu kommen, und sogar die Einsamkeit. Ich glaubte, ich hätte eine Kette am Fuß; und ich wußte nicht, daß ich diese Kette dringend brauchte; als ich es dann entdeckte, war es zu spät. Zu den Kollegen in der Werkstatt und den Kumpels in der Osteria redete ich nur das Schlechteste über sie, voll Verachtung und Überdruß: ich sagte, sie sei ein Quälgeist, ein Albdruck, und ich behauptete, sie hätte den bösen Blick. Wenn ich in der Loggia auf sie wartete und auf der Treppe ihren Schritt hörte, sagte ich mir: Hört diese Strafe denn niemals auf! Da kommt sie schon wieder! Ich kann einfach nicht mehr. Und ich Büffel war mir nicht bewußt, daß ich sie liebte, daß ich über alle Maßen in sie verliebt war und nicht leben konnte ohne sie. Wohlverstanden, sie war genauso dämlich wie ich und fühlte sich durch mich genauso geplagt wie ich mich durch sie; und sie sagte immer wieder, ich sei ihr Unglück, und verfluchte den Tag, an dem wir uns begegnet waren, und erklärte, es wäre besser, sich mit einem Stein um den Hals in den Tiber zu stürzen, als noch einen Tag länger bei mir zu bleiben. Dann versuchten wir, uns gegenseitig zu betrügen. Ich probierte es mit dem Zimmermädchen aus dem unteren Stockwerk, einer kühlen Blonden. Doch als Giacomina ihr auf der Treppe begegnete, bedrohte sie sie mit einer Stricknadel und behauptete, sie würde sie umbringen, wenn sie mich nicht in Ruhe ließe, so daß das Mädchen vor lauter Angst mit mir nichts mehr zu tun haben wollte. Giacomina probierte es ihrerseits, wie ich annahm, mit dem Barmann von der Piazza Navona; es war auch nicht viel los damit – aber ich litt so sehr darunter, daß ich weder essen noch schlafen konnte, bis sie eines Tages die Treppen heraufgerannt kam, sich in meine Arme warf und leidenschaftlich rief: «Du bist der Beste von allen und ich werde nie einen anderen lieben als dich!» Ach ja, wir liebten uns wirklich, und je mehr wir uns liebten, desto weniger waren wir imstande, in Liebe zu leben. Es kam so weit, daß wir uns mächtig verdroschen; Giacomina hatte einmal vierzehn Tage lang ein verschwollenes, blaues Auge und schämte sich, damit draußen herumzulaufen; und ich hatte drei tiefe Kratzwunden, vom Auge bis zum Hals, und als ich in der Bottega sagte, das sei eine Katze gewesen, lachten mich alle aus. Na schön, an jenem Tage hatten wir uns geprügelt; doch an einem anderen fehlte nicht viel und ich hätte sie umgebracht: Ich packte sie am Hals und fing schon an, zuzudrücken – aber da wurde sie ohnmächtig. Vorher hatte sie mir allerdings ein Bügeleisen an den Kopf geworfen und dabei eine empfindliche Stelle getroffen, oben an der Schläfe. Ich blutete und wäre beinahe ebenfalls ohnmächtig geworden. Ich mußte zur Unfallstation von San Giacomo gehen und mich behandeln lassen, und schamloserweise stand am nächsten Morgen die Notiz in der Zeitung: «Infolge übermäßigen Zechens geriet der Kunstschreiner Luigi Proietti mit seiner Geliebten Giacomina Girolini in ein Handgemenge. Proietti zog den kürzeren. Ergebnis: acht Tage Bettruhe, vorausgesetzt, daß keine Komplikationen eintreten.»

Kurz, eine Liebe wie die unsere hat es bestimmt noch nie gegeben. Und, wie gesagt, wir wußten es nicht. Wollen Sie jetzt wissen, wie diese große Liebe zu Ende ging? Sie endete so: Als wir eines Tages auf der Piazza Navona verabredet waren, ließ sie mich eine gute halbe Stunde warten. Als sie kam, sagte ich zornig zu ihr: «Also, was ist denn das für ein Benehmen? Du hast mich fast eine Stunde warten lassen!» Sie antwortete: «Ich hatte noch zu tun – ob es dir paßt oder nicht.» Ich sagte: «Nein, es paßt mir nicht.» – «Es paßt dir nicht?» sagte sie. «Also dann leb wohl – du wirst nie mehr auf mich warten müssen!» Und weg war sie. Fünf Jahre waren wir zusammen gewesen – und das war das letzte Mal, daß wir uns sahen. Aus Trotz gab keiner von uns ein Lebenszeichen; die Tage vergingen, ich litt, sie litt sicher auch, aber diesmal wollte keiner von beiden den ersten Schritt tun. Eines Morgens, als ich ihre Schritte auf der Treppe zu hören glaubte, wuchs erst die Hoffnung und dann der Schmerz, denn es war der Briefträger. Und dann glaubte ich überhaupt nichts mehr zu empfinden, aber da täuschte ich mich. Der Zufall wollte es, daß der Hausbesitzer gerade jetzt die Loggia zurückverlangte, und so zog ich weg aus diesem Viertel und wieder in mein altes Zimmer in der Via Mario dei Fiori. Wäre ich in der Via della Pace geblieben, wäre ich ihr vielleicht doch mal wieder begegnet, und dann hätten wir uns schon versöhnt. Aber dieser Wohnungswechsel war verhängnisvoll. Ich fing an, mich in die Arbeit zu stürzen und bemühte mich, nicht an sie zu denken; und dann lernte ich diese Krake von Frau kennen, die ich heiratete, und da war alles aus. Ich war jetzt dreiunddreißig Jahre alt.

Mit dreiunddreißig ist ein Mann noch jung und glaubt, das ganze Leben vor sich zu haben. Ich liebte meine Frau nicht, im Gegenteil, schon ziemlich bald konnte ich sie nicht mehr leiden, doch ich tröstete mich mit dem Gedanken: Ich bin dreiunddreißig, wer weiß, wie vielen Giacominas ich noch begegnen werde. Doch ich irrte mich – ich begegnete keiner einzigen. Und die Jahre vergingen, mit meiner Frau, für die ich nichts empfand, und den beiden Söhnen, für die ich zu sorgen hatte. Der Beruf ließ mir fast keinen freien Augenblick – ja, und so zogen die Jahre dahin, erst im Schritt, dann im Trab und schließlich im Galopp. Sie strichen vorbei, wie das Jahr verstreicht: als Tage, als Wochen, als Monate, als Jahreszeiten, und es gab immer etwas, das meine Zeit in Anspruch nahm und das mich hoffen ließ oder verzweifeln, was weiß ich: ein krankes Kind, eine Schuld, eine wichtige Arbeit, ein Fest, eine Hitzewelle, eine Kältewelle; es gab immer etwas, das mich in die Zukunft blicken ließ – wenn auch nicht sehr weit, sagen wir, drei Monate –, und dann waren auch diese drei Monate vorüber, ob gut oder schlecht, und vier mal drei Monate sind schon ein Jahr – Zwölf Jahre sind so verflogen. Ich glaubte aufwärts zu gehen – nach der Methode, dem Esel einen Zweig vorzuhalten, um ihn zum Weitergehen zu bewegen –, und merkte dabei gar nicht, daß ich bereits abwärts ging; denn das Leben ist wie ein Berg: Nach oben geht es nur bis zu einem gewissen Punkt, dann geht es immer mehr bergab. Trotzdem dachte ich immer noch an Giacomina, vielleicht nicht direkt an sie persönlich, aber doch an eine Frau wie sie, die einmal im Laufe der Jahre die Zeit anhalten würde, durch eine wahre und starke Liebe, wie es Giacominas Liebe gewesen war. Ich hoffte immer, diese Liebe zu finden, aber ich fand sie nie. Und als ich endlich nicht mehr weiterkonnte, trennte ich mich von meiner Frau, ließ ihr die beiden Söhne und lebte allein bei einem Steinmetz, der mir in der Nähe des Pantheon ein Zimmer vermietete. Ich war nun im sechsundvierzigsten Jahr. Als ich am Tag des Umzugs meinen Rasierspiegel befestigte, blickte ich hinein und sah, daß mein Gesicht müde und traurig aussah; und ich wußte, daß die schöne Zeit unwiederbringlich vorbei war und daß Giacomina nie mehr zurückkommen würde. Dann setzte ich mich auf einen Stuhl, in eine Ecke, nahm mein Gesicht in die Hände und weinte ungefähr zehn Minuten lang; ich dachte daran, daß ich nach allem, was ich erlebt, nach allem, was ich getan, nach allen Wohnungen, in denen ich gehaust hatte, wieder zum Ausgangspunkt zurückgekehrt war.

Eines Tages sagte der Geschäftsinhaber zu mir, ich solle irgendwo einen Auftrag entgegennehmen, und gab mir einen Zettel mit Namen und Adresse des Kunden. Ich nahm den Zettel, steckte Zentimetermaß und Notizbuch in die Tasche und ging. Erst auf der Straße blickte ich auf den Zettel: Ich fand die Nummer des Hauses, in dem ich damals gewohnt hatte, in der Via della Pace; und da stand es: es war die Loggia. Ich gestehe, daß mir als erstes der Gedanke kam, umzukehren und darum zu bitten, einen anderen hinzuschicken; doch dann sagte ich mir, das sei nichts als Schwäche, fand mich damit ab und machte mich auf den Weg.

Es war spät am Nachmittag, im Mai, und es war die Stunde, in der ich, früher immer, nach der Arbeit, Giacomina beim Mittelbrunnen der Piazza Navona getroffen hatte. Und es war ganz wie damals: Eine Menge Kinder liefen herum und hintereinander her und spielten Fangen, während die Mütter oder Schwestern auf den Bänken im Schatten saßen; und auch die Schwalben – ähnlich wie die Kinder – flogen am Himmel hintereinander her und herum, von einem Dach zum anderen und rund um den Obelisk. Genau wie früher fühlte ich, daß meine Knie weich wurden und mir fast die Luft wegblieb, als ich mich der Via della Pace näherte; so stark war die Macht der Gewohnheit, die sich nach so vielen Jahren immer noch bemerkbar machte; denn Giacomina erwartete mich ja schließlich nicht mehr, und ich wohnte nicht mehr droben in der Loggia.

Sehr langsam ging ich die Treppen hinauf und glaubte nicht sechsundvierzig, sondern achtzig Jahre alt zu sein: so schwach fühlte ich mich in den Beinen und so schwer fiel mir das alles. Zuerst stieg ich die vornehme Freitreppe hinan, dann ging ich die normalen Treppen empor und schließlich kletterte ich die eiserne Wendeltreppe hinauf. Früher hatte ich diese Treppe in Windeseile geschafft, jetzt blieb ich fast auf jeder Stufe stehen und machte mir klar, daß ich nicht Giacominas wegen, sondern wegen eines

Tisches hier war. Vor der Tür blieb ich einen Augenblick stehen, um Atem zu schöpfen, und es kam mir vor, als hörte ich streitende Stimmen in der Loggia. Dann läutete ich und wartete ein wenig. Als ich gerade nochmals läuten wollte, wurde die Tür heftig aufgerissen und vor mir stand ein junges Mädchen in meergrünen Samthosen und schwarzer Trikotbluse. Sie hatte zerraufte braune Haare, war bleich und – wie mir schien – sehr zornig. Unhöflich fragte sie mich, was denn los sei und was ich wolle, und nachdem ich es gesagt hatte, drehte sie mir den Rücken, ging weg und rief: «Der Tischler ist da.»

Ich trat ein und sah die Loggia, die ich so gut kannte. Alle Fenster waren geöffnet, und man blickte auf die Dächer, die Kuppeln und die Kirchtürme, die ich so viele Jahre angeschaut hatte. Die Einrichtung war allerdings nicht mehr die gleiche, denn die Loggia war in ein luxuriöses Maleratelier verwandelt worden, wie die Teppiche, die Couch und die anderen schönen Möbel bewiesen. Im Hintergrund, neben der Tür zum Bad, stand eine Staffelei mit einem Gemälde; viele andere Gemälde lehnten an den Wänden.

In der Mitte des Raumes stand der Maler und sah mich mit Basiliskenblick an: Auch er war jung, braunhaarig und in der gleichen Art gekleidet wie das junge Mädchen, mit Samthose und Trikothemd. Er sagte in einem Ton, als sei er nicht bei der Sache: «Sie sind wegen des Tisches gekommen? – Also machen Sie ihn so ...»

Er gab mir eine herausgerissene Seite aus einer ausländischen Zeitschrift: Der darauf abgebildete Tisch hatte englischen Stil, Chippendale, und konnte auf beiden Seiten aufgeklappt werden. Ich fragte ihn: «Aus welchem Holz wollen wir ihn machen? – Mahagoni? – Oder aus einem schönen hellen Holz, zum Beispiel Birnbaum?» Während ich das sagte, bemerkte ich, daß ein offener Koffer auf der Couch stand und daß das junge Mädchen zwischen ihm und dem Schrank hin- und herging und packte. Der junge Mann antwortete: «Mahagoni oder Birnbaum – egal: irgendein gutes Holz.» Dabei sah er das Mädchen an, und es war verständlich, daß es ihm nicht gelang, sich auf den Tisch zu konzentrieren. Plötzlich sagte er zornig: «Hör doch endlich auf mit lieser albernen Komödie – tu die Sachen wieder an ihren Platz!»

«Das ist keine Komödie – ich gehe.»

«Wir wissen doch beide ganz genau, daß du nicht gehst – wozu also das ganze Theater?»

«Du wirst schon merken, daß es kein Theater ist.»

Während sie dies sagte, fuhr sie fort, die Sachen drunter und drüber in den Koffer zu schmeißen. Ich tat so, als nähme mich die Abbildung des Tisches völlig in Anspruch, zog das Notizbuch und einen Bleistift aus der Tasche und begann eine Profilskizze des Möbelstückes zu machen. Inzwischen ging der junge Mann auf und ab, dann blieb er vor einem jener Radiermesser stehen, die man zum Abkratzen der Farbe benutzt, und zerschlitzte plötzlich wütend die Leinwand, die auf der Staffelei stand. Sie sagte böse: «Wer spielt jetzt Komödie? Aber bilde dir nur nichts ein. Du hast nicht gerade ein Meisterwerk zerstört.»

Ich stellte fest, daß auch sie, um einen Mann zu beleidigen, genau wie Giacomina, dessen Beruf mit hineinzog. Ich zeichnete weiter an meiner Skizze: Die Tischbeine waren verschiebbar, so daß sie die aufklappbaren Teile stützten, wenn der Tisch offen war. Es gab keine Metallteile, alles war aus Holz. Die Beine waren rund, schlank und mit nach außen gedrehten Füßen. Sie sagte: «Anstatt dich mit deinem Bild herumzustreiten, solltest du mir lieber helfen, den Koffer zuzumachen.»

Er ging zu ihr hin, als wollte er helfen, hob dann plötzlich mit beiden Händen den Koffer hoch, schleuderte ihn in die Mitte des Zimmers und schrie: «Da hast du meine Hilfe!»

Alle Kleider waren nun auf dem Boden verstreut. Sie sagte ruhig: «Jetzt hebst du sie wieder auf.»

«Gar nichts werde ich aufheben!»

«Hören Sie, Meister», sagte sie jetzt honigsüß zu mir, «bitte heben Sie mir doch die Sachen auf – seien Sie so nett.»

«Rühren Sie nichts an», schrie er außer sich, «wenn ihr nicht wollt, daß ich euch beide die Treppe runterwerfe!»

Was hätte wohl ein anderer an meiner Stelle getan? Vielleicht hätte er diesen jungen Mann zum Fenster hinausgeschmissen. Aber mir tat er leid, ja mehr noch, ich beneidete ihn. Das waren genau die gleichen Szenen wie zwischen Giacomina und mir –

vor zwölf Jahren – am gleichen Ort. Und das war Liebe. Aber sie wußten es nicht, genau wie wir, und wenn sie es wissen würden, würde es zu spät sein. Ruhig antwortete ich: «Ich bin wegen des Tisches gekommen – sagen Sie mir, aus welchem Holz Sie ihn wollen, dann gehe ich.»

Sie rief: «Ja – laß dir den Tisch nur machen. Du wirst allein an ihm sitzen – darauf kannst du dich verlassen!» Und plötzlich warf sie sich schluchzend auf die Couch und verbarg den Kopf in den Armen.

Nun tat er genau das, was ich getan hatte: Er setzte sich neben sie, streichelte sie und bat sie: «Komm, Nella – nun sei mal wieder gut.» Dann wandte er sich mir zu und sagte: «Ja, machen Sie ihn aus Mahagoni, das sieht immer gut aus.»

Bevor ich ging, sagte ich noch: «Die beiden Maße werden wohl 1.50 zu 70 sein ... oder wollen Sie ihn größer? 1.50 zu 70 wäre ein Tisch für sechs Personen.»

«Gut, 1.50 zu 70», sagte er; gleichzeitig versuchte er, das Mädchen zu beruhigen, das jedoch auf jede Zärtlichkeit nur mit Achselzucken antwortete. Als ich eben hinausging, rief sie mir, unter den Armen hervor, mit noch schluchzender, doch schon gebieterischer Stimme nach: «Ich will ihn aber nicht aus Mahagoni – ich will ihn aus Birnbaum!»

Inhalt

Alberto Moravia

Gefährliches Spiel. Roman (331)

Die Römerin. Roman (513)

Die Gleichgültigen. Roman (570)

Cesira. Roman (637)

Die Mädchen vom Tiber
Geschichten aus Rom (673)

Römische Erzählungen (705)

Der Konformist. Roman (5629)

La Noia. Roman (876)

Inzest. Roman (1077)

Die Lichter von Rom
Neue römische Erzählungen (5628)

Ich und Er. Roman (1666)

Das Paradies. Erzählungen (1850)

Ein anderes Leben. Erzählungen (4083)

Desideria. Roman (4757)

1934 oder Die Melancholie
Roman (5485)

Die Verachtung. Roman (5627)

Agostino. Roman (5630)

Der Ungehorsam. Roman (5631)

Judith in Madrid
Erzählungen (5834)

ro
ro
ro

C 97/26

Vladimir Nabokov

König Dame Bube
Roman
rororo 12387

Professor Pnin
rororo 12141

Verzweiflung
Roman
rororo 1562

Frühling in Fialta
Erzählungen
rororo 4975

Armin Müller-Stahl liest
Der Zauberer
Deutsch von Dieter E. Zimmer
2 Tonbandcassetten im Schuber
mit je 90 Minuten Spieldauer
(66005)

Vladimir Nabokov
dargestellt von Donald E. Morton
rowohlts monographien 328

rororo

C 2273/2 b

Literatur für Kopf Hörer

Otto Sanders liest Robert Musil
Drei Frauen
Grigia, Tonka
2 Tonbandcassetten im Schuber mit
je 90 Minuten Spieldauer
(66005)

Armin Müller-Stahl liest
Vladimir Nabokov
Der Zauberer
Deutsch von Dieter E. Zimmer
2 Tonbandcassetten im Schuber mit
je 90 Minuten Spieldauer
(66005)

Uwe Friedrichsen liest
Kurt Tucholsky
Schloß Gripsholm
3 Tonbandcassetten im Schuber mit
je 90 Minuten Spieldauer
(66006)

Christian Brückner liest John Updike
Der verwaiste Swimmingpool
Der verwaiste Swimmingpool,
Wie man Amerika gleichzeitig liebt und
verläßt
Deutsch von Uwe Friesel und Monika
Michieli.
1 Tonbandcassette im Schuber mit
90 Minuten Spieldauer
(66004)

Produziert von Bernd Liebner

Rowohlt
Cassetten

C 2321/2 a